十三行 浮沉

第三部（上册）

阿菩 著

南方出版传媒·花城出版社

中国·广州

图书在版编目（CIP）数据

　　十三行. 第三部, 浮沉 : 上、下册 / 阿菩著. -- 广州 : 花城出版社, 2020.9
　　ISBN 978-7-5360-9195-5

　　Ⅰ. ①十… Ⅱ. ①阿… Ⅲ. ①长篇历史小说－中国－当代 Ⅳ. ①I247.5

　　中国版本图书馆CIP数据核字(2020)第145495号

出 版 人：肖延兵
策划编辑：张　懿
责任编辑：黎　萍　蔡　宇　曹玛丽
技术编辑：凌春梅
装帧设计：姚　敏

书　　名	十三行　第三部　浮沉 SHI SAN HANG DI SAN BU FU CHEN
出版发行	花城出版社 （广州市环市东路水荫路11号）
经　　销	全国新华书店
印　　刷	佛山市迎高彩印有限公司 （佛山市顺德区陈村镇广隆工业区兴业七路9号）
开　　本	787毫米×1092毫米　16开
印　　张	26.5
字　　数	415,000字
版　　次	2020年9月第1版　2020年9月第1次印刷
定　　价	69.00元（全2册）

如发现印装质量问题，请直接与印刷厂联系调换。
购书热线：020-37604658　37602954
花城出版社网站：http://www.fcph.com.cn

已是平生行逆境，更堪末路践危机。

十三行制度

官府为了加强对商行的管理，逐步形成了承商、保商、公行、总商、行佣等十三行制度，达到"以官制商、以商制夷"的目的。

承商制度

洋行设立之初，经官府允许，由殷实商人担任行商。行商具有对外贸易特权，承担相应的责任和义务。

保商制度

即由行商担保，负有向外国商船征收税饷、管理外国商船人员的职责。设立保商后，无论货物是否由其买卖，承保商人一律负有为该船完纳税饷的责任。

公行制度

康熙五十九年（1720年），十三行行商始创名为公行的团体，统一货价和垄断大宗商品交易。

总商制度

总商又称商总，地位在其他保商之上，通常由资历较深的行商充当。总商的职责包括征收行佣、协调货价等，并对整个行商团体负责。

行佣制度

行佣又称行用，是从行商经营的部分进出口贸易中抽取佣金，以补充整个行商团体的运作经费，主要用于偿还拖欠外商的款项和交纳朝廷捐输，以及从事公益事业。

（以上内容引自广州十三行博物馆）

001	第 一 章	**两个提议**
005	第 二 章	**初步协议**
010	第 三 章	**茶谈**
015	第 四 章	**保商会议再启**
020	第 五 章	**几家欢乐几家愁**
025	第 六 章	**呼塔布求救**
030	第 七 章	**万宝行倒了**
035	第 八 章	**新蔡家**
040	第 九 章	**刘全来访**
045	第 十 章	**后继有人**
050	第十一章	**义庄那人**
055	第十二章	**红白同做**
059	第十三章	**旧缘**
064	第十四章	**相送**
069	第十五章	**分猪肉**
073	第十六章	**吴国英的野心**
078	第十七章	**步骤**
083	第十八章	**和解**
088	第十九章	**道歉**
093	第二十章	**周贻瑾失踪**
098	第二十一章	**烧欠条**
103	第二十二章	**蒸汽机**
108	第二十三章	**小病攻心**
113	第二十四章	**两全之策**

118	第二十五章	光少谋官
123	第二十六章	英国东侵
128	第二十七章	议策
133	第二十八章	加官
138	第二十九章	逼你选择
144	第 三 十 章	猜疑
149	第三十一章	英军抵澳
154	第三十二章	爆发
159	第三十三章	巴掌
165	第三十四章	跪祠堂
170	第三十五章	判断
175	第三十六章	家变
180	第三十七章	夫妻交心
185	第三十八章	恩断义绝
190	第三十九章	要断就断，要绝就绝！

第一章

两个提议

十三行的大火已经熄灭了，但它的后续影响刚刚拉开帷幕。

米尔顿写给伦敦的一封信这么形容："这是一场全亚洲的灾难，不，这对全世界的经济来说都是一场灾难！"

或许欧洲方面会认为米尔顿夸大其词了，但对东印度公司在大清的主要负责人来说，这的确是一个可怕的难关。

尽管火灾发生的时候，广州的秋交交易已经过半，但白鹅潭仓库尽毁，九大保商几乎都遭受了难以估量的重大损失。

如果一切环节较起真来办事，那些小保商当场就得破产——他们还没来得及出手的那部分货物毁于大火，甚至部分白银也在大火之中化为金水，按照和外国洋行的协议，无法交付的那部分货物他们必须做出加倍赔偿，同时面对上游供货商的货款催逼，他们也将无以应对——要真的都按照合同办事，这些保商除了破产没有第二条路好走了。

如果只有一家保商是这样的，那么东印度公司根本就不会客气，只要能向董事局交代，破掉一两家保商，回头自然会有其他保商——甚至是清政府新批准的保商——来瓜分破产者的市场份额。对破产者的惩罚，也能对大清的商人造成威慑，让他们不敢轻易违约，明年生意照做。

可现在的问题是，这场大火席卷的不是一家一户，而是整个十三行啊！

如果各方都要求按照先前签订的合同来办事，整个东亚的金融链条会全部崩坏。连锁效应之下，东印度公司也休想独善其身。如果任凭灾难的后续效应继续蔓延，就是欧洲方面因此而爆发一场经济危机也未可知。

"所以，"查理微笑着对米尔顿说，"米尔顿先生可以选择让明年变成一个糟糕的财政年，或者选择让未来十年都变成糟糕的财政年。"

这个丑陋、卑贱的威尔士乡下人，以为穿上体面的服装、用上蹩脚的伦敦腔调，他就真的变成一个绅士了吗？

米尔顿一点也不掩饰自己对眼前这个同胞的厌恶，不过他还是按下了内心的诸多不满，让自己的语气尽量显得平和。

"查理！"米尔顿说，"你的言语和态度，让我相当怀疑你到底还是不是国王的臣民。"

"我当然是国王陛下恭顺的臣仆。"查理说，"不过我同时也接受了昊官的雇佣。按照我们大不列颠的法律，我在境外接受商业雇佣，似乎并不会妨碍我对国王陛下的忠诚。"

"那如果你知道你带来的这份提议对东印度公司意味着什么样的损失，对帝国的利益意味着什么样的损失，也许就不会继续认同自己的忠诚了。"

"我并不觉得这份提议会给大不列颠带来什么损失，相反，我觉得我这份提议是在拯救东印度公司。"查理说，"不但如此，对伟大的大不列颠来说，甚至对整个欧洲来说，都是最好的一个选择了。"

对米尔顿的鄙夷的目光，查理看在眼里却不以为意：你米尔顿两三代人以前不也是海盗嘛，你的祖先跟我有什么不同，不过先发达了而已，摆什么谱呢！

当然，他也不会说出来。

双方沉默了一下，米尔顿没打算吐露更多的事情，但查理不想让沉默持续太久。

"我想，对于我个人的忠诚问题，米尔顿先生应该没有很大的兴趣继续讨论下去，"查理说，"不如我们还是谈谈商业上的事情吧。"

随着查理的目光，米尔顿重新看向桌子上的那一堆文件，顿时感到一阵头痛。

他讨厌北京那边的那些闭塞的、盲目的、不知道世界局势的官老爷们。

可他同样讨厌广州这边的这些见过世面，甚至通晓欧洲法律的大清商人！

前者太过傲慢，以至于无法合作；后者太过精明，以至于无法控制！

米尔顿翻开了那堆文件，迎面而来的第一页，就是吴承鉴充满友谊口吻的问候；问候过后，就是他对这场天灾的解决方案。

就算是米尔顿也不得不承认，这个方案写得条理清晰，针对明确，而且对方方面面的利益都顾及了。其中一些提议，不是对欧洲的金融与国际形势有所了解的人，是绝对说不出来的。

白鹅潭的那场大火让各方面都陷入进退两难的窘况当中。来自吴承鉴的这个解决方案，细节十分繁复，删繁就简地解释一下，主要有两条：第一是东印度公司放弃对各保商毁于大火的部分货物的赔偿追诉；第二是由东印度公司牵头或者做中介，让欧洲的银行借出两笔低息贷款——第一笔是借给有困难的保商用以渡过难关，第二笔是用于十三行的灾后重建。

"这真是一个荒谬的提议！"米尔顿尽管是第二次看这个方案了，还是忍不住在桌子上捶了一拳，"我们各国商行在这场火灾中也是损失惨重，现在不但要求我们不追讨赔偿，还要我们继续借给中国人钱？这显然是对大不列颠利益的侵犯！"

"米尔顿先生，在这件事情上，昊官认为先不要再提中国、英国的分别了。"查理说，"昊官认为，在商言商，这件事并不是中国的商人有意违约。这场从天而降的大火，是上帝降给人类的灾难。面对天灾，所有人的命运是捆在一起的，无分国别。"

"就算不分国别，我也不可能会答应这种明显会损害东印度公司利益的事情！"米尔顿几乎都要将文件拿起来扔到查理的脸上了。

按照这个方案，吴承鉴不但不用再赔偿他来不及交付给英国的那部分货物的加三倍赔款（按照吴承钧和东印度公司的协议，其赔偿额度更大），还能拿到一笔巨额的低息贷款。贷款连本带息分十五年偿还，和十三行的巨额利润相比，这笔贷款所产生的利息根本就不值一提，这笔钱几乎相当于白借！

"光是看合约本身，似乎是对东印度公司不利。但是，如果不这么做，任凭这场灾难的后续影响继续蔓延的话……"查理说，"米尔顿先生，东印度公司要遭受的损失恐怕会更为巨大，我说得对吗？昊官说了，在这个阶段，我们就都不要想着怎么赚钱了，我们要考虑的是怎么止蚀，对吗？"

拿到这笔贷款之后，吴承鉴就可以轻松地重建货仓以及支付给宜和行的上游供货者。这样宜和行的上游供货商来年就还能继续给十三行供货，而不至于一环崩坏，全链条破产。

其他保商的情况也类似。

一旦这个良性的起点得以推动，两三年内，包括宜和行在内的所有保商就都能恢复元气了；然后在接下来的十五年中，只要一切顺利的话，保商们逐年归还的贷款本息，就能将欧洲银行支付出来的金融窟窿给填补上，甚至还能为欧洲的银行家带来一笔稳定的年息。

好吧，米尔顿不得不承认，包括东印度公司在内的所有欧洲财团都需要十三行恢复元气，而且吴承鉴提出的低息贷款数额虽然巨大，却完全在欧洲银行的承受范围之内——欧洲的银行家们连波及数国的战争都打得起，还能怕一场火灾？大不了来年在美洲那边多拉几船白银过来——反正金银这种东西，全世界也只有在中国这边才能实现其最大的价值。

可是，一想起要答应吴承鉴的条件，米尔顿心里就憋得慌！

吴承鉴的这个方案，是替整个十三行的保商们提的，当然宜和行也藏身其中。宜和行所要求的免赔额度，以及贷款的额度，从比例来讲不会比其他保商多，也不会比其他保商少，数额很符合宜和行在九大保商中的地位。

但吴家真的需要这笔钱吗？

别人也许算不明白，米尔顿却清楚得很：在九大保商里头，吴家几乎是损失最少的一家，尤其是占据吴家利润最大头的那批本家茶，根本就毫发无损——大火熄灭之后不久，刘三爷就被"找着"了，然后那个有洪门背景的海盗就屁颠屁颠地跑来认罪；刘三爷宽宏大量地对铁金齿小惩大诫之后，宜和行的本家茶就顺利归港了。

米尔顿大略算过，就算没有贷款，甚至还要支付三倍赔偿金，吴家也能填上这个窟窿。在这种情况下，如果再得到免赔，吴家就会有盈余；如果再得到贷款，那么那笔巨大的借款对吴承鉴来说，就是一笔额外的溢出资金。

这个狡猾的广州商人会用这笔钱来做什么呢？米尔顿觉得自己就算用脚趾头也能想明白：那人一定会趁机扩大他在十三行的份额的！

一定！

第二章

初步协议

"米尔顿答应了。细节上还要商量,但大方向是没问题的。"查理一到曼倩蓬莱,就把绅士风度都丢一边了,一边咀嚼着吴小九端上来的点心,一边说,"另外,我临走的时候,他还让我转告一句话,他说恭喜吴官了,过了这个年,宜和行在广州的市场份额,又要提高了。"

吴承鉴扑哧一笑:"只是广州的市场份额吗?米尔顿也太小看我了。你们英国人才发迹多久,这就要用这种英国式的傲慢来看我了。"

他回家有一段时间了——那场大火发生之后,蔡清华就失去了扣押他的理由,广兴也在咒骂中离开了广州,发誓再也不会踏足这个地方。无论西关一条街还是河南岛的潘家园、吴家园,也都暂时回归了平静。

"昊官啊,我虽然是英国人,现在可是竭诚为你办事的呀。"查理嘻嘻笑着,"当然,米尔顿并不知道我们在伦敦那边的布局与打算,他也不可能会知道。"

"这个冬天,就辛苦你一趟,随船再回英国一趟吧。"吴承鉴说,"欧洲那边乱糟糟的,没什么好投资,但艾洛特勋爵的友谊,值得我从贷款之中拨出相当的一部分来为他承担风险。"

"我非常荣幸能为二位的合作尽力。为你们二位牵的这条线,我想,一定能让我自己过上好生活——到我孙子那一辈,他应该也能成为伦敦的上流人物了吧。"查理擦了擦嘴,站了起来,用生硬的绅士礼仪来表达自己的想法,"好吧,我讨厌米尔顿那种虚伪的做派。不过我希望我的孙子能过上那种生活。"

查理走后,吴承鉴看着桌上那几张文书——那是初步协议。

"恭喜了。"周贻瑾说,"这一关,总算是顺利地过去了。"

"暂时而已。"吴小九把剩盘收走之后,吴承鉴才收起了刻意放松的神色,皱着眉头说,"你师父的心里,对这场大火还是有所怀疑的。而刘全那边……"

"他当然也不可能毫无怀疑。"周贻瑾道,"但从各方面来说,你没有一点背叛的迹象,这已经足以让他跟下头的人交代了。而且更关键的是,在眼前的形势下将你撸了,对和中堂来说弊大于利。"

吴承鉴揉了揉太阳穴,没有应声。这一次的大火,让各方一触即发的矛盾以一种微妙的平衡方式继续维持了下去。只是此事应付掉了广兴,他却并不觉得和珅那边也能那么轻易地过关。

"刘全如果还在广州的话,大概不久之后会再来见你一次。见到他之后,你就能知道和府的想法了。"周贻瑾说,"见到他之前,多想无益。还是想想明天的保商会议要怎么办吧。"

吴承鉴揉太阳穴的手更加用力了。

和珅固然不好对付,毕竟远在数千里之外,但是潘有节……这个人的手伸进吴家多深,连吴承鉴自己都说不清楚!

"昊官,"吴七快步走了进来,道,"潘家那边送来了一份请柬,邀你今晚得便时过潘家园一叙。"

"谁送来的?"周贻瑾问。

"是潘海根。"吴七说,"我按照之前师爷的吩咐,说昊官不在,他才走的。"

周贻瑾打开了请柬,道:"明天要开保商会议,今晚的确是要见一见的,不过……"

吴承鉴接口:"不过是相见,不是去见。"

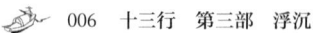

周贻瑾说:"现在的形势虽然对你有利,但你要让启官过来见你,还不够格呢。"

吴承鉴道:"那就另外找个地方。"

周贻瑾道:"叶家怎么样?"

吴承鉴笑了:"挺好。"

周贻瑾就对吴七说:"我拟个书帖,你送去潘家园,就说三少奶奶分娩日期已近,昊官夜间不好远离,能否请启官移步,今晚到叶家花园一叙。"

他一边说着,一边拟了个书帖,吴七接了后就走了。

吴七出门的时候,穿窿赐爷与他擦肩而入,进门后看着吴承鉴遮掩不住的倦色,欲言又止。

吴承鉴道:"说吧说吧。"

穿窿赐爷这才说:"大少的寿木等事情,都准备妥了。"

吴承鉴一听这话,眼睛一下子就红了。

就在那场大火之后不久,二何先生就给吴承钧下了断语,说他熬不过这个冬天,让吴家早做准备。

因为家族危机乌云未散,蔡巧珠那边在人前连哭都不敢哭。吴国英知道后忍住悲痛,绕过吴承鉴,直接把穿窿赐爷叫了去,让他"好生准备"。

老爷子的本意是不想吴承鉴为此事再耗心神,但吴家两兄弟感情深厚,吴承鉴还是忍不住暗中过问了。

吴承鉴连眨了几下眼睛,还是没忍住,让眼泪流了下来,喉音都有些哽咽:"赐爷……阿爹老了,我大嫂别看她强自镇定,但内里肯定心神俱乱。有鱼临盆不远,也没法管事。这事只能劳烦你了。吴家的规矩、亲戚的事宜,有不懂的,你去跟十五叔公商量,等一切办得七七八八,再叫我二哥入局计议。"

穿窿赐爷道:"昊官放心,我一定会把事情办得妥妥帖帖。只是事情的场面……"

"往大里做!"吴承鉴道,"我大哥是宜和行第二代商主,我要他走得风风光光!"

吴承鉴在曼倩蓬莱议事的时候,恰好徐氏来探访女儿。吴家对怀孕在身的叶有鱼十分看顾,蔡巧珠又是个有经验的,所以一切都安排得十分细心。只是徐氏毕竟是做母亲的,还是在叶有鱼脸上看到有落寞之色,忍不住悄悄问了两句心里可有什么委屈的事儿。

叶有鱼忙说:"我哪里会有委屈,老爷每天都让人过来看望一回,大嫂那边一两日也会过来一趟。便是昊官,十三行一场大火,烧出来多少事端,可他自从牢里出来之后,不管自己多忙,每日都会抽空跟我吃顿饭的。我粗身大势①的,服侍不了他,他晚上也不出去,就在碧纱橱外打张小床守着我。我哪里会有什么委屈。"

徐氏听了这话心里就有底了,低声说:"娘就是看你眼睛里有说不出来的话,所以才多问了两句。女人家嘛,嫁了人,总有无法顺心的地方,有说不出来的苦处。不过你说昊官这样待你,我就放心了。嫁人为妻,只要丈夫能对自己好,别的什么委屈就都不怕了。鱼儿,你是有后福的。"

叶有鱼脸上便绽开笑容来:"是啊,他是我从小想着念着的人,现在不但成了我的丈夫,还待我这样好;看着我有身孕,一丁点委屈都舍不得我受。这福气,我以前想都不敢想的。"

她说着说着,自己眼角就有点湿了。徐氏忙道:"哎哟,鱼儿你怎么哭了?"

"我……我在高兴。"

"莫哭,莫哭。现在佗②着孩子,可不能乱哭,不然孩儿生出来之后不笑嘴。"

叶有鱼连忙把眼角的泪水擦了,道:"是,不哭。"

徐氏从吴家回来,没想到会在迎阳苑见到叶大林。

迎阳苑的景致虽然不错,但自从拨给徐氏母女之后,叶大林就再没来过了,今天却等在这里,这让满院子的人都受宠若惊。徐氏也十分惊讶:"老爷,您怎么来了……"

叶大林挥了挥手让下人退下了,才问:"有鱼怎么样了?"

叶有鱼临盆的日子越来越近,今天忽然想念母亲,就派了人过来请,徐氏

---

① 粗身大势:粤语,形容孕妇挺着大肚子。
② 佗:粤语,怀孕的意思。比如,佗仔,即怀小孩。

怯怯地派人去问了叶大林一声，没想到叶大林竟答应了，她便收拾了去吴家老宅一趟——这是多年来她第一次自主出门——陪了女儿老半日，到现在才回来。

"有鱼很好。"徐氏道，"大夫说了，胎还安稳，胎位也正，就是往后要多休养，莫再劳心劳力。"

叶大林笑道："那就好，那就好。"

徐氏见叶大林笑得这么安心喜悦，心中还是很不习惯。先前吴承鉴被打入大牢的时候，叶有鱼暗中来过，据说在书房里说了好久的话，那时候父女翁婿剑拔弩张。转眼间时过境迁，叶大林这一刻竟比自己都关心这个外孙——叶好野的媳妇怀前两胎的时候，也没见叶大林这么上心过。

"虽然说吴家那边一定不会亏待了她，"叶大林道，"但咱们是她的娘家，若有些吴家没想到的，却要帮着想想。你看她可还有什么需要的不？"

徐氏道："有鱼是第一次怀孕，嘴上不说，但我看出她终归有些心慌，她是想着我每天都过去陪陪她。"

"那有什么？"叶大林笑道，"以后你要去见她直接去就行了，不必再问我，我让人每日把轿子备好。若不是怕不方便，便是让你住过去，或者她回家来养胎也没问题的。"

两人这番对话，真像极了一对真正的夫妇在谈论初孕女儿的事情。叶大林说这些话的时候神色自然，徐氏心里头却别扭极了。

就在这时，叶多福进来了，道："昌仔来了，求见老爷。"

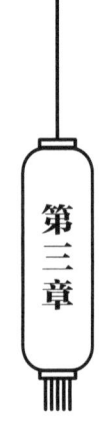

第三章

茶　　谈

　　叶大林招了招手，叶多福便去引了昌仔进来。

　　如今的昌仔又与几个月前不同：他刚刚提了等，如今是吴家第一等小厮了，日天居除了吴七，就以他月例最高；身上穿着也是打扮一新，人要衣装佛要金身，全新的衣服一上身，整个人的气派也不一样了。他又暗中学着吴七的言谈举止，所以这时气度也不太一样，进了门给叶大林请了安，就说："吴官，今晚，要，借花园，一用。与启官，见面。"

　　他言语断续，但控制着没重复字句，且用语尽量简短。叶大林自知道他口吃，半听半猜，道："启官要来？"

　　昌仔道："启官，要，见，吴官。吴官，说，来叶家。"

　　明天的保商会议，叶大林自然也是要参加的，所以听了这两句话，马上就知道怎么回事了。他笑了笑，招了昌仔上前两步，随手脱了一枚赤金厚重的大戒指，道："你挺好的，给我叶家长脸了，赏你的。"

　　今晚的三家聚会事关重大，换了以前定是吴七来说，现在交给昌仔来报，就可知昌仔在吴家的地位不一样了，所以叶大林要赏他。

　　昌仔也不推，接了后道："谢，叶老爷，赏。"

到晚饭时，吴承鉴才回左院。

叶有鱼见着他，就要起来："事情谈完了？我让她们拿饭菜来。"

吴承鉴道："别动——冬雪！"

不一会儿，冬雪就把一小桌子饭菜拿了来。看叶有鱼的清淡粥点也端了上来——她已快临盆，富贵人家不缺营养，到这个地步就吃得寡淡些，免得孩子块头太大不好出世——吴承鉴皱眉道："怎么你也还没吃？"

叶有鱼道："你每天都这么忙，一天难得才能陪你吃顿饭。"

吴承鉴挥手："以后不许这样了。"

两人对着吃了饭，吴承鉴问了两句她身体的情况，就没再说话。一顿饭几乎在沉默中吃完。

用过饭，吴承鉴便起身出门，临出门忽停住脚步，道："我今晚要去你娘家，跟启官和你爹谈事，你不要等我，自己早点睡。"

叶有鱼应了一声，吴承鉴已经走了。

他先去右院看了大哥，又到后院去看了父亲。吴国英问起吴承钧的气色，吴承鉴道："还可以。"

吴国英就知道吴承钧不大好，因说："早知当日就不让细家嫂到老宅来养胎了。现在粗身大势，也不好再乱动了。"

吴承鉴就明白吴国英的意思，那是知道好事近噩事临，两事相冲了，皱了皱眉头。他并不喜欢老人家的一些观念，然而忍住了没说话。

看过了老父亲，又回左院陪叶有鱼聊聊天，然后才到叶家来。

叶家那边早准备妥当了，从大门口一路都打扫得一干二净，花园也稍作装点。时已进冬，放在北方瑞雪已下；广州却不然，这时正是凉爽时节，花园里几株桂花开得正好，叶大林就让在桂花树下设了茶座。

他挽着吴承鉴的手，翁婿两人亲亲热热地来到桂花树下，只留下吴七和叶多福伺候，这才问："今晚见启官是有什么安排？"

吴承鉴含笑说："是启官要见我的，我也不知道他要做什么。"

"还能做什么？"叶大林冷笑了两声，"不过是要知道你明天的打算。"

吴承鉴笑了笑，与叶大林一起在桂花树下坐了，不搭腔。

如今吴家小厮里头茶艺最好的是吴小九，但吴七也不差。叶家准备的是工夫茶具，吴七就摆弄了起来，冲了一泡乌龙。

翁婿喝了一巡，叶大林才问："说起来，昊官你明天到底是什么打算？可得给我先交个底。待会儿对上启官，咱们翁婿俩才能同进同退。"

吴承鉴嗅了下第二巡茶香，抿了一口，道："我的意思是咱们先做事，把好事给办成了，争权夺利的玩意儿不妨放在后头。总商的位置，就让启官继续坐着吧。"

叶大林道："番夷真的肯放弃赔偿？你还能从他们手里敲出钱来？"

一个多月前的那场大火之后，九大保商个个损失惨重，整个广州哀鸿遍野，以往威风八面的保商们犹如热锅上的蚂蚁，小保商、小商户更是这样。他们有的去找两广总督，有的去找粤海关监督，有的去找潘有节、卢关桓，自然也有人来找吴承鉴、叶大林，个个都在想着洋商们来逼赔偿怎么办，债主们来逼货款怎么办。

总督府也罢，监督府也好，连同潘、卢都算上，个个都在打太极，没人能给出个实讯。

其实这些小保商、小商户也知道这事为难，之所以还到处求告，也只是博一个万一——结果真给他们博到了！

当半个月前他们求到吴承鉴头上时，吴承鉴竟然给出了一个模糊的应承。这一来，大小保商、商户们犹如在滔天大浪中抓到了一根救命绳索，攀上了就要往上爬！

一时之间，所有人都朝吴承鉴看，所有人都朝吴家靠拢。

但吴承鉴只道这事如果大家愿意信他，他或者能想出个办法来。所有被大火波及的保商和商户们本来都快绝望了，听了这话马上如同快渴死了的鱼虾看到瀑布一般蹭过来，但无论他们怎么追问，吴承鉴都一句话也不再说了，只说半个月后见分晓。

只有对叶大林时，吴承鉴才吐露了一点虚实，暗示说他会去找东印度公司，不但要让洋行答应减免赔偿，而且还要让番夷借一笔钱来作为十三行重建的启动资金。

叶大林听了也没再漏出去，虽然他自己还半信半疑，却已经借了这个势办成了好几件以前办不到的事情，比如跟梁家置换了两个铺面——在这节骨眼上，大伙儿不敢得罪吴承鉴，也就不敢得罪叶大林。

不过对于吴承鉴能不能做到他夸口的事，叶大林却是心怀忐忑的。

吴承鉴便拿出了米尔顿先生签了名的那张初步协议，协议是中英两种文字写的。那些鸡肠叶大林看不懂，但中文还是认得的，扫了一眼，大喜起来："吴官，没想到还真让你办到了！"

他之前还一直猜疑着吴承鉴是不是故意放出风声，设成骗局，然后把跳入局中的人坑了，以此弥补吴家的损失呢。

这时拿着那份初步协议，叶大林笑逐颜开："这事一旦办成了，往后十三行，全都睇你头了。"

吴承鉴笑了笑，道："没那么夸张。"

"怎么会夸张。"叶大林道，"你这送来的是救命的钱啊。有了这张协议，那些大小保商、上游商户，你想怎么勒他们都行！别说他们，就是粤海关、总督府那边，也能敲下一块肉来！"

吴承鉴沉吟着，摇头："不了，这些赔偿、结款如果能顺利免掉、结掉，那么事情就到此为止。一场大火下来，大家都够呛，不要再添枝节了。我知道岳父大人您这段时间得了一些好处的，不过也适可而止吧。"

叶大林知道自己的事情瞒不过他，也知道吴承鉴的意思，只是他还是有些奇怪："你真的不做总商？我跟你直说吧，潘、易两家已经暗中来见过我，话都说明了，只要你真能让番鬼免了赔偿，还借出钱来，他们愿意倒向我们。老梁也来见我，说了两句暗话，那意思却很清楚：这事如果能成，卢家那边，也会向着我们。"

"还是不了。"吴承鉴道，"我才几岁？当年启官被否了子继父职的时候，可比我现在还大些呢。再说启官才做了总商多久？我现在去替了他，那是把我放在火上烤，而且潘、吴两家的大仇就结下了。所以还是算了吧，咱们让启官挡在前头，自己闷声发大财不是更好？"

叶大林哈哈大笑，随即道："只是这样就太便宜启官了。"

吴承鉴笑着摇头。就在这时，下人来报："同和行启官的轿子到了。"

叶大林和吴承鉴一起起身，迎到了大门口。三人相见，潘有节笑道："吴官，达官，咱们都是自己人，何必这么客气？"

吴承鉴笑道："启官既是兄长，又是总商，于私于公，我都该倒屣相迎呀！"

叶大林道："叶某是地主，更不能不出来了。"

三人一起大笑。潘有节走中间，左手挽着吴承鉴，右手挽着叶大林，三人手挽手，在众人瞩目之下，亲亲热热地走到了桂花树下。茶已经换了，水刚刚开沸，一个中年女茶师冲了茶，请三大富豪品茗。

三人赏着桂花，喝了三巡茶，潘有节才道："明日保商会议，昊官你作何打算？"

吴承鉴道："一切听启官的安排。"

潘有节道："米尔顿来找我了，说你拿了个协议去找他。提了免赔偿、低息贷两事，言语之中，大概对昊官你有所不满，想我来接手这事情。"

叶大林心头一震，望向了吴承鉴。

第四章

保商会议再启

吴承鉴脸上却一点也不在意的样子，还带着微笑说道："这事只要能成，谁来做都行。同和行家业更大，启官又是总商，这事由启官接手自然更好。我没意见。"

潘有节也笑了笑，道："我拒绝他了。"

叶大林听了这话，更是感到意外。

潘有节道："这事既然是你提的头，自然得你来收尾，不但我自己不做，就是别人要来抢你的功劳，我也不会答应的。番夷的用心我哪会不明白？就是要挑拨离间而已，但我们两家是什么关系？那是三代通好的交情！岂能为外人所间！"

叶大林就喝了一声彩，赞道："启官这话仁义啊！这才是我们该有的胸襟气魄。"

吴承鉴道："这个事情就是个苦差，但启官既然都这么说了，那我也只好接手了。明天保商会议上，我就把这事提一提，然后如果监督府和总督府那边都没什么意见，我们就一起在启官的统领下，把这事给办了，也算是为十三行同人的生计、为广州的兴旺发达，办一件好事。"

叶大林道："不错不错，就该如此！"

潘有节道:"只是却还有两件事。"

吴承鉴问:"什么?"

潘有节道:"京城的贵人,在广州这边也有不少产业的。这次的大火,他们损失颇大。咱们总得设法补偿补偿。"

这话别人听不出话外之意,叶大林却是清楚的:如果借款能够下来,京城那边的贵人要分一杯羹,所谓"补偿"只是个由头。

吴承鉴沉吟道:"翻倍的赔偿减免了,保商们才有一条活路;借款如果能下来,保商们就能支付货款,来年的生意才能继续。否则营商链条断掉,到时候可就不止广州一城哭,川湘闽赣江浙徽,至少有七八个省的商户都要哭了。再加上明年白鹅潭、沙面的灾后重建……那笔借款到位,也还是紧巴巴的,恐怕再没余钱可以北输了。"

潘有节道:"红货的事情虽然不了了之,但追根到底,还是蔡士文给挑起来的。内务府那边的贵人,对他颇有微词。"

叶大林一听这话就明白了,这是上头要破蔡士文的家了——破了蔡士文,万宝行的份额就空了出来,蔡家的产业就得变卖,那时节拿到钱的保商们可以瓜分其中的利益,就是十三行之外的资金也能趁机入场。这场新的分食盛宴里,贵人们便又有剩肉烂骨头可以啃了。

叶大林见吴承鉴神色迟疑,咳嗽了一声,道:"昊官,这既然是贵人们的意思,而且蔡士文也的确罪有应得,我看你也就不用对他不忍了。"

这是在提醒吴承鉴:不要在这个问题上跟潘有节对着来。

吴承鉴叹了一口气,道:"我大哥就快死了……这条性命,有一半就是坏在他蔡士文手里头的,我对他能有什么不忍的。只是兔死狐悲,物伤其类罢了。"

潘有节点头道:"也是。"他也轻轻叹了一口气,似乎也在喟叹,然而没有叹第二声,就说:"第二件事,与第一件事有关。万宝行如果也清算了,那十三行的保商数目也就太少了,内务府的意思,是想多放出三张纸来。"

去年已经倒了谢家,今年又倒了蔡家,如果再算上前两年倒掉的杨家,十三行是连倒三家了,都要从最开始的"十三行",变成"八大行"了。

吴承鉴只觉得保商们这般连续倒垮,令人感到朝不保夕。叶大林却心头大动,放出三张纸,那就是要多出三户保商——这可是一笔巨大的利益。

潘有节道:"这三张纸,监督府和总督府那边得各留一张。剩下这张,昊官,你心里可有什么人选?"

吴承鉴朝着潘有节直直看了过去,潘有节也正视过来。吴承鉴便明白了,今天潘有节两番退让,而且让出的还是比那个昆曲班子大了十倍不止的利益,这显然是要重修旧好。

如果吴家肯接受这好意,那就是有心和解,否则便是准备对着干了。

吴承鉴的心里,其实也不想与潘家撕破脸:一来潘家树大根深,斗之难倒,真个斗起来多半得两败俱伤;二来那场大火之后,吴承鉴向吴国英交了底,吴国英的意思也是"冤家宜解不宜结"——老人家毕竟顾念着潘震臣对吴家的提携之恩哪。

念头转了两转,吴承鉴便道:"万宝行是大商行,如果全倒了,影响太大。依我看,不如把其中部分产业抽调出来,成立一个新的商行,尽量减少蔡家倒掉后的影响。"

潘有节便知道吴承鉴愿意接受和解了,笑笑说:"你心中可有人选?"

吴承鉴道:"蔡士群如何?"

潘有节拊掌笑道:"合适,合适!"

三人又喝了两巡茶,便各自散了。

而外间尚不知道,三四个家族的升降起落,牵涉以百万两计的金银流向,已在这桂花树下、几巡茶水之中被决定了。

这次茶会谈得比较晚,吴承鉴回到家几乎都已经快子时了。他稍作梳洗后,就在碧纱橱外的小床躺下睡了。

叶有鱼在碧纱橱内的床上,其实没睡,就在那里听着吴承鉴的动静。等听到他鼾声响起,她这才闭上眼睛睡着了。

第二天一大早,叶有鱼才醒来,一问外头,却是吴承鉴早已经赶出去忙碌了——自他出狱以后,几乎天天如此。

冬雪端了洗脸水来,四下无人时,忍不住道:"三少奶奶,昊官他……是不是还在和您怄气……"

叶有鱼"扑通"一声,湿毛巾都打到水里去了,瞪着冬雪道:"你胡说什么!"

冬雪忙道:"是,是,我错了……"

叶有鱼道:"满十三行的豪商,待妻子像昊官待我这样细心周到的,你听说过谁来!"

冬雪急道:"我错了,我错了,三少奶奶您别生气,可别生气。您怀着孩子呢。"

又一次十三行保商会议,在全城瞩目之中召开了。

潘、易、梁、马四大豪商早早就到了。四人抵达后彼此低声交流了一番,却都一无所得,眼神之中的焦虑都无法掩盖。

没多久,卢关桓和蔡士文也先后到达。两人抵达之后,都一语不发。

看看将近中午,连主持会议的呼塔布都已经到了,才听外头唱道:"同和行启官到,宜和行昊官到,兴成行达官到。"

潘、易、梁、马慌忙起身,直迎出去,就见潘、吴、叶三人谈笑风生,联袂而来。三人身后,各自跟着一个掌柜。

潘、易、梁、马拱手而迎,口中呼道:"启官,昊官,达官。"

潘、吴、叶一边拱手还礼,一边迈进门来。卢关桓、蔡士文都站了起来,呼塔布也起身相迎。

"客气什么。"潘有节笑道,"都坐吧。"

九大保商依次落座,呼塔布才道:"今日监督府应总商所请,召开这个会议。众人若有什么需要聚议的事情,便可开诚布公提出来。"

这个例牌式的开场白后,他便坐了下来,一语不发。

潘有节道:"虚头巴脑的话也不多说了,今日召开这个会议,请了诸位前来,就为着一件事:秋交季那场大火的善后事宜。"

这话一出,犹如一石激起千层浪,潘、易、梁、马都苦着脸,开始哭诉大火中的损失,哭诉自己的难处——难处自然是有的,然而这时要哭穷哭难,不免要把难处苦处再夸大个几倍。

他们一边说着,一边都拿眼角去瞄吴承鉴——一个两个都想知道吴承鉴之前露出的口风算不算数。

吴承鉴听着听着,忽然"扑哧"一笑,对潘有节说:"要都这么难,窟窿这么大,那可没办法了。启官,要不就让他们破产算了,破产之后留下烂摊子,咱们几家就帮他们收了吧。"

叶大林哈哈笑道:"那也可以,我们兴成行虽然也难,但为了广州的兴旺,为了给太上皇、皇上分忧,也愿意出钱来帮着补一补窟窿。"

潘、易、梁、马的脸色一下子就变得很难看。

潘有节手中的折扇挥了挥:"行了行了,昊官你就别为难人家了。谁都知道你办法多,可你敢折腾,别人未必经受得起。"

潘、易、梁、马连忙道:"正是,正是。"

吴承鉴道:"但按照他们刚才的说法,那个窟窿实在太大,我就也没办法了。"

潘、易、梁、马慌忙道:"也不是很大,也不是很大。"

第五章

几家欢乐几家愁

众人于是又转了口风,这一回不敢随便夸大了,唯恐吴承鉴不肯出手,都将自家的损失按少里说,若说刚才是将实际损失夸大了三五倍,这时对自家的损失就只说了六七成,两者相差极大。当然,他们所说的这个损失额度却也在他们的承受范围之内——如果吴承鉴能在这个限度出手,那么眼前这个难关他们也能过。

吴承鉴听了这话,才道:"若是这样,那我还有个办法,就不知道能不能成。"

潘商主慌忙道:"满十三行的人都知道昊官天纵大才,只要是昊官出的主意,一定能成!"

梁商主道:"不错不错,光孝寺的大师都说昊官你是前辈子带来的慧根,从小就开了天眼,前知五百年,后知五百年。只要你肯出手,我们就都有救了!"

"什么慧根!"吴承鉴呸了一声,"那是那个老和尚要骗我去当小和尚!你这话让我老子听见,小心他老人家甩你老大耳光。"

梁商主忙道:"哎哟,看我这嘴巴,就是乱说话!怎么就把国英老哥的笑谈给当真了!该打,该打。"说着就轻轻打了自己俩耳光。

这梁商主也是吴国英那一辈的人了,这时为保身家自轻自贱如此,吴承鉴也就不为已甚,笑道:"行了行了,其实那场大火之后,我心里就一直牵挂着怎么渡过眼前这个难关。咱们十三行现在只剩下九个了,彼此之前不是姻亲,就是老友,一荣俱荣,一损俱损,这场大火又是把所有人都卷了进去,所以要渡过这个难关,不仅要自救,而且是要让大伙儿一起脱离苦海才是正道。"

潘、易、梁、马齐声道:"吴官这话说得好!就该如此。"

连卢关桓也道:"这话是正论!如今大伙儿都在一条船上,只能大家一起自救救人,而不能想着独善其身。"

最近北京那边传来了一些不好的风声,两广总督方面有不稳之状,所以卢关桓原本挺直的背脊又往回缩了。

"这次大火实在烧得厉害,要自救已经难了,要想大伙儿一起脱身,那就更难了。"吴承鉴道,"但我抱着这个念头,与启官、达官商量了好久,终于商议出了个办法来,只是这个办法,必须整个十三行所有人众志成城、同心协力才可能办成。若是彼此心怀鬼胎、三心二意,那这事就成不了了。那还不如什么也不做,大伙儿就此散了,彼此自求多福吧。"

潘、易、梁、马刚才调门都喊得很高,但又都不知道吴承鉴要出什么主意,这时要见真章,一时都不敢随便接口了。

倒是卢关桓有魄力,别人争着拍马献媚的时候他不说话,等大伙儿都静了,还是他来出头:"昊官,你就把办法说了吧,只要这个法子真能把大伙儿都救上岸,就算有什么难处,大伙儿也一起使力把难处给破了。只要法子是正道,我卢关桓在此把话撂下:定会有始有终,助成此事!"

他是除潘、吴之外,眼下十三行势力最大的人,又素讲信义,一诺千金,这话出了口就是表明绝对支持了。

吴承鉴向卢关桓拱了拱手道:"有茂官这句话,那我就是吃了一颗定心丸。"他说着望向潘有节:"启官,办法虽是我想的,却得你来带头。"

潘有节道:"潘、吴两代交好,你我又情如兄弟,你跟我客气什么!说吧,只要是你的主意,便是我的主意。"

叶大林也道:"不错,兴成行也一样。"

蔡士文张了张口,最后却没说话。

"好吧。"吴承鉴这才道,"我已经跟东印度公司交涉过了,提了两点:

第一，减免掉大火中损失货物的加倍赔偿的加倍部分。凡是拿了东印度公司预付金而无法按时交货，按合同需要加倍赔偿的，则额外赔偿那部分，让东印度公司免了。其烧损货物，如果商行近期能从其他渠道把货物补上的，东印度公司仍然按照原价收购；不能补上的，或退回预付金，或另行商议。"

潘、易、梁、马闻言一喜，如果能让这笔加倍赔偿得以减免，自家损失已经减少了许多。

吴承鉴继续说："这个条款必须我们整个十三行的保商一致对外，不能各自为政地去谈，否则必遭番夷压价逼迫。所以如果大伙儿答应，待会儿就要签押署名，总商为保，监督府加印，派出一人为总代理去谈。跟东印度公司谈成了，就能继续跟其他国家的商行谈，要他们答应同样的条件。"

卢关桓道："好，就该这么办！待会儿拟了条款，我第一个签押！"

潘、易、梁、马一想，都觉得这事有利无害，纷纷答应了。

吴承鉴才继续道："第二，我打算让东印度公司为介，向欧罗巴的银行借一笔款子出来。这次大火，各家各行损失巨大，银根吃紧，如果能借到这笔钱，一来可以用于支付我们未来得及支付的货款，以保明年上游供应链条不至于断裂；二来明年白鹅潭、沙面的灾后重建，我们也就有了底子。"

这个条款提出来，在场保商都是心头大动，却又有所担心。

卢关桓沉吟道："昊官，番夷的钱可不好拿，却不知道这笔钱能借到多少，利息多少，可要什么抵押担保。"

吴承鉴将折扇在左手掌心拍了拍，外头姚四掌柜走了进来。吴承鉴道："这是我和启官商议后的借贷流程、抵押方式、担保方式，以及预期利息。"

姚四掌柜就将几张纸给八大保商都分派了过去，每人拿到的都不一样：只有潘、叶、蔡三人面前都是白纸；潘、叶看都不看，而蔡士文见是白纸一张，脸色便苍白得跟那张纸似的。

潘、易、梁、马拿到后扫了一眼，先看借贷流程、抵押方式和担保方式，倒都可以接受，再看利息额度，无不大吃一惊，简直不敢相信，纷纷道："这，这，这……"

那利息，不是太高，而是太低了！

卢关桓将纸一叠，道："昊官，你真能帮我们用这个利息……贷到这个数字？"

吴承鉴淡淡道:"还要进一步谈,但如果在场诸位能全力支持我,我有八成把握。"

卢关桓在扶手上一拍,喝道:"好!如果是这个流程,这个数字,这个利息,昊官,广发行就全权拜托你了!"

潘、易、梁、马也急忙道:"不错,不错,我们也全权拜托了。"

吴承鉴望向潘有节:"启官,你看?"

潘有节笑了笑:"这是大好事,我早说必定能成的。"他拍了拍手,门外柳大掌柜走了进来,有仆役抬了一张书案进来后退下。柳大掌柜取出一份文书道:"这是协议文书,诸位请仔细过目;若无意见,便签押落名。落名之后,此事便要同进同退,不得提出异议了。"

潘、易、梁、马等平时吹嘘拍马都是张口就来,这时事关身家利益,不敢轻忽,纷纷起身,一字一字地校审所有条款。别看潘、易、梁、马面对潘有节、吴承鉴的时候表现得如同小丑一般,到了这跟银钱有关的节骨眼上,便一个个精明如狐、狠辣如虎,半个时辰之内,提出了二三十项大小意见,其中有许多是连吴承鉴、潘有节都未曾想到的。

诸保商同堂计议,有接受的,有修改的,将那份协议文书涂抹得墨花淋漓。

最后一项条款都议定后,会议的书记重新誊写了一份,柳大掌柜当众宣读一番,诸保商又逐一过目,这才把协议文书给敲定了。

时已过午,按西式计时都两点多了,在场所有人却没一个觉得肚子饿的。

卢关桓果然第一个走过来,签名画押用印。潘有节跟在后面,然后吴、叶、潘、易、梁、马也都跟上。

整个过程,蔡士文犹如被无视了一般。等八大保商签押毕,他一咬牙也想上前,呼塔布忽然道:"蔡商主,有人到监督府把你给告了。监督老爷传了话,事情未了之前,你不能参与此事,免得案子办下来,你无法履行这份文书,把这件大事给耽误了。"

蔡士文的眼眶一下子红了,一个多月前那场大火,万宝行的仓库也被波及了。还没交出去的货物,从火场里救出来的不到十之二三。如果不能免去加倍赔偿,那笔赔偿金就能榨干蔡家的现银银流。货物交不出来,没有货款补充银流,上游货商催逼过来,蔡家的银根就得断!

一旦被逼到要变卖产业的时节，满广州的饿狼就会扑上来。谢家去年是什么下场，就是蔡家的前车之鉴。

这时不让自己签协议，那就是要逼蔡家去死！

他本来一直隐忍着，这时再忍不住，"啪"的一声，竟朝呼塔布跪下了："呼管事！您大人不记小人过，就给我们蔡家一条活路吧。"说着竟然不顾体面，砰砰砰给呼塔布磕起头来。

第六章

呼塔布求救

任凭蔡士文怎么磕头，呼塔布却是心如铁石，冷笑道："你帮着嘎溜整我的时候，怎么就不想着有今日？若不是菩萨保佑，我呼塔布今天骨头都被狗啃光了，却有谁来可怜我？今天你这几个头，我呼塔布受不起。走开走开！"

蔡士文额头见血，这几个月来他苍老得极快，已经爬满皱纹的脸夹着滴滴泪水，又给众保商纷纷磕头。潘有节以折扇遮面，摇头避开；潘、易、梁、马纷纷跳开几步，不愿意受他的磕头；叶大林眼睛朝上，就像什么也没看见，什么也没听到。

卢关桓心有不忍，却只是看向吴承鉴。

蔡士文转了身，看看吴承鉴，膝盖终于弯下去，叫道："昊官，看在我们两家毕竟一场亲戚的分上，你就给我们蔡家一条活路吧！"说着便砰砰砰磕头。

吴承鉴眼睛闪了闪，不忍之色一闪而过，然而想起在西关老宅里等死的吴承钧，心头又是一硬，喉音带着哽咽："你去把我大哥救活，我就救你蔡家！"

蔡士文的头便磕不下去了，整个人僵在那里。

潘、易、梁、马见了这情状，心里都想："这可真是天道好还，报应不爽了。"

蔡士文跪在那里，僵了有一会儿，忽然放声大笑，且笑且哭，哭中带笑，笑中带哭。

他狼狈而仓皇地爬起身来，不顾衣服上的尘土，笑着哭着，奔出门去。

潘、易、梁、马望着他的背影，再看着案头上自己签押了的协议文书，都是心有戚戚焉，这正是：兔死狐亦悲，物皆伤其类；今日破蔡氏，明朝轮到谁！

卢关桓长长一叹，呼塔布道："十三行里保商们起起落落，大伙儿还见得少吗？管他做什么！"

潘、易、梁、马马上都把脸上神情变成笑容来："不错，不错。"

文书签押既毕，书记又誊了副本，呼塔布用印、潘有节作保之后，交给各家自存。事情都做完，卢关桓摸出怀表看了一眼，已经下午四点多了，这时候保商们才都觉得肚子咕噜噜直叫。

易商主道："今天办成了这样一场大喜事，不可不庆贺一番，相请不如偶遇，要不我们就找个酒楼，在下做东，大家热闹一场如何？"

马商主呸道："贺是要贺一贺，只是怕怎么也轮不到你来做东！"

众人皆笑，有人便望向潘有节，有人便望向吴承鉴。

吴承鉴却望向了潘有节，那些望向吴承鉴的人，便赶紧也望向潘有节。

潘有节笑道："天下都说食在广州，但外头的酒菜，怎么能跟咱们家里比？既然大伙儿要聚聚，那便找个地方，我们把家里头最好的厨子点出来，有好酒的出好酒，有好肉的出好肉，办个八豪宴如何？"

吴承鉴道："甚好，听启官的。"

众保商皆道："听启官的！"

卢关桓道："却到哪里合适？"

潘有节道："镇海楼如何？"

叶大林道："镇海楼白天登临也就算了，晚间设宴，可得广州府，甚至总督府点个头。"

卢关桓道："大伙儿既然有这个兴致，这关节我去疏通。"

这八大豪商，各有各的门路与能耐，卢关桓出了声，别人便没话说了。

当下约定了时辰，各自回家。临要出门，卢关桓走过来握了吴承鉴的手道:"昊官,且等一等!"

吴承鉴还以为卢关桓有什么正经事要说,不料对方说的却是:"听说你家夫人临盆在即了。"

吴承鉴笑道:"差不多了。最近达官日日等着抱外孙呢。"

卢关桓道:"前两天,我的小妻刚刚给我添了个闺女。"

他的年纪比吴国英小不了多少,但卢家是新发之家,卢关桓中年得运、老来得子,前两年才生了头胎子,有了儿子在前头,现在再弄璋弄瓦就没压力了。

吴承鉴连忙道喜,保商们这时还没离开,也跟着恭喜。

卢关桓笑道:"是很高兴啊,等回头她们当娘的出了月子,就让她们把孩子抱上聚一聚。我倒是盼着昊官你一举得子,若是吴家添丁,咱把两个孩儿的八字合一合,若合适,说不定能做门儿女亲家呢。"

吴承鉴笑道:"那敢情好!就得盼着有鱼肚子里那头化骨龙是带把的。"

卢关桓笑道:"那可就这么说定了!"

五家保商都走了之后,叶大林嗤笑道:"老卢真敢开口,这就看上我那还没出世的外孙了。"

潘有节在旁笑道:"虎父无犬子,昊官的儿子不用想,一定是好的。可惜我两个女儿都嫌大了些。有道是'女大三,抱金砖',但再大就不大合适了。回头我让房里加把火,争取两三年内弄个瓦。承鉴啊,你可得把你儿子给我留上一留,别这么快就许了茂官。"

吴承鉴笑道:"有节哥叫到,自然得排在前头的。"

叶大林在旁边道:"且都给我慢着!昊官你给我听好了,别的事情都算了,但我这个外孙的婚事,媒人一定得我来做。任谁要做我孙女婿,都得先过我这一关。"

吴承鉴道:"这个自然,这个自然。"

三人一起大笑,就要联袂离开,呼塔布忽然含笑道:"昊官,有点小事儿,你得留一留。"

吴承鉴看看潘有节,潘有节道:"那我们先走,你慢慢来,晚上镇海楼见。"

潘、叶先自走了,呼塔布说:"我们到后花园说吧。"

保商会议处的后花园，不得监督府这边点头，便是总商等闲也进不得的。吴承鉴便跟着呼塔布来到花园凉亭之中，周围更无一人。眼看日已西斜，吴承鉴想着："吉山又有什么事情吗？"

却见呼塔布左右张望，又巡视各处，确保没人藏伏，这才回到凉亭来。吴承鉴见他这个样子，心想："这又有什么隐秘事情？"心里就生了警惕。

呼塔布回到凉亭后，看着吴官半响，忽然脸色变得凄苦，膝盖一弯，跪下抱住了吴承鉴的大腿，哭道："昊官，救命！"

吴承鉴惊讶极了，赶紧要把呼塔布拖起来："呼大哥，你这是做什么？"

呼塔布挣着不肯起来，抱着吴承鉴的大腿说："我要死了，我要死了！昊官，你得救救我！"

"究竟是什么事，"吴承鉴道，"呼大哥你还是先说说吧。"

呼塔布道："昊官，你先答应一定要救我！"

吴承鉴道："呼大哥你不说什么事情，我也不好着手不是？"

能让呼塔布拉下面子求救的事情，他也不敢轻易应承。

呼塔布左求右求，眼看不吐实情终得不到吴承鉴一句应承，才不得已压低了声音道："昊官，你还记得全公到牢里头看你那次，门外的老鼠叫吗？"

吴承鉴心头一凛，便想起刘全到大牢里找自己说话，吐露了惊天秘密，自己惊骇之余，门外忽然传来动静，也多亏了那一场动静，干扰了刘全片刻，让自己有了一点思考的余裕。

他忽然心头动了动，道："你……都听到了？"便猜当时不是有什么老鼠经过，而是呼塔布在门外偷听——听到惊心动魄处，一不小心竟弄出了声响。

呼塔布哭道："都是我贱，都怪我贱！"他狠命地扯着自己的耳朵，几乎要扯出血来："一时好奇，可把自己害死了！"

说一时好奇，未必是真，但像他这种下人，有聆秘的机会一般是不会放过的——谁知道那秘密什么时候就能变成重大的利益呢？

但他这次哭起来也不是假哭了，是真哭。

那晚刘全吐露的事情，别人听了也许懵懂难明，但呼塔布本来就在其中经手办事，听到一点就能猜到十点，所以当时才会那么害怕！

这等涉及内廷的大隐秘，岂是他这等奴才应该知道的？和珅对嘉庆有异心——这事别人乱说只是谣言，呼塔布这等经办奴才若是在什么机缘下被拎到御前，却能做人证的！他这条命和珅岂能容得！

吴承鉴低声道："全公他……知道了？"

呼塔布摇头："我不知道，我不知道……我原本还心怀侥幸，盼着他就信了……可……昊官，我家老爷要调任了……"

吴承鉴心头又是一动，吉山要调职，这可又是一项大秘闻了。

然而还来不及想其余，就听呼塔布哭泣说："昨晚老爷把我叫过去……他说，他说……"

吴承鉴便猜到了什么："他不准备带你走？"

第七章

万宝行倒了

呼塔布哭得鼻涕都流下来了:"他说他走了之后,我且留一留,给下一任粤海关监督履任后做个交接。"

这事听起来好像很正常,但若结合前面发生的事情,就不能怪呼塔布要多想!

主子走了,奴才却留下,回头出个什么"意外",呼塔布这条性命兴许就得永远留在广州了。

"昊官啊,昊官!"呼塔布道,"你救救我,你得救救我!"

吴承鉴为难道:"呼大哥,别的事情都好说,但这事……"

呼塔布眼泪鼻涕都蹭到吴承鉴的裤腿上了:"我知道这事很难,可我……我没其他办法了,也没其他人能去求。这几个月,我对你不错吧?就念在一场交情,你就救救我吧。"

吴承鉴道:"我能怎么办啊!监督府里头的事,我插不了手啊!"

"能,能!"呼塔布道,"如果老爷真的要把我丢了,这段时间他反而会更优待我,好安我的心,所以我在府内反而更好办事了。昊官,我知道你在外头人面广,手腕通天,只要你肯帮忙,这事一定能成,一定能成!"

吴承鉴好生为难,倒也不是因为要报答呼塔布这段时间的配合,也不完全是因为怜悯，而是呼塔布把牌都向自己摊了，如果自己当面拒绝，他面临生死大难之际，什么事情都可能干得出来。正如他自己所说，这段时间吉山为了安抚或麻痹他，兴许反而会对他更加放权，如果自己现在拒了他，旬月之内，必有大患！

他沉吟片刻，才道："我回去跟贻瑾商量一下吧。"

呼塔布大喜："成，成！如果周师爷肯出手，我这条贱命就有救了！"

吴承鉴安慰了一会儿呼塔布，呼塔布也自收拾精神。两人也不敢逗留太久，便各自离开了保商议事处。

当天晚上，八大豪商在镇海楼大摆宴席，以作庆贺。

天下人都知道"食在广州"，一来是因为地兼山海（北边是五岭，南边是南海），且处在亚热带（冬天也能种蔬菜，物种比起北方来更加多样化），又得海外贸易之利（东南亚的食材也到此汇聚），所以食材多样性天下无双；二来是因为一口通商之后成了九州财富第一聚处，财富积累既多，享受的事情也就跟着上来，所以华夏美食发展到乾嘉年间，广州美食便隐隐有称雄天下之趋势。

而广州的美食，论风味则是大街小巷的老字号，论水准则是羊城八大酒楼，然而满省城都知道，真正的美食巅峰，毕竟还得数十三行保商家里的私家厨房。

八大豪商罕有这样能聚在一起的。所以在卢关桓打通关系得到在镇海楼设宴的许可之后，各家便都派出家中的掌勺，自然不只是出人，食材也都是自带的——什么极品燕窝，什么双头鲍鱼，什么极品鱼翅，北地的熊掌、虎骨，五岭的山珍、奇菜，百斤重的海鱼，百岁的乌龟，天上飞的、地上走的、水里游的，只有人说不出名字的，就没有人知道了却没有的。

各家厨房又暗存竞争之意，用料唯恐不惊奇，功夫唯恐不到位，商主们恨不得把好货都捧上，大厨们恨不得把自己毕生所学全部用上。因此这个晚上，镇海楼上香飘数里，所谓酒池肉林不足夸其美，珍馐百味不足言其多，但凡参与过这场宴会的无不将其铭记一生。

镇海楼这边热闹无比，欢快无边。

西关街蔡家宅子里却是一片死气沉沉。

蔡士文把老婆儿子叫了来,从傍晚开始,交代了四个钟头的话,才把他们打发了出去,然后才将几个小妾叫了进来。小妾们见太太少爷们哭哭啼啼出去,心里都有些忐忑,但进屋后见老爷心情好像还可以,这才稍稍放心。

"今天有些烦闷的事情,你们陪我乐一乐,散散心吧。"蔡士文说着,让一个小妾打开了桌子上一个箱子,箱子里是一团团黑乎乎的东西。

"这东西是西洋英吉利国新出的好东西,叫鸦片,又叫福寿膏,吃了能让人飘飘欲仙,烦恼尽除。今晚老爷便赏了你们,大家一起乐乐吧。"

小妾们都欢喜叫好,帮着蔡士文抽吸起来,眼看着蔡士文抽得满脸飘然,也都凑上来享受。不多久满屋子都是"神仙"味道,所有人都抽上头了,蔡士文又哄着小妾们吞吃。

这些小妾们也不大知道这东西的药性,又都抽上了头,被蔡士文半哄半逼,又见蔡士文自己也吃,便一起把半箱子鸦片都吞光了。

第二日蔡家的儿子们打开房门,散了大烟味后,映入眼帘的便是满屋子的死人。

吴承鉴走进后院,吴国英如今已连行动都不大方便了,躺在床上,吴承鉴扶了老父亲靠着被子坐起来。

吴国英道:"是不是有什么事情要跟我说?"

吴承鉴想了想,道:"蔡士文死了。"这件事情他踌躇了好久,才决定来跟父亲说的——不管是敌是友,蔡士文终究是老爷子大半辈子的故人,但关系已经恶化,说出他的死讯大概不会对吴国英造成很大的精神冲击。

吴国英愣了半会子神,才点了点头。

他大概也料到了。

"他家里头的人怎么样了?"

"已经在着草(逃跑)了。"吴承鉴说,"大概会逃往海外。"

吴国英唏嘘道:"终究还是少不了这一条路啊。"他按了按吴承鉴的手,说:"去年黑头菜做得过了,承钧的病,有一半要算在他头上。不过人死万事空,黑头菜死了,两家的恩怨就此结了吧。蔡家的人,就由得他们去吧。"

他是知道如今儿子在广州港的势力的,如果吴承鉴不点头,蔡家的人想逃

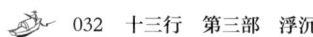

都难。

吴承鉴点了点头。

他们蔡家是粤西系人马，吴家是福建系人马，继续彼此报复下去，仇怨迁延，都非彼此所愿。

吴国英又说："做人做到底，送佛送到西，既然决定了结恩怨，就要让蔡家知道我们的意思。你用我的名义，送些东西给蔡家，算是一场故交做个结。"

吴承鉴道："好。"福建人和粤西人在海外都有亲友关系，就算蔡家已经逃到东南亚，吴家的东西也能送到。

"万宝行倒了，那万宝行的产业……罢了罢了，"吴国英说着，忽然摇头，"我现在还理这些作甚！"

蔡士文的死讯，不到半日工夫，传遍了整个西关，蔡巧珠自然也就知道了。

她瞧着躺在床上的丈夫，又想着蔡家毕竟是亲戚，一时之间不知道该欢喜还是该伤心。

碧桃来报："大少奶奶，大新街老太太来了。"

蔡巧珠便料到阿娘到来多半也和蔡士文的死有关，让人将蔡母请到屋里来。喝了一杯茶，蔡母开口道："你士文叔去了。"

"他不是我叔！"蔡巧珠绷着脸，一丝哀色也不肯露。

蔡母也知道女儿深恨蔡士文，轻轻叹了口气，道："好，咱们不说他。不过……"她拉着女儿坐近了一点："黑头菜一死，万宝行就要清算。最近传出个风声，说粤海关那边瞧着保商的数量少了，准备发多几张执照。乖女，你可听昊官提起过些许没？"

蔡巧珠皱了皱眉头："没听说过。外头的事情，我如今是越发不理会了。"

"我知，我知。"蔡母说，"你的贤惠，满西关谁不晓得？可是啊，我的乖女，有时候你也要为自己考虑考虑；便是你不为自己考虑，也要为光儿考虑考虑。"

蔡巧珠道："考虑光儿什么？"

"哎哟！"蔡母道，"我的痴女儿啊，你也不想想……你娘家好了，你和光儿就有了靠山。"她指了指左院的方向："那边那位，可快要临盆了。要是生出个带把儿的……"

"那又如何？"蔡巧珠道，"我们吴家要添丁了，这是喜事。"

"喜事，当然是喜事！"蔡母道，"但以后光儿在吴家，位置可就要往后靠了。我还是那句话，自古侄儿再亲，能亲得过儿子？所以女儿啊，你也得谋多条后路。"

蔡巧珠听得烦躁起来："后路，后路！我不需要什么后路。阿娘，这些话你以后别再跟我说了，我不想听。"

第八章

新 蔡 家

吴承鉴听吴七说大新街亲家母又来找大嫂说话,心里就知道对方为什么来。他对吴七说:"去请大新街蔡老爷过来一趟,有些话说。"

吴七答应了。吴承鉴又回左院陪了一会儿叶有鱼,叶有鱼精神却很好。

自那日大火之后,她就把外事抛开了,安心养胎。吴承鉴从狱中出来后,不管有多忙,每日都会抽出时间来陪她。只是两人相对却言语不多,偶尔说些花草天气而已。

没过多久,蔡士群就请到了,算算时间他来得可真快。

两人在书房见面,蔡士群笑容中带着不明显的讨好。吴承鉴道:"蔡叔不用这么客气,坐。"

夏晴奉了茶上来。喝了一巡,聊了两句闲话后,吴承鉴随口提起粤海关那边可能要放多三张执照出来,还要重组万宝行。这话一下子把蔡士群引得心痒难搔——这个消息他早就听说了,对那张新执照以及万宝行的重组,他不是没想法,可是吴承鉴提了一嘴之后又扯到别的地方去了,这可让他难受得紧了。

吴承鉴忽然又随口问:"蔡叔家里头,跟启官有亲戚来往?"

蔡士群想了想,道:"有一门拐弯的亲戚。"

"那就怪不得了。"吴承鉴道,"万宝行重组的提议出来之后,我试着把蔡叔的名字提了一提，原本只是想试探试探，不料启官那边便答应了。"

蔡士群不虞有他，闻言大喜："这，这……昊官，多谢，多谢了！"

"这事也还没全成呢。"吴承鉴道，"最后还要看粤海关那边的意思。"

"这个，昊官和启官都答应了，还怕事情不成吗！啊，我的意思是，不管成不成，我们蔡家都是感激昊官的。"

吴承鉴笑道："大家一场亲戚，不要说两家子的生分话。"

吴承鉴没留蔡士群多久，便送走他了。

蔡士群出来刚好遇到他老婆，夫妇俩回了大新街，彼此一合计乐得不行。蔡士群也是有些能耐和人脉的，当下就要准备把事情张罗起来，免得好事真的掉下来，自个儿接不住。

蔡母忽然说："听昊官的意思，这次的事情，启官还帮了忙的？那要不要去谢谢启官？"

蔡士群想了想说："那当然是要的，只是启官的门路，也不好走。一来他个总商老爷，家里什么没有？我们要表示表示也不知道该怎么表示。二来要见他也不容易啊。"

潘有节复出之后，不似之前那般谢绝宾客了，但也不是什么人想见就能见到他的。说起来蔡士群能偶尔见到吴承鉴，还是托了两家是亲戚的福。如果是别的事情，托吴承鉴的关系给潘家送礼物也能办到，但在这件事情上却不好意思了。

想到这一点，蔡士群不由得又感慨自己的根基毕竟还是浅了。

蔡母忽然说："哎哟，咱们家老大的媳妇的三舅魏老实，不是金鳌老爷子的七姨太的表弟吗？最近两年，跟我们一直都有走动，好些个潘家的消息，我们还是从他那里知道的呢。不如就问问他？"

蔡士群点头："有理！"

他们便张罗起来，请了魏老实来喝茶。这两年魏老实经常跟蔡士群一起喝酒听曲儿，亲戚虽有点拐弯，却彼此厮熟，酒酣耳热之际又常交流一点各自的消息秘闻。这次喝了两杯酒，蔡士群趁着酒兴，就吐露了一句自己明年或许就能到保商会议处开会了。

都是靠着十三行混饭吃的人，魏老实哪里听不出这话的意思？当下就道：

"恭喜，恭喜！"

蔡士群又提起这事潘家可能也出过一把力，他要感谢感谢，却不知道该如何着手，便问起魏老实可有办法。魏老实回答说他得回去想想，当下酒罢而散。

当天晚上，潘海根便来报知潘有节此事，潘有节自是一点也不意外，道："知了。"

吴承鉴送走蔡士群后，便坐船到了河南岛，径入曼倩蓬莱。

最近不但吴承鉴在粤海湾势力一日强似一日，便是周贻瑾在广州豪门中的声望也隐隐抬了起来。好些人都知道吴家有这么一位能做吴官主的厉害师爷，所以也就有些人变着法子来巴结。

周贻瑾甚有分寸，对于送上门的好处也不个个都拒绝，当然也不是每个都收的，其中有符合他口味又无伤宜和行利益的，他便收之无妨。

这时他见到吴承鉴，取了几卷抄本来，对吴承鉴道："刚刚得了几卷好物。"

"是什么？"

"是几卷手抄的《子弟书》。我想让他们练上一练。"

"《子弟书》？那是什么来着？"

周贻瑾道："是八旗子弟所创的说唱本子，用当下时行的俗曲作调子，掺入一些满人的萨满曲调，一般配八角鼓说唱，很有些味道。"

吴承鉴嗤笑一声说："你知道我从来不喜欢这些。再说，我记得你也讨厌啊。没兴趣，你自己弄吧。"

周贻瑾也不强求，就将那几卷手抄《子弟书》放在一边。

曼倩蓬莱是个小岛，四面环水。吴承鉴望了一望，这时北风初来，水面萧瑟，夕照如血，拖在水面上甚是漂亮，那风又不至于冰冷彻骨，煞是一片好景——广东地方蚊虫多，如果是夏天有水面处，日落时分蚊群聚集是很可怕的，所以这等水景并非日日都有。

"走，荡下船，看下水景。"

曼倩蓬莱备有游江小船，吴承鉴就拖着周贻瑾上去，只铁头军疤在船尾掌舵，吴小九在甲板上烧茶。

吴承鉴和周贻瑾一起透过船窗看夕景。

看了有一会儿，吴承鉴忽然道："呼塔布找我救命来了。"便将呼塔布之事说了。

周贻瑾沉吟片刻，道："这事我来安排吧，只能尽力。"

他既接了手，吴承鉴这边就放下了，又说："蔡士群应该不是故意的。"

"嗯？"

吴承鉴又将今日蔡士群来见的事情说了，尤其提及了蔡士群听自己说起潘有节时的反应。

周贻瑾说："听你这么说，他跟这件事情多半没直接关系，应该是入了潘有节之彀而不自知。如果他心里有鬼，听你提起潘有节，多少会有些慌忙。除非他的城府深到连你都看不出一点儿端倪来，但他如果真的厉害到这个地步，八大保商的位置早就有他一席之地了。"

"所以应该不是故意的。"吴承鉴说。

"这次的事情，算是告一段落了，"周贻瑾道，"但等过了年，你得小心。"

吴承鉴道："小心和珅，还是小心潘有节？"

"都要小心，"周贻瑾道，"你这次再次翻盘，敢烧十三行，那是魄力；烧了之后还能重建，这就是能耐。有这份能耐，便不是小人物了。和珅是个有心胸的人，见你的确是个人物，他要动你的时候，就会掂量利害得失，不只是他个人的利害得失。"

吴承鉴点了点头。

他如今展现的手腕，已经不只是计谋——这种人大清从来不缺——而是能办实事、办大事的真本事，有这种能耐的人就不是想找就能找到的了。

蔡士文死了，对广州港影响都不大；如呼塔布这种人，对和珅而言更是杀他如同碾死一只蚂蚁；但吴承鉴对这个地区的正面影响力，目前已经难以估算。和珅虽然贪腐，但毕竟也是治国之能臣，有些事情是需要做全盘考虑的。

"虽然他动你时会小心，不代表他就不会动你。"周贻瑾道，"只是在动你之前，会准备得更好罢了。"

吴承鉴道:"那你怎么觉得他会在过年之后动手?"

"也就是随口一提,"周贻瑾道,"不过在番夷的结款尘埃落定之前,他不会动你的。不管怎么样,很多人都需要你来办这件事情。这个世上,不管是在北京还是在广州,在朝廷还是在民间,能弄来钱的人,就是大伙儿的衣食父母。就算是和珅,他也不能干断人财路的事情。"

吴承鉴嘿嘿一声,随手抓起一颗瓜子,弹落江面。

"至于启官,"周贻瑾道,"他现在究竟是真想跟你和好,还是想麻痹你,还要听其言,观其行。但他既然向你公开示好,那么不管他是真心求和,还是意图麻痹,短时间内都不会再有动作。"

吴承鉴的脸色一沉:"去年群兽分食之局,我们已能确定蔡士文一定有关系。至于启官,我还不确定他介入的程度有多深。如果真的如我们预测那样,那我大哥的性命……"

"仇恨,还是不要扩大了吧。"周贻瑾道,"虽然大火前夕,我跟启官说了那样一番话,但里头有多少是真相,我也没有十足把握。人世间的事情是很复杂的。有许多事是因缘际会,业力共作,就连太上皇、和珅这样的帝王将相,许多事情也只能顺势而为。启官不一定没有责任,但要说一切都是他算计成的,也是未必。"

吴承鉴冷笑:"你是不想我多树敌吧!"

"我知道承钧兄最近身体要不好了,你心情很坏。"周贻瑾道,"但越是这种时候,你越要冷静下来。悲怒交加的时候,不要做决定。"

第九章

刘全来访

吴承鉴和周贻瑾游了一圈水景,回到曼倩蓬莱,只听戏台那边曲声飘来,竟然正在开戏。

这个戏班子,他两人都不在时,谁能调动?两人对望一眼,都觉得多半有事发生。

上了码头,远远就看见观戏亭垂了珠帘,望上去十分古怪。

吴七已经迎了过来,吴承鉴看了他一眼,道:"你让开的戏?"

吴七低声道:"呼塔布来了。"

吴承鉴就明白了,问周贻瑾:"你跟我过去,还是我自己去?"

周贻瑾道:"人都到这里来了,我怎么好不去迎一迎?"

两人走近观戏亭,就近了看。隔着珠帘,吴承鉴依稀看出是刘全的身形,呼塔布却不在,不知道躲在哪里。

吴承鉴挥手让吴七、吴小九等也走开一些,笑容满面,跟周贻瑾走了进去,叫道:"全公,怎么有兴致来这里听戏,也不先知会一声。"

刘全哈哈一笑,站起来跟两人还礼——他不管内心怎么想,礼貌上还是做得挺足的。

吴承鉴又给他引见道:"这位是我的好朋友,叫作周贻瑾。"

周贻瑾作揖:"见过全公。"

刘全转头瞧着周贻瑾,心道:"这就是吴承鉴的谋主了,长得也忒俊了。若不是听说过他的一些手段,一定以为他是靠脸吃软饭的。"嘴上哈哈笑道:"周师爷名播粤海,老朽怎么会不晓得!"也与周贻瑾见了礼,对周贻瑾也像对吴承鉴一般亲热。

他这亲热,没让周贻瑾感到欣然,反而让他暗暗感到不安。

这时观戏亭的桌子上早有热茶、点心,也不知道是刘全不客气,还是呼塔布暗中让吴七安排好了。

三人坐定,刘全指着戏台,笑道:"这个戏班子很是不错。我便是在北京城也罕有见到腔调这么正的。"

周贻瑾道:"就不知道他们有没有这个福分能上京给全公唱曲儿。"

他这话就是要将戏班送给刘全了——吴承鉴已经将戏班送给他了,周贻瑾对这个戏班也着实喜爱,这些时日着实下了不少心血,所以这事得是周贻瑾开口。当然在刘全他们看来,周贻瑾送的,也就是吴承鉴送的。

刘全哈哈笑道:"不成不成,我可养不起。不过嘛,我可以问问中堂大人。"

吴承鉴脸上就现出"更是欢喜"的神情来,既然周贻瑾已经开口,他就接着道:"如果他们能有机会到和府露上一手,那更是这些角儿的福分了。"

刘全点了点头,算是答应了。

这个戏班子价值何止千金,然而刘全肯替和珅收这份礼,反而是送礼的人要受宠若惊。

三人又听了一小段,刘全笑道:"这戏是不错的,不过再好也好不过吴官的两场戏。"

吴承鉴笑道:"全公说笑了,我哪会唱戏?"

刘全道:"去年粤海关监督府里头那场大戏,我就看得很是过瘾。十三行大火之前那一场没能亲眼见到,就有些可惜了。"

吴承鉴和周贻瑾听了这话,同时就有些坐不住了:刚才见刘全肯收戏班,还以为事情过去了,没想到转眼之间形势急转直下,刘全这是准备摊牌吗?

刘全仿佛一点都没注意到他们的紧张,依旧笑着。

吴承鉴道:"全公这话,吴承鉴不懂。"

"哈哈，没错没错，就是应该这样。"刘全笑着说，"做戏嘛，就要做全折。很好，很好。"

吴承鉴正色道："全公，我是真不知道你在说什么。"

刘全道："昊官啊，你就这么一直游走在悬崖边上，不肯真的投效中堂大人，说实在的，老朽其实是有些失望的。"

吴承鉴低着头，不承认的话说两遍就够了，再多说说不定刘全就要着恼。

"可是呢，谁让昊官做得干净呢。"刘全道，"不只是那批红货没了，连整个十三行全都灰飞烟灭了。好，好，大手笔！"

他转头又对周贻瑾说："周师爷不愧是蔡师爷的门生，干出来的事情一脉相承，只不过青出于蓝，气魄更加雄大！"

周贻瑾忙道："全公这话，叫人既惶恐又不解啊。"

刘全直打哈哈："蔡师爷摸不准红货藏在哪里，于是干脆就不摸了，以力破巧，把整个十三行都围了，果然搜到了红货。周师爷嘛，眼看红货取不走，单烧兴成行又不行，干脆了，一把火把整个十三行给烧了。烧了自家的货仓，那就是自绝财路，不但自绝财路，还连带着把天下人的财路差点都给绝了。天底下，任谁也干不出这种近乎自杀以杀天下的事情来，所以你们干得出来，别人还不大敢相信你们敢干！"

吴承鉴道："全公，您这话，吴承鉴承受不起。这个谣言如果传出去，我吴承鉴会让满广州的人给撕了。"

刘全笑道："现在谁敢撕你？整个粤海湾都等着你从洋人那里弄钱呢，谁敢撕你？所以昊官你最厉害的，不但在于你敢放火、能放火，更在于你放完火之后还能重建废墟。所以这把火啊，放得厉害，烧通天了！"

观戏亭内，一时沉默，吴承鉴几次要脱口而出，却都被周贻瑾暗中按住。刘全眼角一撇，瞧见了却假装没瞧见。

好半晌，等吴承鉴彻底恢复了平静，周贻瑾才撒开了手。

吴承鉴又沉吟了半晌，这才说："全公，十三行那场大火，真的是意外。当然大火起来之后，贻瑾和我的确做了一些事情，但那也只是顺势而为。有很多事情，我们真的很为难啊，我想和中堂自己就是做事的人，应该明白这种难处。"

刘全盯着吴承鉴，他对十三行那场大火其实是有疑心的，甚至从获利方来推断就是吴承鉴烧的,可是这一切都只是猜测,并无实据。吴承鉴最后的这番辩白,听起来倒也有几分道理,当然刘全也不会就此全信了。

周贻瑾搭腔道:"全公,有些事情,论心不论事,论事天下无孝子;又有些事情,论事不论心,论心世间无完人。昊官他是个孝子,但不是完人。有些事情,他有做得不够的地方,但他有能耐,却又有顾忌,为人处世既有底线,又能把握分寸。这样的人,我觉得还是很好用的。"

这番话,明里是调停,暗中又藏有讽喻:前面两句,一个"孝"字以父子关系暗比北京与广州、乾隆与保商、和珅与吴承鉴,北京是王都,乾隆是君父,保商是臣子,和珅是上级,吴承鉴是下属,吴承鉴之对和珅,以下奉上,就算真有忠心,也做不到事事都合上峰的心意,但至少他没有真的倒向别人那里去;而后一句则点出吴承鉴的能耐,这是要告诉和珅吴承鉴还是很好用的,你眼下未必能找到比他更好用的人。

刘全哈哈大笑:"周师爷好口才,这话便是中堂大人听了,也得夸赞一句的。"

周贻瑾低头为礼。

刘全眯着眼睛,瞄着这两个人:吴承鉴眉梢如剑,显然其性刚烈;周贻瑾低眉如柳,显然其质阴柔。这两个人这两年干出来的两桩事情,都出乎他意料。

不过正如周贻瑾暗语中所表达的,吴承鉴的确是个知道利益权衡的人,这样的人比起无脑冲动或者全无底线的人,似乎更值得信任,而更重要的一点是,他还有实力。

不管是帝王还是将相,对待真正有实力的人和没有实力的人,他们的容忍程度是可以差很远的。

"也罢。"刘全轻轻地冷哼一声,然后才说道,"我今天来也不是要跟你们算账的,真要算账,刚才就不收你们礼了。然而有一句话我还是要挑明了。"

吴承鉴道:"全公请说。"

刘全道:"这次的事情,不管是通盘计划,还是顺势而为,总之昊官你做得漂亮。既然事情做漂亮了,那老朽也就认了。可是你也得给我记明白了,有道是:事不过三!去年的事情,算是吉山瞎眼招惹了你,你被迫反击;今年的事情，过去了也就过去了。可是再往后，不管论心还是论事，都不许再有第三回了。我刘全言尽于此，望昊官自重。"

吴承鉴站了起来，一揖到底："全公厚爱，吴承鉴永铭于心。有些事情，吴承鉴也只盼这辈子都不要再遇到。"

刘全轻轻一哼，道："希望如此吧！"

第十章

后继有人

刘全走了,那一折昆曲早已经唱完。班主不敢停下,又开了一折。

观戏亭内,吴承鉴长长松了一口气。

周贻瑾摸了摸他的背,道:"吓汗了?"

"有点。"吴承鉴道,"有鱼要临盆了,这会子我可不敢出什么意外,出不起。"

周贻瑾道:"如果这事能就这么过去,那就菩萨保佑了。"

吴承鉴笑道:"你还信神?"

"顺口而已。"周贻瑾道,"现在就看启官那边了,如果他也真的愿意握手言和,那这粤海湾应该就有几年好日子过了。"

"是啊。"吴承鉴道,"前几年年轻气盛,喜欢和人斗气,但这两年,这两桩事干下来,可把我的胆汁都耗尽了,以后……我真不想再这样了。往后我们还是老老实实,缩缩头做个富翁就好了。老话说得对啊,和气生财!"

周贻瑾听了他这话,一声轻轻冷笑。

"你笑什么?"

周贻瑾道:"说什么老实缩头,说什么和气生财,你就不是那样的人,真到下一回你被逼急了,照样跳墙!"

吴承鉴道："周贻瑾，你这是骂我是狗吗？"

周贻瑾笑道："是啊，你待如何？"

"我就……"吴承鉴无奈了一下，"狗就狗吧……"

两人闹了一阵，吴承鉴倒是好久没这么开心地笑过了，然而笑了一阵之后，不知道想起了什么，又被什么阴影蒙住了心情，脸色又有些不愉。

周贻瑾就猜到了他的心思。这段时间吴家也不是没人看出吴承鉴有所烦恼，只是也没人敢提，但周贻瑾是没什么禁忌的："怎么，还在跟你夫人怄气吗？"

"我哪有跟谁怄气。"吴承鉴把头都偏过去了。

"没跟谁怄气，你偏过头去做什么？"周贻瑾说，"有鱼把三娘赶下花差号，弄得她一身狼狈，这事嘛，虽然有点过，也的确对三娘不住，但当时也只能那样做。若不那样做，叫人看出些不妥来，反而要招人怀疑，对不？再说，她那样做，还不都是为你好。"

吴承鉴怒道："我知道她是为我好，我知道她没有错。我又没恼她！"

周贻瑾道："没恼她，那你发什么脾气，不如你恼我吧。那事要发生的时候我其实估摸到了，却没阻止，这事都怨我。"

吴承鉴怒道："我怨你做什么？你是师爷，出什么计谋都是应该的。"

周贻瑾道："那你这脾气朝谁发？"

"我朝我自己发，行了吧！"

吴承鉴说着，拂袖走了。

吴小九等在一边，一直等吴承鉴带着吴七走了，这才吐着舌头进亭，说："师爷，昊官怎么了，生这么大的气。"

周贻瑾道："他生他自己的气。"

"生他自己的气？"

"嗯。"周贻瑾说，"他心里觉得自己对不起一个人。"

吴小九低声道："义庄的那位？"

周贻瑾刮了刮他的鼻子："小小书童，别太机灵，不是好事。"

吴小九道："既然昊官觉得对不起三娘，那就去给人家道个歉啊。"

"不大妥的。"

"有什么不妥？"

周贻瑾喝道:"小孩子别知道那么多事!"

天气变冷了,广州地面是不会下雪的。但北面吹来的风,把粤海湾地区的每一丝水汽都变得冰冷冰冷的,钻到人的衣服里头、脖子里头,让人从内到外都感到冰凉冰凉的。

穷人家的坏日子到了,饿还能熬,冷怎么熬!

富贵人家好些,暖炉、炭盆都已经搬出来烧起来了。但对老人、病人来说,天气太冷了还是难挨。

西关街道,叶家的偏门被敲开了。有个男仆不知道是报喜还是报急,冲进来说:"要苏了,要苏了。"

粤语里头,"要苏了"就是"要生了"的意思。

听到这叫声,叶家的上下人等便都知道,这是说叶家的三小姐叶有鱼要生了。

这可真是一件喜事呢。

虽然这位三姑娘在家的时候,十几年里大部分的时间都没享受过叶家小姐的待遇,可这嫁出去不到一年,她还有她的生母徐姨娘在叶家的地位就急转上升。以至于到今时今日,好些下人的记忆似乎被修改了,似乎有鱼小姐从小到大一直就是叶家顶尊贵顶尊贵的三姑娘。

消息传到正房,马氏听到后,冷哼一声回了房。她不想掺和这事,却也明白如今自己拗不得这事。

叶大林却是笑呵呵的,叫着叶多福:"备轿,备轿!我要第一时间去看看我的好外孙!"

轿子倒是马上抬了来,但轿子中的暖炉还没生好炭火。

叶大林披上了貂皮氅子,一脚踢翻了炭盆:"还烧什么炭火,就几步路,就抬过去吧!"

叶多福等赶紧称是,又喝着轿夫们抬起来快些。轿夫们也知道这一趟是去奔喜事,便都卖力起来,哎哎呀呀抬了叶大林赶往吴家老宅。

没多少步路便赶到了,吴家的门房也早预着了,给叶大林开了门伺候等着。叶大林心里正高兴,把一把铜钱撒给了轿夫、门房,大踏步就往左院走,才进院门,就听里头响起了初生婴儿哇哇哇的哭声。

同时有人冲了出来——那是要去给吴国英报喜的吴七。他瞧见了叶大林，愣了愣，随口就报喜："亲家老爷，大喜，我家三少奶奶刚刚生下个大胖孙少爷，母子平安。"

　　叶大林闻言大喜，哈哈大笑："好，好！"随手就赏了吴七一锭金子："去吧，快去给老吴报喜。哈哈，我兴成行添了外孙，你们宜和行也后继有人了！"

　　吴七谢了一声，赶紧又要赶去后院，才出门就差点撞到人。他愕然收脚："啊，大少奶奶。"

　　这两日吴承钧的情况很是不稳，蔡巧珠日夜不休一直陪伴着。这日左院那边传来消息，稳婆也已经过去，蔡巧珠知道叶有鱼就要生了，看看屋里头吴承钧呼吸平稳了些，便抽了身赶到左院一趟。

　　不料匆匆走到院门外，就听叶大林在门内哈哈大笑："……我兴成行添了外孙，你们宜和行也后继有人了！"

　　蔡巧珠猛地心头一堵，脚就迈不动了，差点要摔倒。吴六和碧桃赶紧扶住，跟着便见吴七冲了出来。

　　蔡巧珠不知怎么，心没来由地就堵得厉害，又听院门内叶大林还在那儿哈哈大笑，忽然就不想进去了，转身就走。

　　吴七眼看事情尴尬，不知该如何是好。吴六随蔡巧珠返回前，朝后院的方向指了指，吴七才又跑去给吴国英报喜。

　　蔡巧珠一路回了右院，整个胸口闷得如同塞了一团的棉花，那气仿佛被吸住了出不来。

　　叶大林赶来看外孙，这没什么。

　　就是叶大林那句话也不算有错，何况人在大喜之际，就算有所失言也不当拿出来说。她吴家大少奶奶这点心胸还是有的——然而胸口还就是气闷。

　　碧桃叫了一声"大少奶奶"，却又无从劝起。又能如何劝呢？背后骂叶大林两声，还是委婉地帮他说两句并无别的意思？前者于事无补，后者自问失真，提之无益，且提起来反而更叫人躁闷。

　　吴六道："碧桃，去给大少奶奶斟杯热茶吧。"碧桃去斟茶了，吴六才说："大少奶奶，那叶大林虽然是吴官的丈人，但他们翁婿关系怎么样，别人不知道，您还不清楚吗？不管叶大林说什么，大少奶奶都别理会他就是。"

蔡巧珠听了这话，胸口的烦闷登时去了大半——是啊，昊官和叶大林向来是不对付的，甚至就是叶有鱼和叶大林也很难说有多少父女之情，自己何必为一个疏远之人而间叔嫂亲情？

碧桃端了一杯热茶近前，就见夏晴掀帘子走了进来，满脸喜气道："大少奶奶，大喜，三少奶奶生下了个小少爷，母子平安。"

孩子一落地，左院就派人分头报喜了。吴七赶去后院，夏晴赶来左院，她女孩子家脚程慢了点，但也前脚接后脚地就到了。

蔡巧珠虽然一口气顺了许多，但屋内情况还是有些许尴尬的。

夏晴不知前头出了什么事，但她素来灵敏，也感应到屋子里头气氛不对。她正疑惑着，蔡巧珠已经堆出了笑脸，道："好，好！喜事！碧桃，快把我的……"

她早准备了许多东西，正要让碧桃拿出来，便听屋里头连翘大叫："大少，大少！"

外屋几个人脸色同时变了，蔡巧珠更是大惊失色，对碧桃的话也没说个囫囵，便匆匆奔了进去。

第十一章

义庄那人

院子里发生的事情,吴承鉴当时并不知道。

孩子出生之后他就冲进去了,问了叶有鱼平安,便抱着孩子不撒手。

吴国英已经给孩子取了名字,男孩的话,就叫耀儿。

看着手里头这个小不点儿,吴承鉴一时间什么烦恼都忘记了,被稳婆催着才肯放手让抱去洗澡。

他来到床边,看着叶有鱼满脸的疲倦,心里一时间闪过一点歉疚,低声道:"辛苦了。"

叶有鱼人却是很清醒的,看看旁边没别人,忽然伸手抓住了他说:"孩子都出世了,你……就别恼我了吧。"

吴承鉴皱眉道:"你胡说什么?什么恼你?"

叶有鱼道:"你多久没跟我说话了。"

吴承鉴道:"这不天天见面,怎么没说话。"

"是天天见面,天天说话。"叶有鱼道,"可你没跟我说心里话。你恼我,对不对?恼我把她赶下船去,对不对?原本因为怀着孩子,所以你怕我动了胎气,所以你不敢骂我,所以压着心里头一股气,对不对?但现在孩子也生下来了。你如果要骂我,你就骂吧,骂出来你心里舒坦些……"

"你别胡思乱想了。"吴承鉴打断了她,"我没恼你。你也没做错什么。"

"可是……"

就在这时,碧纱橱外传来急切的脚步声,跟着夏晴奔了进来,叫道:"昊官,昊官!"

"嗯?"吴承鉴见夏晴一脸焦急,就问:"怎么了?"

夏晴看看躺在床上的叶有鱼,想想没有出口,怕噩耗会冲了刚刚分娩的叶有鱼,便把吴承鉴拉到院子里。

叶有鱼看着他匆匆奔出去的背影,尽管猜到必是有什么事情发生,否则夏晴不会这样唐突,但还是心中悲苦。

那边吴承鉴到了院子里,夏晴这才道:"快去看大少,大少快不行了。"

吴承鉴听了这话,登时脸色大变。

疍三娘又忙碌了起来。

这大冷的天一来,她便在庄里头忙得直打转,这边给生病的人看有没有发烧,那边给几个老人看腿脚。这些瞧完了,又要往义庄后头,去看那里锁着的两个疯子。

今年夏秋之交,义庄就已经一切就绪,屋舍建造基本配齐了,庄田也都佃出去了。春天收了一茬桑叶,但老娼们做惯了皮肉生意,不耐吃苦,又是第一次养蚕,死了大半。幸好还有余银耗得起,有了这经验,明年想必会好些。鱼苗倒是活得不错,鱼排人家每月给庄里送来的鱼肉,差不多也快不用再补贴银两就能让义庄里的人每两顿就有一餐鱼吃了。

入冬前收起来的田租,晒干后入了仓库,粗粗一算,已经够整个庄子吃上两年饱饭了。想来只要不出什么大岔子,这个义庄就算断了来自吴家的供养,今后也能靠着自己维持下去了。想到这一点,庄子里的老娼们便都感到心安。

疍三娘忙忙碌碌的,似乎把很多事情都忘了,整个人似乎过得很充实,但碧荷跟在她身边,心里却是一天比一天焦急。

火烧十三行之前,吴家那位三少奶奶赶上船来,把疍三娘逼走。当时疍三娘硬气,几乎是净身下船,什么都没带。对此事,碧荷还有疍村的人、义庄的人，全都心中愤怒，所有人都等着吴承鉴出狱后，来给三娘主持公道——虽然三娘没有名分，但满神仙洲的人都晓得吴官和疍三娘的关系，这些年相处下来，就算没有情了也还有恩义啊，怎么能这样对待三娘？

不料形势急变，一场大火把广州几乎烧通了天。所有人便都知道广州城出大事了，之后十三行风云变幻，而吴承鉴就在那风云变幻的中心，好多的事情都围着他转。神仙洲的人也好，花差号的人也好，疍村的人也好，义庄的人也好，一时间都不敢为了儿女私情的事去打扰他。

和十三行的毁灭性火灾相比，一个前花魁的恩怨起落实在不值一提，所以慢慢地她的存在就被人给遗忘了。神仙洲就算是八卦集散地，最近两个月每一天也都有比这个更吸引人的见闻。

只有疍三娘身边的人，越见她被冷遇，就越是替她焦急。

夺船之事，吴家、叶家不管事前事后都不会对外界说什么，对许多不明内情的人来说，那事也就是一时谈资，过后也就忘了；只有像碧荷这样的贴身人，才隐隐感到那天吴家三少奶奶的威逼夺船，只怕和吴家的大局大势有些什么关系。

在大火之后一个月，吴家三少奶奶也曾派了人暗中前来，要请疍三娘回花差号去，碧荷等心里就想着这究竟是吴官的意思，还是那位三少奶奶其实没那么坏？

不过请了两次，都被疍三娘给拒绝了。碧荷等心里都想应该如此，哪有将人要赶就赶、要回就回的？那样三娘的体面何在？

不过要那位三少奶奶亲自来致歉，请三娘回去也是不可能的。满西关的人都晓得，吴家三少奶奶就要临盆了。她一个正房少奶奶，无论如何不可能挺着个大肚子来义庄请一个外室回去啊。这要是传出去，不被人猜疑笑话吗？所以这事就这么拖着了。

叶有鱼不来也就算了，碧荷等只是气不过，可吴官呢？火烧十三行都过去这么久了，也不见他来过问一下，甚至连吴七都不曾来——吴官这是怎么了？这真是把三娘给忘了吗？他真的变心了吗？

两三个月间，她们都只能从铁头军疤那里听到一些有关吴承鉴的消息。因为铁头军疤把他老娘接到了义庄来住，每隔几日都要来一趟，所以碧荷能知道吴官他商场上的事情似乎很顺利，声势甚至比火烧十三行之前还更大了，也知道了吴承鉴最近很着家，几乎天天陪着那位即将临盆的吴家三少奶奶。

听了这些，三娘还要说出些似乎很欣慰的言语来，可是碧荷等却心中焦虑不平。

夺船的事，赶人的事，难道就这样算了吗？

甚至，昊官难道就准备这样把三娘撂在义庄终老不成？

一开始，碧荷她们还忍着，等到最近终于忍不住了。王妈妈原本一个月来不到一次，过去这个月却来了不下三回，每次都是打听到了什么消息，觉得是能够引起昊官注意、扳回一局的好机会，结果每一次都被疍三娘给回绝了。

今天王妈妈又来劝了一通，然后就怒气冲冲地走了。

"懵懂女，懵懂女！"王妈妈临走之前，忍不住指着义庄的大门数落，"你这是真想守着这个棺材庄子到老到死不成！这个地方，苍蝇都不上门。也不想想，这两个月除了我，神仙洲还有谁来！"

碧荷心中惊悚，想起自三娘到义庄之后，便是神仙洲那边的人，和义庄也往来得渐渐少了。最近这个月，除了王妈妈，便只剩下于怜儿偶尔过来了。

本来吴承鉴还需要疍三娘来掌握神仙洲的，可按照铁头军疤的说法，大概是神仙洲对昊官来说，也不再如先前那般重要了……

在碧荷惊心之中，于怜儿带着个小丫鬟走了过来，问道："碧荷，姐姐，王妈妈，怎么，气，这样？"

"这……唉！"

于怜儿便没再问，进了大门，脱了披肩——这些日子下来，她的气度更加沉稳了。欢场对一个女人的历练，比战场对一个男人的历练还厉害。

她走进了疍三娘的屋子，只见疍三娘正在收拾被王妈妈踢翻了的炭火盆。于怜儿见她颜色虽未见衰，却已经只是个稍有姿色的农家少妇模样，因这两个月一直在干各种活计，没怎么打扮保养，所以手上的肌理也不细致了，脸上皮肤也粗糙了些，哪里还是去年那个盛颜压倒整个神仙洲的花魁之首？

于怜儿见疍三娘短短几个月就变成这样，忽然就有些意动了，暗想："我将来是不是也会变成这样？"忙给小丫鬟使了个眼色，那小丫鬟就去抢炭火盆。

疍三娘也不争，就让给了小丫鬟收拾，问道："怜儿，你怎么来了？"

于怜儿道："天气，越发冷，了，神仙，洲，的姐妹们，凑了点，点银两，让，我带来，给义庄，添炭火。"

她说着，摸出个小袋子来，疍三娘也不拒绝。

这个义庄建立的初衷，就是要为广府地区的可怜人谋一条退路，虽然对孤寡的救援并不局限于失业老娟，但只要是神仙洲过不下去的，她都会设法把她们接来给一口饭吃——如后头那两个疯子，其中一个就是谁也不愿收容，以至于流落街头的银杏。

所以神仙洲那边给义庄这头凑钱，疍三娘并不拒绝，当下就收了，说道："今年的炭火够了，这钱回头我点完数目，都入了公账吧。"

红白同做

于怜儿一边坐了下来,笑道:"姐姐,做事,真是,仔细,这点,小钱,也这般操心。"

"你还不懂。"疍三娘道,"如今义庄其实还不愁没钱,我若拉得下面子,几千两的银子也未必弄不来。但我的面子是会一日比一日不堪用的,义庄的银钱来源也会一日紧似一日。天晴砍柴落雨烧,现在不将规矩立好,堵住用钱的口子,等到冷清时节,义庄的日子就要不好过了。"

于怜儿道:"姐姐,既懂得,脸面,一日,不如一日,为什么,不趁,还能收拢,多聚些,养老,的本?"

疍三娘轻轻一叹,犹豫了一下,才说:"有些话原不想说,觉得说了你也未必听得进去,但我们姐妹一场,我还是说了吧,能听几成看你自己。"

于怜儿这时对疍三娘还是有几分敬畏的,忙说:"姐姐,肯教,妹妹的,福气。"

疍三娘这才说:"钱这东西,是有灵性的。艰难得来的钱,难来也难去;轻松得来的钱,易来也易去。神仙洲的姐妹们出于好心,为义庄的孤寡筹来的钱,一分一厘都是正钱,我们用来买炭火也好,买药请大夫也好,从正道用出去,我们心安理得;神仙洲的姐妹们看我们这般花钱,往后也会继续资助,这便能细水长流。

"但我若拉下脸面，就不用说去找昊官了，便是去找佛山陈、刘三爷，难道就要不来千百两银子？但这个钱，今天有，明天无。且钱财来得既容易，便难珍惜，就是成千上万两的银子，要给随便花出去，三头两月就够了。而善长仁翁们见我们有大来路的财源，花钱又大手大脚，心里就未必愿意出钱资助了。如此一来，便是得了一盆易散之水，而失了长流善款了。"

于怜儿听了这话，心里却想："姐姐糊涂了，不会算数。今天我带来的炭火银子，才有几两银子？这般细水长流，便是年年都有，流上一百年也不如昊官的一句话。"

然而这番言语要说出来对她来说太费工夫，何况她也不愿意和疍三娘争执，便只是道："姐姐，说得，是。"

疍三娘能在神仙洲连任花魁，可不仅因为吴承鉴捧她，察言观色的功夫本来就非常人所能及，这时一眼就看出于怜儿言不由心，然而她也不再多说什么了。

这时小丫鬟已经收拾好了炭火，碧荷那边也端了热茶上来。

疍三娘道："这里的茶水不如神仙洲，妹妹不要嫌弃。"

于怜儿笑了笑，她身边的小丫鬟代她说："三娘这话把我们姑娘说成什么人了，我们姑娘也是吃过苦的，不是那般嫌贫爱富的人。"

碧荷在旁听见，心中暗恼，心想换了几个月前还在花差号上时，容得你个不知道哪里钻出来的野丫头，在姑娘面前这般僭越插嘴的？

当初疍三娘身在花差号，遥控神仙洲，四大花魁在她跟前不得示意都不敢坐的，至于她们身边的丫鬟、婆子，那更是大气都不敢出。不料短短几个月过去，物是人非，于怜儿算好的了，也只是保持客气，连她身边的丫鬟也敢这样放肆了。

疍三娘却只是轻轻一笑，也不会去跟一个小丫鬟计较什么，只是问："最近神仙洲的风闻，都还有跟吴七、周师爷那边通声气吧？"

她离开花差号的时候，虽然尽量排解自己，但毕竟不是菩萨，要说内心没火也是不可能的，但事后冷静下来，还是让人把于怜儿请到义庄来，让她接手收集神仙洲风闻之事，算是把担子交给了她。

于怜儿道："姐姐，放心，一直，都有，的。"

疍三娘点了点头，说："昊官如今的局面是一天比一天大了，往后未必还像以前那样需要神仙洲。不过这条消息渠道，留着总是好的。他是个有始终的人，你好好替他办事，他不会亏待你的。"

于怜儿只是点头，又喝了半杯茶。疍三娘见她欲言又止的样子，便道："你这次来，不只是要带炭火银子来吧？若有什么事情，不妨直说。"

于怜儿这才指了指北边，说："那边，生了。"

疍三娘和碧荷都怔了一怔，随即一起明白了过来。碧荷道："那位三少奶奶生了？"

于怜儿点头："男孩，平安。"

碧荷一时憋住了气，不知道该替吴承鉴欢喜，还是该替疍三娘着恼。

疍三娘一时无话，沉默了一会儿，缓缓站起来，转身到屋角对着神龛拜了下去，双手合十，念了一声佛。

于怜儿又道："不过，吴家，这次，红白，同做了。"

屋里头，不但碧荷吃了一惊——疍三娘猛地回头。

于怜儿道："昊官的，大哥，那位，大少，也，去了。"

疍三娘听得愕然，随即长长叹了一口气，对着西关的方向，又念了一声佛。

与这个冬天一同黯然萧瑟的，还有另外一个人。

朱珪的调迁敕令终于正式传到了广州，新任两广总督吉庆也很快抵达了广州。

朱珪由两广总督迁安徽总督，品级没变，仍然是一方大员、封疆大吏，但任谁都能从这份调令中看出朱珪是被明调暗贬了。能有现在的"下场"，不过是他作为帝师，要给天子留一点颜面。

朱珪的修养极佳，虽然遭遇不平，却很快就接受了，且并未迁怒埋怨其他人。

但蔡清华更加内疚了。他一路追随朱珪，本想是能在广东这边干出一番事业的，不想最后落到如此结局。朱珪被迁贬的理由似乎和十三行无关，但蔡清华心里清楚，怎么可能没关系呢？那才是"不言之过、不论之罪"！而在十三行的事情上，他却是用心用力最多的。偏偏最后祸患就出在此处！

敕令到达当晚，蔡清华就向朱珪请罪请辞，朱珪却道："十三行之事，非汝之过，乃天时未到之故。如果你是觉得此番有罪，因罪请辞，那大可不必。但如果你是觉得老夫要失势了离开，那就走吧。"

蔡清华一听，赶紧叩首道："晚生得崖公赏识，托付心腹，岂敢因崖公一时挫折而相背弃？若崖公还信得过清华，清华愿以此身供崖公驱策，水火不避。"

当晚宾主二人喝了一杯酒，蔡清华也就抖擞精神，为朱珪料理善后事宜。

朱珪辞两广而督安徽，不能久留广州，所以交接了关防大印后就走了。蔡清华却还要处理些后续，所以多留了两日。这两日对他来说极其难过：吉庆对朱珪的许多施政并不赞同，所以接掌两广权柄之后，对朱珪原本重视的东西便不重视了，其中一些措施，甚至没等朱珪走远就直接废掉了。这一次朱珪左迁，明面上的原因是因为剿夷不力，所以朱珪刚走，吉庆这边就将原本颇受朱珪重用的广东水师提督给贬了，又将先前许多朱珪做了一半的事情，比如买船、造船、练兵、立营等事，全部罢除——他出身正白旗，不信坚船利炮，更信满蒙弓马，因此要求加强两广的弓马训练。

蔡清华对这些措施十分愤怒，但一朝天子一朝臣，新总督要改弦更张，别说他了，就算是朱珪也无力干涉。几桩消息从总督府传出来，整个广州府便知道粤海湾要变天了。原本依附着朱珪的人都战战兢兢，唯恐得罪了这位新总督。

蔡清华无奈，他原本还希望能交割得仔细些，让朱珪的一些施政能得以延续，现在看来是毫无必要了，当下将钱粮、案卷诸般迅速交割清楚，然后便要赶往安徽和朱珪会合。

他在广东这段时间虽然逐步揽权，却并未趁机敛财。这时权柄尽失，要走的时候也是两袖清风，总督府的衙役都不拿正眼看他。要离开广州的时候，连驿马系统都用不上，当下只得自己雇了一辆马车离城北上。

想想几个月前他大权在握，横行广府，威风八面，现在却冷冷清清，只剩下一个书童，坐着一辆马车，就连卢关桓都不敢公开来送他——他需要讨好新总督——只派了个人暗中送来了许多银两细软。蔡清华心中有气，竟然全部推拒了。

上了马车出了城，正要上官道，忽然望见远处白幡飘飘，北江船只尽皆挂白，再加上这萧瑟的寒风，竟让水陆两道、天地之间都染上了哀肃之色。

第十三章

旧　　缘

蔡清华微微吃了一惊,道:"这是哪个贵人去世了?"

赶车的老车夫说:"那是吴家在办白事,吴家的上一任商主,宜和行吴官的大佬没了。"

蔡清华这几日一直被总督府的交接事务纠缠着,都忘了去关注十三行的事情了,这时才想了起来,道:"哦,是吴承钧。"

但见那片白色从城边蔓延到官道,再从官道蔓延到水陆。红事喜热闹,白事要肃穆,这片哀白之色虽然无声,却以另一种氛围染遍整个大地。这个排场,便是王公贵族的大丧事也不过如此。

蔡清华靠着马车车辕,忽然想起自己第一次来广州时,也是赶上了吴承鉴在神仙洲争风捧花魁的大热闹,没想到在广州空干了十几个月,最后要离开的时候,见到的又是吴家哀染半城的大场面。

"罢了罢了!"蔡清华喃喃道,"斯文落寞,豪强意气,自古皆如此!我又何必自伤。"

便让车夫赶路,走出没一二里路,忽然有人赶了过来,叫道:"等等!"

却是十几条汉子急匆匆赶了过来,挡在了马车前面,把马车给拦下了。

老车夫有些吃惊,却又不敢不听。

蔡清华探出头来，喝道："你们是什么人！拦着我的马车做什么！"

那些汉子中为首的叫道："上头交代了，你们不许走！"

蔡清华怒道："什么上头？你们是什么人？"

那老车夫忽然就认出他们来，又惊又恐，叫道："他们……好像是洪门的人。"

蔡清华心中一凛，手都忍不住抓住了车沿。他智计七出，胆色却是一般，先前是有两广总督府撑腰，现在依靠落空，强自镇定之下，却不免有些内荏。

就听为首的汉子叫道："不错，是昊官传了话，要我们留蔡师爷一留。"

蔡清华怒道："吴承鉴好大的狗胆！敢在官道拦我！他要造反吗？"

那汉子道："我不知道昊官要做什么，总之你先不能走。"

蔡清华手底下没人可用，车内的小厮已经吓得瑟瑟发抖，那个车夫还是临时雇来的，更是吓得缩在一边。

火烧十三行在整个粤海关都是大新闻，而火烧之前，满西关的人又都知道有个两广总督府的师爷带人去搜商行仓库，便是这个车夫也听说眼前这个师爷与宜和行那位手眼通天的昊官有不小的"牙齿印"①的。

蔡清华冷冷一笑，道："也罢，我就在这里等着，倒要看吴承鉴他真敢杀了我不成！"他怒是这般怒，说是这般说，但心里其实也不是很有底。

火烧十三行之前，满广州的人都觉得新皇帝登基，和珅这个"二皇帝"只怕就要倒霉，所以朱珪在广州揽权张势，大家都忍着等着，都猜到朱珪是要去动一动京城里那位中堂大人，然而觉得有皇帝撑腰，朱珪就算办了什么出格的事也不会有事。

不料转眼之间，和珅在北京稳如泰山，倒是朱珪莫名其妙地就倒了！

这一来，满广府就都惊了，朱珪被贬，吉庆上位，这对广东来说不过换了一个总督，但这个变迁让天下人看明白了真正主宰着这片大地的，究竟是谁！人人都说小皇帝不如"二皇帝"，这天下仍然是太上皇做的主、和中堂话的事！

和党猖獗如此！蔡清华心里嘀咕着，觉得当日在局面那般险恶的情况下，吴承鉴都不肯出卖和珅，可见正是和珅铁打的狗腿子！

如果是吴承鉴自己要报仇怨，有周贻瑾为之转圜，吴承鉴或许不至于对自

---

① 牙齿印：粤语，意为咬东西时留下的印痕，比喻伤害了别人所留下的仇怨。

己怎么样；但如果和珅或者刘全下了死命令，那么吴承鉴就未必敢抗命了。如果和珅丧心病狂，朱珪肯定是没事的，但自己一个没官没品的师爷，真死在这里，和珅也能兜得住。

吴家大举操办吴承钧的丧事，只有叶有鱼坐着月子，吴国英勒令左院留几个丫鬟、婆子、奶妈伺候，两边的人不许来往，以免相冲。

叶有鱼在房里头听着外头偶尔飘进来的哀乐和哭声，心头又是烦躁，又是自伤。孩子出生那一天没说完的话，至今再没机会提起。

她是憋了几个月，才能鼓起一股勇气来向吴承鉴低头的。谁知道话没说完就被打断了，而且还是那样一个无法埋怨的打断理由。

"他大佬过世，现在肯定是心神俱乱的。"

叶有鱼这么告诉自己。

可是有一些话，时机错过了，再想说就很难了。更何况叶有鱼不觉得自己做错了。夺船之事她是深思熟虑的，在当时的情况下，她觉得自己所做的便是最好的选择了。事后自己还派冬雪暗中去见昰三娘，致歉之余也请她回花差号，结果两次都被拒绝了。

自己都做到这份上了还不够吗？难道还要自己挺着个大肚子跑到义庄去请她才行吗？便是自己愿意了，吴家老爷子也不会肯的啊。

即使这样了，他还要生自己的气，一生就生几个月。

而且，叶有鱼还是在生下孩子之后，低下头违了心，准备给吴承鉴让让步，赔好话，结果那两句还是没能说个齐整。

这……真是天意吗？

"三少奶奶，顾爷来见。"冬雪忽然进来，打断了叶有鱼的思绪。

"顾爷？"叶有鱼怔了怔，才忽然想起是谁，"是老顾？"

"是。"冬雪说。其实她也不知道老顾是谁，但引老顾来的是吴达成。吴达成引人进院子的时候跟冬雪耳语了几句，让这个陪嫁丫鬟知道来人在吴家的地位可不简单。

"哦，这……快请。"叶有鱼自是知道老顾是什么样的人——那是吴国英的左膀右臂，吴家上一代最得力的人，也只有他能不顾吴国英的禁令进院子来。不过，他来做什么呢？

冬雪正要去请，叶有鱼又叫："慢着，你请……（她想了想自己应该怎么称呼）请顾叔在外头稍等，让人进来先把屋里布置一下。"

叶有鱼正坐月子，这房间一般只有女眷女仆进来。女眷女仆进来直接坐床边说话就行，所以也没做什么会客的布置。老顾再怎么是家里人，也是外男，进来了可不能这样。

当下两个婆子进来，将屋子稍微布置了一下，才请了老顾进门。两人隔着碧纱橱，老顾问了好，冬雪上了茶，叶有鱼便让冬雪到外头伺候。

叶有鱼才道："顾叔叔今天来，可让侄媳妇意外了，都没做点准备，怠慢了叔叔。"

这其实是暗问老顾的来意了。

老顾笑道："三少奶奶别紧张，我没什么事，就是来见见你。十三行那场火能放成，多亏了三少奶奶。这满十三行能把叶老爷逼成那样的人可不多，何况您还是他闺女。这件事之后，老叶是再不愿意跟我们吴家绑在一起也不成了。当时火起的时候我就在想，三少奶奶委实是个奇女子啊，所以我一直想来见见您的。只是我因为一些老缘故，平常是不再进吴家门的，所以一直没机会。今天刚好遇到大少的事来了，就顺便到这里走一遭，没别的事情。"

叶有鱼"哦"了一声，心稍微放了放。

老顾是个爽快人，他说只是来见见，就真的只是来见见。其实他与叶有鱼没多少交集，自然没什么话说，他也不是那种没话找话说的人，当下又喝了一口茶，便起身告辞。

叶有鱼忽然想起了一件事情，叫道："顾叔，留步。"

"嗯？"老顾本已起身，但还是坐下了。

叶有鱼留老顾的步，是因为忽然想起火烧十三行之前，周贻瑾莫名其妙地跟自己说了一句"有关你成亲之前的一些事情，如果以后有机会，你可以问一下老顾"。那句话她心里想过许多回，一直想不明白什么意思，之前又一直没机会见到这位吴家的元老，现在见着了，要问，却不知道该如何开口。

老顾听碧纱橱后半晌没声音，但里头这位三少奶奶却不是无的放矢之人，所以他也很沉得住气。

想了好一会儿，叶有鱼才开口："有个事情，要请教一下顾叔，只是……只是那事来得有些莫名，侄媳妇一时不知道该如何开口。"

老顾笑道:"这是三少奶奶不知道我老顾的脾气。这吴家上下都不当我外人,昊官也是我看着长大的,三少奶奶无论要问什么,直说就是了。就是有什么犯了我的忌,不知者不怪,我不往心上放就是。"

"那我就直说了。"叶有鱼道,"昊官还在广州府大牢里的时候,我跟贻瑾兄商议事情,他忽然夹杂了一句没头没尾的话来,我记挂在了心里,却是一直没机会见到顾叔。"

"什么话?"

"贻瑾当时跟我说,我成亲之前有些什么事情,如果有机会,让我问问顾叔。但我成亲之前,却是从来未见过顾叔的,所以我自己也不知道到底是什么事情。"

老顾听了这话,哈哈笑道:"原来是这个。嗯,确实是和三少奶奶有些干系。"

叶有鱼的心便紧了紧,唯恐老顾说出什么不得了的秘密来。

却听老顾笑着说:"就是三少叫我拜托叶忠,让他暗中关照关照三少奶奶。"

叶有鱼心头就像被一块巨石给撞了一下,颤声问:"这……这是什么时候的事情?"

老顾道:"需要老叶关照你,自然是成亲之前,大概是两家谈聘礼嫁妆时的事情。"

第十四章

相　　送

　　碧纱橱里头,半晌没动静。

　　老顾又说:"还有就是,三少奶奶你被软禁起来,昌仔来求救,听说当时老叶架着吴官逼他娶你姐姐,启官又在旁边扯后腿,逼得吴官将昌仔赶出去,但吴官一回头又让周师爷照看照看你,要不然你的人要见到周师爷,不会那么容易。"

　　老顾是怎么出去的,叶有鱼几乎都不晓得了,她此刻脑海巨浪翻腾。

　　白鹅潭楼船上,两人相见非时,吴承鉴刻意数落她,让叶有鱼对他的期待一落千丈;此后诸般事态的发展,逐渐让她对吴承鉴冷了心,只道她自幼铭刻在心里头的那个人其实并不存在,以至于她要不断地跟自己说:"以后便将吴、叶联姻当作生意来做,别再动情了。"

　　可是少女时代就刻在心里多年的印记,哪里是说抹平就能抹平的?过门之后吴承鉴待她一好,叶有鱼便又忍不住倾心相待于他。直到夺船之事发生,两人心里又有了疙瘩。

　　可这时听了老顾的话,叶有鱼的心里头如同又响惊雷。

　　"所以……远在成亲之前,你就已经对我有心了吗?"

　　这一年相处下来,叶有鱼对吴承鉴的性格自然是了解得更深了,再不是成亲前那般空对空地幻想，如今的她已经很清楚自己的丈夫说话经常口不对心。

"所以，你是对我好，口里却偏偏不说吗？"

她曾经告诉自己，少女时代幻梦中的那个"三哥哥"其实并不存在，可是现在忽然发现，也许那个人一直都在的，只是自己误会了而已……

"既然你待我如此，从未曾变，那我便为你委屈千百回，又有何惜？"

说回蔡清华。

那十几条汉子就像打在地面上的桩一样，围着马车一动不动，车上三个人却都惴惴不安。

过了好一会儿，才听马蹄声动，两辆马车跑了过来。马车奔近，吴承鉴和周贻瑾前后下车，吴承鉴头上绑着白布，果然正在丧中。

他看蔡清华满脸戒备与愤怒地望着自己，再看看周围的形势，便明白了，喝那汉子道："怎么回事！我请你们留一留蔡师爷，你们怎么把蔡师爷给得罪了？"

那些汉子还没答话，蔡清华先怒道："吴承鉴！你不用在这里惺惺作态！有什么手段就拿出来好了！我蔡某人若是怕你，就愧对这几十年的走闯！"

吴承鉴苦笑道："蔡师爷，误会，真是误会。我身在丧中，心神俱乱，这几日许多事情便都做得不妥帖。直到刚才知道蔡师爷要走而且已经出城，这才匆匆忙忙赶来相送一程；怕赶不上蔡师爷的车马，又请了这几位兄弟先来将蔡师爷留一留，只是匆忙之间没交代清楚，以至于彼此误会了。"

周贻瑾也走了过来说："师父，这是真的。"

蔡清华哼了一声，其实他心里倒是信了——吴承鉴现在没必要骗自己，真要对付自己也不会在官道上动手，以他在黑白两道的通天手腕，随便出一笔银子，等自己出了广东，找个机会就能让自己死得不明不白，没必要亲自出面在官道上动手，惹出后续祸端。

那边吴七已经带人在路边搭了个临时的帐篷，吴小九入帐摆好了茶几、杯盏、酒壶。吴承鉴上前相请："蔡师爷，不论公事，咱们好歹相交一场，经此一别，以后也不知道还有没有机会见面，就请喝一杯酒，让吴承鉴一尽地主之礼吧。"

这时蔡清华是失势，吴承鉴才是得势，见他还这般礼待自己，蔡清华心里的那股气也就消了，随他们进了小帐。吴小九已经摆好酒具，退了出来。吴承鉴亲自斟了三杯酒，举杯道："自古送别，都是用酒。吴承鉴没读过什么书，做不出诗句来，唯祝蔡师爷此去一路平安。"

蔡清华也不推，便与他对饮了一杯。

周贻瑾为蔡清华斟满了，举杯道："师父。功名不复论，心事一杯中。"

师徒俩亦对饮了。

两杯酒下肚，方才的小误会也全解开了。

蔡清华想起如今自己失势，连卢关桓都不敢公开来送，倒是吴承鉴来了，"嘿嘿"两声，但他毕竟是一步七计的人，转眼间心念九转，就说："昊官，你为人好奇策，如今是要来烧我这个冷灶，好为自己留一条后路吧。"

这话没说透，但帐内三人一下子都听明白了。

世上愚人易被眼前虚幻迷了眼睛，不能看透潜藏在繁华背后的危机与变化，但帐篷内的三人个个智谋深远，自能想到和珅眼下再怎么得逞，大势终究是站在嘉庆那一边的，一切只是时间问题。

吴承鉴道："我并不是现在才来烧蔡师爷这个灶啊。自蔡师爷入粤，我一直待若上宾，不是吗？朱总督那边，除了会要我们吴家性命的事情，我也一直全力配合，不是吗？"

蔡清华"嘿"了一声，道："当日筹钱造船，出了大钱的周家，背后是你的人吧？"

吴承鉴道："那本来就是贻瑾的一户亲戚。"

"有心了。"蔡清华道，"只是光凭这个就想保住性命，不够的！昊官啊，天子乃九五之尊，不是一点小恩小惠就能糊弄的。在大是大非的问题上你不站队排列，那些小动作做得再多也是无用。"

吴承鉴道："我知道。所以今天来送蔡师爷，真的只是来送蔡师爷，并不是烧冷灶。您毕竟是贻瑾的师父，而且抛开那些俗事不提，咱们其实还算谈得来的，对吧？"

蔡清华哈哈一笑，自斟了一杯酒饮了，才说："也是。如果放开公事不提，你倒也是个妙人，不然，贻瑾也不能跟着你。不过越是这样，我越要劝你一言：大厦若倾，下无完卵。如果你真要自保保家，有些事情，该做打算了。"

吴承鉴道："蔡师爷，不是我不愿意弃暗投明，实在是形势所迫，身不由己。不过蔡师爷的金玉良言我铭记于心。"

蔡清华嘿嘿道："就怕到时候这一边未必有你的位置了。"

吴承鉴道："有些事情，肉眼所见，未必是真；众人所言，未必不假。我的心与和珅从来就不为一。我从来都是忠君爱国的，这一点希望皇上能够知道。"

"你心里其实怎么想，谁又知道？便是知道，那又如何！"蔡清华冷笑道，"人心隔肚皮，你吴承鉴如今在粤海湾虽然一呼百应，但对于皇家来说你又算什么呢？皇上不会有兴趣关心你心里的想法，他要的是忠心，从内到外、从言到行的忠心。在这大清天下，没有忠心便无以立，这一点，你应该比谁都清楚！"

吴承鉴摸着酒杯，久久不语。

蔡清华亦不催言。他能把话说到这个份上，就朋友来说已经仁至义尽。

忽然，吴承鉴说："蔡师爷，这个世界，已经不一样了。"

"嗯？"

吴承鉴道："从广州出海，再往南，就是大海，大海的彼岸，是另外一片天下。北京身在大陆腹地，所以对海外的变化，很多时候都隔了一层，但我们这些粤海商人，却是整个大清最早看到世界变化的人，所以我们比其他国人看得更加清楚：这个世界，变得不一样了。"

"我不知道你要说什么。"蔡清华皱着眉头。

"泰西那边，起了很大的变化。"吴承鉴道，"他们的国力，一日强胜一日。他们的船队每日逐浪于波涛之中，以争四海之利。而我们呢，北京城的贵人们，要么在富贵乡中醉生梦死，要么在经史集中穷经自娱，愿意睁眼看世界的，一个也没有！皇家的权力能定我们的生死，但迈不出这个国门；天子的权谋可以把大清玩弄于股掌之中，但我担心总有一天这份愚弄会弄巧成拙，甚至报应回他们自己身上去。"

蔡清华有些变色了："昊官，你在说什么！"

"这里没有第四个人，广州也不是北京，你何必吓成这样？"吴承鉴道，"太上皇要控制这个天下，所以要闭关锁国，可是锁国到最后只能误国——如果这个世界只有大清一个国家，那么这样锁下去也就罢了。可是天下非止一国。我们自己愿意停下脚步，别人却不会等我们，等到有一天他们的力量赶上了我们，甚至有一天打上门来，那时又如何呢？"

蔡清华冷笑起来："打上门来？就凭那些蕞尔小邦？"

"蕞尔小邦吗？"吴承鉴摸出一幅地图来，道，"这份东西，能否请蔡师爷转交朱总督？如今士大夫们要么皓首于儒家典籍之中，要么翻滚于名利权谋场内，但吴承鉴还是希望，他们中能有人多看一眼这个世界的变化。"

蔡清华道："这是什么东西？"

吴承鉴道："这是最新的世界地图。我花了不小的功夫才搞到的。如果能认真看一看这幅地图，我想蔡师爷以后也就不会再说出什么'蕞尔小邦'的话来了。蔡师爷此去，我没有别的言语，但如果朱总督能看出我献这份地图的苦心，那应该就能理解我吴承鉴是真的在为国家考虑，也就能理解，能这样为国家着想的人，才是真正的忠心。"

蔡清华接过了地图，没有就这个话题继续下去。

三人又喝了几杯，说了些无关紧要的话，蔡、周师徒俩又互相叮嘱了些家常，这才告别。上了马车，行出里许，那小厮才上前递上来个小包裹，说："刚才吴小九悄悄送过来的。"

蔡清华打开一看，却是一些散碎银子，几个金锭子，几个银锭子，以及细软若干，东西不算多，却颇可作盘缠之用。蔡清华便知这算是朋友的心意，便收下了。

第十五章

分 猪 肉

嘉庆元年就这么过去了。

除了十三行这场大火之外,国家倒也大致稳定。让十三行的保商们惊喜的是,吴承鉴真的从番夷那里借到了钱。他作为总代理跟各国商行谈妥了条件后,各家就拿着吴承鉴谈妥的协议,去夷馆签约、借钱。拿到钱之后,白鹅潭附近就热火朝天地掀起了重建的热潮。

这么大的工程要进行,一下子自是带动了周边的各种产业,从搞建筑的匠人,到搬搬抬抬的苦力,到为这些匠人、苦力提供饮食住宿的周边市民,卖力气的、卖茶水的、卖汤饭的、卖皮肉的,一环接一环地都赚到了不少钱。整个市井在大火之后不见萧条,反而繁荣了起来,所以这一年的冬天,广州港竟是比往年更加热闹了。

潘、易、梁、马保住了产业,卢关桓则正处在跟新任两广总督的磨合期,一切低调。但同和行、宜和行和兴成行的产业继续扩大了。尤其是宜和行,短短几个月间,市场份额多了将近三成,蔡家的产业更是不知被吴家收了多少。虽然向前追上了不少,众人估计吴家可能都已经超越了卢家,但不管产业还是实力,潘家依旧遥遥领先。

万宝行倒下了,在其废墟上,一家新的商行建立了起来,商主仍然姓蔡,正是蔡士群。他给新的商行改名为三宝行，在大年初一把商行热热闹闹地开了起来。

除了蔡家，又多了一个姓严的保商，开了长兴行，一个姓吴的保商，开了同花行。于是嘉庆二年的十三行保商拜年会上，就有了十一家保商。

十一家重新排位的时候，宜和行又往前挪了个位置，越过了卢关桓，直接坐到了原本蔡士文的交椅上去，排在了第二——当然交椅肯定要重新打造一把的，免得晦气，对此卢关桓倒也没什么意见。

这个年，大伙儿过得欣喜而谨慎。吉山果然被调走了，新任监督的性情一时摸不透。拜年会还是由呼塔布来主持，算是做一个交接。之后呼塔布离开了广州，没多久忽然传来消息，说呼塔布在离开广州回北京的路上遇到了盗贼，死在了路上。

这个消息传来，又让十三行的保商们有些不安起来，不知道究竟是监督府内部的倾轧，还是其中掺和了别的事情。不过呼塔布在位置上的时候举足轻重，一旦去了职那就是苍蝇一般的存在，保商们震惊了那么一下就都忘了，没人会特地去记住这个人。

粤海湾的商人们，大伙儿生意照做，日子照过，只要是还没被事故波及的人，大伙儿都乐得把这富豪的好日子过得红红火火。

正月初五，宜和行迎了财神，吴承鉴给掌柜、伙计们分了猪肉，又把剩下的抬回吴家老宅。

吴国英由姨娘扶着，穿了一身新衣裳，拿刀子划了两划意思意思——这是给三个儿子分猪肉，然后十五叔公便接过刀把猪肉分了。

这时一家老小都在，连十五叔公、刘大掌柜和欧家富也在一旁。吴国英道："明年开始，就把猪肉抬到河南去。其实今年本就该在那边分了。"

吴承鉴笑吟吟道："阿爹你在哪里，猪肉就在哪里分。"其实吴家去年已经正式搬到吴家园了，只因适逢红货之变，接下来又撞上吴承钧去世、叶有鱼临盆，几桩事情凑在一起，才又在老宅子多过了一个年。

吴国英摆手："明年开始，不管再发生什么，都把猪肉抬到吴家园。"

吴承鉴道："行，行，到时候把猪肉抬那边去，在颐养堂分。"

蔡巧珠也说："不错，虽然吴官掌了家业，但老爷还是我们吴家的压舱石，总得老爷也过江去，我们才好过去。"

吴国英叹息说："我不是不愿意过去，只是这身子骨，能不折腾还是尽量不折腾了。我也没多少日子了，便把这把老骨头搁在这里吧。"

蔡巧珠垂泪道："若老爷不过去，那媳妇也不过去。我如今除了光儿，再没什么可记挂的了，就在这里伺候老爷终老。"

吴国英想了想，就没拒绝，却道："那你答应我，等我百年之后，你还是要过去。"

蔡巧珠这才答应了。

吴国英又对吴承鉴说："有大家嫂在，你就放心跟细家嫂过河南去吧。"

吴承鉴道："阿爹，你就不怕我被人戳脊梁骨啊。"

吴国英道："这是我安排的，谁敢说你！去年是多事之秋，所以才让细家嫂过来安胎，这边人多好照应。如今耀儿也生下来了，细家嫂也出月子了，还继续荒着河南那边不成？进过宅的大院子，不能长久没人住，那样没了生气，财气也聚不拢。"

吴承鉴知道吴国英主意已定，便不再违拗了，点头答应。

吴国英又说："至于你二哥，就让他守老宅吧。"

吴承鉴道："二哥怎么说？"

吴承构其实也垂涎河南吴家园那边的富贵华丽，但说到底，去到那边房子是豪华了，过日子却得看老三的脸色，还不如守着老宅子：一来这边也不差，二来说句不好听的，等老爷子百年之后，大嫂也搬了过去，这边可就自己话事了，所以就说："都听阿爹的安排。"

吴国英见儿子、媳妇们都听了自己的话，老怀甚慰，道："你们再走过来一些。"

蔡巧珠、吴承构、吴承鉴三人都走近了些。

吴国英道："树木大了要分叉，家族大了要分房，如今你们也都有儿有后了，今天趁着我没糊涂，十五叔公、刘大掌柜，还有家富，沾亲的带故的，老的少的，都在这里，正好做个见证，有些事情，我就把它们给定了。"

吴承鉴便知吴国英大概要说什么了，虽然他喜聚不喜分，然而有些事情，迟早还是得说明白的，这也是不得已。

当下蔡巧珠、吴承构、吴承鉴都点头了。

吴国英才说："你们兄弟三个，只有老大是最生性的，从来没让我操心过！不料到头来，他最不孝！竟让我白发人送黑发人，不孝子啊不孝子！"

他说到这里，捶了两下太师椅扶手。他大骂吴承钧不孝，但越是如此，越显其老牛舐犊之深情，蔡巧珠更是眼睛都红了。

吴承构忙来给老爷子顺气，劝着说："阿爹，别说这些了，小心伤了身体。"

吴国英这才止住了，道："你啊，更好不到哪儿去，没本事，性情也不好。但你终归是我的儿子，我今天明明白白跟你说，宜和行的家业不能给你，你没份！不过你既是我的儿子，也是承钧、承鉴的兄弟，这是你命好，不是你的你别来争，该你的不会少了你。只要你不再混，安乐的富家翁有得你做。将来你的子孙如果有本事，能读书的，大房、三房要尽量栽培；能做生意的，大房、三房也要尽力扶持，但你自己，行里的生意不许你掺和了——都听懂没有？"

这话既是说给吴承构听的，也是说给蔡巧珠、吴承鉴听的。吴承构脸上一阵青一阵白的，可是自从经历了前年之事，他已知自己没得争了，又被好好收拾了一番，亦自不敢争了，便没话说。

蔡巧珠和吴承鉴也觉得吴国英的安排合理，便都答应了。就算吴承构没本事不干事，冲着兄弟之情，该照顾还是得照顾的。

吴国英这才对吴承鉴说："你啊！从小就混蛋，比你二哥还混蛋！幸好这两年改过来了，总算生生性性，把这个家给撑持了起来。以你的能耐，你真要什么东西时，没人弄得过你；你若真要对你二佬不好，能把他扒光了丢出西关街去。但我知道你不是这样的人。"

吴承鉴道："阿爹，既然知道我不是这样的人，还说这些做什么？"

吴国英道："我说这些，因为我知道你还是会听我的话的，我百年之后，好好照看你二佬。"

吴承鉴道："阿爹您放心吧，虽然不是一个娘，但总是一个爹啊。再说最近这一年，二佬还是很帮得上忙的。大哥过身的时候，我和大嫂心神俱乱，如果没有二佬撑着，年前那场白事也得乱了阵脚。"

吴国英点了点头，又说："至于光儿……"

蔡巧珠听公公提起儿子，心也往上提了提，换了以前她不会这样，但最近不知道怎么了，总为这事情心慌。

第十六章

吴国英的野心

就听吴国英说:"吴家的承字辈,如果承钧还在,不用说,肯定是他来掌家,谁都没意见。但这个不孝子先我而去,不得已让承鉴接了手,这两年他干得怎么样,大家都是有眼睛的。至于承构,我不让他碰宜和行的产业,不是因为什么嫡出庶出,而是因为他没能耐,没贡献。至于更下一辈,小娃儿们年纪还小,心性未定,三五年内还难见分晓。光儿是长子嫡孙,但我们吴家不是帝王之家,不是儒门士林,不能因为他是长子嫡孙就说将来宜和行得交给他。吴家将来谁来掌舵,还是得看哪个人的能耐大、哪一房的贡献大,你们说,是不是这个道理?"

一时之间,屋内都没有声音。吴承构知道应了对自己没好处,不应又要挨骂;吴承鉴知道应了有利于自己,却又不好应。

好一会儿,还是蔡巧珠道:"老爷说得是。"

吴承构这才道:"对,阿爹说得对。"

吴国英道:"这宜和行是我创下的基业,但是将根基夯得牢实的,还是承钧。这一点,谁也不能否认。如果只论到现在对宜和行的贡献,我、承钧和承鉴三人各占一份。没有我,就没有宜和行;没有承钧,宜和行的根基就不牢靠;没有承鉴,宜和行过不了这两场大难,也做不到如今的地步。我这个论断，大家觉得有道理没？"

这是问所有人了。刘大掌柜先开了口："这是公正之论。"

十五叔公、欧家富等也说："确实是公正之论。"

蔡巧珠心想公公毕竟没糊涂，没有抹杀丈夫的功绩，便也道："老爷说得极是。"她是个贤惠之人，以往一直没想争什么，也一直相信就算是吴承鉴掌家了，也会善待他们母子——只是叶有鱼临盆那一天，叶大林的那句狂话实在如同一根钉子一样扎进她心里了。

吴承构不敢反对，只好跟着点头。

"但是，这个三分之论，只是到现在。"吴国英眼睛光芒一闪，这一刻竟然不像一个衰朽之人，"我人老了，可还是有野心的。我自己一辈子都赶不上老金鳌了，可是我这双眼睛看得清清楚楚，我吴家迟早要压过潘家的。我的宜和行，迟早要盖过同和行！成为天下第一！"

这一番话，可把刘大掌柜和欧家富心里头的豪情壮志都给调起来了。

吴家的确在追赶着潘家，宜和行一直在追赶着同和行。只是迄今为止，吴家一直低调，哪怕已经在奋力追赶了，甚至叶大林都恨不得要赶着吴家去压潘家了，吴家口里也从来不说，还是默默地做着老二，装作没牙齿的老虎，闷声发财。

但今天吴国英终于开了口，将吴家的野心表露无遗。这时他眼放金光，脸颊微红。十五叔公阅事经验丰富，知道年老之人忽然如此可不是什么好事，但他也没有打断。

吴国英一时发作得有些过头，人也忍不住咳嗽了两声。

吴承鉴扶着吴国英，让他顺了会儿气。

吴国英声音低了下来，说道："我知道将来一定是这样的，可能我已经看不到了，但不要紧，我知道一定是这样的。"

众人都说："对，对，一定是这样的。"

吴国英道："可是吴家真的要做到那一步，成为天下第一，并不容易啊。幸好，我们吴家有千里驹！"

说到这里，他望向了吴承鉴，屋内其他人也都一起望向了吴承鉴。

吴国英刚才的三分论断众人觉得有理，而此时吴国英对吴承鉴寄予如此厚望，众人回想过去两年发生的事情，竟也觉得理所当然。

只有吴承鉴依然神色不动，没有尴尬，也不惶恐，也未推托，也未傲然。

"昊官！"吴国英改了称呼，"你的志向远大，将来吴家在你手里会去到什么地步，我可能都想象不出来。但是在那之前，有一件事情，你们在场所有人都得给我听好了。"

众人不敢违拗，都顺着他的话说："阿爹（老爷、老当家、国英），你说。"

吴国英道："在那之前，吴家不能分散，一定不能分散！产业不能分散，力量不能分散，人心更不能分散。家业的离散也就罢了，人心的离散导致的内斗才更为致命！我在广州十三行，几十年间，见了太多的起起落落，不知多少大家业，一朝离散就一蹶不振。吴家也不会例外的，我们的家业和人心一旦分散了，就别想追上潘家了，宜和行就别想天下第一了。到那时，我就算是在九泉之下也不能瞑目啊！你们听见没有？听见没有！"

他又重重地捶了下扶手："听见没有！"

蔡巧珠、吴承构都被吓得跪在了椅前，纷声道："听见了。"

吴承鉴也和叶有鱼一起跪了下来，吴承鉴道："阿爹，您放心吧，我知道怎么做。"

"好，好！"吴国英拉着吴承鉴的手道，"如果宜和行真的天下第一了，真到了那一天，你在吴家、在宜和行，甚至在这粤海十三行，肯定都已经一言九鼎了。但是我希望你到时候仍然要记住，你大哥吴承钧的建基之功……"

吴承鉴道："阿爹，您知道我跟大哥的情分，何必再说这话。"

"不，不！我就怕你这个啊！"吴国英道，"家族的大事业，不是看情分，而是看功绩啊。我要你莫忘记你大哥的功绩，委屈了光儿；但也不要你因为兄弟的情分，委屈了自己。你明白了吗？"

吴承鉴眼帘垂了垂，道："好。"

吴国英跟着又做了许多交代，众人都清楚，这已经算是在立遗嘱了。他的话已经说得很清楚，这个家在他身前身后，都是要吴承鉴继续当下去的。

把这番话交代完，他的精气神就像被抽掉了一大半，整个人直接躺回床上去了。吴承鉴赶紧请了二何先生过来。二何先生诊断后说是费神过度，把吴家兄弟又骂了一顿，吩咐以后不许再让老人家劳心劳神，一定要静养。

伺候着吴国英喝药安歇后，蔡巧珠才回了右院，吴六跟了进来——老爷子吩咐的时候他全程在场，这时跟到外屋来，和蔡巧珠对望了一眼，彼此就知道对方的意思。

蔡巧珠道："老爷的安排很妥当，很公正，我很服气的。"

吴六道："对，对。那就好。"便退出去了。

吴六这边没什么话说了，不料第二天蔡母就来看女儿了。喝了两巡茶，蔡母就把丫鬟支走，问道："听说昨天亲家公安排好身后之事了？"

蔡巧珠一下子眉毛就竖起来了，道："阿娘，你听谁说的！"

"你也别管我从哪里听来。"蔡母说，"我只问一句，你怎么打算的？"

蔡巧珠道："这是吴家的事情。阿娘，你若不想女儿难做，就别问了。"

蔡母冷笑起来："吴家吴家，你们吴家的事情，跟我有什么关系！我只是在意我那外孙。我想知道我的光儿被怎么安排了。"

蔡巧珠道："公公把光儿安排得很好。"

"很好？"蔡母道，"怎么个好法？"

蔡巧珠道："公公说了，吴家的产业，眼下不能分。至于将来，真到要分的时候，就看各房的贡献。下一代谁来掌宜和行的舵，就看光儿、耀儿各自的能耐吧。"

蔡母听到这里，冷笑一声："这么说来，我们的光儿是从此靠边站了。"

蔡巧珠皱眉道："阿娘你说什么呢？"

蔡母道："吴家的产业眼下不能分，那么眼下谁来当家啊？"

蔡巧珠道："自然是昊官。谁能比他合适？"

"他当然是最合适的。"蔡母道，"乖女儿，你认为，以昊官的年岁、体魄，这宜和行的家他能当几年？皱眉了吧？我给你算算吧。他今年才二十几，就算到五十几退下，也还有三十年。三十年啊，别说一个商行，就是皇帝家，太子都要换几个了。哼哼，亲家公啊，话说得好像公道，实际上却藏满了偏心……"

"什么偏心，什么偏心！"蔡巧珠道，"老爷他并没有否认承钧对宜和行的贡献，他说的是公论，没有偏心。"

"我怎么就生了这么个实心眼的呆女儿啊！"蔡母道，"现在承钧尸骨未寒,如果现在把产业分割了,于情,众人心中不忍,哪怕昊官自己也不忍;于理,承钧对宜和行的功劳,宜和行的掌柜、伙计都看在眼里,心里还热乎着,上上下下便都不敢委屈了光儿。可是三十年后,老伙计该死的死了,该走的走了,该变的变了,那时候,谁还会为一个死了三十年的前当家说话啊。"

她见女儿脸色又不对了,便摇头:"罢了罢了,我知道你听不进我的话,你就且看看吧,也不用等个三十年,且等一年两年的,你就能看见别人给你脸色了。到时候,你就相信你阿娘的话了。"

第十七章

步　骤

　　吴承鉴和叶有鱼又留了一天,第二日就被赶往吴家园去了。吴国英一定要吴承鉴去吴家园住,不仅因为那里是吴家的新宅子,更因为在他心里,吴承鉴住进吴家园,是吴家将要抗衡潘家的一个象征。

　　吴家园这边,吴承鉴一边牵挂着吴国英的身体,一边又因为吴国英的这番交代,让他不得不考虑原本一直回避的一些事情,心情一时颇为糟糕。一到吴家园,他安顿好了叶有鱼母子,便自个儿去曼倩蓬莱。

　　临出门,叶有鱼欲言又止。自与老顾见过一面之后,她一直想再跟吴承鉴谈谈,但看着吴承鉴眼神中尽是烦躁,便知道终究不是说话的时候,于是又忍住了,没出声。

　　吴承鉴要找周贻瑾说说话——他和有鱼好久没怎么说话了,在这当口,能给他排解或给他讥讽,抑或给他棒喝的,只有周贻瑾了。

　　因为昆曲班子送给了和珅,由刘全带去了北京,吴承鉴虽然正筹划着给周贻瑾弄个新的班子,但像这种事情,并不是有钱就能很快办到的,所以眼下曼倩蓬莱冷冷清清。

　　上岛之后,便听到稀稀落落几声弦音,吴承鉴到此心就静了一些,循着那琴声，走到观戏台。

　　昆曲班子没了，戏台已空，石几上摆着一张蕉叶琴。周贻瑾对着空荡荡的戏台，弹着《阳关三叠》。

　　吴承鉴不太懂古琴，这东西对他来说太过高雅了，但听琴声回环，犹如对景生悲，忍不住问道："还想着昆曲班子？早知道你这么牵挂，当日咱们就不送出去了。"

　　周贻瑾停了手，长长叹了一口气，神色似乎忧伤了一会儿，这才回头对吴承鉴说："你不是说你不懂琴吗？我用第一叠弹着送别悲景，你居然听出来了。"

　　吴承鉴说："你这琴声慢悠悠的，脸上又一副落叶萧萧的模样，我不用懂琴也知道你心里难受啊。"

　　周贻瑾一听，摇头："原来这样啊。我说你这个俗物，怎么能从我琴声之中听出心境来。刚才差点还以为你有子期那样的耳力呢。"

　　"我觉得嘛，子期也许不是耳力好，是眼睛好。俞伯牙当年弹琴的时候一定表情也很丰富，所以子期看到就猜出来了。"

　　周贻瑾听了这话，"扑哧"就笑出来了。

　　吴承鉴看他笑起来的样子，不像是心里悲伤而被自己勉强逗笑了，倒像是从一种心情切换到另外一种心情："你好像也不怎么悲伤啊。"

　　"本来就不悲伤。"周贻瑾说，"对那个昆曲班子来说，他们给我们演戏和去给和珅演戏，也没什么区别；对我们来说，既然是能被人送来的，那就只是身外之物，再被人要走很正常。"

　　"那你刚才一脸的落寞是怎么回事？"吴承鉴问。

　　"我在进入情境啊。"周贻瑾说，"就像读《石头记》，总得进入千红一哭、万艳同悲的情境之中，才能体验到那种白茫茫大地真干净的萧瑟感。对着这空落落的戏台，也是一样的。"

　　吴承鉴一时无语了："所以你刚才那一脸的落寞样子，其实是在享受了？"

　　"对的。"周贻瑾道，"不是自己的老死病，正好拿来悲春伤秋做诗文；不是自己真正的亲人，走了刚好拿来感受一下古人离别之情。文人皆如此。要真是自己病得要死，保管话都说不出来，哪里还做得出诗文来。真是自己要紧的人不得再见，哪里还有心情弹琴？"

步骤　079

"真是见鬼了。"吴承鉴恼怒道,"老子心情正不好,正想着来你这里排解排解,怎么却遇到你犯酸。"

周贻瑾笑了笑,按住了琴,道:"听说昨天老爷子给你扫道路了,那不是好事吗?你烦什么?"

吴承鉴坐在亭缘石椅上,挠着头。

周贻瑾道:"你在担心你大嫂的心情?"

吴承鉴道:"耀儿出生那天,我那老丈人在院子里说的那混账话,闹得大嫂临门不入,怕是心里已经有个疙瘩了,偏偏我还什么都做不了。老爷子再来这么一下,听得懂的人,都道是为我好,然而我觉得他老糊涂了。我和大嫂本来没什么罅隙,但老爷子这么一来,只怕大嫂反而要多想了。便是她自己不多想,她身边也有人要帮她多想。最麻烦的是这事我不去分说也不是,去分说了反而显得有心——麻烦,麻烦!"

周贻瑾道:"这的确是个麻烦事,不过耀儿既然出世,和光儿之间天然便有冲突,不管老爷子说不说那番话,那冲突都是在的。你今天回避过去,总有一天回避不了。"

吴承鉴沉默了,不说话。

"你来我这里,不会是想我给你出主意吧?"

吴承鉴依然不开口——周贻瑾虽然是自己的谋主,但这毕竟是家事,把他扯进来也不知道合不合适。

周贻瑾就像他肚子里的蛔虫,吴承鉴虽然没说话,他竟然就猜到了。他先将蕉叶琴收了起来,然后才说:"帝王无私事,你作为保商,家事其实也是商事。"

吴承鉴道:"你有办法?"

周贻瑾道:"长久来说,想要彻底解决,无解。但我们近期将有大变。所以我的观点跟老爷子相似,这段时间,可不是家变爆发的好时候。宜和行的产业不能分裂,吴家的人心不能分裂——只要确保这一点,其他事情,就都可以慢慢来了。"

吴承鉴心头一凛。

他很清楚,周贻瑾说的是什么。

"看来你终究还是个凡人啊。"周贻瑾仿佛只一眼就能看透吴承鉴,"心头一被情事、家事给缠住，竟然把最要害的事情给忘了。和珅他最近虽然没动作，但你不会真的认为他没动作吧？就算他真的打算放过你了，我们也差不多要跟他松绑了——再不松绑，你们吴家就完了。

"站到更高的位置上俯瞰，从而解决眼前的问题，这不是你这一路走来能够成功的关键所在吗？如果你能把这件事挂在最上头，那么下头的事，便都好解决了。"

吴承鉴喃喃："时间确实不多了……"

周贻瑾道："第一步，整理好你的心情。好好去跟你夫人谈谈。你夫人是叶大林家里出来的，我瞧她的性子，善争不善和，所以能帮你解决外事，没能帮你解决内事。可至少你别因为她跟三娘的事情，扰了你的心境。对吧？

"第二步，逼启官跟我们和解。然后第三步，才能应对和珅的攻势。

"虽然刘全说了会放过你，但那绝不可信！我估摸着，等白鹅潭重建得差不多了，北京那位中堂大人，就要对你动手了。"

北京。

昆曲之声飘满了整个和府后花园。

唱戏奏乐的是整个戏班子，观戏的只有一个人。他眯着眼睛，但满台的角儿不敢不尽力。

刘全从外头回来，站在和珅身边好一会儿，也不敢打扰。

和珅似乎就知道刘全来了，睁开了眼睛，开口一笑："十三行的保商真是会玩，这个班子调教得不错。"

刘全微笑应道："十三行者，天子南库，他们的钱其实是皇上的钱，这事他们自己心里清楚得很。既然是皇上的钱，不花白不花，所以这些个保商，家里的吃穿用度、各种玩乐，能多豪奢，便多豪奢。"

和珅的思维十分跳跃："番夷的款子，都到了？"

刘全道："各家都签好了书契，钱已经陆续到位。"

和珅笑道："这个吴官，还真有本事，番夷的钱也能搞得来，真是难得。只是可惜，与我终不同心。"

"老爷，"刘全说，"他这么能办事，在手里的时候，的确是一员强将。但如果有一天反了水，那就是一个大敌。等白鹅潭重建得差不多了，我们也该着手处理他了。"

"不，不能等事情做完之后再动他，但又不能在事情做完之前动他。"和珅道，"事情还没做完就动他，十三行一乱，我大清的银根也要跟着出事；可要是等事情做完了再动他，那时候他早做好了准备，怕就动不了他了。"

哪怕刘全是看着和珅大长大的，竟然也有点跟不上和珅的思维："那……那该怎么做？"

和珅笑道："不要动他的人，但要乱他的心，拿走他谋人的心腹，留下他做事的手脚。明白了吗？"

第十八章

和　　解

　　吴承鉴自曼倩蓬莱回到日天居，路上惦念着周贻瑾跟自己说的话，也觉得自己和叶有鱼之间再这么下去不行，有些心结还是得解开。夫妻俩的事情，有时候对错难分，但要想打破僵局，总得有个人让步。

　　叶有鱼就像往日一样，默默地便要为他准备洗澡水和晚饭，吴承鉴却忽然道："等等，我们说两句话。"

　　叶有鱼怔了有半晌，这才坐下。

　　吴承鉴把吴七、冬雪都打发出去，然后才说："这几个月，我……"他张口了好久，一时不知道该怎么开口。他不是能对女人做小伏低的性子，在家里素来嚣张惯了的，极少对人服软，所以这时想让步，却说不出软话来。

　　他不开口，叶有鱼一时也不知道该说什么。

　　两人都不说话。吴承鉴知道再这么下去，便是又要陷入那种令人憎恶的沉默，忽然伸手，把叶有鱼拉了过来，抱在怀里，在她额头上亲了亲，低声说："这段日子……对不住了……"

　　两个人好久没有这般亲昵的肢体接触了，所以才被抱住的时候，叶有鱼一开始浑身僵硬，但被吴承鉴亲了亲，又听了那话，身子就软了，终于哭出声来，道："你……你不怨我了吗？"

吴承鉴道："我没怨过你。"

叶有鱼自见过老顾之后，已经打算再让步的了，但对吴承鉴这话，她心里是不信的。

吴承鉴道："花差号那事，你是为了吴家，为了我。我没怨你。"

"若你不怨我，那……"叶有鱼心里憋着的话，终究还是问了出来，"那为什么这么久不跟我说话？"

话说到这里，她干脆豁出去了："其实你还是怨我的。我为了吴家，为了你，这都是道理。但再有道理，我也……也让她难受了。你看不得她难受，所以心里怨我。可我当时又怀着身孕，你怕和我吵架伤了胎气，所以就憋在心里……可你就算口里不说，我就不知道吗？"

说到这里，她又抽泣了起来。

吴承鉴从未见她这个样子，当初在白鹅潭楼船上，她被生父嫡母逼迫，又被自己误会，也没见她把软弱给表现出来；在广州府的大牢里，都被自己下休书了，也能反过来逼自己向她吐露心声。怎么现在没说两句话便哭成这样？莫非是女人生了孩子之后，性子便容易变得软弱了吗？

"哭什么呢？"吴承鉴在神仙洲混得顺风顺水，但那是面对一群花娘，眼前却是自己的妻子，心态位势都是不同的，便有些无措，"我没对你怎么样呀……"

"你见不得她难受，而我，我……"叶有鱼"我"了好几声，终于脱口而出，"我见不得你对别的女人好，尤其是她！"

说了这话后，叶有鱼忽然有些后悔——她念着吴承鉴的好，本来是打算委屈自己，今天要让吴承鉴顺了那口气的，不料话赶话，却说到了这个地步，把自己内心深处最掩藏着的东西也抖出来了。

吴承鉴听得有些愣。

女人会有什么样的妒忌心，女人会有什么样的占有欲，混迹神仙洲多年的他清楚得很，只是……叶有鱼是这样的人吗？

"老顾来看过我……"叶有鱼忽然说。

老顾是吴家的老臣子，在吴家地位特殊，虽在仆位，却不是吴家每一个主人他都放在眼里的。尤其是这几年，没有公事他几乎不进吴宅。但吴承钧发丧那一天，他还是找了一个由头来看访叶有鱼，这事吴承鉴知道。

只是叶有鱼这话来得没头没尾,吴承鉴不免听得莫名其妙。

叶有鱼道:"我之前以为,你是成亲之后,才慢慢对我好的;也一直以为,我们这场婚姻能成,是我靠自己的聪明才智跟你谈妥了条件,所以我们这桩婚事,是从买卖开始的,情义是后来才有了一些。初二回门之后,我虽然感激你对我娘好,但忍不住又对你动了心……可是,贻瑾暗示了我之后,我才知道更多的事情。"

吴承鉴皱了皱眉头:"他又多什么嘴了?"

"老顾都跟我说了,"叶有鱼道,"其实我被软禁那天,昌仔跑去求援,你虽然没答应救援,却留了一道口子——其实我早该想到了啊,如果不是你早有示意,贻瑾那样的人,怎么会那么轻易地被我说动?而在更早的时候,你又让老顾去拜托了忠叔,让忠叔关照我——我本来就奇怪的,忠叔虽然平时对我们母女也算照应,但成亲之前那段时间那般关照,显然是不同往常的。所以老顾把那层窗户纸一捅破,我就全都明白了。

"那之后我便知道了,刻在我心里头的那个三哥哥……是真的存在的,不是我自己幻想出来的。而且他一直都没变过,现在还成了我的丈夫……

"我其实挺傲的,一直以为老天爷虽然待我不好,但我也能逆天而行,就算被软禁了,在那样的绝境下我也能闯出一片天地来。可后来才发现,不是的。我曾经自以为了不起,可老顾的话却让我知道了,没有你,我什么也不是,什么也难成。

"我才发现,老天爷其实待我挺好的。在我很小的时候,就有一个人能够点出我名字的真意,给我立了个榜样,关照我,引领我,让我能在那个家里熬下来,闯出一条荆棘路。

"等我到最后闯到没路了,又是你给我开了一扇大门,大门的后面,是我做梦都想不到的光明与快活……三哥哥啊,你是不知道,在吴家的一些日子里,我是有多么开心!

"所以……

"三哥哥,你以后别再这样冷着我了,好不好?我不能没有你。哪怕你不说出口,只是你的心对我堵着,我也就跟着堵得不行。我……我不能没有你,一时一刻,也不能的!"

她软语温言,半泣半诉,就像积了二十年的情绪犹如洪水一般一口气放了出来，把吴承鉴听得暖暖的，又怔怔的。这是一个女人把自己的心都扒开了，让对方见到了她内心最秘处的所有、最深处的一切。恋人之间，爱人者被动，被爱者主动，把自己心里的情意敞开到这个地步，往后相处，自身便得低到尘埃中去。

甜言蜜语吴承鉴在神仙洲经历得多了，但这般不管不顾、把自己最弱最羞处都掏出来的话，他也是第一次听；何况说这话的，还是逼父囚兄的叶有鱼。他想都想不到，刚烈如她也会有这么柔弱的一面。

换作疍三娘的话，她虽是风尘中人，却是怎么也不肯自低到这个地步的。

两人抱在一块，好一会儿没说话，但周围的空气温热温热的，不再是之前那种尴尬，倒是黏黏的，仿佛两人混成一团糨糊一般。

吴承鉴一时兴动，抱了叶有鱼上了大床。

叶有鱼便知道他要做什么了，虽然都已经生过孩子，却还是不禁有些羞赧："这大白天的……"

话没说完却已经被两个人更粗重的呼吸给打断了……

良久良久，两人才平复下来，吴承鉴摸着叶有鱼胸口那道已经很浅淡的疤痕，道："我明天去义庄。"

叶有鱼本来懒洋洋的，又疲倦又欢喜，听了这话，一时胸口有些堵。

吴承鉴道："不管怎么说，你在花差号的时候那般对她，不但落了她的脸面，怕还伤了她的心情，我……我得去给她道个歉。"

叶有鱼念头一转，忽然高兴了起来，柔声道："对，是得向她道歉，要不要我跟你一块去？"

吴承鉴道："不了，就我去吧。也不知道三娘现在心里怎么想，只我去，便一时尴尬了也还能转圜过去；你一起去，万一尴尬得接不下话来，可更尴尬了。"

叶有鱼蹭着他的胸口点头："好，那回头我给你准备东西，你明天好好向她道歉。"

吴承鉴和叶有鱼把话说开之后，整个人心情就舒坦了。这段时间于他乃是多事之秋，父老兄逝，官逼嫂疑，但夫妻俩和解了，这块石头一去，精神为之爽利。

　　第二日，叶有鱼一早起来，备了一份厚礼，光是一套翡翠首饰，便是万金之价。

　　吴承鉴道："太贵重，她不会收的。"

　　叶有鱼想了想，便另去取了一份价值与意义都恰到好处的礼物，装成个箱笼，又说："三娘下船之后，我让人对她的房间一点不许乱动，但日常多有安排人打扫，不至于积尘。如果她肯的话，就让她回花差号吧；或者把花差号开到义庄附近也行，我知道义庄靠水的。"

　　吴承鉴道："好。"

　　他带了吴七，便往义庄而去。

　　冬雪等他离开后，悄悄对叶有鱼说："三少奶奶，昊官这是要去义庄？你怎么不拦着？"

　　叶有鱼看了她一眼："你懂什么！"忽然想起昨夜与吴承鉴的绵绵之情，脸上便洋溢出幸福之色。

第十九章

道　歉

　　船还没到，义庄那边早得了消息。

　　疍三娘应了一声，显得很平静。碧荷却高兴坏了，拉着疍三娘，要给她梳妆打扮换衣服。

　　疍三娘道："打扮个什么，又不是过年过节的，何必呢？还是就这样吧。"

　　碧荷道："不成的，不一样的！"还是硬拉着三娘打扮。

　　疍三娘半推半就，也就由得碧荷替自己梳了个好头，穿上一身绸缎衣衫——她来义庄之后，日常都只穿布麻的。

　　碧荷选了许多首饰，疍三娘只挑了一支簪子，配上一身浅绿色的绸衫，仍然是素净的风格，却已经不是于怜儿来见她时的寡淡样子了。

　　吴承鉴有好几个月没来义庄了，这时再看，义庄已经与之前大不一样。整个庄子已经建成，不再是上次来那般到处都是工地。渔排上渔户往来，显然渔村已经正式投入运作了，远远一望，成排的桑树也长高了许多。便是周围的人员也有变化，上次来的时候多是帮忙造房子的劳工，如今来就看见许多在晒太阳的老女人，显然这座义庄已经进入生活状态。

吴承鉴对铁头军疤道:"庄子看起来很结实,但没什么花哨的地方。就是灰扑扑的有些不好看。"

铁头军疤道:"三娘思虑深远,所以没把庄子搞得太过漂亮,一切以实用为主。这里离省城有一段距离,真搞成富贵模样,容易遭贼。"

吴承鉴道:"这段时间,我也没分身关照这里,但三娘还是把庄子给搞成了。难为她了。"

铁头军疤道:"三娘真是个奇女子,别说神仙洲了,放眼整个广州府,风尘之中也没见过第二个。"

"嗯。"吴承鉴点了点头,心想:"她的确是个了不起的人,在别人眼中都只道我包养着她,其实她便是离了我,一样能过活的;不但自己能生存,还能帮到别人。反而是有鱼,别人看她风光无限、精明强势,其实内里柔弱得紧。"

进了义庄,疍三娘已经带了两行人在义庄大门外迎着了。

论情,两人多年交往,这次是久别再见;论义,吴承鉴实乃这义庄最大的恩主。这次是义庄落成后他第一次来,所以不但疍三娘,义庄的老弱们听说吴官到,也相扶出来迎接。

吴承鉴看疍三娘时,只见她比起还在神仙洲时,少了风尘气的炫目,气度却更加沉稳了;一想起她不但能自立,还能救人助人,心里不觉又多了两分敬重。

满义庄的老弱都向吴承鉴行礼,几个小孩跳着叫着:"昊官来了!昊官来了!"

吴承鉴笑道:"这是满庄子出来迎接吗?我担不起啊。"

疍三娘笑道:"怎么会担不起?这里的梁木柱石,有一半是你帮衬的,你是这里所有人的恩公。"

吴承鉴笑道:"我从十几岁开始到处撒钱,这是我帮衬得最有意义的一件事了。"

疍三娘道:"那以后你多帮衬些这种事情,天底下需要帮忙的人很多,而且做这些好事,既积阴德,也积福报。"

吴承鉴笑道:"好,听你的。"

碧荷在旁边见两人虽然好久没见面,但一见面就有说有笑,心里头就松了一口气。

吴承鉴在疍三娘的带领下，到祠堂上了香。这祠堂上供奉了管仲老爷、观音菩萨和妈祖娘娘——因庄子里老娼多，管仲是她们的该管神位。

吴承鉴拜完后又跟庄里的老弱聊了一会儿话。在这里养老的人有一大半是失色的老风尘，最会察言观色的，就没耽搁吴承鉴太久，都起身告辞了。

吴承鉴这才跟疍三娘进了她的屋子，把屋子转了一圈，只见这屋子里放了一张床，床后空出三尺空间做换衣服的地方，床的旁边又格出一个角落来摆放神龛，此外就只能放下一张木几、几张竹凳子，不由得摇头："太清苦了。三娘，还是回花差号住吧。"

疍三娘不搭这句话。

碧荷端上两碗甜汤来，放在木几上，两人就在凳上坐了。

疍三娘这才仔细看了吴承鉴两眼，心道："几个月不见，他的气度比先前更不同了，吊儿郎当的味道比之前又少了，如今才是十三行大保商的气势。"

吴承鉴见她瞧着自己，笑道："怎么这么看我？几个月没见，就不认识我了吗？"

碧荷把甜汤端上后，就拉了吴七出去，要让他俩有机会说体己话。

屋内再无第三个人，疍三娘柔声说："喝口甜汤吧，你也好久没尝碧荷的手艺了。"

吴承鉴喝了一口："嗯，不错，糖下得刚刚好，很合我的口味。"

疍三娘也陪着他，把大半碗甜汤都喝了。

吴承鉴看她一点都没剩下，倒是有些奇怪了："你以前就喝一两口的啊，今天是没吃早饭吗？"

"不是，"疍三娘道，"是不能浪费。这是义庄的规矩，但凡吃的，一口也不能嘥（浪费）的。我定下的规条，我自己要先遵守啊。"

吴承鉴倒是怔了怔，随即想到她的身份不同了：以前她是养尊处优的花魁娘子，而现在则是一座义庄的头领了。花魁娘子要颐体养肤，甚至要摆谱竞奢；义庄头领却要以身作则，吃苦耐劳。他忍不住望向疍三娘的手。

疍三娘马上就注意到了，也不遮掩，便将手伸了出来，往日一双如雪柔荑，如今已颇见粗糙。这才过了几个月？

疍三娘笑道："在这里带头干粗活，手也粗了，不好看了，对吧？"

吴承鉴忍不住道："这……我知道这里的日子不好过，但也没想到苦成这样子。"

疍三娘轻轻淡淡地笑了两声："算什么苦呢？我在这里有吃有喝的，所谓的干粗活也就是自己洗衣服晒衣服，偶尔淘米煮饭而已。你是一生下来就锦衣玉食的大少爷，没见过真的苦。我小时候却都经历过的，不会因为过了几年花花日子就忘了根本。"

"那你也不需要这样。"吴承鉴道，"你自己注意点吧，再过一段时间，把义庄带上了轨道，你还是回来吧。这里的日子，太苦了。"

疍三娘低声道："回？回哪里去？"

"花差号啊。"提起了这事，吴承鉴"唉"了一声，"当时我在牢里，那事……那事有鱼做得不妥当，我今天来，就是要代她向你道个歉。"

疍三娘一直微笑满面的，听了这话，脸色大变："你说什么！"

"当日贻瑾要出个计谋，有个关卡过不去，正好要用到花差号。事后你应该也猜得七七八八了。"吴承鉴道，"这事我当时不知道，是贻瑾和有鱼商量了办的。但……总之我也有推不过去的责任。你生气也是应该。"

疍三娘仿佛没听见他说什么一般，愣在那儿，好久道："你……你代她……向我道歉？"

"嗯……"吴承鉴道，"如果你还不消气，我回头带她过来亲自向你道歉。不过得过一两年，等事情冷下来，不能让外头的人因为这事看出……"

接下来吴承鉴说的什么话，疍三娘只觉得耳朵嗡嗡嗡的，全都听不进去了，一张脸是越来越苍白。

"三娘，三娘！"

疍三娘才回过神来，听着吴承鉴说："现在花差号还保留着原样，来之前我上船看过的，和你离开的时候全没一点变化，你随时可以回去。义庄这边，你偶尔来一下就好了，难道还真在这里天天熬啊？你看你，如今的脸色也比先前差了好多。"

疍三娘低着头，呢喃："哦……好的。"

吴承鉴又与她说了一会子的话，见她有一搭没一搭地回应，老是走神，以为她是累坏了，也是心疼，道："义庄的事情如果这么繁重，我派几个人过来帮忙吧，看你累的……"

疍三娘仿佛被触到了什么，马上道："不！不用！义庄的事情我能处理，你不用操心。"

吴承鉴道："那我回头让拨一些用度过来，你自己雇多几个人手给你分担。总不能这样过日子。"

疍三娘道："也不用。我要的，便是就算离了你，这个义庄也能自己转动下去。如果离了你这庄子就活不下去了，那我的心血才是白费了。"

"只是这样，你也太累了……"

疍三娘似乎已经收拾了心情，展颜笑了笑："放心吧，我能处理好这些事情的，你不用担心。"

这时已近中午，义庄这边早准备了饭食——和上次的仓促不同，这一回有了一些余裕准备，虽然和西关的精致美食不能相比，但有碧荷操持，也差不到哪儿去。义庄这边本来就有新鲜的鱼、肉和菜蔬，碧荷从很久以前就准备了许多瑶柱等干货，又把之前一个认识的好厨子找来，做了好丰盛的菜肴。除了后院那两个疯子，其他人都入席了。

十三行的大商人，几乎就没有一个不做善事的，修桥铺路、拯幼扶老，各类慈善场合在吴国英、吴承钧当家的时候，每年都要有所经历。吴承鉴从小看得多了，去年时局稍稳的时候也去珠西一个遭灾的村子里搞过赈济，所以对这种场合并不陌生。

当下他举茶当酒，好好地问候了庄内最老的老妪，关心了最小的那个残疾小孩，跟着给众人劝菜。一顿饭吃下来，让全庄上下如沐春风，对吴承鉴的印象大大改观，都想："老听说昊官是个花花公子，今天看来传言不实。"

周贻瑾失踪

饭吃完了,自有人张罗着去收拾碗筷瓢盆,吴承鉴仍与疍三娘回了屋子。疍三娘说:"你吃完饭习惯眯一会儿的,但这里,怕你睡不了,不如就先回吧。"

吴承鉴点头:"好。那我下次再来。"

疍三娘又道:"还有,神仙洲怜儿那边,最近如果方便,你也安排一下吧。"她低声道:"如果我没料错,你大概还有个难关要过。这等小事,尽量在那之前办了,免得到时候闹起来,像怜儿这般的人,一个小浪花就能把她打翻沉海了。"

她跟了吴承鉴多年,知道许多秘密,又久历风尘,人还聪慧,所以一些事情吴承鉴就算没跟她细说,她也能预料到一二。

吴承鉴答应了,疍三娘陪着他出庄,一路直送到码头。

碧荷见昊官与三娘亲密依旧,全无生分,心中暗暗欣喜。

送走了吴承鉴之后,疍三娘脸上微笑转为暗淡,路上踢了三次脚。碧荷却没注意到,一直很是开心。等回到庄子里,众人散去,疍三娘对碧荷说"我想静一静",便关上了门——这可是从来没有过的事情。自义庄开建以来,三娘屋子的门白天都是开的,便是晚上也只是虚掩,以防有人有急事找她。

碧荷应了一声，也没觉得什么，走开了去做别的事情；忽然想起一件琐碎事来，回来要找三娘，到了门边要拍门，却隐约听见门内似乎有什么声响。

她犹豫了一会儿，便没拍门，将耳朵贴近门缝，便听见里面传来极力压抑，却仍然压抑不住的啜泣声。碧荷呆住了："姑娘……她在哭？她为什么要哭？吴官挺好的啊。"

屋内三娘只是断断续续地啜泣，听了一会儿，才隐约听到一句："为什么……替她……来……向我道歉！"然后，便是再无断绝的闷哭。

与妻子和解之后又与红颜知己释嫌，吴承鉴心情甚好。他想起叶有鱼提起老顾，便猜周贻瑾在里头做了小动作。想想自己的这位知己不但要为自己筹谋对付商场官场之事，连自己的私事也都让他操碎了心，忍不住就朝曼倩蓬莱来。

不料到了曼倩蓬莱，竟然寻不见周贻瑾，一问仆人，仆人说："上午的时候，师爷收到一封信，说要出去一趟，就带了小九哥儿，坐了小船出去，到现在都没回来。"

吴承鉴也没放在心上，这样的事情也不是第一次发生了。

不料这一回竟是不同了。

第二日吴承鉴再来，周贻瑾竟然未回，这可就少见了。彻夜未归且不留口信，莫非是遇到了什么急事？

然而他想想周贻瑾的本事，估计便遇到什么事情也能解决吧，也就没放在心上。或许是跑到哪里游山玩水，一时忘了归程。

又过了三天，还是全无音讯，吴承鉴这才急了，派了人私下寻访了两天没有结果，心里知道真出事了，赶紧请了刘三爷、佛山陈。

刘三爷埋怨道："周师爷出事了？怎么现在才知会我们？这都过去五六天了，便是有什么蛛丝马迹，说不定也没了。"

吴承鉴屡经大事，喜怒不形于色的能耐早历练得颇为深厚，这时却烦躁形之于脸。佛山陈就知道他心神大乱，在旁边替吴承鉴道："周师爷行止不定，偶尔出去一两天不见人，谁能想到是出事了呢？三爷你别埋怨吴官了，他心里早不好受了，还是赶紧发派人手搜寻吧。"

于是洪门大举出动，不是从广州搜起，而是一开始就遍搜整个粤海湾——

刘三爷估摸着都过去了这么多天，周师爷如果真的出事，下手的人也不会留在附近了。

洪门这一动，可把大半个广东的三教九流全都惊动了。许多人暗地里发了悬赏，哪怕能得到一点儿消息也能得重金——满粤海湾黑白两道的头目们谁不知道宜和行吴官出手阔绰？既然他这么重视此事，那么只要为他带来消息，多半就能得到十倍回报。

不料这样挖地三尺般的大搜寻，依然找不到丁点踪迹，这样半个月过去……一个月过去……三个月过去……周贻瑾还是没被找到。中间也不是没人带来一些线索，但要么就是假消息，要么就是真假难辨，总之最后镜花水月一场空！

吴承鉴的心也是越来越乱，别说先前周贻瑾所定的"逼启官、离和珅"两大后续步骤，便是宜和行的日常事务也都无心打理了。

幸亏他已与妻子和解，后方已稳，叶有鱼尽量地把许多摊子给撑了起来，行里头又有刘、欧、姚等得力之人，官府方面因为吴承鉴先前两件大事的余威，一时间也都很给面子，加上刘三爷、佛山陈等的帮衬，才使得粤海湾的重建、宜和行的生意都没受什么影响。吴家的身家财富继续蒸蒸日上，越来越逼近树大根深的同和行了。

就这么着，转眼到了嘉庆三年。

周贻瑾还是没消息。

吴国英老爷子在年初的时候终于没熬过去，走了。他是渐老渐病，迁延许久的，所以吴家上下早有准备，伤心自然难免，却不至于有陡闻噩耗的震动。

吴家大举发丧，吴承鉴披麻戴孝，胡茬遍腮，全然无心理事。

满十三行的保商都来给吴国英送行，粤海关甚至两广总督府都送来了挽联，潘有节、卢关桓、叶大林等大佬亲自扶棺。见过这场丧事的人，暗中都说："国英老人虽然死了，但在商人里头，他也算极尽哀荣的了。"

这一回，蔡巧珠心神不乱，叶有鱼身子也大好了。这两个儿媳妇都是能撑持大场面的人，有她们在，吴国英的白事就做得隆重而妥帖，一点毛病都挑不出来。

潘有节回家之后也不禁称赞："吴家真是好福气，两个媳妇一般的贤惠能干。"

柳大掌柜颔首表示赞成:"吴家的确能得人。不但是家中女眷,就是行里的掌柜也是人才辈出。老刘虽然一日比一日老眼昏花,但眼看欧家富已经顶上来了,姚广兴对吴家也是日渐归心。更不用说吴承鉴在外头的那些朋友,一个两个也不全是奔着吴家的钱来。吴家的兴旺看来是挡不住了。"

潘有节道:"是啊,吴承鉴重情重义,重情重义的有钱人,谁不喜欢呢?"

柳大掌柜听着潘有节的语气有些怪,忽然想起自己刚才的话莫不是刺到东家了,赶紧收声屏气。

潘有节瞥了他一眼,笑道:"不用紧张,我说这话不是含酸,只是带刺罢了。嘿嘿。"

柳大掌柜低声道:"还请启官指点。"

"无情义,只利害,这是达官的做派;重情义,兼利害,这是吴家的家风。"潘有节笑了笑,"先父还在的时候,就已经看破这一点了。"

柳大掌柜隐约想起潘震臣似乎真提起过这事:"对,老当家说过这话。"

潘有节笑道:"不过,你只听到这句,没听到后面半截。"

"哦?"柳大掌柜道,"老当家后半截怎么说?"

"逐利无情,叶家必定因此吃亏;太重情义,吴家也将因此而误。"潘有节道,"这就是先父的断语。今天看来,老爷子明鉴千里啊,都能洞见十几年后他们两家的后续了。"

柳大掌柜回想起这两三年的几件大事来,点头道:"叶家的确吃了逐利无情的亏,如果达官能对自己女儿好一点,就没有后来那许多事情了,现在也不至于被吴家吃得死死的。不过吴家重情重义,目前看来并无妨碍啊。"

潘有节哈哈笑了:"老柳,你年纪没宜和行老刘那么大啊,怎么也老眼昏花了?你没看吴承鉴现在什么状态吗?他一双眼珠子都是浑浊的,神魂都不在家。这两年吴家还能蒸蒸日上,这是在吃前面两件大事的老底。但他们吴家的隐忧,眼看着也渐渐要包不住了。便是今日这场白事上头,也见到了一些端倪了。"

柳大掌柜回想今日白事上的诸般细节,忽然道:"是长房、三房之间的矛盾?"

"这是其中一个要害。"潘有节点了点头,"蔡氏是长房长媳,无母嫂为娘,今天这么大的场面,内事本该以她为尊。可今儿个两个吴家的下人回事,叶氏点头了的,下人马上就去办;蔡氏点头了的,下人还要看一眼叶氏。虽然只要蔡氏点头了叶氏便无有不允,但下人还要看叶氏一眼,吴家内部权力的移变,已经可见一斑了。"

柳大掌柜道:"吴家大少奶奶是满西关罕有的贤惠人,未必就会因此而起争斗之心。"

潘有节淡淡道:"修养是修养,形势是形势。《石头记》有句诗写得好:'一年三百六十日,风刀霜剑严相逼。'再怎么贤惠,也挡不住人情风刀、世故霜剑那一日复一日、一年复一年的暗割明捅。吴官如果不能狠下心肝,当断即断,吴家出事,只在迟早。"

按下潘有节与柳大掌柜的谈论不表。

却说这日吴承鉴送尽宾客,回了河南,正要休息,吴七来报:"吴官,约翰来了,是不是见一见?"

"约翰?"吴承鉴愕了一下,这才想起吴七说的是那个美国人。

吴国英老爷子出丧,大家就算有什么紧急商事也必然暂且按下,然而约翰万里迢迢来到广州,自然不能苛求对方不知礼数。因此吴承鉴虽然没什么精神,却还是道:"请他到商功园喝茶叙话。"

第二十一章

烧欠条

约翰从吴承鉴这里半赊半买购置了一批茶叶和丝绸返航美国，如今回来，半点也不见他阔气，反而比之前落魄了。

虽然他尽量把自己梳洗打扮好，但是那一身旧衣服还是出卖了他钱包的底细。

两人见面之后，约翰很是不好意思，支支吾吾的，用他那浓重的德国口音，说着很不标准的伦敦腔。吴承鉴也是会说英语的。在广州人听来他的英语好得跟番夷似的，其实在英美人听来中国腔很明显，所以两人说话，彼此颇有障碍。

两人磕磕碰碰的，吴承鉴终于知道了事情始末：原来约翰这次回美国非但没有大赚，反而把生意做砸了。他赔了本钱后多方设法，想着至少把向吴承鉴赊账的那一笔钱给筹到，不料人情冷暖，他这一落魄，许多以往的朋友便都远离了他，以至于他不但没筹到钱，反而遭了许多白眼与数落。

这次来见吴承鉴，他已经做好了最坏的打算，不管吴承鉴要怎么处置他，他都认了。

吴承鉴也不发作，只是说："约翰，你也累了，不如先去客房休息一下吧。回头我们再聊。"

吴七把他送走之后，回来道："这个番夷，是准备赖账，还是骗钱？"

吴承鉴道："赖账的话，他还上门来做什么？直接着草就是了。"

吴七道："说不定他是扯谎呢。"

吴承鉴道："查过之后再说。"

他已经很久没理事了，但这事涉外，如果交给下面的掌柜，总不大妥当——吴承鉴对美国市场一直是有野心的，这几年陆陆续续见过好些美国商人，在他的判断中这位德国裔是其中最靠谱的一个，不料第一单生意往来就砸了。

"去请姚掌柜，到番人那里好好调查一下。"吴承鉴说。

吴七道："不让查理的人去查？"

吴承鉴道："约翰就是查理推荐来的。我不是不相信查理，但这事总得让他避嫌。"

姚掌柜加入宜和行以后，吴承鉴一开始只是有限接受了这个人，但随着他忠诚与能力的逐步展现，吴承鉴对他的信任度也逐步提高。就亲信程度来说，他永远也代替不了欧家富，但他的能力又胜过了欧家富，所以两年下来，吴承鉴对他便越来越看重，如今已如左膀右臂一般了。

他办事利落而靠谱，很快就利用他在番夷圈子布下的人脉，打听到了约翰生意失败的始末，来到商功园将事情完整汇报给了吴承鉴。

吴承鉴去除掉许多枝节，抓住了两点：一是知道了约翰的确没有骗人，是生意做砸了；二是知道了约翰生意做砸并非源自不好的经营习性，比如大手大脚乱花钱等。他又问了一些细节，去芜存真，终于点头道："行了。"

姚掌柜道："事情就是这样了，昊官打算怎么处理？"

吴承鉴道："你觉得呢？"

姚掌柜道："我们的官府不处理番夷的事情，如果要告到美国那边去，这万里迢迢的……"

吴承鉴道："告了又怎么样呢？他在美国难道还有多少产业吗？"

姚掌柜道："这个就难说了。"他毕竟只是从身边的欧美圈子里了解这件事情，不可能确定约翰在美国还有没有产业。这个时代，一个中国人要调查远在大洋彼岸的美国的事情，几乎不可能。

吴承鉴道:"就算他还有一些产业,这么几万里跑到美国去告,告不告得下来另说,这里头的花费和牵扯的精力就海了去了,得不偿失。便是告下了,万一他其实没钱,那能怎么办?送他进监狱,还是上绞架?那也只是泄愤。要泄愤的话,直接让人把他往伶仃洋里一沉就行了,何必麻烦?"

吴七笑道:"沉伶仃洋好啊,我们让刘三爷动手,绑一块石头往海里一丢就好了。"

吴承鉴瞪了吴七一眼,吴七忙闭嘴了。

吴承鉴道:"我有什么手段,这位约翰或许听人说过一些,这样他还敢上门来,也算老实了。而且我看他的羞愧样不像装出来的……"

姚掌柜道:"昊官莫非打算就这么放过他?那可是七八万两银子啊!"

吴承鉴道:"哪有七八万两银子。别人不知道,你还不清楚?约翰买的那批货半赊半买,用的是洋行的价格算,如果按照我们入货的成本价,我们没赔,其实还有小赚的。"

"这不能这么算。"姚掌柜说,"洋行的价格可不是虚价,是真金白银、全世界都认的价格。他们用这个价格拿了货,到了番夷诸国,价格还要翻倍,甚至翻几倍的。"

"我知道。"吴承鉴说,"我只是想说,这事我们亏得起,所以,就这样吧。"

姚掌柜倒也没再反对了,忽然看着吴承鉴,说:"昊官,你好了。"

"嗯?"吴承鉴有些意外于姚掌柜说的这句话。

姚掌柜道:"自周师爷失踪,你就一直浑浑噩噩的;今天听你说事,才觉得你心神回来了。只凭这一点,这位约翰的到来也算一件好事了。"

吴承鉴听他提起周贻瑾,眉间忧色一闪,长长叹了一口气:"也不知道他在哪里,现在怎么样了……"

吴家园如今已经建成,就是客房也都装修得美轮美奂。被请来这里,又好酒好菜地款待着,约翰却坐立不安,无心享用。

直到再一次被吴承鉴叫到商功园,眼看吴承鉴从春蕊那里接过那份合同来,他已经做了最坏的打算,低着头。

不料下一步,吴承鉴竟然点了火,就在约翰面前把那份合同给烧了。

这下子，可把约翰给惊呆了！

"昊……昊官！"

便听吴承鉴说："约翰，你为人诚实可信，这一次生意失败，不过是不走运。你是我在美国的第一号'老友'，我们广东人对待老友，可不只是讲钱而已。现在这份合同烧了，你就没负担了，我希望你轻装上阵，吸取这次的经验后继续把买卖做起来。我相信，以后我们合作赚到的钱，会是这次损失的十倍、百倍！"

吴承鉴的这番话，约翰基本听懂了，便是有几个词有些含糊，却也能从那逐渐烧成灰烬的纸张上头，领会到吴承鉴的意思。

"昊官，昊官！"约翰几乎就要上来拥抱吴承鉴，但又想起吴承鉴不是很适应这种身体接触的表达方式，便又忍住了，张着双臂说，"我一定的！一定的！"

他用那带着口音的英语许下了诺言，那诺言吴承鉴其实也没怎么听明白，然而他很清楚这个美国商人许诺的是什么意思。

吴承鉴烧了欠账的合同，约翰一下子感觉背上的负担轻了，他重整旗鼓，又活跃了起来。商人们听说了这事，不少人都觉得吴承鉴发傻，认为这小子又犯二世祖毛病了。

蔡巧珠听到这些闲言闲语的时候，心情颇为复杂。心想老爷故去之后，吴承鉴没了最后一层管束，可别真的重新混账起来了——想起过去这大半年他全不理事，好几回差点耽误出大乱子来，蔡巧珠的心便有些塞，只是今时不同往日，为了几句闲言闲语便去过问吴承鉴的事情，是再不能够了。

"唉，且等搬去河南，找个机会再问问、劝劝吧。"

过了吴国英的尾七之后，蔡巧珠终于搬进了吴家园。

在西关住了这么久，儿子在这里生，丈夫在这里死，她其实早就习惯了老宅的环境。但既然当着亲友的面答应了公公，她也不好反悔，便收拾好了东西，带了光儿搬过河南来。

叶有鱼早就让人将梨溶院收拾好了，蔡巧珠也不是第一次住，到了这里并不陌生。东西搬过来后很快就绪，光儿到了新家，欢天喜地出去玩了。叶有鱼陪着蔡巧珠说了好一会儿的话，这才回日天居。

蔡巧珠在院子里走着，看看这儿，看看那儿，这梨溶院的一切都是吴承鉴按照她的喜好布设的，按理说一切都很合她心水。如果是吴承钧还在世，一家人搬过来肯定是无比欢喜的，但这时物是人非。丈夫去世了，吴承鉴当家之后也不能如往昔大孩子一般跟自己玩笑了，她再住进这梨溶院，忽然只觉得处处都是寂寞，处处都是伤感。

只有望向池塘边的光儿时，她的心才算有了点着落——不管怎么样，儿子还在的。

此时此刻，这已是她最大的心灵依靠。

"娘，娘，你来看，这里的鱼好大啊！"

梨溶院不但有一棵比老宅右院更大的梨树，还有一个在老宅肯定放不下的大鱼塘。鱼塘大了，里头的金鱼自然也大。

池塘边一个憨丫头说："本来还有一尾更大的呢，有这么长，这么大。"

光儿哇了一声："在哪里？在哪里？"

憨丫头说："达成叔叫人捞去给养在日天居了，耀少也喜欢鱼。"

光儿叫道："耀儿那么小，他懂什么？"

憨丫头说："耀少还小，但他一看到大金鱼就笑，所以达成叔就让人满吴家园找大金鱼啊，咱们院子里那尾最大，所以就捞了去。"

光儿虽然大了几岁，毕竟还是小孩子脾气，不知道有一尾最大的也就算了，既然知道，心里就惦记上了，叫道："不行，既然是在这里养大的，那就是我的，我去要回来！"

蔡巧珠要叫住他的时候，儿子却已经溜远了。

第二十二章

蒸 汽 机

光儿溜去要金鱼,蔡巧珠也不当回事,反正有人跟着,也就不管了,自回屋里去,归置一些琐碎东西。

不料过了一会儿,就听见光儿哭着回来,进门就叫道:"娘!他们欺负我!他们欺负我!"

蔡巧珠心里一咯噔,道:"怎么了?"

光儿叫道:"他们不给我鱼!"

蔡巧珠皱眉道:"多大点事,你哭个什么!也不想想自己多大了。"然而还是问跟着去的连翘:"怎么回事?"

连翘脸上也有不忿之色,便将刚刚发生的事情一五一十地说了。

原来刚才光儿跑到日天居去,恰好吴承鉴、叶有鱼都不在,奶娘正在给耀儿喂辅食。耀儿边看着那大金鱼边吃粥,瞧见光儿来,张口也会叫声"哥"了。

光儿也不客气,就让人要把那条最大的金鱼捞走。耀儿不懂事,看人要捞金鱼就哭了。

于是满院子的婆子、丫鬟,便都劝了起来。

"她们都只是劝着光少让着弟弟,也没一个安抚耀少让着哥哥,这算什么!这算什么!"连翘甚是不忿地说。本来嘛,两个小孩争东西,光儿大耀儿小，劝哥哥让着弟弟也没什么；但日天居和梨溶院对外是一家人，在内还是分了主客，光儿过日天居去，连翘觉得自己不好意思劝耀儿，结果其他下人却都群口同声地劝光儿，那氛围就让连翘难受了。

"够了够了！"听着连翘的描述，蔡巧珠有些烦躁起来，"多大点事，至于说得这么……这么……"她一时找不到一个合适的词来。

"为了一尾金鱼就这么哭闹，像个什么样子！"

"大少奶奶！"连翘委屈道，"你是没看那些人说话时候的神情，他们……他们……"

蔡巧珠问："他们怎么了？"

这要说怎么了，连翘又说不出来，那帮下人全都堆着和善的笑脸。可是那目光、那神色，身在其中的连翘却总觉得氛围不对。只是真要形容个具体，她又说不出来。有一些过火的言语，她出不了口，到了后来，几乎要哭了一般。

"好了好了。"这毕竟是自己的贴身丫鬟，蔡巧珠也不好一味怪责，"便是下头的人一时有做不到的地方，也都是为耀儿着想。耀儿毕竟还小。"

光儿在蔡巧珠的训斥下不敢再闹，梨溶院便平静了。

只是这事，终究让蔡巧珠心里有些发堵。

事情也不大，然而类似的事情，却不是第一次发生了。

这一年来，总有些鸡毛蒜皮，让人心烦意躁。

到了晚上，叶有鱼带着冬雪过来了；不但人来了，还带来了那条大金鱼，放进了梨溶院的池塘里。光儿看见，欢天喜地地拍手去看了。

蔡巧珠听到响动，走出来道："三婶，这是做什么？"

"大嫂。"叶有鱼道，"下午我不在，春蕊、夏晴都出去了，底下的人不懂事，把事情做错了。"

蔡巧珠道："这是怎么说？两个小孩子胡闹，你怎么也跟着胡闹？光儿都多大了，这个年纪就该读书学做生意了，还为一条鱼在那里闹，他爹如果还在，就这事就得吃一顿打。咱们吴家，可不能这么惯着孩子。"

因叫来吴六："把那大金鱼捞出来，送珠江去放生。"

光儿几乎要哭："娘！"

蔡巧珠喝道："你敢哭一个试试！你爷爷临终前怎么交代你的？让你好好读书、学生意，现在为一条鱼在这里闹。你去问问宅子里的老人，在你这个年龄，你爹、你三叔都在做什么了？你敢哭，回头让你三叔打你板子。"

光儿咬着嘴唇，不敢哭。

叶有鱼在外头智谋百出，对下人也能恩威并济，但对这家中妯娌子弟之事，却是经验有缺，竟不知道该劝还是该阻——以前叶宅里的氛围与吴家不同，所以叶宅学来的那些门道，用不到吴家这边。

这事没再闹大，于宅子里乃是小得不能再小的事情，吴承鉴又不是事必躬亲的性子，且最近刚好又落下来一件大事，所以事情就没传到他耳朵里去。

蔡巧珠入住梨溶院，于外界不是什么大事，但对大新街蔡家那边来说是个不小的变化。本来蔡母已经筹谋着在西关买一处新宅子扩建，想要搬到那里去，和女儿也更近一些，不想吴国英有这等安排。这毕竟是吴家的事情，他们也不能置喙。

但蔡巧珠搬进来后的第三天，蔡家还是来了人。蔡士群夫妇带着两个儿子都来了，也算是来给蔡巧珠小贺一下。吴达成让开了边门把蔡家接了进来，蔡士群带着两个儿子直接去商功园见吴承鉴，蔡母则到梨溶院来跟女儿叙话。

光儿带着外祖母，在院子里这看看，那看看。蔡母看得十分满意，知道这些景致都是女儿喜欢的，又听说这些布设都是吴官亲自安排的，心头又宽了许多。

因问起她母子俩在这新院子住得怎么样，蔡巧珠道："地方倒是宽绰了许多，只是还不大习惯。"

"刚刚来，肯定这样的。"蔡母说，"十三行的生意人，都挤破头了要往西关挤，但在里头打出天下之后又能跳出来，在河南另立乾坤的，眼下也就潘家、吴家了。现在满粤海湾的买卖人，都看潘、吴的头了。"

蔡巧珠点头："是，所以女儿很理解公公的想法，这想法也对。"

母女俩又说了好一会儿的话，蔡士群才带了俩儿子来梨溶院。他们才从吴承鉴手里得了不少好处，所以满脸春光——蔡士群虽然继承了蔡士文的部分产业，但新蔡家的规模和老蔡家是不能比的，眼下在十三行保商里接近吊车尾，几乎就是吴家的附庸。

不过叶家成为吴家的附庸对叶大林来说是矮化，蔡家成为吴家的附庸而进入保商之列，于蔡士群来说却是喜出望外了。所以蔡士群虽然论亲戚比吴承鉴高了一辈,却对他十分奉承。

一家子又聚了许久,这才分别。蔡巧珠送了父母兄弟离开,正往梨溶院回,因无事随步漫行,正巧在一处地势较高处,远远地望见大门那边有动静,便停下脚来看看。

离得有些远,声音听不到,但隐隐也望见吴达成亲自去开大门把来客迎了进来,依稀分辨得出是叶家的轿子。轿子入门停下后又望见吴达成亲自去掀轿门,把叶大林迎了出来——离得远了看不清表情,但从吴达成微弯的背脊猜测,此刻他一定是满脸堆笑。

兴成行乃是宜和行的同盟,叶大林乃是十三行里屈指可数的大保商,他亲自来访,吴达成大开中门。本来也没什么,然而蔡巧珠忽然想起刚才自家父母来的时候走的只是边门。这事包括蔡父、蔡母和蔡巧珠在内,本都没多想,亲戚间走动,原也没少讲究,尤其蔡家本来是中小门户,平素讲究更不多,但这一对比,蔡巧珠心里便不痛快起来了。

她心里自是知道在吴达成眼中,蔡家指着吴家才能发财,叶家却是基本对等的盟友,吴达成对待蔡士群和叶大林时有所区别乃是人之常情。可是这人之常情,却更是叫人烦闷得紧。

蔡巧珠闷闷地回到梨溶院,一路都告诉自己不要多想,不要多疑,然而再怎么自我排解,那股郁结终究还是无法消散。

光儿耀儿闹大金鱼之事那日,正好查理回来,告诉吴承鉴,伦敦那边东印度公司的股权转让十分顺利,勋爵还表示愿意动员一些有正义心的绅士在上议院发动提案,以限制东印度公司在中国的鸦片走私。在这等国家大事面前,光儿耀儿那点事情简直就是不值一提的鸡毛蒜皮,所以知道一点内情的叶有鱼和吴七都不敢在这时节拿这事去打扰他。

查理对吴承鉴说:"艾洛特勋爵说,议案可以这么提,但真的想要通过,其实阻力颇大。大不列颠从上到下,都对与大清帝国的贸易逆差很有意见。一些贵族在公开场合虽然不好为鸦片输出叫好,但在找到更好的扭转贸易逆差的办法之前,他们未必会因为正义的口号就对东印度公司的行为发出有力的禁止,所以勋爵还是希望大清这边能够开放更多的海关,让大不列颠的更多商品也能进入大清。"

吴承鉴当时不置可否,十三行是一口通商的既得利益者,作为一个保商,他其实更应该延保这种垄断地位,但这种只留一窗的封闭状态对整个国家来说不是好事,且一口通商这种政策终究也不见得能够长久。国安家方稳——国家闭塞若久,如果国力衰弱下去被人打上门来,吴家也不见得能独善其身。

不过不管利益上怎么决断,只要乾隆还在,这事就绝无可能。

跟着,他又问了蒸汽机的事——这次查理回英国,吴承鉴让他特地购买几台蒸汽机的。

那几台蒸汽机已经入港,吴承鉴过问后,第二天便被搬到吴家园来。看着这几台粗糙丑陋的铁疙瘩,从吴七到夏晴,人人都认为那是吴官喜欢上的新玩意儿,只是他们也都看不明白这东西有什么好玩的。

在英国技师的操作下,其中一台蒸汽机便突突突突地运转了起来,那声音古怪而嘈杂,把夏晴看得退开了几步。

吴承鉴盯着这运转着的蒸汽机,发了好一会儿的愣神,竟也没去给家里人解释这是个什么东西。

叶大林被请到吴家园来,也是为了这两件事。

第二十三章

小病攻心

"这就是那什么……蒸汽机?"叶大林看着那个突突突的东西,有些好奇地问道。然而他也只是好奇,眼神之中并无热切——这东西在他看来赚不了钱,满大清除了吴承鉴,谁会买它?

"嗯。"吴承鉴说,"据英国的技师说,它有十人之力。且加了可燃之物后便能昼夜不停地运作。"

"那又怎么样?没用啊,这东西。"叶大林摇头。

这东西万里迢迢从泰西运过来,光这笔运费就足够雇几十个劳工好几年了。虽然它运来之后不用吃饭,可是要烧煤啊。煤这东西一烧,可未必比养十个苦力省多少。而且用途又有限,只能干那些粗重简单的活儿,修起来又麻烦——得找英国人来……总之在人力不值钱的大清,这东西就是个废物,最多只能当作一个玩物。

吴承鉴不言语了。因为叶大林说的话没毛病。

"还有鸦片。"叶大林说,"人家英国人想卖,你就让他们卖吧。实在看不惯,就给搞些手段,从粤海关入手也好,从洪门帮派入手也好,总能有办法让他们这摊生意做不下去,何必搞到番夷的朝廷里去?还有,这开海通关的事,你可千万别提,这事要杀头的!太上皇的禁忌,别人不知道,我们这些做保商的还能不清楚吗？"

对外开放乃是乾隆的逆鳞之一，触之者死，当年最严厉的时候，连教外国人说中国话都得杀头。英国人想要打开市场，在大清这里确实是朝廷禁令！

所以吴承鉴今天说的两件事情，在叶大林看来简直莫名其妙。

吴承鉴也就没多费口舌了。他今天请叶大林来，也就是试探一下这位同盟兼岳父的想法，知道对方的认知和自己离得太过遥远后，便放弃了进一步的游说——有些事情，压着叶大林干一时半会儿也不是不行，但这种需要长远规划的事，还是得双方觉得合则两利才可能真正推动。

"这事就先按下吧。"吴承鉴说，"我们聊聊另外一桩生意，我最近准备对花旗国那边，有一点想法。"

叶大林来的这天，蔡巧珠回梨溶院后整个人恹恹的，当晚吃不下饭，第二天就病了。她不让人告诉日天居那边，但叶有鱼还是很快就知道了，第一时间跑了过来，见蔡巧珠躺在床上，没什么神采。

"大嫂，怎么一晚没见就病了？"叶有鱼道，"我已经让昌仔去请医生了，大嫂且忍忍。"

蔡巧珠埋怨道："请什么医生？我没事。大概是刚来这边不习惯吧，不是什么大事。"

叶有鱼道："大嫂一定是住惯了西关，来到了这边一时不适应。"

以前吴家请医生，小病小痛习惯了找福安堂刘良科，大病难症才到南海找二何先生。蔡巧珠看着不是什么大病，此时又搬到河南这边来，去请刘良科就嫌远了。

不过叶有鱼在这边住了有一年，这附近的情况也早熟知了，所以是让昌仔去海幢寺后面请了善心居士来为蔡巧珠诊脉。这位善心居士本来也是一方良医，信佛后跟随海幢寺的大和尚修行，皈依为居士，用药温和，诊脉精准，甚得潘家的看重。去年年中叶有鱼偶有小恙，吴达成得了潘家的介绍找上了善心居士，因此结了缘分。

吴家的轿子很快将善心居士抬了来。望闻问切后，居士说道："不是大病，大致是水土不服。"

蔡巧珠不禁失笑道："我是老广州人，广州人搬广州地，只是过了珠江而已，怎么就水土不服了？"

善心居士道："大少奶奶也知道已经过了珠江了。这珠江可不是小江小河，乃是天下有数的大水脉。虽然都在广州，但珠江之北，背靠云山而南临鹅潭，就地气而论，乃大陆临海之象也；而河南这边三面为江一面临海，若陆而似岛，乃海中生陆之象也。故而虽然只一水之隔，但地气、水气都不同了，自然就水土不服了。"

蔡巧珠听得点头。

善心居士又道："若是那南北奔波的苦力之辈，朝食西关粥，午饮河南水，陆岛两方地气都兼习了，久了也就习以为常，不生疾病。但大少奶奶乃是深宅安居之人，便是偶尔外出，怕也不过归宁探亲，参神拜佛。娘家是根本所在，自然没问题；寺观有神佛庇佑，亦必无患。但陡然动迁，从西关来到这里，纵然锦衣玉食，也难免有不尽之意——其实去年三少奶奶小恙，其中也有类似症状。"

蔡巧珠道："然则我前年已经搬来小住数日，当时亦无事。今儿个才来了不到两天，怎么就病了呢？"

"是心境不同也。"善心居士说，"当时知是小住，犹如客居，心仍在北；今日知道要长住在此了，心亦南来。心来而体不适，故而作此小恙。此是体病，亦是心病。"

蔡巧珠听到"是体病，亦是心病"，便再次点头，口中称是了。

叶有鱼道："居士既已断症，还请快点开个药方。"

善心居士道："方子却是容易，用陈壁汤便可。"

叶有鱼什么杂书都读，医书也看了一些，却没听过这个药名，便问："什么叫陈壁汤？"

善心居士道："去本地寻一个二十年以上老宅，不可是破落的，必须得是还有人住的，于其墙壁上，不可是边斜角落的，需是一人高以上者，取墙壁上数撮壁土，归而用日常食用之水，不可用江北山泉、花上露水等，只可用井水江水，三煎三沸，饭前服下。而后食清淡之物数日，不可食油脂燥热者，此解体病。再请知心亲友一二人来相会，排解心中积郁，此解心病。三日之内，必然痊愈。"

叶有鱼都记在了心里，才要吩咐昌仔，门外吴六道："我这就去办。"

善心居士去了后，蔡巧珠道："这过了珠江，连医道用药，都和我们西关那边大为不同了。"

叶有鱼道："这善心居士是好几户本地良家人都推荐的，潘家也力荐的，大嫂且服两剂药试试看。"

这时吴承鉴也知道蔡巧珠病了的，晚饭的时候问起，叶有鱼照直说了。吴承鉴皱眉道："拿墙上的土来做药？不过他敢这么用药，大嫂多半没什么病。嗯，以后如果是急症、难病、大病，不许找这个人上门。你平日里另外寻访别的医生，以备不时之需。"

叶有鱼道："你待会儿可要去梨溶院？"

吴承鉴道："自然要去的。"

叶有鱼道："便是你真不信这位居士的医道，我看大嫂神色恹恹的，想来善心居士断大嫂的病症还是对的，小病主要靠养的，对病人却要攻心。你去梨溶院的时候，可别说不信这位居士的话。不然那药就算有用也变成无用了。"

吴承鉴听了"小病""攻心"四字，忽然又道："这么说来，这位什么居士大概也有些门道。或许大嫂这病其实不用吃药，搞什么陈壁汤还弄得这么麻烦，其实就是在攻心。"

吃过饭之后，吴承鉴去梨溶院探望蔡巧珠，果然也没提这一茬。

因善心居士嘱咐了要请知心亲友来说说话，蔡巧珠是安居闺中之人，不喜欢呼朋唤友，虽然在西关也有些来往的闺友，但论到真正知心，还是大新街娘家的人，所以吴六便去了一趟大新街。

蔡母第二天便来了。

蔡巧珠其实也没什么事情，喝了几剂陈壁汤，早晚两餐饮食清淡，又来来回回跟人谈别的事情，便冲淡了心中所想。蔡母来的时候，蔡巧珠已经起床，没什么事情了。

两人坐着说话，蔡母细看女儿气色，赞道："那位善心居士果然是有门道的，这药用得好。"

母女俩凑在一起，聊两句闲，蔡母见蔡巧珠眉头仍然微蹙，想起那位善心居士所说"是体病，亦是心病"的断语，便问："乖女，你可是来这边之后，受了什么人的眼色了？"

这话问得好生直接，蔡巧珠呆了呆，要否认时，这段日子又的确受了许多郁闷；要承认时，却都是一些若有若无、鸡毛蒜皮的小事，实在是不值一提！

蔡母是最知道这个女儿的，知道若这事全没一点影儿，以蔡巧珠的性子早就呵斥自己了，这时欲语还休，必定是受委屈了，便道："果然是这样！"

蔡巧珠道："其实……唉，也许是我想多了。"

蔡母道："想多没想多，你都跟我说说吧，娘亲来给你参详参详。"

蔡巧珠犹豫着，终于絮絮叨叨说了两件小事。这一说开了头便止不住，她将这段时间所受的委屈，连同自己的想法，一股脑都倒出来了。

吴承钧还在的时候，她万事有丈夫可依靠，当时又与吴承鉴十分亲热，许多事情自己还没出口，吴承鉴就帮她办在前面了，所以几年下来全将自己当吴家的人了，与娘家那边反而生疏了。

可吴承钧去世，她便失了在吴家最大的依仗。吴承鉴成亲之后，家里行里、官场商场，整日里劳心劳力，也不能再像以前一样贴心了。至于光儿，年纪太小，自然更指望不上，她的心总要另寻个依靠的，因此以前不愿意跟母亲说的话，这时也都说出来了。

第二十四章

两全之策

  其实这段时日,叶有鱼对蔡巧珠一直恩敬交加——一来叶有鱼知道吴承鉴对这位大嫂感情深厚,且这份感情不像与疍三娘,乃是一份亲情,她无须妒忌,所以为了丈夫,她是自觉地知道要对蔡巧珠好;二来刚刚过门的时候,蔡巧珠对叶有鱼也是多方照拂,所以叶有鱼心里一直是感恩的。

  妯娌两个,本来无事,然而耀儿出生之后,其与光儿之间却是天然的矛盾。若是吴承钧当家,吴承鉴愿让,可以直接开口消了这阋墙之祸于未萌;但如今吴承鉴当家,有些话他就不能乱说了,以免下面的人乱猜测引得人心不稳——尤其是如今外患暗流涌动,大房和三房之间的天然利益矛盾,此时更非排解之良机。

  大势如此,下人们心里有个什么看法,虽然被吴承鉴、叶有鱼压制着,但偶尔流露出来的不言之言、无心之意,是叶有鱼也无法控制的。在老宅那边还好,毕竟蔡巧珠根基深厚;这一到河南这边,形势陡然逆转,主客骤然易位,一些在老宅时还藏得若有若无的蛛丝马迹,也就在一两日间集中显现出来了。

  此时蔡巧珠一桩桩地说着,越说越觉得无聊,因为那些事情,日天居那边并无失理失礼之处,便是传到外头,只怕别人都要说蔡巧珠多想,没人会责怪吴承鉴和叶有鱼的。

比如大金鱼之事，叶有鱼当天就把鱼送过来了，对大嫂的敬重都不待过夜的，传出去别人都要赞她两声贤惠的。又似叶大林开中门蔡士群走边门一事，传到西关，别人怕也只会笑话蔡家自己没那么大的头还看不得别人戴那么大的帽。

蔡巧珠说了一通之后，叹道："其实……或许都是我想多了……"

蔡母却冷笑起来："什么想多了？一点都没想多！可还记得吴老爷子还在的时候，我说过的话没？"

蔡巧珠默然了。

去年年初，拜神之后分猪肉，吴国英对自己身后之事做了安排。当时所有人都说老爷子安排得妥，只有蔡母暗中指责吴国英"偏心"。

蔡母的看法十分简单直接，她认为当下分家，对光儿有利；将来分家，越往后越对耀儿有利。"三十年后，老伙计该死的死了，该走的走了，该变的变了，那时候，谁还会为一个死了三十年的前当家说话！"

又断言：不用等三十年，一两年内，别人就要给蔡巧珠脸色看了。

当时蔡巧珠还因此对蔡母发过脾气，然而蔡母的话，如今她却历历在心。

"看看，看看！我说得没错吧。"蔡母道，"这才过了不到一年啊，就有人开始为主子着急了！再过个十年八年，这吴家园你们母子俩还有地企（有地方站）吗？吴官为人是很不错，对你对光儿也好。但我说过多少次了？他对你再好，嫂子能比妻子吗？对光儿再好，侄子能比儿子吗？这与他的品性无关，就是人情之常！"

蔡巧珠这时再不能固执己见了。如果只是自己，她便什么都不要，全让给吴承鉴也不打紧，但是光儿……那是她的心头肉！她委屈自己没关系，但不能叫人委屈了儿子。

"娘，现在我也是没主意了。"蔡巧珠道，"公公去世之前，已经做了安排，我们总不能拂逆他老人家的意思。可如果人心易变……该是光儿的份，我……我这个做娘的总得在他成人之前，帮他守住。"

蔡母见女儿终于开窍了，心中大喜，说道："这事我一时也没计较，待我回去跟你阿爹参详参详，总要为我们光儿谋划出一条路子来。这些天你就且半病半好着，我也好借机常来跟你说话。"

蔡巧珠点头答应了，想了想，又道："只是这事……你可与阿爹说，却再莫与外人提起了。还有，再怎么谋划，也不能为了光儿，误了吴家。宜和行的基业是吴家两代人的心血，若是为了一己之私误了吴家的大事，那我将来下到九泉之下，也没面目去见公公和承钧。那样的话，我宁可光儿净身出门，也不能让他做那不孝之人！"

蔡母道："放心，放心，咱们总得想个两全之策。咱们也不是那贪得无厌的人，只求自保，不会害人。"

当下蔡母回了大新街——从大新街去河南吴家园与去西关吴家老宅，其实路程没差多少，西关近一点，来河南这边却多是水路，反而更方便些。

蔡母回到家时，太阳都还没下山。自他们家成为新的保商，往来交际日益繁多，大新街这处宅邸越发不够用了，蔡家两个儿子正忙着在西关找地方起大宅子呢。

只是西关虽然在广州城外，经过这么些年的发展早就成为广州繁华之地，地皮也早就涨得老贵，且有钱也不见得有处买去——不过近两年也刚好有三处大宅子空出来，那便是刚刚倒掉的蔡及之前的谢、杨这三个保商。

杨家的宅子已经盘出去了，蔡、谢的产业易手之后，如今还没人住。蔡士群的大儿子就想去把蔡宅给买下来。蔡士群却嫌晦气，因那里是死过人的，且两家是同宗兄弟，蔡士文尸骨未寒他就入主其宅，未免有勾结外人夺弟之产的嫌疑。二儿子主张买谢宅，蔡士群就意动了，只是谢宅占地也很大啊，三宝行草创不久，蔡士群要盘下这么大的宅院，银钱上有些不就手①。

这时正与两个儿子商议呢，蔡母就回来了。她把儿子们赶走，两公婆就在密室之中商议起来。

蔡士群听说女儿受了委屈，也是恼火，但他如今正指着吴家，是万万不愿得罪吴承鉴，因此说道："这些都是下人们势利眼，我看吴官是个厚道的人，要不我们就找个机会跟吴官说说，让两房化怨为好吧。"

"你个没出息的！"蔡母骂道，"这是能轻易掰扯清楚的事情吗？再说，巧珠委屈不委屈还在其次，光儿将来能否做宜和行的当家，这才是大事！你自己想想，你是想要个宜和行当家的外孙，还是要一个将来还得靠叔叔接济的

---

① 就手：粤语中的"就手"意为"顺利"。

外孙?"

"要叔叔接济,怎么也不至于啊。昊官再怎么偏心儿子,也不可能把光儿薄待成这个样子。我们能有今时今日的风光,还不全靠昊官?而昊官为什么要把好处给我们,还不是碍着巧珠?"蔡士群说,"我们这种隔了一层的还这样,光儿是他亲侄子,而他叔侄俩又一贯亲热。我估摸着,这宜和行的当家,将来多半还是要传给昊官的儿子的,但光儿这边,昊官应该也会安排好的。别的不提,他自己总要点脸面,免得被人戳脊梁骨吧。"

蔡母大怒:"说你没出息,果然没出息!人家就给你一点小甜头,你就把大头的念想都不敢要了!别看你现在比之前风光,你也不想想,你的这点产业前程,不过是人家吴家手指缝里漏出来的!风吹一吹就倒的东西,你就宝贝得不行,那真正大去路的产业,你就想都不敢想了!"

蔡士群被老婆骂得又是尴尬,又是为难:"可我能怎么样!你想想大前年是什么局面,前年又是什么局面,两场大难把粤海关、总督府全都牵动了的,人人都觉得吴家要完的,结果人家昊官反掌之间就都赢了。就连番夷也听他的。十三行那场大火,现在坊间都猜测说是昊官放的,只是谁也不敢说出口!凭我这点本事也敢去算计他?怕念头才动一动,明天就不知道'死'字怎么写了!"

蔡母道:"谁要你去算计他!我们是要商量个堂堂正正的谋划来。巧珠也说了,我们要保住光儿,但不能耽误了吴家。再说了,吴国英老爷子的安排你没听说吗?他也没说宜和行将来一定得是昊官的儿子继承,而是说,吴家第三代,谁行谁上。如果将来光儿处处不如人那我们没话说,可要是将来光儿为人处世、智谋能耐都比弟弟好呢?"

蔡士群道:"那昊官应该……会……秉公处事……吧……"

蔡母冷笑着:"这话你自己说出来的,你自己信不?"

蔡士群其实也不敢相信的。

蔡母道:"咱们啊,不求别的,也不是要对吴家使坏,只是要为咱们光儿求个公道,为巧珠她母子俩求个保障。"

蔡士群道:"这事太难……我想不来。"

蔡母怒道:"知道难,所以要参详谋划啊!"

蔡士群不敢再否老婆的意思了,便抱头与蔡母一起苦想,想了好久,总觉得要逼得吴承鉴这等狠人将来不得不"秉公处事",无异于与虎谋皮,实在不可能,所以想了半晌没主意。

蔡母道:"前年昊官入狱,你倒是能想出不少门道来,怎么今天脑壳子就都堵住了。"

蔡士群道:"那是跟魏老实喝酒,魏老实帮着点破,我才能豁然开朗的。"

那个魏老实,便是蔡士群大儿子的老婆的三舅,同时也是潘震臣的七姨太的表弟,与潘、蔡两家同时有亲,平时常与蔡士群来往,交情很好。

蔡母一时心动,想了好一会儿,道:"要不然,你再请他喝顿酒,半醉中让他再点破你一下?"

蔡士群为难道:"这……魏老实与启官有亲啊。"

第二十五章

光少谋官

魏老实同时与潘、蔡两家有亲，吴家出事的时候，蔡士群从魏老实那里得了主意，不知不觉中企图影响吴家内部的方略，此事上潘家便难保没有嫌疑。

蔡家得到三宝行的执照之前，吴承鉴曾点破了此事。一开始蔡士群还不明白，后来吴承鉴又若有若无地点破了几回，蔡士群终于懂了，从此与魏老实保持了一段距离，以免惹怒吴承鉴。

蔡母道："你怎么就这么糊涂！咱们与吴家亲，与潘家疏，自然是不能出卖吴家的，但话说回来，这等大事，只凭咱们能有多大的见识？但若是魏老实后面真的有潘启官给他支招，以启官的能耐，兴许真能出个什么主意呢。那样岂不远胜过我们在这里瞎蒙？"

蔡士群道："万一潘启官趁机包藏祸心，那可怎么办？"

"这事还隔着我们呢。"蔡母说，"如果潘家真的包藏祸心，咱们能看不出来？咱们不做就是。计策问过后，事情做还是不做，还是在我们，在巧珠。"

"这话倒是有点道理。"蔡士群说，"只是……这吴家的事情，巧珠的心事，传到外头去真的好吗？"

"那当然不行！"蔡母道，"所以你说话的时候，也得收着点，有些话可不能直说，更不能全说，漏个意思就行，却又叫人抓不住把柄。"

当下公婆两个叽叽咕咕，又商量了好久该怎么开口、怎么措辞，终于定计。

当天晚上，蔡士群就找了个理由，寻魏老实喝酒——他二人本来就投缘，住得又近，不然也不会成为老友。虽然三宝行成立之后，蔡士群有些刻意地与魏老实保持距离，但这次邀请，魏老实却仍一请就到，还带了一整只大塘烧鹅来。

这广州之鹅，恰如南京之鸭，源远流长而极尽美味，东南两绝互映。

两个老朋友吃着烧鹅，喝着小酒。到那半醉未醉之间，蔡士群忽然叹息，魏老实不免问了声他如今春风得意，还叹什么。

蔡士群就说："我如今成了保商，也算小小有点成就，这是意外之喜。可是啊，又有意外之失。"

魏老实便问有什么意外之失。

蔡士群道："我是担心我那外孙将来长大之后，却做不了保商了——我那女婿没病倒之前，我一直以为我那外孙将来一定能继承宜和行的。"

都是在广州商圈里打滚、傍着十三行吃了一辈子饭的人，魏老实一听就明白了，一时却不搭腔。蔡士群也不焦急，只是在那里连连叹气，大说他的外孙光儿从小精灵，他一直认为光儿长大后必成大器云云。

魏老实终于搭腔道："老蔡啊，虽然我不想触你霉头，但这事啊，难办，难办！现在人家宜和行换了新当家了，从古至今，就没听说哪个皇帝传侄不传子的。就算昊官的位置是从你女婿手里接过来的，可你看看大宋朝，人家赵光义死了之后，可也没将位置传回给赵匡胤的儿子啊。所以这事啊……没得想，没得想。"

蔡士群听魏老实这么说，心里也就冷了，不再提这事，两人只是喝酒。

魏老实酒量极好，浑身酒气，其实没醉。他回去之后，将蔡士群的话，想了又想，不觉失笑。他老婆就问什么事情，魏老实把今天喝酒的时候蔡士群说的话提了一下，笑道："这老蔡也是痴心妄想，今儿个做了保商，竟然还得陇望蜀，想要扶他外孙呢，也不想想人家昊官是什么手段！再说你有外孙，人家昊官的儿子也是有外公的，还是十三行老牌的保商叶家！将来真要斗起来，一个有爹有娘，一个有娘没爹，两个舅舅家又强弱悬殊，没得打啊！"

他老婆却多了个心眼，说："不管人家老蔡怎么想，这大小也是个消息。自从三宝行开张之后，咱们多久没消息传给潘家园了？要不你把这个消息给传一传，说不定启官那边另有说法呢。"

魏老实一听，拍脑袋："有道理！"

他第二天便将消息传给了潘海根，潘海根又报给了潘有节。

潘有节听了这话，笑道："吴家的内部，终究还是裂了条缝隙啊。"

柳大掌柜在旁，也听了这个消息，接口道："昊官当初其实已经点破了这条线，如今怎么还有消息从这条线过来？可别是有诈！"

潘有节笑道："如果周贻瑾在，这还真有可能是个陷阱，可自周贻瑾失踪之后，我看昊官行事就有些迷糊了，也不知道是心不在焉还是因为少了智囊，总之比起之前总是有些欠缺。"

柳大掌柜道："商道如兵不厌诈，不可不防。"

潘有节沉吟半晌，道："也罢，我们给出个阳谋，不管那边用不用，我们都不会有碍。"

当下支了个主意，让潘海根告诉魏老实。

魏老实得了这个主意，心里欢喜。这个主意最后有什么效果他不在乎，但只要潘、蔡之间有来有往，他在中间就有生意做。

当下打铁趁热，又悄悄来找蔡士群，说道："那天我本来以为没办法，但回去后心里总不踏实，想来想去，忽然想出个主意来，老哥愿不愿意听听呢？"

蔡士群夫妇那晚被魏老实一说，本来也觉得没指望了。这时听了这话，蔡士群精神一振，连忙问计。

魏老实说："你们啊，想办法给光少谋个官位。"

蔡士群呆在那里，一时不知此法有什么好处。

魏老实便给他分析了一通，听得蔡士群连连点头。他回头又把魏老实的话告诉了他老婆，蔡母听了，赞道："这可真是神来之笔啊！我们没跟魏老实交底，不想他出的这个主意，却全然符合我们心中所想！我明天就去找巧珠！"

第二日她便以看看女儿病好了没为理由，到河南的吴家园看望女儿。

这两三日过去，蔡巧珠的病倒是好了，但日间仍然闷闷不乐。吴承鉴和叶有鱼给她送了不少东西，想了不少点子，也都没怎么见成效。母女相见之后，把丫鬟都支出去，蔡母才说："我和你爹商量了好久，终于想到了个绝好的办法！"

蔡巧珠倒是有些意外："什么好办法？"

蔡母道："咱们啊，想办法给光儿谋个品级。"

"啊？"蔡巧珠一时没反应过来。

蔡母道："就是给光儿谋个官位。"

"这……这……"蔡巧珠道，"光儿才多大，再说我们是做生意的人，怎么去当官啊？"

蔡母道："你脑袋又犯直了不是？做生意的人怎么不能当官？启官和昊官，不都弄到官位了吗？"

"那不是真官啊，"蔡巧珠道，"只是……啊，阿娘说的是……"

"对，一样。"蔡母说，"不是让光儿真的去当官，就是想办法给他弄个官位。若是能叫光儿得了官位，一来，从此可以让那吴家的下人，知道尊重光少，原本不好开口的话，也都不用开口了。有官身的少爷，还是他们敢轻侮的吗？二来啊，有个官位的身份，孩子自己也就自尊自重起来，一些小家子脾气的做派他就得收起来，就得学着做人做事。三来，孩子身上有了官位，相当于就是有了朝廷的体统做靠山，往后耀少那边再得志，他也得排在光少后面。就算多年之后，昊官要退了，吴家不管是传位，还是分家，光儿有了官位在身，至少也就不会太过吃亏。"

蔡母这番话说出来，把蔡巧珠听得甚是动心，第一条也就算了，第二条却打进了她的心扉，尤其让她意动。光儿跟吴承钧、吴承鉴两兄弟比起来，的确显得远远不如——吴承钧年少时，宜和行万事草创，所以他得帮着吴国英打理生意，是出了名的少年老成；而吴承鉴则是早慧之人，虽然诸事胡闹，但现在再看回去，竟觉得样样事情似乎都有深意，并非寻常纨绔子弟的做派。

光儿与同龄人相比也没有明显的不妥，但跟父、叔比起来，那就相形失色了，所以对于儿子的教育问题，蔡巧珠最是上心。这时她听了母亲的话，细细思索，越想越觉得此计一石三鸟。

也是啊，如果光儿有个官身，往后说话做事，便不好不自尊自重起来，兴许便能更懂事了，她当下道："这事倒是好事，只是要做官也不容易吧？再说，我们生意人去谋官位，可有后患没有？"

"当官要是有后患，天底下的人就不会趋之若鹜了。"蔡母道，"只是这事得先看你愿意不愿意。如果你愿意了，我们再想办法；如果你这边还没同意，我们那边先去找门路，万一真找到了门路，本人却不答应，那我们岂不把人给得罪了？"

蔡巧珠觉得有理，却道："这事……要不我跟三叔商量下吧。"

蔡母冷笑道："别的都好，这事却是不能跟昊官商量的。"

蔡巧珠道："为何？"

蔡母道："你去商量了，这事一定不成。你若不信，尽管去试试。只是你试过之后，这事就没得转头了。"

第二十六章

英国东侵

因蔡母刚刚"预言"对了一件事,蔡巧珠对母亲的言语便多信了七八分,当下道:"要不……阿爹阿娘就帮光儿想想办法吧。这事想想也是有利无弊,便是公公、承钧在地下有知,也不会反对的。"

吴国英对朝廷的封官加爵十分上心,吴承鉴得官之后,他高兴得大开祠堂,摆流水席宴请亲友,那般欢喜蔡巧珠可是都看在眼里的。想来光儿如果也能得官,公公和丈夫有灵的话也只会高兴,不会反对的。

想来想去,这怎么都是一桩有好处没坏处的好事,最坏的结局,也就是蔡士群被中间人骗了,那也只是损失一点钱财,不算什么事情。

蔡母当下便回去寻蔡士群,蔡士群便又去找魏老实,问他有没有什么门路。

魏老实道:"别的不说,这事我还真有门路。我的一个亲戚,就在京师吏部当差,只是这事要探门路就需要两三千两银子,后续花费,非白银两三万两不可。这笔钱可不小。"

蔡士群一咬牙,道:"这三千两银子,我先垫付了。至于后续的钱,只要能成,对吴家不算什么。"

魏老实道:"可万一吴家那边……"

蔡士群就知道他的顾虑:"如果吴家那边有什么差错,那我宅子就先不买了,先将我外孙的官位搞到手再说。"

这倒不是蔡士群大方,舍得成千上万两的银子,只是想到,哪怕只是个机会,那也是值得的啊。

当下支了银子,交给魏老实去运作。魏老实是在广州落户扎根了的人,彼此牵亲带戚的,跑得了和尚跑不了庙。

魏老实得了银两,欢天喜地去了,将消息传给了潘海根。

潘有节知道之后,笑道:"事情倒是比预想中还要顺利呢。行,这次刚好可以给和中堂上回吩咐的事情一个交代。"

当下修书一封,秘密递入粤海关。粤海关方面看了信物,便用六百里加急送入北京。

刘全收到了信,看完后笑了笑,道:"中堂大人真是神算!"待和珅下朝,便将这事禀报了。

和珅听完笑道:"行,让人安排安排。"

他是领班军机大臣兼吏部尚书(管官帽子)、翰林院掌院学士(管封诰诏书)、老牌的内务府总管(管十三行),当今的"二皇帝",别人眼中的许多天大的事,在他那里都不是事!更何况封个小官给行商家庭,这点事全在他该管范围之内,一句话下去,事情能在一天之内全部搞定。

于是就在广州的蔡家三口还想着那事是否真的能办到的时候,光儿的封诰已经做好,并以最快的速度来到了广州。

当下魏老实来与蔡士群说:"可叫你们撞上大运了。恰恰好有个现成的门路,给你们填了坑。如今吏部那位大人物,已经面许了一个好官职。"

蔡士群一听,倒有九分不信了,心想这也太快太顺了吧,忙问:"怎么这么快?"

魏老实早得了一番言语,笑道:"也是你们光少红运当头啊!最近刚好有一封六百里加急信件,送信那人我一个亲戚刚好认识,所以这封私信就托了官家的顺风,没几日就到了京城。到京城之后又一切顺利,所以事情快得出乎我的意料。就是这个官有点贵了。"

蔡士群不问价钱,先问:"却不知道是个什么官?"

魏老实说:"赠的是户部员外郎。"

最近因为惦记着光儿封官的事情,蔡士群倒是做了一些功课的,对一些官员品级了解了一番，以免到时候被人骗了。听到这个官职他吓了一跳——他原本想着光儿还是个小孩儿，商户人家，花点钱能弄个正八品、从八品就可以了，九品的话就不大好看。哪里敢想是个员外郎！

魏老实见蔡士群脸色有异，问道："怎么？这个官有什么问题？"他反而不知道这是个什么官。

蔡士群脸皮抽了抽，说："你可知道，那是几品？"

魏老实道："几品？总不能比县太爷大吧。"

蔡士群道："县太爷是七品。这个员外郎是从五品，比县太爷还大三级！"

魏老实目瞪口呆："这、这、这……"

蔡士群叹道："老魏，你怕是被人骗了。"

"这不应该啊……"魏老实喃喃道，"可京城那边说了，封诰已经在做了，不日就会下来。等光少受了封诰，还要你们补一笔冰炭敬上去。价钱开得老高了，要五万两。"

蔡士群道："如果封诰真的能下来……那五万两真是不多。"

这时还处于乾、嘉交接时期，买官卖官的口子不是完全没有，但管控还算相对严格。口子既小，官的价钱就高，且不同的人买官的难度也不一样：比如本身自具资质，如举人、进士谋个上进一步的官位，阻力便小；本身不具资质者阻力便大。光儿还未成年呢，又是商家之子，要让他突然就官居高位，这里头方方面面要打点的门路可就多了，且各方面要为此冒的风险也大。把各方面打点的钱都算上，五万也算个公道价了——而且还是有价无货！不是拿得出五万两就行的，没有门路，少点关系，钱砸了也得不来官。

蔡士群道："真的封诰，我们是不敢想了。老魏，你怕也是被人骗了。罢了罢了，先前那三千两银子，我们就当丢大海里去了吧。"说是这样说，但实际上他极其肉痛。

魏老实却道："慢来，这事先别下定论。我去托的那门亲戚虽然疏远，但不可能是骗子。我现在口说也无凭，咱们且等一等，到最后若真的被骗，你放心，我魏老实砸锅卖铁，也要凑齐那三千两银子还你！"

潘有节那边没跟魏老实透露多少，但魏老实有着潘有节做靠山，自不怕夸点海口。

蔡士群道："如果事情是真的，你放心，不但五万冰炭敬我们一定奉上，便是老魏你也少不了一份大红包。"

按下大清朝内部的这些鬼蜮伎俩不提,却说在南面的海域,忽然有一支海军悄然开入——说是悄然开入,其实也不正确,这支舰队多达九艘大船,又都是兵舰,不远万里而来,沿途港口岂能没有一点消息?

可是大清帝国对境内监控恨不得连臣民每天上几次厕所都要知道,对海外却自闭耳目犹如鸵鸟,所以清庭对此全不知情。

然而广州的非英国商圈,比如法国人、葡萄牙人、阿拉伯人,乃至一些南洋商人,却已经收到了一些消息。

吴承鉴先从阿拉伯人那里听到一点,之后又从葡萄牙人那里得到印证,便紧急叫来查理,问他是怎么回事。

查理一开始支支吾吾,吴承鉴怒道:"查理!我当你是最好的朋友,但你当我是什么!这件事情如果是真的而你还瞒着我,那我可就要重新考虑一下我们之间的友谊了!"

因为此事牵涉英国的国家根本利益,查理原本也想着糊弄过去的:大清的许多商人,对国门之外的事情其实也并不怎么关心,哪怕是做着海外生意的十三行保商也是如此——因为他们能否赢利关键不在于海外,而在于北京。然而眼看吴承鉴如此疾言厉色地敲打自己,这才想起:"哎哟!我怎么就忘了,昊官跟其他商人可不同!"当下道:"我这就去打听,我这就去打听。"

他去沙面转了一圈,回来说:"确实有此事,舰队已经过马六甲海峡了。"

吴承鉴问:"有多少兵力?是什么样的人领衔?目的是什么?"

他问了三个问题,个个都问到要害上,目光直直盯着查理,再不给他回旋的余地。

查理被逼无奈,只能说:"共有九艘兵舰,兵力大概在五百人以上,目的……可能是澳门。"

大清的军事实力,其实已经明显落后于欧洲各国,以雅克萨之战为例,俄国曾认为只要动用三百人就能征服整个黑龙江,后来这个目的虽然没能达到,但在清朝初年,俄国侵略者在黑龙江攻城略地,动用的兵力也常是几十人、百多人。到最后总决战的时候,俄军总兵力也仅在八百人左右,就是这点兵力,便倾动了整个东北。

相比之下，清军这边则是出动三千战兵，且这三千人全是针对沙俄优劣势而调集的多组合部队，包括熟悉东北气候与地形的东北精锐、专门针对洋枪的藤牌兵，以及大量的火炮，若再加上后勤人员（按照中国史书的习惯，战争后勤人员也算在兵马里头），此战大清方面都可以号称"兴兵十万"了。而战争的总调度更是康熙皇帝——可以说那已经是一场牵动两国最高层、影响国运二百年的局部战争，而不能以小规模冲突视之。

考虑到英国国力远胜俄国，其出动五百以上的海军，若是来者不善，怕是要重演一场雅克萨之战，最坏的情况下，粤海糜烂都有可能。

"五百人以上的正规海军……那领兵的是谁？"

"这……"

"查理！"

查理心里天人交战：吴承鉴是他的金主，英国是他的根本——虽然他老跟夏晴说广州的东西多好吃，其实从来没想在广州落户的，但如果真得罪了吴承鉴，眼前这个人可真不是那么好惹的！

左思右想之后，他终于道："是海军少将度路利。"

第二十七章

议　　策

"哼，少将吗？"

吴承鉴瞄了查理一眼，眼睛一眯，道："查理，这次的事情，我现在就给你表明了：我不会允许你在这件事情上首鼠两端！如果你不想赚我的钱了，现在就可以走，看在一场老友的分上，我放你出广州。"

查理有点没想到吴承鉴的决断会来得这么快、这么绝！虽然他作为中间人，已经在吴承鉴身上赚到了不少钱，但这几年花的也多。再说了，如果吴承鉴真的开了自己，哪怕真的肯放自己活着出广州，可是十三行这边的生意一断，他回英国立刻就得被打回原形。艾洛特勋爵等贵族肯见他抬举他，完全是看在他的东方背景上；如果没了这背景，他在伦敦就什么都不是！

眼看查理没有立刻拒绝，吴承鉴又将语气放缓和了："其实我也明白你的难处。你虽然在广州赚钱，但要你背叛英国，这事也未免强人所难。不过任何一个国家，对外总有善恶两派：善良的一派人喜欢和平，罪恶的一派人喜欢战争。我想你和艾洛特勋爵阁下，应该都是善良的那一派人。"

查理得了这个台阶，赶紧说："当然，当然，我们都是最善良的。"

吴承鉴又说："所以我要你做的并不是背叛你的国家，但我认为，度路利也好，米尔顿也罢，他们的行为不但会伤害两个国家的百姓，还会给整个东方带来灾难,就算他们的图谋真的成功了,对英国来说只怕也不是什么好事。"

查理沉默了。

吴承鉴知道他还在犹豫:"我用脚趾头也能想到度路利要干什么——他是把大清当成第二个印度了。可是查理,你好好想想吧,大清和印度能一样吗?你来广州也有一些年了,该知道一点我们的历史,知道迁界禁海是怎么回事吧?这场战争真的打起来,哼哼,如果我们赢了,整个澎湖以北的东方——包括日本、琉球、朝鲜,从此再没有英国人的事了!如果你们侥幸赢了,嘿,那就是新一轮的迁界禁海!到时候我们吴家肯定没好下场了,十三行都要灰飞烟灭,然后东印度公司每年以百万计的利润也就没有了。无论胜败,这两种代价,英国真的承受得起吗?"

查理心头一震,他在海上浪荡了这么多年,不但在广州久住过,也在印度那边待过,自然清楚印度与中国是两码事。或许中国的军事技术比英国落后很多,但蚂蚁多了咬死大象,战争拼的不是个体战斗力而是综合实力,真的打起来,以中国的体量,哪怕他是个英国人也不觉得英国能轻易取胜。更何况英国是劳师远征,而中国是在家门口打,把距离因素也算进去的话,英国赢的概率就更低了。

他目光闪烁不定,但吴承鉴反而不着急了,坐在那里,冷冷地看着查理。

心念转了不知道多少圈之后,查理道:"昊官,你说得很有道理,我一定会支持你的,一定联系国内的善良派,抵制米尔顿、度路利他们的邪恶主张。度路利这些野心家,他们不能代表英国。维系和发展中国与英国的友谊,才是正确的事情。"

吴承鉴便知道终于是把人拉过来了,当下点头道:"这就对了。只是艾洛特勋爵那边……"

"勋爵那边其实也不赞成开战,不过伦敦那边已经有了决定,他一时也就不好和海军对着干。但是如果昊官你能让度路利无功而返的话,我相信勋爵大人也会很高兴的。"

吴承鉴微笑道:"这个当然。但是要做到这一点,还需要我们双方共同的努力。"

与查理达成共识之后,吴承鉴又支了一笔钱给他做经费,一方面是让他把钱送往伦敦，联系各方抵制英国海军的这种行为；另一方面是让他收买各国水手、商人，做好眼线和情报工作。

广东的商人，不只是会赚钱的生意人，其实他们同时也是这个国家最早看世界的一群人，不但是为这个国家赚钱，同时也是这个国家看世界的耳目。

当然，吴承鉴也不是把事情全部交托给查理一个人，同时他还动用了各方面的力量：第一是让洪门弟子联系南洋华人，尽量搜集各方面的情报；第二是让姚掌柜联系各国商人，尤其是法国、葡萄牙的商人，要为将来鼓动他们反英做预备——英国如果真的意在澳门，法国、葡萄牙等国的利益肯定都会受到损害。

然后吴承鉴还要考虑官方的事情——这个事情，肯定要向粤海关报备的。

只是毕竟他年纪不小了，做事不至于鲁莽，在跟粤海关报备之前，他得先跟十三行其他保商通个声气。

当下吴承鉴便邀请了潘有节、卢关桓、叶大林，一起到曼倩蓬莱一叙。

十三行的这四大保商，除了吴国英出殡，已经很久没聚这么齐了。

叶大林先到了一步，问吴承鉴："怎么忽然把我们都叫来，是不是又有大事要办？"

吴承鉴沉着气，说："岳父大人，不用着急，回头就知。"

不久潘有节、卢关桓分别到了。吴承鉴只让人冲了两壶苦茶，然后就把伺候的人都屏退了，自己动手，掀开一幅地图来，道："诸位，最近发生了一件大事，我可得跟几位通个声气。"

潘有节摇着折扇，不语。

卢关桓道："昊官有事，不妨直说。"

吴承鉴道："粤海怕是要有兵祸了。"

潘、卢、叶齐齐神色一凛。

卢关桓道："昊官听了什么消息？是有什么人要造反吗？"

"有人造反的话，对我们来讲，其实不是个事。"吴承鉴道，"现在天下大体承平，北方虽然在闹白莲教，但在我们广东，老百姓的日子还过得下去，便有什么乱子，也闹不起来，闹起来了也闹不大。"

卢关桓点头道："那是……那所谓的兵祸是？"

吴承鉴道："英国派出了大军意图不轨，如今舰队离广州海湾也没几日路程了。"

潘、卢、叶面面相觑，在确定吴承鉴不是在开玩笑之后，又都惊讶了起来。

潘有节沉声道："番夷斗胆！他们意在何处？"

卢关桓则说："莫非是澳门？"

短短两句话，便将两个人的见识给显现了出来——潘有节一问便问目的，而卢关桓一猜又猜到了，不愧是常年给总督府办差的。

吴承鉴道："从各种消息看，很可能是澳门。这事可大可小——但我不相信英国人会不远万里地送兵舰过来而无所图谋。这事我们得赶紧上报，只不过上报之前，循例我还是请诸位来一起参详参详。"

卢、叶都还没来得及开口，潘有节已经接口道："这事不能报！"

吴承鉴一愕。

潘有节道："至少现在不能报！报了，如果消息不准，我们要吃罪；如果消息准了，我们的消息从哪里来？暗通海外，勾结番夷，这可是大罪！"

吴承鉴听了这话，一时沉默了。其实大清将保商们放在这个位置，所谓"勾结番夷"几乎是在所难免，但与境外之人互通秘密情报，这事是不能拿到明面上来的。如果真的拿到明面上来处理，只怕十三行就不剩几个保商了。

大清的这一口通商，是全线闭关后不得不留下的一个口子。朝廷允许十三行的商人与外国人做生意，只是极度有限的允许，只是在广州圈定了一个地方，让十三行做着有限量的买卖而已。粤海关现存的体制，更多的是约束控制而不是鼓励发展。

卢关桓道："但这事不报，如果祸害了国家，祸害了乡梓，我们于心何安！"

潘有节道："不能报，但又不能不报！不能公路上报，但得私路上报。"

屋里头四个人，个个都是人精，潘有节这话一出口，其余三人便瞬间明白——公路上报，是指公开的上呈文书或者求见监督面禀；而私路上报，则是诸人用私人关系，向总督，监督，广州将军的师爷、家奴通个消息。

"通报之后，老爷们想怎么办，就看老爷们自己的了。"潘有节说，"现在不是春秋战国了，我们做不了弦高——真做了，只有死路一条！"

弦高是春秋时郑国的商人。当时秦国准备攻打郑国，路过滑城时被弦高得到了消息。他知道郑国无备，这仗打起来郑国不知道多少人国破家亡，因此将自己用来买卖的牛送到秦国军中犒劳秦军。秦国的将军大为吃惊，以为郑国有了防备，于是撤兵返回，一场兵祸消弭于无形。这就是著名的"弦高犒师"。

但在大清，区区商贾没得到允许就敢干涉国家大事，只怕反而触犯了禁忌，杀头都有份！

卢关桓叹了口气，道："启官所言甚是！总督府那边，我去通声气吧。"

吴承鉴对潘有节这个提议心里是不舒服的，然而又知道潘有节的说法没错，默然半晌，道："我给和中堂在广州的商铺，递个消息。"

潘有节道："粤海关那边我去说。"

叶大林道："旗城里我也认识几个人，我让人去捅一捅，好让广州将军得到消息。"

四人同时动作的话，就是两广总督、和珅、粤海关监督以及广州将军同时都知道消息了，那这个情报肯定就瞒不住了。至于接下来要怎么处理，那就如同潘有节所说，是"老爷们"的事情了。

当下议定后，四人便都散了。

第二十八章

加　官

　　十三行四大保商，从四条渠道将英夷可能来犯的事情给捅了上去，总督府、粤海关和旗城里登时暗流涌动。但涌着涌着，却没消息了。

　　吴承鉴不相信总督府的师爷和监督、将军的家奴会敢瞒下来此事，但几天过去，三大衙门却一点动静都没有——按理说，如果两广总督和广州将军都重视此事，就算不在军政上马上就有反应，至少要分别将几个保商叫过去了解更具体的情报，怎么像现在这样，一颗大石头扔下去，却水花也不溅起来一点？

　　吴承鉴想想英国的海军随时会开到粤海关，便忍不住烦躁了起来，私下里再去打听，才从卢关桓那里听到一点消息，却是两广总督吉庆听说番夷可能来犯，一开始是有些紧张的，然而听说只有几百人，便是嗤的一声冷笑："蕞尔小丑，区区几百人，能干什么事！"便再没反应了。

　　吴承鉴听了这回复，心里不由得一沉。

　　大清的高级官员，难道已经自大无知到这个地步了吗？已经分不清战兵与号称兵力的区别了吗？还是说现在距离雅克萨之战不过百余年，大家就已经忘了和俄国人作战是什么情况了吗？而且英国人比俄国人还……

　　忽然吴承鉴自己愣了一下，这才想起，大清的大部分官员对欧洲的形势是不了解的，根本就不清楚欧洲各国军事力量的对比，也未必明白英国的海军在这个世界意味着什么。

当然，吴承鉴也不认为那五百英国海军就有征服大清帝国的可能性，他猜测那应该只是英国方面对打开中国国门的一次试探，而对对方这次试探如果应对得不好的话，接下来便可能兵连祸结了。

想到这里，吴承鉴不免对大清放在广东的这些高级官员大为失望，最后他只能将希望放在和珅的那条路上，就希望和珅能重视这件事情吧。

就在吴承鉴翘首以待的时候，这日有人来报，京城来了钦差。

吴承鉴一时惊喜，心想和珅的反应居然这么快，而且来了钦差而不是和府家人的话，那就是北京对此事有了更高层面的决断了。

他赶紧换了官袍，出来迎接，却见来的是个汉族的文官，不由得一愣。一个文士打扮的人上前来，用粤语说："吴官，我嚟介绍（我来介绍）。"他先用粤语介绍自己乃是广州府礼房经制吏，又不经意地点了点跟户房、刑房两吏的交情（这两个和吴家关系较好），然后就转为一口官话，介绍那位官员——却是一位翰林院的典簿，从京城赶来传旨的。广州府这边接待之后，就派了这位礼书陪同前来。

十三行虽然常常和省城、府城、县城的官吏打交道，但主要也是跟吏房、刑房、户房乃至兵房、工房打交道，和师爷们打交道最多，而与礼房打的交道最少，所以对这位广州府礼书，吴承鉴不认得。

吴承鉴不认得这位礼书，礼书却认得吴承鉴，此刻说话的时候满脸堆笑，对吴承鉴带着掩饰得很好的谄媚。吴承鉴非常熟悉这种表情：这是报喜、讨赏的暗示——一般来说看到这种表情也就意味着好事。

他又瞥了一眼旁边两个随从，见他们一个捧着一个顶戴，一个捧着一套官袍，都是新的。吴承鉴心中一动："这是要封赏什么吗？要给我加官晋爵？可是不对啊，这个顶戴官袍跟我现在穿戴的差不多。"

这时也不方便问，先将那典簿迎进来，进了仰恩堂——这是专门正式接待官员的地方。

那典簿对吴承鉴上下打量，从吴承鉴的服饰中认出他的品级是个正五品郎中，发出一声冷笑："广州真是神仙地，一个商人，也能接二连三地弄到顶戴了。"眼神之中，充满了嫉恨。

吴承鉴一时不知道对方是什么意思，也还没弄清楚对方的来历，干脆不接口。

便听那典簿说："吴昭光呢？出来接旨吧。"

"吴……吴什么？"吴承鉴一时愣在那里，竟想不起是谁。

那典簿怒道："怎么，这里不是吴昭光家吗？"回头问陪同前来的广州府礼房经制吏："怎么回事！你是带错路了吗？"

那礼书上前咳嗽了一声，道："吴官，你们吴家，不是给你侄子捐了个官吗？"

吴承鉴大为诧异，这才想起吴昭光就是光儿啊！

这一来是因为他怎么也没将这次的事情往光儿身上想，二来是因为那典簿是四川人，口音上广东人听不习惯，所以一时意识不到！

"光儿……我给光儿捐了个官？"这真是从何说起？

那典簿闻言怒道："你胡说什么！什么捐官！是朝廷念在广州义商吴承钧多年来出钱出力，为国为民，特恩许加其子从五品员外郎。什么捐官！"

这个典簿的性子十分别扭，他得了这个差使跑来岭南，自己也知道是会有好处的，却偏偏处处显得不情愿；明明看不起这些捐官的商户，但偏偏面子上还要维护官员体系的体统，所以不肯听别人提起"捐官"二字。

吴承鉴听到"吴承钧"三字，这次知道没错了，心中没有惊喜，反而是惊诧乃至暗忧，这种没来由的馅饼忽然掉下来可未必是好事。然而看看那个典簿已经十分不耐，便道："且等等，且等等，吴昭光就是我的侄子。我现在就叫他出来。"

他毕竟是大保商，从诧异与莫名其妙中反应过来，再处事就十分熟练，给旁边的穿窿赐爷使了个眼色。穿窿赐爷就上前招呼，一个体态极佳的扬州瘦马上前，直接跪在那典簿脚边，将一杯茶顶在头顶，娇声道："爷辛苦了，请爷用茶。"

杯子晶莹剔透，茶叶暗香扑鼻，人更是娇媚无方。

这杯子茶水也就算了，这等娇俏人儿上前来软玉温香，两声"爷"出来，一下子把那个典簿给叫得有些软了——地方官富而京官穷，尤其是像他这种清水衙门里的低级官员更穷，身家用度比吴家园看门的都不如，哪经历过这等绝色俍侬，一下子心神摇荡起来。

穿窿赐爷也上前来，他见这个典簿眼皮子浅，就知道用不着太过隐晦——怕是太过隐晦了效果反而不好，也就上前，连称钦差老爷辛苦，暗中已经塞了一个大红包过去。

那典簿陡然觉得袖子里被塞了什么东西，手指碰了碰，就知道是两个银元宝，这块头怕不少于五十两，心头就一阵窃喜，心想这些广东人果然有钱，就听穿窿赐爷说："这杯茶钦差老爷先喝着解渴，等公事办完，我们吴家回头还有冰炭敬奉上。"

那典簿一听，哟，这还有后续啊。他钱一到手，脾气就收敛了些，又见有美人好茶伺候，焦躁便去了大半。

与此同时，吴承鉴让吴七急急往梨溶院而去，在院里撞到吴六。吴六扯住他道："干什么，这么慌张？"

吴七问："光少呢？"

吴六道："找光少做什么？他在东厢房，大少奶奶盯着他读书呢。"

兄弟俩拉扯着走到了东厢房门口，果然见蔡巧珠坐在一边，看着光儿在练字。吴七进门道："大少奶奶，快让光少换身衣服到仰恩堂去。"

蔡巧珠转头道："怎么了？看你跑得气喘吁吁的。"

吴七道："仰恩堂来了个钦差，说是朝廷念在大少生前为国为民，要给光少封官。"

屋内不知道多少人同时"啊"了起来，个个惊诧。

蔡巧珠和吴六对视一眼，同时想起那事来，跟着化作惊喜："这……这可是真的？"

吴七道："敢来我们吴家园，总不可能是骗子吧。不管怎么样，先让光少换身衣服到前面去。那位钦差脾气可不大好。"

光儿一脸蒙，却还是在蔡巧珠的督促下换了衣服。蔡巧珠也换了件更庄重的外衫，然后带着光儿匆匆往仰恩堂赶去。

路上就看吴承鉴在堂外回廊下等着了，向蔡巧珠招手。蔡巧珠带着人走过去，问道："三叔，那……那钦差可是真的？"

为光儿谋官的事情，蔡士群没有将经过一五一十地告诉蔡巧珠，只说事情在办，但有些怀疑那中间人是否真的能办下来，要蔡巧珠且等等消息，所以蔡巧珠对事情也并无十全把握。

吴承鉴见大嫂三分惊讶之外，倒带着七分期待，不免有些怪，但一时也没多想，就道："人是广州府礼书带来的，宅里有人认得那个礼书，与梁商主家四姨太有拐弯亲戚，不是没根基的。移送文书我也看了，的确是真的。"

蔡巧珠道："这……这可是……"她的七分期待一下子都变成了欢喜了。

吴承鉴道："只是这事有些怪异，如果是朝廷给我加官，不管是什么理由，总也算在情理之中；可我们全无运作，怎么会突然给光儿加官，而且还是从五品员外郎！"

吴六在旁边道："吴官，员外郎很大吗？"

吴承鉴道："知县老爷才是七品，员外郎比知县还大三级，你说大不大？"

蔡巧珠和吴六更是喜出望外了。

吴承鉴看他俩的反应，忽然有些疑心了，然而这时不是说话的时候，便道："且先进去，接了顶戴、官袍再说。"

蔡巧珠连忙道："是，是。"

第二十九章

逼你选择

吴家虽然是商贾人家,但十三行不是普通商贾,迎来送往的达官贵人多了去了,所以对这等官面文章倒也自有一套应对的理数。

光儿也是广州顶级富豪出身、大家子的去路,平时闹起来小孩子气,这时正经起来也是行动有礼的,当下由吴承鉴领着,开香案接了顶戴、官袍、封诰。官袍虽然赐下,却是成年人的尺寸,显然是库房里随便拿出来的,光儿穿不上,回头得另外定做。当下光儿连同顶戴、封诰一起捧着,由吴承鉴领着向那典簿答谢。

那典簿十年苦读,却只在京中混了个从八品,所以对商户人家一下子买了从五品顶戴很是反感,但看在钱的分上,脾气总算好了点;再说了,吴承鉴是正五品郎中,光儿是从五品员外郎,如果不是京师来人的身份,他反而要向吴承鉴低头呢。

当下循例以钦差的身份,对光儿勉励了几句便要走了,穿窿赐爷又暗中塞了一个红包。

那典簿临走前道:"以后好好做人,别以为攀上了和中堂,就能一辈子顺风顺水。官场上的门道,可没那么容易走!哼!"

吴承鉴听了这话,脸色微微一变。

他早就怀疑事情与和珅有关，现在和这个典簿漏的口风一印证，怕是果然如此！

送走了那典簿与礼书，蔡巧珠欢天喜地的，对吴承鉴说："三叔，光儿得了封诰，竟然成了从五品员外郎，这也是光宗耀祖的事情。我们赶紧开祠堂，向列祖列宗报喜吧。"

吴承鉴心中烦躁，但眼看蔡巧珠满脸高兴的样子，一时不愿拂逆她，又还没将事情弄清楚，便敷衍道："让人选个日子去吧。"

蔡巧珠这时满心欢喜，一点也没留意到吴承鉴的语气："我这就去。"

吴承鉴看着嫂子兴冲冲离去的背影，口中却喃喃道："这官如果真是从和珅处来，可万万不能做的。"

他正急着要与和珅逐渐保持距离，甚至破掉关系——这事本来去年就该做了，因周贻瑾失踪而有所耽搁——现在如果光儿再得一层来自和府的荫庇，那吴家与和珅就更加牵扯不清了。

他叫来几个心腹，让他们即刻分头从总督府、粤海关、广州府、江湖道等分头进行调查，又派人去请一位熟悉礼制朝书的老学究来鉴定封诰。

吴家的情报网还是很发达的，尤其是吴承鉴上位之后，对神仙洲这样下层的消息渠道有所忽略，而对各种上层的消息渠道则更加倾重，所以不到半日时间就有了消息，知道这次封官各个环节全无问题，封诰文书经过仔细鉴定也是真的，然而这就更叫吴承鉴心中不安了——和珅没来没由地突然整这么一出，究竟为的是什么？难道是自己的图谋被和珅看破，以至于对方先发制人了？

吴承鉴虽然心里要跟和珅保持距离，甚至有意要跟对方破掉关系，但这里头有两个难处：既要保持距离，又不能露出痕迹；若要破裂关系，还得选好时机。若是在和珅风头尚劲的时候就暴露意图，便得罪了他，吴家将死无葬身之地；可要是事情做得太晚，万一和珅倒台自己还没撇清关系，那就迟了。因此此事极难，简直跟行走在万丈悬崖上的钢丝上差不多。

所以在北京那边周贻瑾早有布局，虽然周贻瑾失踪后事情有所耽搁，但这些耳目还是在继续起作用。就这样居然还打了自己一个措手不及——明明北京那边有吴家的店铺在打听消息，但给光儿的封官吴家事先竟没得到一点消息，吴承鉴就能想见此事对方必定做得极其机密，而和珅会把事情做到这般机密，所图当然不会简单！

一念及此,吴承鉴心中更是烦躁,不由得又想:"贻瑾要是在就好了。"

他为人颇多远谋急智,但遗传了一些吴国英的性情,易怒易躁。之前每次出现情绪波动,往往都是周贻瑾将这情绪抚平的,可惜现在周贻瑾不在了。

这段时间他的心力都放在海外的危机上,对其他事情一时间难免分心乏术。而蔡巧珠—蔡父蔡母—魏老实—潘有节—和珅之间的联系都是单线往来,更不牵涉其他人,要凭一点蛛丝马迹猜到事后之事、情内之情,这等功夫除了周贻瑾,吴家可没第二个人有这能耐,因此吴承鉴竟被全程蒙在了鼓里。

便在这时,吴七进来说:"吴官,大新街那边,蔡老太太来了。"

吴承鉴呆了一呆:"这才半天工夫,她怎么来得这么快……"忽然间他眉头皱起,喃喃道:"这个乱子,不会是这老婆子惹出来的吧……"

吴承鉴这边烦躁紧张,梨溶院那边却惊喜交加。

这时光少得官的消息已经传遍了整个吴家园,整个吴家园听到这个消息一时都炸了。

光少因为吴承钧的贡献被朝廷封官了,而且还封了员外郎这样的大官,虽然下人们一开始不知道员外郎是个什么官,但经过口耳相传的普及后知道是比知县老爷还大三级的从五品大官,这一下子所有人看光少的目光都不一样了。

从仰恩堂到梨溶院,虽然只是短短一段路程,但蔡巧珠还是感受到了这个变化。回到梨溶院,进了屋子,蔡巧珠要抱光儿,忽然想起儿子如今是从五品的大官了,可得尊重些,便把一些亲昵动作都收了,对光儿说:"往后你也是朝廷命官了,可得更生性些才行了,别再当自己还是个孩子,坏了朝廷的体统。"

光儿得了封诰,正在新鲜期呢,想起自己做了大官,也就有模有样地点头:"好。"便到厢房读书去了。

蔡巧珠见光儿连走路的姿势都更端正了些,心中更是欢喜:"好了好了,果然生性了。"

这时屋内只剩下吴六、连翘、碧桃,三人同时恭喜蔡巧珠。

这事蔡巧珠瞒得紧,连两个丫鬟都不知道,但打小伺候的少爷有了出息,连翘、碧桃自然是极欢喜的。连翘说院子里要挂些喜庆的物件添加喜气,碧桃说要赶紧找西关最好的裁缝为光少赶制一套合身的官袍。

140 十三行 第三部 浮沉

蔡巧珠道:"这事啊,我原以为没指望了,不想却是喜出望外。得赶紧给阿爹阿娘报喜去。"

碧桃道:"我去。"

吴六道:"还是我去吧。"

蔡巧珠想想,这事有些前因后果吴六更明白些,便让吴六去了。

吴六去得快,回来得更快。不半日工夫,载蔡母的小船就进了吴家园的私港,跟着蔡母径入梨溶院。进了屋子后,蔡巧珠把不相干的人都打发了,便见蔡母满脸欢喜道:"这事是真的了?光儿真的得官了?还是那个比知县老爷大三级的大官?"

蔡巧珠笑道:"真,真珠咁真①。"

蔡母哈哈笑了起来,老怀大畅:"乖女啊,你可不知道,我刚才进门的时候,吴达成跟着我小跑了一路,又把我奉承了一路。往日我来,什么时候他这么狗腿过?看看,看看!我说得没错吧,这就是人心世情!"

蔡巧珠道:"这都多亏了阿爹阿娘,那中间人也要好好谢谢。还有那五万两银子的冰炭敬,回头我会凑一凑——这事内里的因缘,我还没跟吴官说呢,不好动家里行里的钱。这笔冰炭敬,我看看私底下能不能凑齐吧。"

"不说这个!"蔡母道,"咱们家准备买房子的钱还没动,正好先挪一块来填这个口子。只要我外孙出息了,这些都是小事。"不知不觉间,蔡母的口气也大了不少。

蔡巧珠听得点头:"我已经跟吴官说了,择个良辰吉日,开祠堂给列祖列宗报喜。要阿娘你回大新街的时候让风水黄帮我看个日子吧,他的日子挑得最好了。"

蔡母又说:"应该,应该。"母女俩又说了一会儿体己话,蔡母便回去了。

吴六送了蔡母上船,回来就见到吴七。吴七笑吟吟道:"哥哥,蔡老太太来了啊,怎么不留在梨溶院吃饭?"

吴六道:"老太太是听说光儿封了官来贺喜的,现在要将喜气带回大新街去,让亲家也欢喜欢喜。"

哥俩一边说话一边往回走,吴七随口道:"光少得官这门路,是蔡老爷帮

---

① 真珠咁真:粤语,意为像珍珠那么真,比喻十分真实。

忙找的吧？"

吴六被他突然问了这一句，差点就要脱口而出，硬生生忍住了，但这一来不免神情有些僵硬。

吴七常说吴六是他肚子里的蛔虫，他的想法没法瞒住吴六；其实他兄弟俩的"蛔虫效应"是相互的，吴七瞒不过吴六，吴六也瞒不过吴七。所以见了吴六这神色，吴七就知道自己诈对了，不等吴六出口便笑道："哈，我就知道！"

吴六也知道这事迟早会泄露，反正现在大事已成，就没再遮掩，却也没有多说。

吴七得到了他要的消息，直回日天居来，对吴承鉴道："没错，是蔡老爷走的门路。"

吴承鉴大怒道："蔡士群要搞什么！"因蔡巧珠的缘故，他已经很久没直呼蔡士群之名了，此刻显然是怒气极盛："去，给我把这条线给挖出来！我要知道他走的是什么门路！让老顾去！"

事情有了个针对性的方向，再打听起来就能将各种若隐若现的线索都给拼起来。当天晚上，老顾就把消息给汇总过来了。

吴七道："顾叔打听到，最近蔡老爷又见了那魏老实，还见了不止一回。第一次见，大概就在先前大少奶奶生了病、蔡老太太来探病之后。"

吴承鉴气得当场砸掉了一个杯子："所以……这事还是大嫂弄出来的！大嫂她……"想起白天的时候，蔡巧珠和吴六的神色，吴承鉴一下子都明白了："他们知道！他们全知道！"

他一时失态，声音就大了。

叶有鱼在外头一边守着，听到了声音，赶紧进来道："吴官，你小声点。"

吴承鉴怒道："小声什么，我这就去梨溶院！"

叶有鱼拉住了他："你这么怒气冲冲的，是打算去找大嫂吵架吗？"

"我，我——"吴承鉴"我"了好几声，忽然坐倒在椅子上，又是愤怒，又是无奈，又是伤心。

他和蔡巧珠一个从少年到青年，一个从少女到少妇，那段很重要的成长期可以说是一起长大，名为叔嫂，实同姐弟。因此吴承鉴当纨绔的时候出了什么差错，蔡巧珠从来不客气，而吴承鉴对蔡巧珠也从不见外，感情深厚如此，但这种亲密,最近似乎有些变了。

一想到蔡巧珠竟然瞒着自己,去为光儿谋官,这里头为的是什么,吴承鉴之前只是不愿意去想,这时再也骗不了自己,自然是一转念就很明白了。想起与蔡巧珠之间竟然生了罅隙,吴承鉴不由得心里发苦,这苦味从肚子里一直涌到嘴边来。

叶有鱼看丈夫如此难过,心中也跟着难受,说道:"要不,我过梨溶院一趟?"

"现在晚了……"吴承鉴道,"明天再说吧。"

叶有鱼道:"只是,明天要怎么说?"这是要问吴承鉴此事处理的方向了。

吴承鉴心道:"事情既然牵扯到魏老实,那就牵扯到潘有节。启官想做什么,我用脚趾头都能想明白!那必定是有后手的!"

想到这里,吴承鉴更是烦躁——这就是此事最麻烦的一点:他若不阻止,任由事态发酵,和珅一定顺水推舟,吴家将更陷入即将到来的那场危机旋涡中去;若是阻止,蔡巧珠如果不能理解,三房与大房就要结仇了——不但蔡巧珠要发他的火,只怕光儿长大之后也要深恨自己,这岂是吴承鉴所愿?

而一旦一切摊开来说,如果机事不密,那与和珅的关系,就要提前破裂了!

如今和珅风头正劲,劲到天下人都以为和珅的权势能天长地久下去,这时候如果跟和珅决裂,那是找死!

忽然他心里一凛:"莫非,这就是和珅真正的目的?他在逼我做选择!"

这时叶有鱼道:"要不,这事就顺着大嫂的意思吧……"

吴承鉴心头一震,脱口喝道:"不行!别的都还好说,这事万万不行!朝廷给了封诰,我们不能不接。但接了之后,却还可以辞。回头我就让郑老师找个由头,拟表让光儿向朝廷辞官。"

郑老师就是光儿的启蒙老师。周贻瑾失踪之后,吴家的一些文书事宜便由他来处理。

"你这样决定,一定有自己的道理。"叶有鱼道,"我就怕大嫂她……不能理解。"

"不管理解不理解,"吴承鉴道,"这是生死存亡的事情,她要恨就让她恨吧。时候一到,大嫂总能明白我的苦心,总好过一时苟且,让全家万劫不复,那时候再后悔就迟了!"

第三十章

猜　疑

叶有鱼见吴承鉴心意已决,但想想此事如果毫无转圜地反对,只怕吴承鉴和蔡巧珠之间、大房和三房之间就要出现裂缝了。

她毕竟是叶大林的女儿,虽然遗传了母亲的善良,不似叶大林般功利无义,但能力方面还是继承了叶大林的衣钵,叶家上下也从来就没有"家和万事兴"的环境。若是对外对内的算计,她多半还能想出七八条计策来,但这种家事,重要的是如何"和"而不是怎么"赢",这就是叶有鱼不擅长的了,因此苦恼了一个晚上,她也没想出个好办法来。

第二天一早,吴承鉴就过梨溶院这边来。

蔡巧珠果然一夜没睡好,但今天起来得很早,而且整个人精神抖擞,正在剪喜纸,看到吴承鉴来,停下剪刀,欢喜地叫道:"吴官。"对连翘说:"去叫光儿来见三叔。"

吴承鉴道:"不用了,我跟大嫂说会儿话。"

蔡巧珠点头,让连翘和碧桃先出去了,又问:"来得这么早,早饭可吃了?"

吴老太太过世好些年了,她是嫂,又如姐娘,所以习惯性地要问这些起居之事。吴承鉴心里一阵酸涩,一时之间,原本已经打算好的一些强硬的话竟有些说不出口。

"吃过了。"

蔡巧珠道："今天一早，我阿娘那边让人将看的日子送过来了。"她放下剪纸，取了张黄纸来，递给吴承鉴："昊官你瞧瞧。"

吴承鉴瞥了一眼，上面是四五个日子，每个日子下附带着一句批语，最早的竟是明天。吴承鉴虽然昨天已经看出蔡巧珠很重视这件事情，但也没想到她热切到这个地步，然而越是这样，他越不能退缩。

毕竟是经历过两番生死的人了，吴承鉴心肠刚硬了起来，道："这祠堂就不开了。"

蔡巧珠还没放下黄纸的手颤抖了两下，僵在那里，就像没听清楚似的问："什么？"

吴承鉴道："光儿这个官位，我回头找个时机，找个理由，给退回去……"

蔡巧珠脑子一下空白了。听到哐当一声，她才意识到自己失态，等回过神来，才发现面前茶几都倒了。门外吴六、吴七向内伸了一下头，然后同时缩回去了。

蔡巧珠是满西关公认的贤惠之人，这辈子几乎都没发过什么脾气，所以陡然间做出这种反应，别说吴承鉴惊诧，连她自己也吓到了。她深呼吸了两下，定了定神，问道："昊官……你在生我的气，气我没跟你商量这事，对吗？"

昨日吴六被吴七套到了话，回来就跟蔡巧珠说了。蔡巧珠刚听时有些心虚，但后来想想，反正此事总要被捅破的，所以就不管了。今天见吴承鉴，已经预备好了他要来责问自己，可她也没想到，吴承鉴二话不说，竟是直接要退了光儿的官位！

其实不管吴承鉴要对自己怎么发脾气，蔡巧珠觉得自己这件事情办得的确有不对的地方，不该瞒着吴承鉴的，毕竟吴承鉴是叔叔，又是当家，他要责怪自己也都受了。

但要退了光儿的官位……那可就干系到儿子的前程了，蔡巧珠什么都能忍，只儿子的事情，是断不能忍的。

"嫂子……"吴承鉴道，"这事我是有些恼火，但我要光儿辞退这官位，为的不是这个，而是这个官位，不能要！"

"不能要？为什么？"蔡巧珠厉声道，不知不觉间语调又高了。

都说女人虽弱，为母则刚，吴承鉴从来没见嫂子这个模样，一时间心神微乱，勉强镇定下来，说道："光儿这个官位怎么运作来的，嫂子你知道吗？"

蔡巧珠眉头微微皱起。

给光儿谋官是蔡士群夫妇的建议，背后似乎还牵涉了一位中间人，以及京城一位不愿意透露姓名的"吏部"的高官，但蔡巧珠知道的仅止于此——她不是愚笨之人，但一辈子身居内宅，外界的事情从来不是她关注的重点，偶尔有个什么事情不等烦恼到她，吴承钧、吴承鉴兄弟就给摆平了，因此能和家宅而不擅外务，这时被吴承鉴问起，只是沉默。

吴承鉴道："大嫂，给你出这个主意的，是蔡叔吧？那你知道蔡叔找的中间人是谁吗？他找的是魏老实。"

魏老实和大新街蔡家乃是亲戚，所以蔡巧珠也知道这个人："那又如何？"

吴承鉴道："魏老实除了是蔡家的亲戚，他可同时还是潘家的亲戚，他是潘家老爷子七姨太的表弟。"

蔡巧珠道："那又如何？"

吴承鉴道："这人跟潘家有这等联系，就难保他的这个主意是启官出的。启官给出的主意，对我们吴家能有什么好处！"

蔡巧珠道："你是说启官要对付我们吴家？"

"哼！"吴承鉴道，"如今潘吴并立，启官一定是不甘心的。对潘家来说，最好是吴家分裂——只要吴家分裂了，十年之内潘家又能独尊。不仅如此，若是我们叔嫂交恶，陷入内斗，说不定家势从此一落千丈也未可知。"

蔡巧珠道："你有证据没有，还是只是你的猜测？"

吴承鉴默然了。

蔡巧珠道："西关街上，十三行保商谁跟谁不是拐弯亲戚？如果都这么防备着，谁也不能来往了。"

吴承鉴道："启官通过魏老实，影响蔡叔蔡婶，再通过蔡叔蔡婶来影响大嫂，进而干涉我们吴家，这不是第一次了。大嫂你还记得前年我入狱的事情吧？当时你给我说的那些事，难道没有蔡叔蔡婶跟你说的话在里头？如果有，你回头问问，是不是也是魏老实出的主意。我当时要是听了这主意转换门庭，今天我们吴家会是什么下场——嫂子，你看看刚刚被逼走的那位两广总督朱珪的结局吧！"

蔡巧珠心头微震。

火烧十三行的事情，吴承鉴和周贻瑾事后是一点都不提起的——便是对家里人也都不提，连吴国英都没说。吴国英慧眼如炬，猜到了也不说破，所以蔡巧珠对那一轮的运作也非完全清楚。这时被吴承鉴提起旧事，不由得暗暗心惊，道："你是说，魏老实他包藏祸心？他要害我们吴家？"

"他只是个小角色，一个中间人罢了。"吴承鉴道，"他就是拿钱办事。真正包藏祸心的，是他背后的人。"

"背后的人？潘有节？"蔡巧珠道，"可是这件事情，左看右看，我都看不出对我们吴家有什么坏处。"

吴承鉴道："光儿这次得的户部员外郎，嫂子，你知道这是什么官吗？启官他继承了粤海金鳌的余荫，又是十三行第一大保商，枝繁叶茂，根基深厚，这么多年了，也只得了一个正五品郎中。我连续两次死中求活，破局立局，将吴家拉到跟潘家分庭抗礼的地步，上达天听，如今也只是个正五品郎中。除了我俩，放眼十三行还有第三个人封官了吗？没有！光儿还没成年呢，一个无功无德的小孩儿，旬月之间就得了个仅次于我们二人的从五品员外郎，只看官位，在整个西关他都是第三人了，这事正常吗？"

若是换了吴国英，话说到这里就手一挥不再问了，蔡巧珠却问道："那……那是这个官位有问题？"

吴承鉴道："北京那边我已经派人去查，十天半月的不可能就收到回复，但从各种蛛丝马迹看来，出手批了这事的，多半就是和珅。"

"和中堂啊！"蔡巧珠转惊为喜道，"这不是好事吗？如今坊间都说他是'二皇帝'。搭上了和中堂这条大船，往后光儿可就前途无量了。"

吴承鉴被蔡巧珠这话说得胸口一堵，然而还是按捺着道："有道是'花无百日红，人无千日好'。物极必反，盛极而衰。和珅一个做臣子的这么嚣张跋扈，能有个好？这时候光儿还凑上去，如果和珅出个什么事情，光儿非被牵连不可。"

蔡巧珠皱了皱眉头。吴承鉴这个说法，嘉庆爷刚刚登基的时候大家也都这么说，所以才会一股脑地去捧朱珪的老脚，结果如何？朝堂上一派和睦，朱珪却贬官了。自那以后就出了两个声音：

一个说和中堂和新皇上的关系肯定不是外界传闻的那样，哪朝哪代新老两个皇帝交接没几个老臣子的？其中既有一朝天子一朝臣，新皇上上来老臣子马上落马的，可也有新皇上威望不足，还得依靠老臣子镇压场面的。现在看来和中堂显然是第二类。

另一个声音则冷笑说看吧看吧，这是皇上在忍着呢，等忍过了一段时日自然会收拾和珅。

两个声音在嘉庆元年本来各不相下，可是一个月过去，三个月过去，半年过去，一年过去……转眼都到嘉庆三年了，和珅和大人还在北京城稳稳坐着呢，所以第二个声音慢慢地就被第一个声音给掩盖了。

蔡巧珠原本也是倾向于第二种说法的，还为此很替吴承鉴担心。然而随着时间的推移，她又觉得第一种说法对了，心想若非如此，自家三叔那么聪明的人，怎么会还抱着和珅的大腿不放？

结果现在吴承鉴为了要说服自己推掉光儿的官位，却又把第二种说法拿出来讲了。她一时间眉头又蹙了起来，道："若三叔认为和珅会倒，光儿会被牵连，那你自己怎么不辞官？你的官爵，也是从和珅那里来的啊。"

"这，这……"吴承鉴一时张口难言——不是他不会辩驳，而是蔡巧珠这话犹如一盆冷水从天灵盖上直浇下来，冷得他心脏都要抽筋！

大嫂在怀疑他！

大嫂在怀疑他！

他年少丧母，蔡巧珠奉了翁夫之命常常管束他的日常。吴承鉴也没少骗过她，但那都是晚归夜宿、睡柳眠花之类不打紧的事情，事后被揭穿也任嫂子骂罚，叔嫂之间全无猜忌，而在正经事上，两人什么时候这样互相猜疑过？没有啊！

自己不让光儿与和珅牵扯，大嫂怎么可以怀疑自己的用心。怎么可以！

蔡巧珠眼看这吴承鉴张口无言，还以为他被自己问倒了，全然不知吴承鉴此时心在抽痛。

第三十一章

英军抵澳

话说到这里，再往下就要将自己的筹谋全盘摊开来给蔡巧珠说了——但那是说不得的，有些事情只要漏了一丁半点风声，就别想灵光了。不是吴承鉴不信任蔡巧珠，而是蔡巧珠这一头本来就不够紧密，先有侯三掌柜的事，再有魏老实的事，虽然都非蔡巧珠本心，然而毕竟都与她有所牵扯，指不定一不小心，自己与周贻瑾的谋划就会从她这里漏了。

况且先前叔嫂同心时，吴承鉴在最要紧的机密上也还瞒着蔡巧珠，更别说现在蔡巧珠已经怀疑了自己，若是此刻跟她交了底，回头蔡巧珠犹豫起来把事情拿去跟蔡母商量，吴承鉴就哭去吧！

他默然了半晌，说道："大嫂，这事你就别再问了。总之如果你还相信我，就听我的。便是阿爹在的时候，我下定的主意，他也都听的；我不说时，他也都不问了的。"

蔡巧珠的心里却已经有了一根刺，这根刺不但是与吴承鉴有关，更是与吴国英有关，只是怀疑吴国英偏心的话她还说不出口，到了嘴边转道："如果公公还在，他毕竟是掌舵过的人。他老人家决定了的事情，我也就不问了。可是现在……"

她犹豫了一下，终于说道："三叔你虽然是当家，但你的决定让人觉得有问题，是不是大房这边就一句都问不得？"

吴承鉴听到"大房"两个字，痛得一下子跳了起来，怒道："嫂子，你胡说什么！你胡说什么！什么大房！你当我是什么人！"

他一时暴躁了起来，满脸通红，话也说不清楚了。

这两年他当家做主，在外头任是内心火山爆发，言语间亦能冷静以对，然而人的情绪压力总要有个宣泄的地方的：他在外头有多冰冷，在家里头就有多热燥；在外头伪装得有多好，在真正关心的人面前就越不愿意伪装——哪怕是自己的负面情绪。

许多成功人士在人前表现得完美冷静，回到家中却判若两人。坐到了十三行保商的位置上，事业压力极大，叶大林在家里头怒气一发就作践妾侍和下人，也有这个原因在。吴家的家教不许如此，虽然博得了重情义的好名声，然而不能对外宣泄，便转向对内积郁。叶家那边发作完心里就舒服了，吴家这边积郁既久，人便易于躁怒，吴国英如此，吴承鉴亦如此，吴承钧之短寿，亦有此因——此是吴家不如叶家处。俗语说"好人不长命，祸害遗千年"，此之谓也。

这时吴承鉴因被蔡巧珠触及了逆鳞，又不能对蔡巧珠喷火，那火一憋回去，只感到自己头顶热辣辣的，知道自己再这么下去，不知道会爆出什么不好听的话来，趁着还有理智，咬着牙红着脸冲出去了。

吴七惊骇地跟着走了，吴六惶惶进来，道："大少奶奶，你们说了什么，昊官怎么……气成这样？"他是想到了当初吴承钧去惠州那一趟出了事，也曾是这个脸色。

蔡巧珠看见吴承鉴的样子，也是害怕惊惧，同时心里刺痛得厉害，捂着心口道："别问了，别问了！我……我都不晓得这个世界是怎么了！"

吴承鉴怒火冲天地回了日天居，两眼发直，直接躺在了躺椅上不说话。
叶有鱼看到他的样子吓坏了，连忙问他出了什么事情。
吴承鉴不说，一张脸却越来越红。
叶有鱼知必是在梨溶院惹的事情，顿足道："我去找大嫂！"
吴承鉴忽然吼了起来："不许去！"
叶有鱼前去不得，后退不得，看吴承鉴的脸色越来越吓人，"哇"地一声哭了出来，忽然对旁边的冬雪叫道："把昌仔叫来！"

冬雪莫名其妙地把昌仔叫了来。叶有鱼扯了昌仔的头发，对着他的肩头、胳膊、大腿等非要害处就是一阵乱打乱踢，把冬雪、夏晴都吓坏了，昌仔站在那里挨着忍着不敢动。

吴承鉴看在眼里，怒吼道："你打他做什么！"

叶有鱼叫道："我不知道！我心里受不了，你不说话，我又不能去找大嫂……我只能打他了！"

说着继续打昌仔，吴承鉴大怒，随手抓起旁边一个汝窑盘子就扔了过来，碎了一地："住手！"

叶有鱼退开了两步，忽然狠狠地将身旁一个青花瓷瓶，朝着吴承鉴一推，"哐当"一声推倒了。

吴承鉴怒道："叶有鱼！你跟我发脾气是不是！你敢跟我发脾气！"

他气得跳了起来，抓起博古架另外一件瓷器，朝着叶有鱼，一个犹豫，转手摔到了地上；这一摔就再停不下来，将博古架上的古董一件接一件地往地面摔，陶瓷一摔即碎，书画摔不碎就撕了再踩两脚，最后两件古青铜摔不烂踩不扁，吴承鉴大怒之下，发狠将整个博古架给推倒了。

随着这"轰"的一下，他才算停了下来，坐回了躺椅上。这一番发作，不知作践了几千几万两的银子。然而吴承鉴的脸色也好了些。

叶有鱼挥手让下人们都出去，这才蹲到吴承鉴身边，问道："到底怎么了？"

之前两人置气的时候，吴承鉴什么都不跟叶有鱼说，现在和好了，吴承鉴心中但有积郁，已经习惯了向她倾吐，几乎是咬牙切齿地说："大嫂她……她在疑我！"

这句话说出来，嘴里又是一阵发苦："大嫂她……她说我虽然是当家，但我的决定让人觉得有问题，是不是大房……大房就一句都问不得了……"

说到"大房"两个字，吴承鉴声音都不自然起来了。

蔡巧珠那边因为牵扯到光儿，关心而乱，叶有鱼这边却还能冷静，自然知道丈夫对大哥大嫂是什么样的感情。"大房"两个字出口，那就是心里已经生分了——按例俗，吴国英既然去世，家里头对吴承鉴这个当家就该改口称"老爷"了，蔡巧珠也不该再叫"大少奶奶"，然而至今没人改口，根本上还是因为吴承鉴不愿意。

吴承鉴道:"大嫂问我,为什么要辞掉光儿的官位,为什么我自己的却不去辞?她怎么可以这样怀疑我!"

叶有鱼对吴家的外事涉入较蔡巧珠更深,故而颇能猜到吴承鉴恨不得能在没有后患的情况下与和珅撇清呢;这时候还让光儿因和珅得官,还是以小孩儿身份得了这么破格提拔的官,那是将双方的关系进一步拉近了。

吴承鉴道:"无论如何,这个官位必须辞。我肯定是推不干净了,但至少要把光儿先给保住。"

叶有鱼听了这话,怔了半晌,忽然眼睛就红了:"三哥哥,你这话……什么意思……"

吴承鉴见她转眼间就泛出泪水来,一下子反应过来,才想起刚才一时失口了。

叶有鱼双泪齐流:"你这是又打算把自己赔进去,把别人摘出来吗?三哥哥,你想过没有,如果你出了什么事情,我怎么办?耀儿怎么办!"她指着梨溶院的方向道:"可笑大嫂还在猜疑你,以为你在算计她什么!结果你竟然,你竟然……"

"行了!"吴承鉴喝道,"你还嫌我不够烦恼吗?如果能够全身而退,你以为我不想吗?哼!只是时间已经不多了。"

叶有鱼问:"什么时间不多了?"

"别问那么多了。"他说道,"你也好,大嫂也好,光儿也好,耀儿也好,真出了什么事情,我都有安排。我现在最怕的就是你们不听我的话自作主张!"

叶有鱼道:"可是,可是……"

才要说话,吴七跑了进来,道:"吴官,查理来了。"

吴承鉴脸色一沉。

就在这几日,南洋和澳门陆续传来消息,英国的海军终于到了!

这一次英国对远东这边动用了前所未有的兵力,总共九艘兵舰,不久前已抵达澳门港口,要求登陆。

这可是一件大事,要知道澳门虽借给葡萄牙人租住,但治权法权仍在香山县,葡萄牙人只是取得居住权罢了;英国海军抵澳还要求入港、登陆,这性质可就与英国的商船来广州做贸易完全不同!

吴承鉴得到消息后就知道:英国人准备扣关了!

本来,澳门归香山县管辖,出了这事,香山县应该第一时间向两广总督府和广州将军告急。可这事从头到尾,香山县就像变成了瞎子、聋子。

倒是葡萄牙人抗拒了,拒绝了英国海军的登陆要求,然后就听说米尔顿去跟葡萄牙人谈判了。

至于再往后的事情,就还在发展之中。

听说查理来到,吴承鉴就知道了。他挥了挥手,没再顾得上和叶有鱼说话,就出了日天居。

爆　发

"葡萄牙人在澳门的兵力,无法与我……与英国军队正面对抗。"查理告诉吴承鉴,"所以米尔顿去跟葡萄牙人谈了之后,葡萄牙人就屈服了。"

吴承鉴心里把米尔顿和葡萄牙人都骂了两句,却很随意地坐在那儿,脸上淡淡的:"他们谈了什么?"

"这个我就没能打听到了。"查理说,"不过米尔顿出来之后,英国的舰船就换上了葡萄牙的国旗,船上的士兵也换上了葡萄牙人的制服,然后才进入港口。没意外的话,英军现在应该已经接掌了澳门的炮台等各个要害了。"

吴承鉴沉吟半晌,道:"大举东来,却又改旗换装……"他嘴角忽然弯起一丝冷笑:"所以这是在拖延时间,还是说英国人现在其实心里还没底?"他盯着眼前的这个短腿英国人:"查理,你说呢?"

他想想也对,现在英国人应该还没有做好和大清全面开战的准备,这次应该只是一次试探。

"啊?"查理说,"我不知道啊。"

"真的不知道?"吴承鉴脸色一沉,"查理,你忘了之前我们之间的协议了吗?还是说,你认为我的信息渠道仍然只有你这一条?"

查理笑了两声,说:"昊官,你也知道,我们英国人是世界上最友好的民族……"

"说人话!"

"真的友好,真的友好。"查理说,"当然也有一些人是有野心的,但勋爵让我向你保证,那些人在伦敦不是主流。我们大不列颠的精神,一直是希望全世界都能友好、公平、公正、开放地做生意,这样对大清、对英国、对全世界都是有利的。"

"所以……"吴承鉴说,"如果别人不按照你们的想法来,你们就用兵舰打进来,用火枪来执行那友好、公平、公正和开放的生意经吗?"

查理笑了笑,没有反驳也没有承认。

吴承鉴道:"我说过,中国不是印度,我们国家现在虽然有很多问题,但也不是一个能任人揉捏的软柿子。你去给米尔顿传个话,趁着事态还没捅破,让度路利住手吧。那些个海军、舰船,打哪儿来回哪儿去。不然回头惹出了乱子,对米尔顿,对我,对英国,对大清来说,全都没好果子吃!"

查理走了之后,吴承鉴的脸色阴郁了起来。

他在查理面前淡然以对,但实际的情况可没他表现得那么轻松。

"和中堂究竟在想什么?事情他已经知道了,却不知道是否已经捅到朝堂上去了……还是说,紫禁城内里已有变故,他现在自顾不暇?若是这样,他还来搞我做什么?"

想到这里,他又烦躁了起来。

现在不但紫禁城那边正处于敏感期,吴家内部也正处于敏感期。

而英国人又偏偏在这时候上门捣乱!

这时吴七送了查理回来,问道:"昊官?"

吴承鉴回过神,说道:"速去潘家园,把查理带来的消息,一五一十地跟启官说。然后再去西关,给茂官和我岳父也通个声气。"

吴承鉴和蔡巧珠在房间里说什么没人听见,就连吴六、吴七在屋子外头也只是在两人声线拔高的时候偶尔听到一两句。然而吴承鉴怒冲冲从梨溶院离开,之后日天居又被砸得满地凌乱,却是许多人都瞧在眼里了的。下人们的世界自成一个江湖,很快各种消息就传遍整个吴家园。

叶有鱼想着吴承鉴从梨溶院回来人变成那样，心里也对蔡巧珠有了意见；要跟吴承鉴说话，吴承鉴又忙活去了。她心里烦闷，无处可吐，想了想，便让冬雪派人去西关，想接母亲来叙叙话。

这时候的广州尤其是河南岛这边，水道十分密集，河涌遍地都是，所以吴家园有好几个小码头，往来出入有时候坐船更加方便。

冬雪到了小码头，船头说："两艘一等小船都派出去了，现在只有两艘二等小船，可不可以？"

吴家园出入的小船自不可能只有一艘，但一等小船只有三艘，一艘在曼倩蓬莱，跟着周贻瑾和吴小九失踪了；一艘由铁头军疤控着，没紧要的事谁也不敢动，且刚才吴七又坐去了潘家园；剩下的一艘，冬雪一问，却是被派出去接大新街的蔡老太太了。

冬雪和叶有鱼主仆连心，知道叶有鱼心里憋着火却不好发出来，这时候被船夫给触及了，忍不住要发作，又寻不到由头——梨溶院那边要用一下小船，日天居这边如果有二话，传出去要被人非议的，因此冬雪要骂不好骂，只得指着船头说："二等便二等吧！幸好亲家那边也不计较这个，可别再出什么岔子了！"

那船头派了船，又忍不住嘟哝着："'再出什么岔子'，那又不是我能决定的。"

正往回走的冬雪猛回头："你说什么！"

那船头赶紧闭了嘴。

蔡母给蔡巧珠递了黄纸之后，一整天没得到回音，直到蔡巧珠派了吴六来接，这才兴冲冲赶来，才进吴家园的私港，便听小码头船头道："哎哟，蔡老太太又来了，最近可来得挺勤。"

这话说有意思，其实没什么意思；说没意思，里头又貌似有意思。

蔡母一时不好作声，吴六一个巴掌就甩了过去，冷冷道："蔡老太太来探大少奶奶，还要你点头是不是？"

那船头捂着被甩的脸，心里委屈，却再不敢吱一声。

吴六道："以后再让我听见这些闲言碎语，可就不是一巴掌的事情了。"

吴六跟在吴承钧身边二十年，一向以敦厚示人，这么发威还是破天荒第一次。虽然他也是个仆人，但在吴家的身份地位不一样，连光少都要叫他一声"六叔"。梨溶院的男主人是光儿，他就是光儿的半个监护人。

蔡母换坐上了小轿，一路感觉气氛不对，进了梨溶院，忍不住拉了吴六一把问："阿六，是不是出什么事情了？"

吴六迟疑了下，低声说："昊官和大少奶奶吵架了。"便没再多说，引了蔡母到主屋。

蔡巧珠坐在屋里头，拿着剪纸在那儿发呆，神色很是不好。

见到蔡母进来，才收拾了一下心情。

蔡母拉着蔡巧珠到碧纱橱内坐下，才问："怎么了？听吴六说你和昊官吵架了？"

蔡巧珠的眼睛一下子红了，叔嫂两人多年的感情摆在那里，吴承鉴心里难过，她心里也不好受，这时母亲问起来，眼里的泪花就渗出来，断断续续把与吴承鉴的对话说了。

蔡母一听，怒道："这，这……果然有了儿子，侄儿就得靠边站了！昊官这么急，就是怕今后耀儿被光儿给压住了。"

蔡巧珠犹疑道："这……不至于吧……"

"怎么不至于！"蔡母道，"如果不是这样，那还能是什么理由？你也不看看，现在这个吴家园是谁当家，谁做主。现在昊官还没称老爷呢，我来一趟，坐个船都要看人脸色了；再往后，我怕是连要来看你一眼都难了。"

蔡巧珠忙问："什么脸色？谁给阿娘你脸色看了？"

蔡母便将刚才码头的事情说了。

蔡巧珠一听，也有些恼火，却还是道："昊官不至于这样，就算是有鱼也不至于，一定是下面的人不懂事。阿娘你别着恼。"

蔡母道："人人都长着一双眼睛，如果日天居那边一点言语不透，我就不信下头的人敢这样自把自为！"

"这事，反正阿六已经教训过了。"蔡巧珠道，"但昊官那边，或许……或许他是收到了什么风声，和珅真的不稳呢。"

蔡母道："你自己也说了，如果和珅真的不稳，他自己的官爵为什么不辞，却只是要辞光儿的？这分明就是一个借口。"

蔡巧珠摇头："我不信，我不信昊官是这样的人。他……阿娘你不知道，他和承钧，都是那种为了家人朋友，能奋不顾身把自己赔进去那种。"

蔡母冷笑了几声，并不相信："承钧自然是极好的，昊官少年时候或许也很讲义气。但巧珠啊，人是会变的。父子叔侄，先亲后疏，这才是人之常情！你可不要因为自己心软被蒙蔽了，一旦误了光儿的前程，小心孩子长大后怨你一辈子。"

一提起儿子，蔡巧珠的心就乱了："那……可怎么办？"她自己受什么委屈都行，但不能委屈了儿子。

蔡母道："还能怎么办？总之辞掉官爵的事情是怎么都不能做的。至于开祠堂的事情嘛，虽然昊官是家主，但无父兄为长，无母嫂作娘。他是家主，你却是长嫂；公事上你肯定争不过他，但家事上，他也不能一手遮天。你们吴氏宗族难道就没几个长辈吗？这等光宗耀祖的事情，他再是家主，也不能够拦着侄儿升官发达啊。再说了，光儿的官是朝廷敕封的，便是家里头规矩再大，还能大过皇上的圣旨不成？"

"阿娘是说……"

"开祠堂！"蔡母道，"你就先派人去日天居跟他说一声：如果他肯退一步，那万事好说；如果他还是执拗着不肯退让，承钧尸骨未寒，我就不信吴家的宗族长辈，一个肯出来说公道话的都没有。"

第三十三章

巴　掌

蔡巧珠虽然刚刚跟吴承鉴吵架，但要她再与吴承鉴正面争执是实在不愿意的，然而蔡母那句"误了光儿的前程，小心孩子长大后怨你一辈子"还是把她给扰动了。但凡为人父母的，一遇到儿子的事情，都容易失去平衡，更别说光儿是独子，而她是寡母，因此只要触及光儿的切身利益，蔡巧珠就很难冷静。

当下叫来吴六商量，吴六看了蔡母一眼，说道："这事最好还是昊官能点头。绕过昊官，直接去找宗亲，总是不好。"

蔡巧珠也觉得应该如此，便道："好，那……"她本想说请昊官过来，但想想刚发生不久的叔嫂冲突，忽然不大愿意与吴承鉴相见，便道："你代我去说。"

吴六本来觉得这事最好还是蔡巧珠亲自对昊官说，但也想到吴承鉴怒恼离去的事情，自己去做个缓冲也好，免得又吵起来，叔嫂之间没个调和，便答应了。

他到了日天居那边，吴承鉴却不在。叶有鱼道："昊官在商功园……"瞥见吴六的神色，问道："是有什么话要说？"

吴六道："是。"却不肯说是为了什么。

叶有鱼怕又有什么事情惹了吴承鉴伤身体，就说："我跟你走一趟吧。"

两人到了商功园，吴六请了安后，才将事情给提了个头。吴承鉴正为着澳门的事烦着呢，一听蔡巧珠又提给光儿加官开祠堂告慰祖宗，怒躁一下子给点燃了，跳了起来，怒道："消停没半天，这又是谁给出的馊主意了！我知道了，大新街那边又来人了是不是！"

吴七刚刚回来，在码头没少听船头抱怨，就搭腔道："大新街蔡老太太刚刚是来了……"

吴承鉴大怒道："我就知道，肯定又是这个老虔婆，放着好好的安心日子不过，就是喜欢跑来我们吴家搅风搅雨！这是准备把我们吴家搞乱了是不是？这是准备把我们吴家搞散了是不是？我就不明白了，把我们吴家搞乱搞散了，她又有什么好处！"

他怒火冲天，旁边叶有鱼听得暗暗叫苦，心想不看僧面看佛面，你再怎么生气，也不应该当着众人的面骂大嫂她娘，若是传到大嫂耳朵里，让大嫂怎么自处？然而等听到吴承鉴把"老虔婆"三个字骂出来，她想要拉住也已经迟了。更何况吴承鉴牛脾气一发作，除了周贻瑾，旁人谁也按不住他。

吴承鉴怒气已盛，不管不顾地就把吴六给赶走了："滚，滚！吴六我跟你说，好好看住梨溶院的门户，没事别让不三不四的人进门。光儿的事情我自有主意，你们都别再给我添乱了！"

吴六也从没被吴承鉴这么发过脾气，一时间又是害怕，又是委屈，又有些恼，然而他毕竟不是刻薄的人，回梨溶院的路上已经把心情给收了，心想："大少奶奶和昊官的关系已经很紧张了，不管怎么样，我不能火上添油。"

还没到，就看一群人在前面走过，前面三四个丫鬟，后面四五个小厮，中间却是徐姨娘。随着叶有鱼在吴家地位的巩固，宜和行势力蒸蒸日上，徐姨娘在叶家也越过越好。两年过去，人反而显年轻了，这时前拥后簇，缓缓向日天居而去，好一派岁月静好的富贵排场。

吴六看在眼里，再想想蔡老太太一个人来还被船头说闲话，又憋了一股气——他不是为蔡老太太不值，而是下人给蔡老太太脸色看，那就是冲着蔡巧珠去的啊。如果是下人不懂事也就算了，今天吴承鉴还说什么来着？

让他"好好看住梨溶院的门户，没事别让不三不四的人进门"！

回到梨溶院，他只对蔡巧珠说："昊官不肯。"

蔡巧珠皱眉道："不肯？"

蔡母道:"看吧,我就说!人家要为儿子考虑长远,就怎么都要拦着光儿的。"

蔡巧珠深呼吸了两下,说道:"罢了,我亲去跟他说说。"

"大少奶奶,别去。"吴六拦住道,"昊官正气头上呢,你这会儿去没好话。"

蔡巧珠道:"气头上?他还生什么气?你是不是说了不该说的话?"

吴六道:"我怎么会说不该说的话?就只是跟昊官讲,大少奶奶说了,光少还是得开祠堂,告慰列祖列宗。话还没说完呢,昊官就很生气了。"

蔡巧珠道:"你将他的话搬来给我听。"

说起搬话,吴六就支吾了起来。

蔡巧珠在外事上见识有所欠缺,但理家多年,内事精通,宅子里头哪个下人的小心眼能瞒得过她?见吴六支吾,就追问道:"昊官说了什么话?"

吴六迟疑着,不开口。

蔡巧珠便把跟着吴六去的一个小厮点了出来,道:"你来说,昊官说什么了,给我一五一十地说出来。"

那小厮看了吴六一眼,蔡巧珠喝道:"看吴六做什么!看着我的眼睛,给我直说!"

她虽然性子温柔和顺,但毕竟是当家多年的女主人,积威不浅,那小厮又是从老宅跟过来的,不敢违拗,当下断断续续将吴承鉴的言语给搬了一遍。

蔡母听吴承鉴骂她"老虔婆",又羞又恼,捂住了脸。

蔡巧珠更是气得浑身发抖,怒道:"好啊好啊,原来我阿娘都不能来看我了。不三不四的人不能上门!这是要软禁我吗?连翘,碧桃,跟我走,去日天居,我倒要问问他这是什么意思!"

碧桃甚是愤怒,连翘却拉住了蔡巧珠,吴六挡住道:"大少奶奶,别去啊!现在都在气头上,话无好话,再说下去,肯定要伤了和气。"

"和气,和气!"蔡巧珠大怒道,"现在还有什么和气!我今天不去跟他说个明白,往后我在这个家还怎么住!是不是我娘家人今后就不用上门了?是不是我和光儿今后没他吴承鉴允许,就不许见人了!"

她举步便走,吴六再拦,连翘再拉,蔡巧珠怒道:"你们也都向着他是不是?都准备帮他来软禁我是不是!"

吴六和连翘大惊,就都不敢拦拉了。

蔡巧珠火烧三昧,直扑日天居而去,后头吴六、连翘、碧桃都要小跑着,跟了一堆的梨溶院的下人。

日天居那边,吴承鉴发过脾气之后,人冷静下来就后悔了,知道自己再恼蔡母也不该当众那么骂,就想着怎么去给蔡巧珠道歉。只是恰好徐姨娘来,他一时只得先招呼着这边。

叶有鱼调了一碗冰糖燕窝让他降火,徐姨娘也在旁边劝了两句好话。吴承鉴心不在焉地端在手里,便听外头动乱起来,远远地就听见人叫:"大少奶奶,大少奶奶……"

春蕊道:"我去瞧瞧。"

走到园门就撞上蔡巧珠,春蕊道:"大少奶奶……"已经被蔡巧珠喝道:"滚开!"

春蕊想不到一向温和的蔡巧珠迎面就会说出这样的话来,吓得往旁边让。蔡巧珠已经冲了进来,后面跟着一大帮人,有梨溶院的,有挡不住蔡巧珠跟着进来的。

夏晴迎上去道:"大少奶奶,这是……"

又被蔡巧珠指着道:"你一边去!"

叶有鱼在里头已经听到了动静,对在一边尴尬的徐姨娘说:"娘,你先回避一下。"

徐姨娘点头才走,蔡巧珠已经冲到玫瑰花圃边,望见吴承鉴,指着叫道:"吴承鉴,出来!"

吴承鉴呆了呆,放下了碗,愣愣走了过来。

蔡巧珠指着他的鼻子道:"你说,'老虔婆'三个字,是不是你骂的!让吴六看住梨溶院的门户,别让不三不四的人进门,这话是不是你说的!"

吴承鉴向旁边吴六看去,蔡巧珠提高了声音:"看谁啊!你就说这话是不是你说的!"

吴承鉴吞着苦水,却无法否认。

"好啊,好啊,那就是没传错话了!"蔡巧珠眼睛一红,泪水就流下了,"行!我大新街蔡家,原本配不上你吴家。我们小门小户的,原本就不三不四,不是上四家、下六家的大保商,哪里配得上你吴家势与潘齐、威压粤海的高门大户!"

这话把叶有鱼也刺到了,刺得她在旁边都站立不安。

吴承鉴急了:"大嫂,我没这个意思!"他在外头威风八面,连吉山、广兴都是毫不示弱地呛回去,但遇上蔡巧珠发火,却是一句硬话也不敢回。

"没这意思?那是什么意思!"蔡巧珠道,"我人还没长足就进了你吴家的门,这些年来,养儿育儿,侍奉翁姑,不敢说做得多好,至少也还算本分。你哥哥活着的时候,一辈子没嫌弃我半句!公公还在的时候,也没指摘我一点不是。如今好了,你当家了,倒是开始嫌弃我了,如今是我娘家人都不能来了是不是?"

吴承鉴急道:"我,我……我不是这个意思!"

蔡巧珠道:"不是这个意思,那你是什么意思!你倒是说啊!"

吴承鉴情知自己失言,一股气塞在了喉咙口,这当口辩才全失,无以辩解。

蔡巧珠道:"没得说,那就还是这个意思了!其实你也不用把话说得那么难听,真有什么想法,你吱一声,我们母子俩避着你总行了吧!不用老虔婆、不三不四地骂人。我没了丈夫,可还有儿子,这辈子都是吴家的人了,回不了大新街的!吴家园住不起了,我带着光儿到吴家的老祠堂里,借一片屋檐也能容身。"

吴承鉴被说得眼睛都红了,又觉得头顶发热,跳脚道:"不是,不是!我……我是说错话了!我不该说那话,行了吧!"说着狠狠甩了自己巴掌:"我混蛋!我胡言乱语!我忤逆嫂子!我不孝不恭!"

他说一句,甩自己一个巴掌,连甩四个巴掌,下的还是狠手,把自己的脸都打出血丝了,吓得所有下人都后退了几步。叶有鱼惊惶上前,拉住了吴承鉴的手,跪在了地上叫道:"大嫂,大嫂!昊官的性子你还不知道吗?他就是火烧了头才乱说话,他对你怎么样,大嫂你能不清楚吗?你这么说,叫他以后怎么做人啊!"

蔡巧珠对吴承鉴原极疼爱,也是这段时间积郁甚久,被怒火点燃爆发才会如此,然而看到吴承鉴把自己打得血丝都出来了,一个心疼,心又软了,说道:"好,好,如果真是误会,那今天的话就算我说重了你,回头我去公公婆婆的牌位前悔过。我现在只问你，光儿开祠堂告慰列祖列宗的事情，你怎么说？"

吴承鉴虽被蔡巧珠的怒气与失常惊得心惊胆战，但提起这事，态度又变得刚硬了。知夫莫若妻，叶有鱼看到吴承鉴的神色就知道他的意思，赶紧拉了拉吴承鉴，要他别在这时候火上添油——哪知还是拦不住，吴承鉴已经抬头道："这事不行，没得商量！"

蔡巧珠原本打算只要吴承鉴退一步，双方便可和解了，不料又被吴承鉴直接拒绝，这下子原本要熄灭的火焰再度复燃，纤指指着吴承鉴道："所以你是打定了心思，一定要拦着光儿是不是！"

吴承鉴道："我这么做，就是为了光儿好。"

"你……你……"她刚才为了蔡母骂吴承鉴时，还能尖酸言刻薄语如珠滚如雨下，可涉及儿子，反而说不出话来了，千言万语，堵在了喉咙里头，不知不觉中伸出了手，"啪"的一声，打在了吴承鉴的脸上。

这一打，周围人都惊呆了，连叶有鱼也不知该如何反应。

但蔡巧珠和吴承鉴两人反而都静止住了，仿佛时间停了。

忽然蔡巧珠用沾了吴承鉴脸上血迹的手捂住了脸，泪水从指缝中狂涌而出。

吴承鉴恍若不知道自己脸上的疼痛，叫道："大嫂……"

蔡巧珠连连摇头，碎步狂奔而去。

跪祠堂

蔡巧珠盛怒之下打了吴承鉴，那一巴掌打过后，仿佛全身的力量也都用尽了，匆匆奔回，一路上又是心痛，又是后悔，又是怒恨，心痛的是今天竟与吴承鉴撕破脸，后悔的是伤了吴承鉴，怒恨的是都到这份上了吴承鉴还不肯给光儿让行。

一路跑到梨溶院，只觉得这个院落无比陌生——这根本不是她住惯的地方。就算布设得再华丽，可是丈夫没有了，公公婆婆都不在了，小叔又变了，只剩下个儿子，维系着这个残破的家。

她奔回屋子，蔡母等在那里，看了蔡巧珠的模样，心中惊骇："巧珠，这是……这是……"

蔡巧珠却哪里还有心情回答。

蔡母转向几个丫鬟："碧桃，怎么回事？"

碧桃道："刚才大少奶奶……"还没开始说，已经被蔡巧珠喝道："闭嘴！"她转头对蔡母道："阿娘，你先回去吧。"

蔡母道："可是你……"

蔡巧珠道："下面的就都是吴家的家事了，你再掺和，不合适。吴六，送我阿娘回去。"

吴六答应了，将无奈的蔡母请走了。

母亲走后，蔡巧珠看到手上沾着吴承鉴的血，血虽只丁点，痛却是极深，刚刚干了的眼泪又涌出来，趴在桌子上哭泣着。

连翘等人在旁边，劝又不是，不劝又不是。这时候所有人都怀念起吴国英，若吴国英还在，断不会出这等事情。

"阿娘，阿娘……"光儿的叫唤声把蔡巧珠唤回神来，就见光儿已经在屋子里，怒冲冲道，"三叔欺负你了？我去找他！"

蔡巧珠转悲为怒，喝道："回来！"

光儿惊得回身，道："娘，吴承鉴他不要我们了，那我们就搬出去。我年纪虽然小，但也能侍奉你……"

话还没说完，"啪"的一声，光儿已经挨了蔡巧珠一个耳光——她一辈子好脾气，人前说话都不曾大声过，今儿个却连续打了两个人，先打了小叔子，现在又打了儿子。

不过打吴承鉴之后她就心神俱乱，这时打了光儿，却是怒上眉梢："我跟你三叔吵架，你个小孩儿家插什么嘴！什么你三叔不要你，这种混账话谁教你的！'吴承鉴'是你叫的吗？"

蔡巧珠打完了光儿，冷然环顾，喝道："谁把光儿带来的？谁在他面前嚼的舌根！"

屋里屋外的下人，吓得个个低头。

蔡巧珠喝问光儿："谁！"

光儿讷讷道："是……奶娘……"

蔡巧珠便指着奶娘道："我请你来是带光儿好的，不是请你来教我儿子忤逆叔父的！你给我走！现在就去收拾行装同我躝（给我滚）！"

奶娘吓得下跪求饶，光儿不舍从小带大自己的奶娘，苦叫道："娘。"

"收声！"蔡巧珠对吴六道，"这就把她拖走！该结的工钱加倍结给她！我们吴家，不敢养这样碎嘴的婆子！"

吴六已经送了蔡母回来，正好撞见这一幕。他也怕碎嘴奶娘教坏光少，冲上去把人拖出去了。

蔡巧珠转向光儿，骂道："这里就是吴家，你是吴家的长子嫡孙，你想搬到哪里去？我跟你三叔吵架，自然话没好话，回头我自然会去小祠堂跟公公婆婆请罪！但吴官是你叔父，你爹没了，他就是你父亲！你敢忤逆他，你就是不孝！给我到梨花树下跪着去！连翘，去请郑先生来，好好教教这不肖子什么是孝道！"

随着光儿跪在梨树下，跟郑先生背诵《孝经》，蔡巧珠进了小祠堂忏悔，吴承鉴跪在祠堂外，吴家园也就安静下来了。

但安静只是表面，实际上整个吴家园的下人都暗中惊炸了。老宅跟过来的人也就算了，那些新下人，这算是第一次见到这位梨溶院女主人发作时的威风。他们眼看着横行十三的当家家主，被蔡巧珠训话的时候半句也不敢回。吴承鉴自己打了自己四巴掌，又被蔡巧珠打了一巴掌，两边脸一边青肿一边红肿，还跪在祠堂外头，祠堂都不敢进去。人人暗中都感后怕，有庆幸自己没得罪过梨溶院的，也有后悔自己曾经对这位大少奶奶不够尊敬的。

蔡巧珠在小祠堂里，对着公婆、丈夫的牌位忏悔了一夜，吴承鉴就在外头跪了一夜。叶有鱼本来也要陪着跪的，跪到晚上就被吴承鉴赶回去了，但第二天一早她又来陪着吴承鉴跪。

天没亮多久，已经在老宅养老的吴二两坐船渡江赶了来，进门就把吴六狠揍了一顿，跟着又到祠堂外，将吴承鉴说叨了一通，然后才进小祠堂来，劝蔡巧珠息怒。

蔡巧珠道："我有什么怒好息的？什么都是我的错。二两叔你也不用劝我什么，这个家该怎么样才能和气，三叔他心里清楚！"

她说了这话，在灵牌前磕了头，便扶着连翘回去了。出门的时候，看了看吴承鉴肿起来的脸，心里着实难受，然而她盯着吴承鉴良久，吴承鉴的眼睛却只是看着祠堂，不说话。蔡巧珠就知道他仍然不肯松口，恨恨地顿了顿脚，奔回梨溶院去了。

蔡巧珠走了，吴承鉴就站了起来。众人还以为他要回去，不想他反而走进小祠堂里对着灵牌跪下了。

叶有鱼要进来，吴承鉴头也没回，说道："你别跟着，回日天居去。这个家总不能没人打理。"

叶有鱼怔了怔，叹了口气，看了吴七一眼，示意他好好照看吴承鉴，这才走了。

跪祠堂　167

吴二两来到吴承鉴身边，劝道："昊官……"

吴承鉴打断道："二两叔，我知道你要说什么，但你不用劝了。这事要是用说能解决的，就不会闹成这样了。"

"可是……"吴二两长长叹道，"老爷才去世多久，你们叔嫂就闹成这样，让老爷、大少爷在泉下怎么安心啊！"

吴承鉴道："我心里怎么想，别人不知道，我爹、我大哥清楚。我对大嫂不好，说错了不该说的话，是我不对；可我对光儿怎么样，我问心无愧！"

他对着吴国英、吴承钧的灵牌道："如果我扯了谎，就让老天爷响雷，把我吴承鉴收回去！"

吴家闹出了这么大的事情，任凭叶有鱼再怎么下令掩盖也是掩盖不住了。不半日工夫，不止吴家园，连外头的人都知道了。那个奶娘被赶走之后心中记恨，到了外头见人就说，更别说十三行保商中谁不关注吴家的事情？所以愿意暗中出钱买吴家园消息的大有人在。买到消息之后，又有人乐得将这等消息散布出去。因此当天之内，有关吴家两房不和、叔嫂大闹的事情就传遍了西关。

神仙洲是这类小道消息的集散地，吴承鉴久不曾来，对神仙洲的控制已经弱了很多。没有他在现场直接威慑，恩客花娘们谈论起这事情来便肆无忌惮，说什么的都有。

直到这日刘三爷到场，有人望见他，知道这一位是与昊官交好的，这才有所收敛。

刘三爷直入春元芝。他一进来，就将丫鬟也遣走了，房间内只留下秋菱傍着佛山陈，于怜儿给刘三爷奉茶。

于怜儿如今的气度，比一两年前又有不同，毕竟当了两届花魁，已经是花行大家子的气派，不过在刘三爷面前还是不敢拿乔的。

"昊官家这是怎么回事？"刘三爷脱了外衣后就摇头。

"我也不是很清楚，这是他的家事，我总不好去问他。"佛山陈说，"现在神仙洲这边，说什么的都有，有一些传得太难听的肯定不靠谱，但总而言之，还是有几件事应该是实话的。"

刘三爷便问："哪几件？"

佛山陈道："他们叔嫂之间应该是闹起来了，闹起来的缘故，又与昊官的侄儿光少得官有关系。大概是光少莫名其妙得官,而吴官事前全不知道,神仙洲都估摸着应该是大房那边通过大新街蔡家去走的门路。吴官知道后要光少把官辞了,吴大少奶奶大怒,所以就闹起来了。听说吴官被逼得自己打了自己三四个耳光,吴大少奶奶又打了他一个耳光。"

坊间的传闻里头,对各种要害分析反而在其次,但威风八面的十三行大保商,因为"刻薄侄子"被大嫂逼得自打耳光,这才是吃瓜群众最津津乐道的细节。

佛山陈看了秋菱一眼,秋菱悠悠地又将各种坊间传闻的细节给说了一遍,末了咯咯笑道:"三爷,您说,吴家大房和三房是不是真的要斗起来了?吴官应该也能赢吧?"

刘三爷瞪了她一眼:"别人传这些也就算了,你也是受吴官照看过的人,陈少还是吴官的拜把子兄弟,你怎么也跟着人家起哄!"

秋菱吐了吐舌头,不敢再言语。

佛山陈轻轻拍了下她的脸颊,骂道:"让你乱嚼舌根。"算是帮她遮罚过去了,才又道:"吴官是什么性子,别人不知道,我们还不清楚吗?再说他对他嫂子,比亲姐姐还亲,平素只要有人敢开他嫂子玩笑的,嘴巴也得被打烂。说他刻薄侄儿我是真不信,他眼皮子没那么浅,这事多半另有缘故。"

刘三爷迟疑片刻,才说:"这里头的事情,我知道一点儿——蔡家帮光少得官,听说走的是和珅的门路。"

佛山陈"哦"了一声,若有所悟。

刘三爷道:"咱们是他的朋友兄弟,外围的事情,能帮他收拾自然要出手。可是这涉及他家里头的事情,他若不开口,我们也只能看着了。"

佛山陈点了点头,接着两人便说些别的事情了。

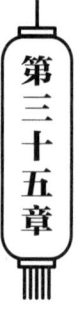

第三十五章

判　　断

佛山陈因说起昊官弄了几台蒸汽机，让他在佛山试用的事情，于怜儿听得全无兴趣，也就没落在心里了。

刘三爷回去后，于怜儿也回了房间。冷不防有人从后面抱住了她，她吓了一跳，随即从环住自己的手臂感到熟悉的感觉，安下心来，啐道："你，啊！"

一个英俊少年将她抱起，坐到床边，略带酸意地问："刘三那老头没碰你吧？"

这个少年正是潘正焕，如今已经彻底长大了，不再是当日的青涩模样。刘三其实也就是个中年人，但对潘正焕来说，就是个老头儿了。

于怜儿道："就，喝了，两杯，茶。"她算是周贻瑾梳拢的，周贻瑾失踪之后，刘三爷、佛山陈倒也照看着她，常点她出台，但从来没碰过她。

潘正焕将她上下闻了闻，欢喜道："果然没有老头子的馊味。"就凑到她脖子上要亲热。

于怜儿呼吸重了两下，有些动情，却还是推着他，说："你，每次来，都，这样！"

潘正焕笑道："不这样，还怎么样？你就不想我吗？"说着又亲了她一口。

于怜儿又把他推开些许:"上次,许我,的事,怎样?"

潘正焕整个人僵了僵,有些没兴致地道:"都说了,这事急不得!我老子什么脾性,满西关谁不知道?他又不像吴国英纵容昊官那样放着我,我现在来神仙洲都得偷偷摸摸呢。这事啊,总得我再长大些,他放一些生意给我,我手里有了能活动的钱,这才好安排你。"

于怜儿反而缠了过来,道:"不是,不信,你,只是⋯⋯你,知道我的⋯⋯还有⋯⋯你,成亲,了⋯⋯"

潘正焕道:"我成亲也是没办法,都是我老子安排的。怎么,你也想八抬大轿进我潘家吗?"

于怜儿也知道这事不可能,将头靠在了他的脖子上:"没⋯⋯只要,你,心里,有我,就,好。"

潘正焕情动了,回头与她亲嘴儿:"我心里哪里是有你,我心里塞的都是你。我这辈子谁也不要,我只要你。虽然我不能明媒正娶,但我的人、我的心,都是你的。"

于怜儿听了这些情话儿,整个人就软了。

两人的呼吸越来越重,就此滚动起来。

于怜儿送走了潘正焕后,收拾好了自己,看看天色,估计今天不会再有什么要紧的客人了,就让丫鬟准备一艘小船,准备去义庄。

那丫鬟有些抱怨道:"姑娘啊,怎么还去那里?太没意思了。"

"再去,一趟,吧。"于怜儿说。其实随着鼍三娘在义庄那边长住,久久不曾有复出的迹象,对于去义庄,她也越发疏懒了。

而且鼍三娘的一些安排,在她看来也是可笑。比如几个月前,竟然让人来给自己说媒,大意是昊官那边愿意出一笔银子替自己赎身,又有个一直仰慕自己的好少年愿意明媒正娶自己。

结果于怜儿一打听,却是叶家陪嫁到吴家的一个小厮——那个自己见过一面的结巴,叫作昌仔的顺德仔,以前还是个倒夜香的。

来说媒的人说,那个昌仔,对自己念念不忘,并不计较自己的出身,愿意与自己白头到老云云。

于怜儿听得心中好笑,区区一个陪嫁的小厮,也想迎娶神仙洲当红的花魁?真是癞蛤蟆想吃天鹅肉。三娘那边也是,竟然给自己做这等安排,这是当自己还是以前那个没人看顾的花行小结巴吗?因为这件事情,于怜儿觉得疍三娘大概是在乡下待久了,头也昏了,从此对她的话不放在心上。只是顾念着往昔的情分,所以还是隔一段时间到义庄走一趟——她是疍三娘扶上马的这事世人皆知,总不能让人说闲话。然而去义庄的频率,也是越来越低了。

庄子的后面正在动工,准备多修一排屋子——疍三娘用去年多收到的善款,准备将义庄稍微扩建一下。这次的扩建与第一次的大建设规模不同,来的工匠也不多,并不影响义庄的平静。

随着疍三娘出庄、吴承鉴等人来此次数的减少,这座义庄越来越显得与外界没什么关联,仿佛外界的风雨与精彩都和这里没什么关系一样,每天看着日出,守到日落,然后这一天就没了。

在经历过生死动荡的铁头军疤眼里,这是一份难得的平静;但在还渴望世俗风光的于怜儿眼里,却是一种不愿意踏足的死气沉沉。

碧荷将于怜儿带到疍三娘的屋子里来,于怜儿便跟疍三娘说起近来神仙洲的一些近况,着重讲了吴家园最近发生的事情。她结结巴巴的,素来是不喜欢说叙事的话的——因为叙事需要长篇的不厌其烦的细节,这是结巴的人最讨厌的事情,但来跟疍三娘说各种情报,却不得不讲这些细节。两年前还好,最近可越来越不耐烦了。以前她每说一件事,都会停一停,听疍三娘有什么评论建议,自己也好从中学习,如今则没那兴趣了,一件接一件地将事情说完了事。

疍三娘默默地听完,中间不插一语,临了才道:"上回我让人帮你牵线的那桩婚事……"

于怜儿笑了一下:"姐,姐,不,不合适。"

疍三娘察言观色,已经知道了她的心意,便不再提了。又道:"我这义庄,以后妹妹也不用再来了,如果有什么事情,让人递个话就好。"顿了顿又道:"只是日后若有个不顺心的事情,随时来找我说说话。神仙洲那边如果过得不如意了,也还是来找姐姐,义庄的大门,永远为妹妹开着。"

于怜儿听到前面一句时,原本还想说几句不舍的话做双方下的台阶,不料疍三娘竟然又说什么"不顺心""不如意",这分明是暗示如果她于怜儿在外头过不下去了,还能来投靠义庄。这等晦气话让她大不乐意了,当下连客气的言语都不提了,趁势借坡下驴道:"都,听,姐姐,的。"

于怜儿走后,碧荷看着她背影消失的方向,愤愤道:"这也是个忘恩负义的!"

疍三娘道:"不能这么说人家,人各有志。再说到今时今日还会来一趟,满神仙洲可没几个了。"

两人回到屋子,碧荷又感叹:"怪不得昊官最近又没来了,原来家里头发生了这么大的事情。"刚才于怜儿叙说的时候,她守在屋外都听见了。

疍三娘沉默片刻,轻轻一叹:"那一位,可做得……有点岔了。"

"那一位?"碧荷眼睛一眨,"叶氏?"她倒是很乐意见叶有鱼犯错的,只是刚才听了老半天,没听出叶有鱼有什么问题啊。

疍三娘道:"商场争端,要能争善谋;家中处事,却要能退能忍。所以吴老爷子当家的时候,昊官他大嫂主持内务,家中从来无事。现在是昊官当家了,他的性子,原本就不是个能忍的;牵涉带感情的事情,他又容易躁乱。这当口,那一位本来应该代他去忍去退的。"

碧荷道:"还怎么忍怎么退啊,那位大嫂都打上门来了。"

在疍三娘和叶有鱼之间,碧荷当然是偏帮疍三娘的;但在吴承鉴和蔡巧珠之间,她又要偏帮三房了。

疍三娘却就沉默了,她心里想着:"冰封三尺,非一日之寒。这等家中之事,本来就是宅中女眷自己消化掉,不该直接就闹到男人那里去。若是她能早一步到梨溶院那边给大嫂出气,把这份委屈扛到自己头上来,事情就变成妯娌间的小事了。便是大嫂还生着气,再闹到昊官面前,昊官以家主身份处置妯娌纠纷,明面上降一降妻子,尊一尊嫂子,一场事端或许就消泯了。"

只是她不愿意在人前说别人坏话,尤其是叶有鱼的,所以心中有所思,却不愿意说出来了,便说:"我们都知道昊官那人,他不是那种为了家产就想与长嫂生分的人,事情闹成这样,他心里……一定比谁都难过。"

碧荷道:"这都是所娶非人。当初昊官要是娶了姑娘,以姑娘的温婉贤惠,一定能将这事平息于无形。"

"说什么呢!"原本一直平静无波的疍三娘,脸上起了一点尴尬的波动,

"真是胡说八道!"

然而她心里却又忍不住要想,如果换了自己,会怎么处置这次的争端呢……

吴承鉴在小祠堂里跪了三天,吃睡都在里面,他那句"我对光儿问心无愧,如果扯了谎就让老天爷响雷"的话也传到了梨溶院。

蔡巧珠深知吴承鉴的性情,虽只听别人传的一两句话,但吴承鉴发誓赌咒时的模样却已如在眼前。她还是愿意相信这个小叔子的,所以心中已有松动。

然而吴承鉴从小祠堂里出来之后,又过两天还是没来梨溶院。于是她又有些恼了,心想吴承鉴不来就算了,叶有鱼也不来,原本已经消去的疑心不由得又冒头了。

吴承鉴在商战竞争上很有天赋,又常年在神仙洲鬼混,对世情其实也很精通,然而他是家中幺儿,从小被宠惯了,与家里人相处,习惯了要别人来理解自己——他在小祠堂那一番赌誓,在他看来嫂子知道后就该明白自己的心意了。

因为他还是决定要辞了光儿的官位,所以这当口不肯去梨溶院,免得又起口角。

在叶有鱼那边,她心疼丈夫脸上的伤痛,其实心里对蔡巧珠也有些着恼。而且在她看来,自己就该与丈夫站在一条线上,何况她心里很清楚吴承鉴是那样为光儿打算,结果大嫂还打他,这算什么呢!她怕自己去了梨溶院,万一一言不合,妯娌也起纷争,于是为了避免和蔡巧珠生口角,也就没去梨溶院。

蔡巧珠在梨溶院左等右等,都等不到叶有鱼来,反而等来了一个消息:吴承鉴已经在让郑先生起草辞表,要向朝廷将光儿的官位给辞了。

家　　变

　　郑先生是吴承鉴请来的，但既然做了光儿的老师，他心里就对这个学生存了师徒之谊。光儿这个官虽然不是考科举考来的，但怎么也算一种荣耀，他心里其实是高兴的，所以吴承鉴让他起草辞表的时候他心中十分抵触，转身便来问蔡巧珠是怎么回事。

　　蔡巧珠一听这话，气得够呛，当下对郑先生说："先生，光儿他爹去世了，昊官这叔父如同亲父。关于孩子的前程，按理说叔父定了的事情，为娘的不该插手，但是这事我却要揽下了，还请你帮着担待一下。事后昊官若有什么责怪，你都往我头上推就好。"

　　郑先生亦觉得吴承鉴这事做得过了，当下道："大少奶奶放心，我既然做了光儿的老师，这点担待还是要有的。也不用大少奶奶与昊官叔嫂之间为难，回头昊官如果见责，便是将我赶出广州，我也一定抵制此事。"

　　他回去之后，就将吴承鉴的交代放在了一边。

　　蔡巧珠在郑先生走后，越想越是生气，心中盘算了一通，已经有了主意，把吴六叫了来，见他还一拐一拐的，问道："二两叔这次下手可重了。阿六，你还撑得住不？"

吴六知道蔡巧珠叫自己来必定不会没事的，便道："没事，大少奶奶有什么事情尽管吩咐。我爹就是打得我疼，难道还能把我真打残废了不成？"

蔡巧珠将郑先生来告知的事情说了："光儿这事，我也不知道昊官究竟吃错了什么药，一定要跟我对着来。但他越这样，我便越不能退让。"

吴六有些为难了："大少奶奶，那日您对昊官骂也骂了，打也打了，昊官不敢驳回您一句，就在那里让您打，可见心里还是敬爱您的。事后光少说了不应当的话，您又把光少给罚了，可见您心里对昊官也没见外。既然如此，这事您还是找昊官当面说开了比较好吧。"

蔡巧珠怒道："是我不想说吗？可他夫妇俩事后来过梨溶院没有！面都见不着，我找谁说去？更别说让郑先生替光儿辞官，这事难道不该跟我商量一声吗？别说了，这事我定主意了。"

就在这时，人报大新街蔡老太太来了。蔡巧珠想了想，叫来碧桃："你去告诉我娘，说我身体不舒坦，今天就不见她老人家了。还有，今后几日，大新街那边先别来这里走动了。"

碧桃有些诧异："大少奶奶，这，这……"

蔡巧珠为人贤惠温婉，可这接二连三的刺激，气头一上来，竟也变得独断起来："让你去，你就去。"

碧桃只得去了。

吴六道："大少奶奶，这是做什么？"

蔡巧珠道："我要料理一下家事，这时候见阿娘不合适。"她又让连翘出去，点了六个男女管事的名，让他们到梨溶院来，她要问事。

"手头有什么活计都放下，一炷香之后我要见到人。"

连翘道："大少奶奶，这几个管事，可都跟我们生。"

蔡巧珠道："就是生分，才叫他们来。快去。"

吴家园好大的院子，连翘一个人，一炷香的工夫人都找不齐呢，肯定是叫不来人，当下发派了三个小丫鬟和三个小厮，各自去寻那些管事："记住了，大少奶奶说了，一炷香之内人都得到。"说着就在梨溶院的院子里点了一炷香。

蔡巧珠只是不擅外务，宅务上却一直很精明；她也只是不喜争，却不是不会争。那六个管事平素是最看叶有鱼眼色办事的，所以她故意先点了他们来。

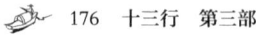

不出所料，那六个人听到叫唤，因想着这段时间日天居和梨溶院的变故，不急着往梨溶院赶，先打听了一通是有什么事情；打听不出来，又彼此碰个头，还是没弄明白个所以然，便先往日天居来，禀了叶有鱼说："大少奶奶那边忽然让我们到梨溶院去，叫得好急，也不知道是什么事情，三少奶奶可有什么吩咐？我们听着。"

叶有鱼一时也有些莫名其妙，恰好吴承鉴正在旁边躺椅上闭目养神，闻言睁开了眼睛，怒道："大少奶奶叫你们去梨溶院，你们跑这里来干什么！滚！"

吓得六个人屁滚尿流。

叶有鱼道："三哥……"

吴承鉴道："若有下人在，以后也叫我昊官。"

叶有鱼愣了愣，改口道："昊官。"又问："你忽然生什么气？"

吴承鉴道："我生什么气？你的聪明劲都生孩子跟着一起掉了是不是！不是这些人奸猾似鬼，会有我和大嫂之间这些莫名其妙的嫌隙？我脸上这四个巴掌，就是这些人惹来的！"

叶有鱼便知吴承鉴虽然是在发落这些下人，内里其实有几分在责备自己了，头低了低，心里却有两三分不悦了。

自古不管治国还是治家，管事的人总得有几个听自己话的人；若没有这些人，事情就会做不下去——这一点叶有鱼既是从书里读来的，也是从叶家后宅里看到的，她自觉并没有什么错。然而今天却被吴承鉴给训斥了，她自然要想想究竟是出了什么问题。

梨溶院那边，那六个男女管事全都迟到了——他们听到叫唤后又是打听，又是碰头，又先跑到日天居那边，吴家园本来就大，这么两三个转折下来，梨溶院的香都烧到第三炷了。

在传唤他们之后，蔡巧珠又叫来了一拨老管事，他们几个倒先到了。

蔡巧珠穿戴得齐整，在院子里冷冷地看着他们，说道："这个家可是越来越没规矩了。我说了一炷香到，现在可都烧到第几炷了？"

连翘在旁边道："第三炷香已经过半了。"

那六个管事的暗中对视一眼，知道要拿自己发落，因自觉有三少奶奶做靠山，却也不甚担心。

蔡巧珠道："咱们吴家只是商贾人家，不是做官的，更不是皇宫大内，请人到家里头来做事，虽有主仆之分，其实如同宾客，可不能像人家官里、府里头那样动用私刑。但国有国法，家有家规，公公生前定下过规矩，但凡犯错了的……吴六，该怎么着？"

吴六道："要么认罚，要么请走。"

蔡巧珠道："每人十二下掌心竹篾子，扣三个月工钱，愿意领罚的就上前，不愿意的就请走吧。"

其中一个管事婆子就说："哎哟，这可是冤屈了！大少奶奶，吴家园可多大，大少奶奶还能不知道吗？这迟到这么一会儿，就要打要罚，还罚得这么重，满西关的东家，也没有这样的啊。"

另一个管事也叫道："是啊是啊，没这么苛刻的。"

又有两人跟着起哄。

连翘心里就恼了，心想大少奶奶已经说了，接到话得撂下其他事情马上赶来，那些去传唤的小丫头都能及时赶回来，你们怎么就赶不过来？

蔡巧珠却一句话也不解释，一句话也不反驳，直等他们都停下来了，才说："我这句话落地之后，还不愿意上前领罚的，那就是不愿意认罚了。"

六个人里头，一个从老宅子跟过来的婆子，是见识过蔡巧珠以前治家威风的，眼珠子一转，已经冲了出来，说："我认罚，我认罚。"说着伸出手来，连翘便拿着一根竹篾子，重重地往她掌心一抽。这竹篾子打手，不易致残，却是极痛，那婆子当场就杀猪一般叫了起来。连翘连打十二下，那婆子就叫满了十二声，到后来眼泪都流下来了。十二下抽完了，她还在那里哼唧。

其他人看得心中暗惊，哪里还敢上去，又想不如回头求求叶有鱼罩着，免得这样白遭一顿打。

蔡巧珠道："行了，扣三个月工钱。"又指着其余五人说："你们五个，都去账房把这个月的工钱结了，今天就走人。吴六，你看着他们走。还有，回头满园里、行里查一查，无论是丈夫、儿子、姐妹、妯娌、姑嫂、兄弟，直系旁系的亲属，全部遣走。园里的事让吴达成去办，行里的人让欧家富去开。"

那五个人一听，脸色就都变了。他们都晓得今天大少奶奶是要立威，却再不敢想大少奶奶这威会大到这个程度！

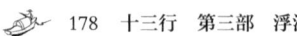

他们能在吴家园里做到管事的位置，谁不带挈一两个自己人，或者本身就是被家里行里有地位的亲戚带挈进来的。要真按蔡巧珠说的办，那可是要拔他们的根！吴家的工钱素来丰厚，被赶走了，他们再往哪里找这样一份好工去？

五个人当场就都叫起撞天屈来。蔡巧珠却理都不理他们，叫了其他几个管事，连同那个被抽了十二篾子的婆子，道："进屋，有些事情问你们。"

吴六狠狠道："还在这里闹什么，快回去收拾！"

其中一个婆子道："大少奶奶处事不公，我们去找三少奶奶为我们主持公道！"

其余四人一听觉得有理，便纷纷跑到日天居来，一把鼻涕一把泪地向叶有鱼哭诉。

叶有鱼心知蔡巧珠在杀鸡儆猴，又知道吴承鉴这会儿不愿意跟大嫂再起不必要的冲突，有心退让；只是这些人都是自己用开了的，如果真的就这样给蔡巧珠一句话全都开了，自己今后在园子里还有什么威权可言？今天一让，那就是把宅中大权拱手与人！

她看看旁边躺在那里的丈夫，再看看跪在那里求告的下人，说道："你们先下去。"

那五个管事没想到叶有鱼竟然不发作，已经有些诧异。不料吴承鉴忽然睁开眼睛来，道："大嫂的话，你没听见？这些不守规矩的人，留着做什么！"

叶有鱼为难道："昊官……"

吴承鉴已经打断了她："吴七！"

吴七会意，不顾这些人哭泣，连轰带踢，将人全都赶走了。

夫妻交心

叶有鱼耳听着这些人逐渐远离的响动,走到吴承鉴身边,泣道:"我知道你敬着大嫂,可你这样做,我以后还怎么治这个家?这个家还会有谁听我的?"

吴承鉴道:"你现在还以为我是为了敬着大嫂委屈你?"他哼了一声,午觉也不睡了,起身走了。

叶有鱼愣在那里,咬着嘴唇,心里着恼,却不知道自己哪里出错。甚至她就觉得自己没错。她清楚吴承鉴敬爱大嫂,可这样的忍让,如何是个头?

吴承鉴怒冲冲地就走了,按照他以往的脾气,这就要跑出去不管家里头的事情,自己找个地方躲清静,空出脑子来去想那些更高层面的事情。

然而临上船忽然想起周贻瑾的话来,记起他说叶有鱼"善争不善和"的断语,想了想自己再不是吴家三少爷,而是当家之主——虽然他当家有两三年了,可吴国英去世之前,真正在这个家的最高点维系家和的一直是老爷子——又想到叶有鱼对自己的好,深深呼吸了两口,按捺住脾气,走了回来。

叶有鱼见他去而复返,本来堵塞的心情就松了些许。她知道吴承鉴的少爷脾气,换了以往,这一走没个三五天不会回来。

吴承鉴把下人都打发了,也不坐下,就站着说道:"你治家要用到自己人,这没问题。无论是行里、家里,大家都得这么做。就是我在宜和行、在十三行,也是这么做的。我在宜和行不放心腹,指不动宜和行;在十三行不安插自己人,更没办法和启官他们斗。"

"既然如此,那你为什么……"

"但外头的事情,跟家里的事情,是一样的,又不是一样的。"吴承鉴打断了她,"你之上还有家,正如家之上还有国。如果人人只顾着自己的家族,不管国家的死活,这个国家就得内部分裂。你不考虑着整个大家庭只顾着自己行事方便,这个家庭就得出嫌隙。"

叶有鱼道:"我什么时候只顾着自己了?我从来都是尊着大嫂的。"

吴承鉴道:"若真是这样,这些人听了大嫂的叫唤,都先跑来日天居做什么?他们先跑来日天居,你当时又是怎么做的?"

"这……"

"大嫂会对我起疑心,梨溶院会对日天居生嫌隙,不会是一天两天的事情。一日之弊,必有百日之因。你说你从来都是尊着大嫂,但表面尊着和真正尊着是两回事。表面尊着都是做给别人看的,是不是真正尊着,当事人心里却清楚。"

吴承鉴顿了顿:"这伙人半个时辰里头跑来日天居两次,不管脸上怎么笑,嘴里怎么说,心里可没把大嫂当回事。换了你是大嫂,你能不恼火?能不起疑?这事我一开始可都是闭着眼睛的。你若是处置得妥当,还需要我睁眼来替你处置这些内宅的事情吗?"

叶有鱼一时无言以对。

"大嫂今天忽然要杀鸡儆猴,难道我看不出她要做什么?但就是因为我看出了,所以哪怕是她要架空你,我也认了,因为我不能让这个家,从今天起变成两个家!"

吴承鉴深吸了一口气,说道:"光儿谋官的事,是大嫂犯了浑,但这是果;这个家在阿爹去世之后出了问题,这才是因。而在这里头,你也有处事不当之处。苍蝇不叮无缝之蛋,我很清楚这件事情的背后,是哪些人出了手,也很明白他们为的是什么。他们就是想看着吴家从此分裂,宜和行分崩离析。但越是这样,我就越不能让他们得逞。"

叶有鱼听到这里,心中一凛,道:"怎么,这点事还牵涉外人?是有外人要借此搞我们吴家?"

其实刚刚吴承鉴要她对蔡巧珠继续忍让,她心里还是抵触的,甚至不以为然，但一听到有外人插手，她的心情马上又变得不一样。叶有鱼根骨里还是遗传了叶大林好争的个性，叔嫂妯娌关起门来怎么置气都行，但若有外人要插手，那就怎么都不行！

吴承鉴将魏老实这条线，稍微点了一下，说："这里头的事情，我没跟你说，你或者知道一点头尾，但可能没知道得详细。"

叶有鱼将诸般细节都贯穿了一下，对各事因果也就更加了然，叹道："既然你一早知道是有外人要搞我们，你怎么不跟大嫂明说？"

吴承鉴道："大嫂既然已经对我生疑，如果空口白牙的几句话说了就有用，那这个世界就没那么多纷争了。"

叶有鱼沉默了。

这次的冲突，归根到底还是两房的利益分割问题，一牵涉利益问题，便只能看人的行动，而不能只听人的言语。别说空口白牙，就是发誓赌咒，在实际行动面前也是苍白无力。

"那现在你打算怎么办？"叶有鱼问。

"光儿口不择言的时候，大嫂马上打了他一巴掌。"吴承鉴道，"这一巴掌，就是我们吴家继续维系下去的契机。"

跟叶有鱼交完了心，吴承鉴才走了。

他坐了船，跑到曼倩蓬莱，空空如也；又跑到花差号，还是空空如也；要去义庄，心怕蔡巧珠还要做什么，义庄太远会赶不及，便到宜和行去了。

虽然跟妻子交了底，又对事情的发展有了打算，但一想到和蔡巧珠交恶，他还是忍不住心情糟糕。

这次的事情，由内而外，牵扯繁杂，他隐隐约约已经有了想法，只是还不能下定最后的决心。

日天居的事情已经传遍了吴家园，下头的人看风使舵，就都知道吴官不会忤逆嫂子了。吴达成快手快脚地就把那五个管事的亲属都梳理了出来，跟着全部结账赶走，这园子一下子空了不少。

宜和行那边欧家富听了吴六传言，把人一筛查，颇为为难，点了其中三人说："其他人也就算了，这三个人都是三等掌柜了，一时开了，会妨碍行里的业务，要不你和大少奶奶说一声？"

吴六道："家富，大少奶奶为这事可是很生气的，你别在这时触她霉头。"

欧家富拉了吴六到一边，低声说："阿六，这毕竟是行里的事情，就请大少奶奶不要将家里的事情，扩大到行里来。"

这话可有些暗指蔡巧珠因私废公了，要不是吴家极亲信的人，而他跟吴六也是从小熟识，是不好开这个口的。

吴六虽然不满，却还是没跟他吵，回了吴家园把话回给了蔡巧珠。

蔡巧珠沉思片刻，说道："请刘大掌柜、姚四掌柜和家富都到行里去，我现在就到行里走一趟。"

吴承鉴每天不睡一会儿午觉，接下来到晚上都没精神。这都快傍晚了，他才在行里躺了没一会儿，都还没能入睡，就听外头纷扰，吴七过来告诉他："家富来找，有事。"

吴承鉴烦躁道："什么事情？"

行里休息的地方就是个小隔间，欧家富已经在门外了，闻言一步跨进来，把蔡巧珠的要求、自己的回绝，以及蔡巧珠忽然要叫齐几个掌柜的事情说了，又道："吴官，从老当家开始，再到大少当家，家里的事情，从来都不会牵涉行里的啊。"

吴承鉴不耐道："你先去听听大嫂说什么，然后再说吧。大嫂她不是没分寸的人。"

欧家富无奈，只好去前头议事室等着。姚四掌柜已经在那里了，见他进来，问了句："家富啊，大少奶奶忽然叫我们来，可是有什么事情？你知道不？"

他虽然是个"降将"，但和欧家富一样都是务实做事的人，所以算是比较相投。

欧家富想了想说："我不好说，且等等看吧。"

不久刘大掌柜也来了——他老人家年纪渐大，每一旬只在行里三天，这次是特意赶来的，才要问事，蔡巧珠就来了。

刘大掌柜是跟着吴国英打天下的，欧家富是吴承钧带起来的，姚四掌柜算起来和蔡巧珠沾亲带故，这两年年节一直都有走动，所以四人都不算见外。

蔡巧珠先给刘大掌柜见了礼，说："今天为一点家事，把您老人家劳动来了，侄媳妇在这里先告罪了。"

刘大掌柜道："说什么客气话？我也不是真老，这几步路就当溜达。"

四人这才落座了，蔡巧珠道："阿六，把今天的事情说一下。"

吴六便将几个家人怎么刁钻拖延、阳奉阴违的事情，简略说了一遍。

姚四掌柜便知今天要说的是牵涉吴家园的家事，一时颇感头疼，怪不得欧家富刚才不肯开口。

他自加入宜和行之后，一直秉公处事，然而从出身来讲，毕竟是与蔡士群攀亲带友，也是靠着蔡士群的引荐才进宜和行的，所以和蔡巧珠天然要绑在一起。以前两房相安、叔嫂和谐，他就左右逢源；现在两房眼看交恶，这苦恼可就要找上门了——他虽然与蔡巧珠沾亲，却断不愿意与吴承鉴作对。

就听蔡巧珠对刘大掌柜说："这几个人刁钻欺主本来只是家事。家里的事情，从来都不与行里的事情牵扯的，但我为正家风，处置了那几个人，难保他们的亲戚朋友就要心怀怨怼，心怀怨怼的人如果还放在行里，就难保不出岔子。所以这事就牵涉行里头了。刘叔，您觉得该如何处置？"

刘大掌柜沉吟片刻，说道："老当家定的规矩，家里行里的事务要分开。但若伙计们处嫌疑之地，就得让他们避嫌。这也是为了保护伙计们在十三行的声誉。毕竟西关这么大的买卖，伙计们东家不打打西家，但若声誉没了，那就祸延三代了。那几个刁仆欺主，可见秉性是不好的，只是因此就把他们在行里的亲友处置了，却也太过。然而如果置之不理，或者只处置甲乙，却放过丙丁，也是不妥。"

欧家富插口道："别的伙计倒也罢了，只是其中还牵连到三位要紧的掌柜，我觉得轻易动他们不合适。"说着就把那三个掌柜的姓名点了。

刘大掌柜对行里的人事了如指掌，一听就知道欧家富为什么要保他们，想了想，说道："这样吧，这三位被牵连的掌柜，便由我、家富、小姚，一人负责一个，分头与他们交心一谈。如果发现他们与园子里的刁仆秉性相类，或者对这事心怀怨怼，那对不起，只好加倍补齐工钱，请他们辞工走人了。如果他们虽被牵连其实无辜，那就由我们三人作保留下。大少奶奶，您觉得如何？"

他们三人都是久历商场、洞察人心的积年掌柜，一对一地去考察一个下属，对方要想隐藏心迹也是不易。

蔡巧珠道："好，刘叔的处置，侄媳妇觉得十分妥当。"

恩断义绝

蔡巧珠得了刘大掌柜的话后就走了,不再干涉宜和行里的事情。

然而消息传到外头,行里的掌柜、伙计,却都确确实实地感受到了大少奶奶的影响力。

这两年吴承鉴是在外头立威,继而将这威望传递回宜和行里头,但论到对宜和行内部的经营管理,他远没有吴承钧扎的根那么深。行里有不少的伙计、掌柜,几乎都是吴承钧一手一脚带出来的。这时吴承钧去世未久,交情仍在,往日叔嫂和谐、两房和睦时,他们待三少便如大少,但如今出了这事,许多人心里就泛起了涟漪。

刘大掌柜送走了蔡巧珠后,径走到隔间里来,坐在旁边的小椅子上,拍着桌子道:"怎么回事!吴官,这是怎么回事!"

自从吴承鉴第一次力挽狂澜之后,刘大掌柜再未以这种口气质问过他。

他也不好再装睡了,睁开了眼睛。

刘大掌柜道:"大少奶奶是什么样的性情,满西关的人都清楚得很。要不是被逼到……逼到某个份上,她不会出来这样抛头露面的。"

有些话刘大掌柜没出口,但心里清楚,知道蔡巧珠这样高调,在不坏家规行规的前提下，绞尽脑汁地来行里施加影响，肯定不是为了自己，一定是为了光少。

刘大掌柜虽然最近来宜和行的时间少了，但他的威望与资历，仍然是宜和行的定海神针。吴承鉴对别人可以不理会，却得跟他交底。

沉吟了片刻，他说道："有人要搞我，要搞宜和行，搞吴家。大嫂中了别人的计。"

刘大掌柜问："谁？"

吴承鉴懒懒道："还能有谁？吴家分崩离析之后，谁能得益，那就是谁。"

刘大掌柜若有所悟，又说："既然你都已经看破了，为什么不跟你大嫂分说清楚？"

"光靠说，说不清楚啊。"吴承鉴道，"光儿得官的事情、我反对光儿得官的事情，您老应该都风闻过一些吧。"

刘大掌柜沉吟道："这事我也听说过，可我就有些不明白了，这不是好事吗？虽然大少奶奶绕过了你去运作，这是她不对，但既然官位都已经下来了，你做叔叔的，何不就顺水推舟呢？这样家里也和谐了，行里多了一个有官爵的少东，也是一番荣耀。"

"您看，"吴承鉴道，"连您都这样说了。"

"怎么？我说得不对吗？"

"也没什么不对。"吴承鉴也不解释，只是忽然间语气转硬，"但别的都好说，大嫂她要打我骂我也好，她要整顿家风也罢，甚至她要把宜和行都拿去管，我都无所谓——唯独这件事情，我不会退让半步的。"

刘大掌柜道："昊官，你这又何必？你这样做，就怨不得大少奶奶要疑心你了啊。换了是我，我也要生疑啊。"

"我知道，所以我干脆就不说什么了。"吴承鉴道，"她要折腾，尽管折腾。但这件事情，刘叔你也不要问为什么了，总之没得商量！"

"这……"

看到一向忠心任事的刘叔也对自己生了疑，在这一刹那间，吴承鉴突然下定了决心，心想："罢了！外事再难再险，我再想办法就好，总好过家里就此人心分裂！"

于是他说到："趁着今天，我给刘叔交个底吧。"

"嗯，你说。"

吴承鉴道："我爹生前说过，吴家不能分裂，宜和行不能分裂。我会听他老人家的话，这就是我的底线。先前光儿被无知奶娘撺掇，说了忤逆我的话，我大嫂当场就打了他一个耳光——就是这个耳光让我清楚，我大嫂内心深处跟我还是一条心的。就冲着这个耳光，冲着她对光儿说的那番话，我什么都能退，什么都能让。"

他垂了垂眼睑："自从我大哥病倒之后，她一个女人，失去丈夫，强自支撑了这么久，心里一定积攒了许多的不安、恐惧和思虑；再加上一些无聊人总爱说无聊话，能撑到现在才一股脑发作出来，已经很难得了。所以，她现在心里有疑，肚子里有气，忍不住要折腾，那就让她折腾吧——折腾到某一天，她这股气都散了，就会明白我的心迹。"

刘大掌柜道："但如果再这么闹下去，我担心家事终究会蔓延到行里头来。"

吴承鉴道："我再跟刘叔您交个底：不管我们家闹成什么样子，总之宜和行的生意照做就是。只是接下来这段时间，可能要麻烦刘叔您辛苦点，再把宜和行给扛一扛了。不用太久，长就一年，短的话七八个月吧。"

"一年半载之后呢？"刘大掌柜问。

"一年半载之后，要么，宜和行散了，要么……"吴承鉴眼睛望向北方，"我们就再上一个台阶！先将能失去的全都失去，然后，才能拿到原本拿不到的……一切！"

蔡巧珠做事甚有章法，在家里立了威，在行里通了气，吴承鉴和叶有鱼又都缩着，只两日工夫，整个吴家园就都知道如今是谁当家。管事们有个什么事情，都跑到梨溶院来报，叶有鱼也不再管。

如此又过三五日，蔡巧珠把吴家园的家事都理顺了，这才又把吴承构和十五叔公请了来，让郑先生在旁边作陪，告诉他们，自己准备开祠堂向列祖列宗报喜，希望十五叔公能够主持此事，又将先前的那张黄纸掏出来——上面有两个日期都已经过了。

他叔嫂两人把事情闹得这么大，满西关谁还不知道这事？十五叔公是个厚道人，其实不愿意掺和进来，吴承构却道："这是我们吴家的大喜事。老三他就不知道抽了哪跟筋，硬是要在这事情上跟光儿过不去。"

蔡巧珠的脸色忽然一沉，道："二叔，三叔他的想法我不明白，所以我跟他吵。但这事你不要把光儿牵扯进来说。小孩子家脑筋还不大会分好歹，你做叔叔的多跟他说些好话，别在小孩子家心里埋刺。"

吴承构就怏怏的了，却不好回嘴。

郑先生在旁，打圆场道："正是。这件事情是昊官与大少奶奶的分歧，不是叔侄间的事情。光儿年少失怙，叔父便如亲父。想必昊官对光儿另有一番长远打算的，只是跟做母亲的想法不同。为儿女计深远，亲生父母也常常意见相左，这是常有的事情。不过高堂既在，光儿是辞官还是告祖，以亲疏而论，这事还是应该听大少奶奶的。"

十五叔公道："但不管怎么说，昊官他还是当家。这个事情，还是得跟他商量一下。"

"行。阿六，"蔡巧珠对吴六说，"你去请昊官过来议事，就说十五叔公、二叔他们都来了。"

吴六答应去了，屋内四人只是喝茶，过了好一会儿，才见叶有鱼走了进来。

这几日叶有鱼每天都还是有过来给蔡巧珠请安问好，但妯娌心里各自压着事情，客套完便一个告辞、一个不留，一直没把心里话掏出来。这时见只有她来，蔡巧珠皱眉道："昊官呢？"

叶有鱼道："大嫂，昊官说了，如果是光儿的事情，就不用再说了。"

蔡巧珠眉间怒色一闪，又听叶有鱼说："其实五日之前，昊官已经让人向京师递了表，把光儿的员外郎给辞了。"

"什么！"蔡巧珠猛地站立起来，又是愤怒，又是悲伤，又是不可置信。

"这，这……"郑先生一时也是无语，但马上就明白过来——他虽然是光儿的老师，眼下吴家许多比较重要的往来文书也都是他代拟，但广州城这么大，可不止他一个人能书会写，而以吴家的势力，什么样高水平的文人请不到？一张辞表而已。光儿还未成年，吴承鉴是吴承钧指定的监护人，当家的亲叔有如亲父；父亲给儿子做主，可以不用问过儿子；家事问母，外事问父，做官辞官这种事业上的事甚至不用知会母亲。

吴承构也是咋舌，心想这可真是老三的风格，先斩后奏，都不带通知当事人的。

就连十五叔公，一时间也觉得吴承鉴做得过了。

蔡巧珠要骂，骂不出口；要说，说不出话。忽然间她捂着脸，哭出声来："凭什么！他……他凭什么啊！"

这段时间她的凶狠、她的强悍，其实都是强撑出来的。作为一个一直有丈夫做主心骨、有小叔做外围保护的人，她内心的坚强程度莫说比詧三娘，连叶有鱼都比不上。

叶有鱼这些天被蔡巧珠架空了打压着，口里不说，其实心里也有些憋火，但这时看到蔡巧珠人前失态，哭得有如梨花带雨，心里头的那股怨气忽然就没了，心想："大嫂也是难，我一时间再怎么难过，但我还有丈夫，她却没有了……"

她忍不住道："大嫂……"要安慰两句，却是说不出什么能安慰人的话来。

"太过分了，太过分了！"吴承构叫道，"老三这次，真的太过分了！看看，看看，大嫂都被气哭了。"

他被吴承鉴收拾过一顿之后吓到了，原本已经消停了两年，可伤疤好了忘了痛，眼看着大房、三房起了矛盾，便忍不住从中挑拨起来："大嫂的温厚贤惠，是满西关都知道的。吴家上下，谁不知道她的好脾气？现在也被老三气哭了！我说老三是不是这两年在外头功成名就，他就膨胀了！以为自己可以为所欲为了是不是！"

叶有鱼忍不住要反唇相讥，然而想想吴承鉴的嘱咐，忍住了。

蔡巧珠指着叶有鱼道："你去，去把吴承鉴叫来！这件事情他不来跟我说清楚，我……我……我跟他恩断义绝！"

第三十九章

要断就断,要绝就绝!

眼看蔡巧珠正自悲怒,叶有鱼不好回口,默默地去了。

蔡巧珠擦着眼泪,但泪水擦了,新的又渗出些来。

吴承构在厅里走来走去,不停地埋怨吴承鉴。

十五叔公连连叹气,郑先生则不停摇头。

他们都等着吴承鉴来给一个解释,结果等了好久,吴承鉴没来,甚至叶有鱼都没过来了,只来了吴七一人。他满脸紧张地来到厅里,对着蔡巧珠,好久吱不出一声来。

"昊官呢!"蔡巧珠喝道,"他不来吗?他如今是完全不将我放眼里了!"

屋子里头,十五叔公也好,郑先生也罢,都觉得吴承鉴今天的做法太过分了。吴承构更是跳起来,准备随时呵斥。

"这,这……"吴七讷讷的,好像也变结巴了,"昊官……让我来回复大少奶奶……"

蔡巧珠极怒:"你滚回去,有什么话,让他自己来说!"

吴七是在吴家长大的,吴承钧对他的影响并不比吴承鉴小,对吴承鉴他还能经常开玩笑,对喜怒不形于色的吴承钧他可就是大小怕到骨子里的。这时蔡巧珠发怒,代表的是大房,所以吴七对吴承钧的畏惧也移到了她身上来,被蔡巧珠一骂，他竟不敢开口，抱头逃回去了。

又过了许久，日天居那边终于又来了一个人，却不是吴承鉴或者叶有鱼，这次来的竟是昌仔。

蔡巧珠看到了他，怒极而笑，道："好，好！连见我都不肯了！他吴承鉴的腿脚就尊贵到这份上了，我和光儿就低微到这地步了！好，好，小结巴，你就说吧，吴承鉴让你说什么，你说吧！"

昌仔虽然压力也很大，但毕竟不像吴七那般经历过吴承钧夫妇往日的积威，当下结结巴巴地道："昊官，说……说……"

"说什么！"吴承构喝问。

"昊官，说……"昌仔原本就结巴，这时更是结巴得厉害，但结巴了好久，还是鼓起勇气把那句话一鼓作气说了出来，"昊官，说：'要，断，就，断！要，绝，就，绝！'"

厅内忽然静了下来。

蔡巧珠怔了，道："你……你说什么？你再说一遍……"

昌仔那股气泄了之后，又心虚了，结结巴巴道："昊官，说：'……要，断，就，断，要，绝，就……绝……'"最后那个字几乎都听不见了。

蔡巧珠表面再怎么恼火，心里再怎么生气，对吴承鉴再怎么疾言厉色，却还是守着一条底线未曾突破。她被逼到恼恨处，言语就算走了极端，但心里从来没想过真的要跟吴承鉴破脸的——这就是为什么她自己可以跟吴承鉴放开了吵闹，但不容别人置喙一词——哪怕是光儿也不行。

刚才她的怒火冲到极点，把"恩断义绝"给说了出来，其实也不是真的要跟吴承鉴恩断义绝，而是要逼吴承鉴向自己低头。

谁曾想，吴承鉴不但不受逼，还真的……就说要断就断、要绝就绝了。

蔡巧珠的心，一下子仿佛就坠入了深渊。

而吴承构一下子也慌了。

他刚才敢造次，就是看死了吴承鉴不敢忤逆嫂子——那叔嫂两人什么情谊，别人不知道，一个屋檐下的他还不清楚吗？哪知道吴承鉴这次竟然真的狠下心肝来了——吴承鉴如果狠下心肝，吴承构可就怕了。

经历过上两回大事，他还能不知道这个老三的手段吗？

连整个十三行都敢烧的人,他吴承构哪里惹得起?

他讷讷的,几乎就想逃跑,实在是后悔死了!今天实在不应该来蹚这趟浑水啊。

十五叔公咳嗽了一声,打破了沉默,对蔡巧珠道:"家里人吵架,话无好话。我看啊,这事大家就都静一静,一家子的人,血浓于水,什么恩断义绝,以后都别提了。"

吴承构也连忙道:"是,是,十五叔公说得是。"

蔡巧珠却抬起了头来。

她很清楚,十五叔公这是要给自己台阶下,可是"恩断义绝"是自己说出来的,然后吴承鉴就接下了,如果这时候自己下了这个台阶,那就谁都看得出她是示弱了,是没底气了。

她不明白吴承鉴怎么会是这样的回复,更不明白吴承鉴是怎么想的,难道说,真的跟阿娘说的一样,他真的已经变了吗?还是自己一直就错估了形势?

所有的所有,蔡巧珠都想不明白啊。她突然觉得好累,好累——以前这种大事,都是丈夫决断的;丈夫病倒之后,也还有公公;公公也去世了,其实她心里是指着吴承鉴的,可现在吴承鉴也这样了……

那种空落落的、全无依靠的感觉,瞬间就要抽掉她全身所有力量……

只是在这一瞬间,她很清楚,她不能退!这一退……如果吴承鉴真的变了……如果他真的是在算计大房了,而自己又退让了,那么光儿……光儿可怎么办啊!

"好啊!"蔡巧珠抬起头之后,说出了一句她自己也吃惊的话来,"行!他要断,那就断吧!"

潘家园。

柳大掌柜匆匆走入,潘有节正在那里琢磨着什么事情,潘海根在旁边侍立着。柳大掌柜不用问,就猜到潘有节在琢磨什么。

"启官,"他说,"吴家那边,听说彻底闹翻了!消息确凿不?"

潘有节回过神来,看了他一眼,点了点头。

"的确闹翻了。"潘海根说,"这事传出去之后,听说叶大林连夜渡江,就进吴家园去了,但没多久又出来了,多半是吴官不让插手。"

"这下可有些出乎意料了。"柳大掌柜说,"原本只是想搅乱一下,没想到……还真的就崩了呢。满西关都说吴家这位大少奶奶温柔贤惠,坊间都说他们叔嫂间情义深重,可真没想到啊,说崩就崩了。"

潘海根冷笑道:"什么温柔贤惠,什么叔嫂情深,遇到了银钱的事情,都是假的。"

他幸灾乐祸地一笑后,又说:"只是这事,估计吴家大房那边也有些傻眼了吧,没想到昊官趁机就动手了。以昊官的手段,真要分起来,只怕大房那边会渣都不剩。"

"不至于,不至于。"柳大掌柜摇头,"昊官那人,我们又不是没接触过,不是那样的人。估计也是闹得厉害了,没法维持和气了,这才谈崩。但真的破脸,他也不至于把大房逼到太过恶劣的地步。他吴家的老二跟他不是同一个娘生的,也还分到不少产业呢。吴承钧与他毕竟是一母同胞,再怎么闹,该有的体面应该还是会给的。就不知道……宜和行会不会因此分裂。"

说到这里,他又望向潘有节。

潘海根目光闪了闪:"宜和行如果分裂,那可就好玩了。只是不知道会拆分成什么样子。"

"如果再过几年,昊官多半就能像对待他家老二一样,让光少出去只做一个富家翁。"柳大掌柜说,"但现在,大房那边还是有几张好牌的。吴承钧去世还没多久,行里一大半的伙计都还对他有香火之情。这次又是吴承鉴失礼,逼嫂凌侄,飞扬跋扈,只怕行里头的老伙计都要不服。虽然昊官手段厉害,但人心如此,大房未必没得一争。"

他们两人各执一词,潘有节却一直都一语不发。

潘海根道:"启官,我们要不要顺水推舟一把?"

潘有节皱了皱眉头,道:"不,什么小动作都不要做了。这件事情,我们不能劝分,还要劝和。"

"啊?"潘海根不明白了。

潘有节摆手:"你不用明白,照做就是。"

别人都正在关注吴家纷争的时候,吴承鉴心里却关注着另外一件事情。

西关许多商人眼皮子浅,只盯着眼前的宜和行家变看热闹,吴家园的下人更是整颗心都围绕着日天居与梨溶院的叔嫂纷争，只觉得这就是天塌地裂的大事了。

而吴承鉴心里牵挂着的却是另外一件真正可能引起天塌地裂的大事。就在这时，吴七匆匆入内，递过来一张字条。

吴承鉴打开一看，又收起来了，心道："该来的，还是来了。"

十三行番务馆。

这里是允许番人公开露面、由保商与他们议事的地方。

吴承鉴进来的时候，恰好与米尔顿擦肩而过。两人点头致意，但米尔顿也没有停留，径自离去。

吴承鉴走了进去，只见潘有节坐在那里，脸色铁青。这时卢关桓、叶大林也到了，两人在外头都遇见了米尔顿。

卢关桓道："启官，是有什么事吗？"

潘有节将手中的一份鸡肠文书扔到桌上，骂道："这帮没事找事的番夷！他们要我们上书朝廷，允许他们替换佛郎机（葡萄牙）人在澳门驻防！"

卢、叶同时惊怒交加："什么！"

只有吴承鉴一言不发，冷冷地找了张椅子坐下。

事态的发展，并没有出乎他的意料，只是事情也正朝着他最不愿意看到的方向迅速推进着。

"昊官，"潘有节转向了吴承鉴，"你怎么看？"

十三行 浮沉

第三部（下册）

阿菩 著

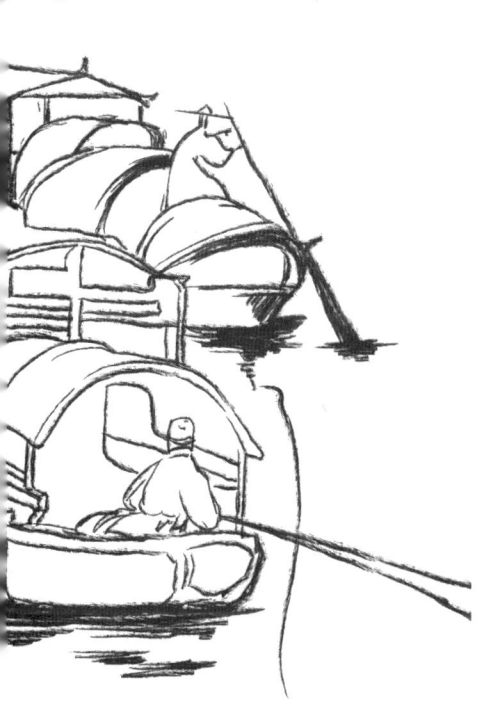

南方出版传媒 花城出版社

中国·广州

图书在版编目（CIP）数据

十三行. 第三部, 浮沉：上、下册 / 阿菩著. --广州：花城出版社, 2020.9
ISBN 978-7-5360-9195-5

Ⅰ. ①十… Ⅱ. ①阿… Ⅲ. ①长篇历史小说－中国－当代 Ⅳ. ①I247.5

中国版本图书馆CIP数据核字(2020)第145495号

出 版 人：肖延兵
策划编辑：张　懿
责任编辑：黎　萍　蔡　宇　曹玛丽
技术编辑：凌春梅
装帧设计：姚　敏

书　　名	十三行　第三部　浮沉 SHI SAN HANG DI SAN BU FU CHEN
出版发行	花城出版社 （广州市环市东路水荫路11号）
经　　销	全国新华书店
印　　刷	佛山市迎高彩印有限公司 （佛山市顺德区陈村镇广隆工业区兴业七路9号）
开　　本	787 毫米×1092 毫米　16 开
印　　张	26.5
字　　数	415,000 字
版　　次	2020 年 9 月第 1 版　2020 年 9 月第 1 次印刷
定　　价	69.00 元（全 2 册）

如发现印装质量问题，请直接与印刷厂联系调换。
购书热线：020－37604658　37602954
花城出版社网站：http://www.fcph.com.cn

已是平生行逆境，更堪末路践危机。

十三行制度

官府为了加强对商行的管理,逐步形成了承商、保商、公行、总商、行佣等十三行制度,达到"以官制商、以商制夷"的目的。

承商制度

洋行设立之初,经官府允许,由殷实商人担任行商。行商具有对外贸易特权,承担相应的责任和义务。

保商制度

即由行商担保,负有向外国商船征收税饷、管理外国商船人员的职责。设立保商后,无论货物是否由其买卖,承保商人一律负有为该船完纳税饷的责任。

公行制度

康熙五十九年（1720年），十三行行商始创名为公行的团体，统一货价和垄断大宗商品交易。

总商制度

总商又称商总，地位在其他保商之上，通常由资历较深的行商充当。总商的职责包括征收行佣、协调货价等，并对整个行商团体负责。

行佣制度

行佣又称行用，是从行商经营的部分进出口贸易中抽取佣金，以补充整个行商团体的运作经费，主要用于偿还拖欠外商的款项和交纳朝廷捐输，以及从事公益事业。

（以上内容引自广州十三行博物馆）

001	第四十章	粤海危机
006	第四十一章	守财犬与守权犬
011	第四十二章	顺天府传唤
016	第四十三章	万里押解
021	第四十四章	生死不弃
026	第四十五章	商功园之会
031	第四十六章	定议
037	第四十七章	大雨话别
042	第四十八章	一定能赢！
049	第四十九章	冰释前嫌
055	第五十章	北行入京
060	第五十一章	剃头换衣
065	第五十二章	跪等
070	第五十三章	芝兰当道，不得不锄
076	第五十四章	人命最不值钱
082	第五十五章	朱珪回京
087	第五十六章	启官教子
094	第五十七章	传讯
099	第五十八章	折堕
104	第五十九章	买命
110	第六十章	罚银议罪
115	第六十一章	一件件来，不急
121	第六十二章	小生意
127	第六十三章	无底洞与无量山

133	第六十四章	北京的势,广州的钱
140	第六十五章	重酬重酬重重酬
147	第六十六章	筹钱
152	第六十七章	临盆
157	第六十八章	吴承鉴的母鸡论
163	第六十九章	人皆谓汝附逆,岂知竟是忠良
168	第 七 十 章	雍和宫
174	第七十一章	皇上也等钱花
179	第七十二章	无家可归
184	第七十三章	乾隆驾崩
189	第七十四章	天威海货
194	第七十五章	大清首富
202	第七十六章	尾声
206	网络版后记	

第四十章

粤海危机

在大明治下,澳门从来就不算是葡萄牙的殖民地。这里只算是地方官府借给葡萄牙商人的补给点。葡萄牙人在这里没有管制权,没有司法权,甚至连居住生活的权利也不如天朝子民来得方便,就算要修葺房屋,也需要香山县县令的同意。

然而由于地方官府的不作为,葡萄牙人金钱开路,欺上瞒下,才在澳门经营起这样一片基业来。这一切都是地方官员"睁一只眼,闭一只眼"导致的,并没有任何法理可言。

而如今英国人要做的事情,简直就是把澳门当作葡萄牙的殖民地,而且是要求大清朝廷把这块殖民地"转"给英国——这样的企图,别说是紫禁城的主人不肯答应了,按照乾隆太上皇的脾气,就连传递文书的人,可能都得人头落地!

看着潘有节手里的那份文书,卢、叶几乎都能想象得到,如果真的按照英国人的要求递上去,老皇上会是何等震怒了。

无论是卢关桓还是叶大林,这时都没有想那澳门的事情该怎么解决,而是在想另外一个对他们来说更加棘手的事情。

叶大林就问:"这文书……怎么处置?"

卢关桓道:"交给粤海关或者总督府吧,我们不能碰这个。真由我们递上去了,就算不死,也得被扒层皮。"

吴承鉴淡淡道:"交给粤海关、总督府,那不还是我们交上去的吗?"

叶大林的眼角一下子狂跳了起来。

潘有节哼了一声,点了蜡烛,当着三人的面就将文书给烧了。

在米尔顿看来,这是很重要的外交文书,但在大清这边,这个世界只有"朝贡",没有"外交"。东印度公司也好,度路利少将也罢,都没有通畅的渠道与大清朝廷的官方进行沟通。按照太上皇的谕旨,他们只能通过保商来提出他们的乞求——是的,乞求,并且服从保商对他们的管理——不管有多一厢情愿,眼下朝廷的体例就是这样。

潘有节烧了文书,米尔顿除非能打入广州城,否则他对保商们无可奈何。

叶大林道:"文书是烧了,但澳门的事情怎么办?我可是听说了,番夷的兵船都已经……"他把声音压低了:"你们知道的。"

"这事就不是我们能处理的。"潘有节转头看向卢关桓,"要看总督府那边是什么意思。"

卢关桓黑着脸,许久,才说道:"没有意思。"

叶大林道:"什么没有意思,什么意思?"

"就是什么意思都没有!"卢关桓几乎咆哮,"总督府那边,只当什么都没发生!"

叶大林眼角的肌肉又在跳了:"这样掩耳……什么来着?"

"掩耳盗铃。"吴承鉴帮忙补了。

"对,掩耳盗铃……"叶大林说,"总有掩不住的时候——人家兵船都来了。"

潘有节转向吴承鉴:"昊官,你怎么看?"

"我能怎么看?"吴承鉴道,"我们号称保商,富甲天下,其实钱是皇上的,命也是皇上的。咱们的脑袋,都在总督老爷、广州将军、监督老爷手里头提溜着。既然如此,他们想掩耳盗铃,我们除了跟着掩住耳朵,还能做什么?难道绕过他们,直接给朝廷上书?"

叶大林冷笑:"真这么做了,不管后续如何,第一个死的就是我们!"

"既然这样……"潘有节扫了扫蜡烛下的灰烬,道,"那这事就当没发生过吧。"

叶大林道："我今天没来过。"转身就走。

卢关桓叹了一口气，也走了。

屋里只剩下两个人了，潘有节道："吴官，这事你怎么看？"

吴承鉴说道："这个事情，其实还是蹊跷的。"

"你是说……"

"这事和大人应该知道的。"吴承鉴说道，"吉庆或许昏庸，但以和中堂的英睿，不可能不清楚此事干系之重大，但是他没把事情捅破。"

潘有节没有问吴承鉴怎么知道和珅没有捅破，因为乾隆太上皇的性格他很清楚，事情如果捅破了，紫禁城早就劈下惊雷了，不会像现在这样无声无息！

"那你觉得……他为什么不捅破？"

"我不知道。我不想猜，也猜不出来。"吴承鉴说道，"我只知道这个事情再这么拖下去，只会越拖越糟。"

"或许……英夷只是心怀侥幸，得不到回应，就会退去……"

"万一不退呢？"吴承鉴道，"万一……他们的兵船直逼广州呢？"

潘有节微惊："他们敢！"

"万一他们就敢呢？"吴承鉴道，"炮舰还在澳门时，我们尚能遮掩，一旦炮舰逼到黄埔，那时节，这事便谁也盖不住了。启官，我们得做最坏的打算。"

"你想怎么做？"

"留个后手。"吴承鉴道，"如果事情盖不住了，北京那边必下严令，严令必然拒夷。我们得为拒夷之事，做点事前的准备。"

潘有节有些诧异了，他原本还以为吴承鉴要说怎么样才能与这件事情撇清关系，没想到他所考虑的，竟是这个。

吴承鉴道："如果我们做好了准备，朝廷的命令下来，我们就帮着向英夷发难，说不定一场风波就能消弭于无形。反之，如果事先准备不足，一旦严令下来，这边应对不当，到时候兵连祸结，轻则广东动荡，重则整个粤海沿岸成为焦土，也未可知！"

潘有节又沉吟了片刻，终于点头："好，难得你如此有心于国，那这事我们就这么干。我们先暗做准备，等到有需要的时候，我找卢关桓，你找你岳父。"

两人对视一眼，同时点头。

大方略既定，具体小策略上的事反而在其次了，以两人的智谋和势力，其实彼此早有腹案。

吴承鉴就要走，潘有节忽然道："昊官，两年前的那件事，我的确对你吴家有所隐瞒。如今国事当头，家事靠后。我也不怕跟你直说了，压制吴家的心思，我的确有；但赶尽杀绝的念头，我从来就没动过。"

吴承鉴没有回头，停在那里，站着不动，好一会儿，才说道："国事当头，家事靠后。我愿意信你。"

潘有节道："我听说，你把光儿的辞表给递了？"

吴承鉴倏地回身："是。"

潘有节道："你知道你这样做意味着什么吗？"

吴承鉴不语。

潘有节又道："我刚刚得到消息：刘全又来广州了。"

听了这话，吴承鉴才不禁动容。

潘有节道："你的表这么一递，我估摸着，不用多久，他就会找上门了。到时候……"

吴承鉴抬头望向横梁，说道："天心难测，上意难揣。我到现在还有些事情想不明白。不过也不想了。他要来就让他来吧，我把辞表递上去的那一刻，心里就已经做好准备了。"

"既然你已有了决定，"潘有节道，"昊官，我也跟你坦白吧，眼下的局面，我就算有心，也没法在和中堂手里保你的。我只能给你个保证：若你吴家此番再有动荡，我潘家只会援手，不会落石。"

吴承鉴的眉毛垂了垂，道："多谢了。"

说完这句话，他不再停留，转身离开了。

望着他的背影，潘有节的神色忽然变得有些复杂。

潘海根从阴影中走了出来，低声道："启官，我真不明白啊，如果和中堂真的动手整吴家，我们为什么不趁机吞并了宜和行，反而说要帮他？"

潘有节眼睛斜角精光一闪，潘海根大吃一惊，低了头，不敢再言语了。

吴承鉴从番务馆出来，走没两步，忽然有个人送来了一封信，直接递到他跟前。吴七隔开那人，将信取了。

吴承鉴瞥见信上的印记，眉头微皱，接了过来，拆开一看，却是空无一物。

送信来的人说："主人在镇海楼恭候昊官大驾。"

那人说完就走了。

吴七道："这什么人哪！"

吴承鉴又看了看信封上的印记，随即揉成了一团，捏在掌心。想起刚才潘有节说的话，喃喃道："这来得……也真是快！"

吴七问道："昊官，你说什么？"

"没什么。"吴承鉴道，"你叫个小厮回河南，告诉三少奶奶，今晚我不回去吃饭了。"

"真要去镇海楼？"吴七道，"那人来历不明的……"

吴承鉴轻轻一笑，说："今晚去了就知道，那人是不是来历不明了。"

时已黄昏，尚未入夜，镇海楼却一个人都没有，清场清得干干净净——没有驻守的兵丁差役，也没有游人。

吴七马上就明白吴承鉴那句话是什么意思了：能把整个镇海楼清场到这个地步，那人只会是"大有来历"，而不会是"来历不明"。

这镇海楼乃是广州名胜，始建于大明洪武年间，然而数毁数建，如今吴家主仆二人所见的，乃是康熙二十六年所重建的，楼高七丈余，雄镇海疆，壮丽非凡。

然而吴承鉴这时却没心情观赏这美景，不是因为镇海楼曾经来过，而是因为还没迈上阶梯，就远远望见城楼之上，露出一个秃头。

第四十一章

守财犬与守权犬

镇海楼上,一桌、一椅、一人。

桌上摆满了广东点心,日挂西山,刘全坐在暮色之中,笑道:"都说北方之景,大而雄浑;南方之景,小而雅致。这镇海楼的景色,却雄浑雅致兼备,的确不凡。"

吴承鉴摆了摆手,吴七就停了步往后退。他自己走了上去,满脸堆笑,拱手笑着说:"全公,您什么时候来广州的?怎么不预知一声,我好准备准备。"

刘全笑道:"吃了你几顿好的了,今天我来请客。"他说着往桌上的点心一摆手,但见摆了一桌子的虾饺、凤爪、粉果、烧卖、马蹄糕、皮蛋酥、千层酥、叉烧包、莲蓉包……数之不尽。

吴承鉴笑道:"那我今天可就有口福了。"

刘全哈哈一笑:"我这桌点心,不登大雅之堂。倒是听说你们十三行的保商,曾在这镇海楼上摆了一场镇海夜宴,盛况空前啊!可惜啊,秃子我没赶上。"

吴承鉴笑道:"全公如果有这个雅兴,我现在就传话,再开一次镇海夜宴,以飨全公!"

刘全哈哈大笑:"有心了,有心了。不过我是个劳碌命,太豪奢的盛宴,可不敢享用，免得折了福分。能在镇海楼上吃点享誉天下的广东点心，独享这凭山观海的美景，秃子我就心满意足了。"

这镇海楼位于广州越秀山上，在明清两代，这里背靠越秀，远眺及海，所以才叫镇海楼；但随着后世海岸线的推移，百年之后的镇海楼已经深处内陆，是望不到海的了。

吴承鉴便笑着在他对面桌站了，提起泥炉上烧开了的白云山泉水，为彼此泡了两杯茶——吃广东点心，宜用茶送而非酒送。

刘全捏了一个凤爪，就着茶咀嚼着，竟不甚讲究风度。在这一刻，他不像一个能主人生死的大人物了，举止像极了一个粗俗的下人。

吴承鉴见他与往日不大一样，心里便有了预备，然而想想既已下定决心，便放开了。

他的这点神情的微妙变化，刘全瞥见了，微笑道："吴官真是好风度，今时今日见到了我，竟也不慌不忙。"

吴承鉴道："全公是我的忘年交，与忘年交吃顿点心，有什么好慌乱的？"

刘全冷淡地笑了一下："交情是交情，公务是公务。镇海夜宴那晚，十三行的新旧保商，似乎没到齐，是缺了一家吧？"

吴承鉴默然。

当然缺了一家——蔡士文没来！那天晚上他在家里吞鸦片自杀了。

"保商好啊，得天独厚，富甲天下。"刘全说着，似不经意地轻轻冷笑，"然而得天独厚这个'天'字，不是老天爷的天啊，乃是天子的天——独得了天子的眷顾，才能做这门丰厚的生意。不过自古富贵险中求，有财就得有险。天家交代的事情如果没办好，在别的行当那只是赔本；在十三行这边，那就不只是赔钱，而是要赔命！"

"这等觉悟，我等十三行保商，在拿到执照的那当口，其实就都已经了然于胸了。"吴承鉴道，"幸好，天家交代的事情，吴家都尽力包办，至今也算没什么错漏。"

"真的吗？"刘全道，"那皇上恩赐给你侄子的官爵，你怎么就给辞了？这是嫌弃天家所赐不厚吗？"

这当口，吴承鉴不会去问自己几天前才发给吏部、估计还没到北京的辞表，刘全怎么就会知道。

他只是继续赔笑道:"太上皇与圣天子恩重如山,吴家上下感恩戴德,只是我那侄子还未成年,又不读书,一无功勋,二无学问,只靠着家兄在世时的一点微薄功劳就骤居高位,这与朝廷体例不合。吴家如果接了这官位,恐怕要惹物议。我们吴家被人骂了打什么紧,但这事如果稍微沾点薄诽到太上皇、皇上处,那我们吴家满门,可就万死难辞其咎了。"

刘全喝道:"太上皇和皇上的天恩,谁敢腹诽!还是你觉得二位主子爷的安排错了?"

吴承鉴道:"太上皇和皇上的安排,怎么会错?吴某代侄辞官,是怕吏部管事的人出了什么差错。"

说吏部管事的人错了,暗中自然是指向和珅。刘全何等灵敏的人,一听就怒喝道:"吴承鉴!你说什么!"

他这声断喝,若放在一两年前,吴承鉴承受不起。

然而此刻吴承鉴却已经想通了,因此淡然回应道:"太上皇不会有错,皇上也不会有错。如果事情出了差错,自然是底下办事的人或阳奉阴违,或不能体贴圣意,这个道理,难道不对吗?"

刘全盯着吴承鉴,将那个被他啃得只剩下骨头的鸡爪,往盘子里一丢,冷冷哼了一声:"好啊,好啊,昊官,你这是打算跟我摊牌了吗?"

吴承鉴面无表情地回答:"我侄子得官的事情,广州这边自然是有人无事生非,但吏部管事的人顺水推舟,还把事情做得这么快……全公,不是我吴承鉴要摊牌,是有人逼着我摊牌。"

刘全笑了:"没人逼你摊牌,只是让你把自己该有的忠心拿出来。只是没想到啊,真到了这该表态的时候,有些人的忠心就没有了。"

"忠心?"吴承鉴道,"全公指的……是忠于国家的忠心、忠于太上皇和皇上的忠心,还是……忠于和珅和大人的忠心啊?"

"有区别吗!"

"当然有!"吴承鉴道,"忠君爱国,臣子本分。但臣子对臣子,便没有什么所谓的忠心,纵然有上下级的关系,但大家都是替国家办事,替主上办差——这个道理,就算说到紫禁城下,吴承鉴也是这句话。"

既然吴承鉴悍然代侄辞官,刘全今天到来前,便已经料到了吴承鉴要摊牌,然而见他摊牌摊得这么毫无心碍,还是有些预料不到。他盯着吴承鉴,吴承鉴也面无表情地看着他。两人对视许久，刘全才笑道："姓吴的，你知道你在说什么吗？"

"我知道。"吴承鉴道，"这些话，全公不是等了好久了吗？"

"忠君爱国……"刘全指着吴承鉴骂道，"你个商贾屁民，'忠君爱国'四个字，轮得到你来说吗？你以为你是个什么东西！以为自己是朱珪吗？你吴家在广州自以为是豪门，可在京城的贵人眼中，也就是一窝子狗，一窝子替万岁爷看银库的狗！一条守财犬而已，和中堂要碾死你，就像碾死一只蚂蚁！"

吴承鉴面对蔡巧珠的时候，一被激就心神不稳；这时被刘全指着鼻子骂了也不生气，他也不回应刘全的话，只是说："当初吉山被我气得暴跳如雷的时候，全公出来收场。那气度，真叫一个妥当！"

他夸了一句，随即转了口风："当时我还以为全公虽是个仆役，却真是个人物。今天看来，你们这些家奴，全都一样！吉山也罢，广兴也罢，还有你刘全也罢，不过是还没到那份上罢了，真到了自己掌控不了局面的时候，气急败坏都是难免的。真有修养随身的人，就算天崩地裂身将死，也能神色不变心不乱，可见有些人的修养，不是真修养，都不过是权位堆出来的威风罢了。"

刘全脸色一沉。

吴承鉴又道："对和中堂来说，我们吴家的确不算什么。他在九重天上动动小指头，我们家就闹得鸡飞狗跳、危在旦夕。这也是没办法的事情，要不然怎么说宰相位高权重呢。不过说弄死我吴承鉴，就像弄死一只蚂蚁，却也说得过头了。"

刘全冷笑道："广州神仙地，山高皇帝远，狗在这里待久了，都真以为自己是个人了，都不知道'皇恩浩荡'四个字怎么写了。"

"我吴承鉴不是狗，虽然也算不上个人物，因我无权无位，在和中堂眼里，自然是贱命一条。"吴承鉴道，"可是我手里有钱啊，还不是十两百两、千两万两的小钱，而是如山如海的银子啊！"

"在这大清朝……"刘全笑了起来，"你认为光有钱，就能保住你的命？"

"保一辈子，当然不可能，但保一时还是可以的。"吴承鉴道，"因为这钱还不是我的钱，这钱是皇上的钱。在这些钱没有安稳圈住之前，我这条命，暂时丢不了。"

刘全哈哈冷笑道："所以这就是你向和中堂摊牌的底气？"

"这当然不是。"吴承鉴道,"我摊牌的底气,比这个大多了。"

刘全冷笑道:"哦?愿闻其详。"

吴承鉴道:"刚才全公骂我,说我只是太上皇和皇上的守财犬,其实和中堂跟我又何尝两样?他也不过是一条狗罢了,区别只在于,我守的是钱,而他守的是权。守的是钱也罢,是权也罢,不管守得多好,总有一天,上面都要收回去的。"

刘全脸色微变:"吴承鉴!你胡说什么!"

"我说错了吗?如今和中堂手里还有权,当然能代太上皇和皇上,把我的钱收回去。"吴承鉴忽然压低了声音,"可眼看着……和中堂守着的权,大概也要被收回去了吧?就不知道,我跟他,到底谁会被收得更快。"

顺天府传唤

刘全脸色大变，指着吴承鉴，要骂，话到嘴边不敢出口；要说，好些词哽在喉咙里不敢出来——在京城被驯熟了的奴才，就算来到五千里外的广州，犯忌讳的言语也是不敢出口的。

他怒目而视，最终却只是化作冷冷一哼，道："行，你自己想走死路，自己好自为之吧！"

他要拂袖而去，一拂手，才发现没袖子——广州太热，这会早都不穿有袖子的衣服了。

刘全动作尴尬了一下，干脆踢翻了桌子，就要下镇海楼，吴承鉴忽然叫道："慢着！"

刘全冷冷回头道："怎么，还有什么话要说？现在你再磕头都迟了。"

吴承鉴道："英夷逼澳门那件事情，和中堂到底打算怎么处置？"

刘全听了这话，忽然有些奇怪："你都死到临头了，还想管这些八竿子打不着的事情？"

"吴家的生死祸福是私，英夷逼澳是公。"吴承鉴道，"君子不能以私废公这个道理，跟你这种人说了也是白说。反正此事无关我吴家成败，还请全公透露一句：和中堂到底是怎么打算的？"

刘全瞟了吴承鉴一眼，就像看一个傻子："好好一个做生意的，竟然学穷酸读书人说话。哈哈，怪不得这样没脑找死！"说完就走了。

望着刘全怒而离去的背影，吴七从角落里走了出来。他虽然没听清两人说什么，却也看到刘全是如何踢桌子的，声音里便带着害怕："吴官，这下……可把人得罪狠了。"

"不是我想得罪他，"吴承鉴道，"是他们已经不给我活路了。既然如此，那就无所谓什么得罪不得罪了。"

主仆两人走下镇海楼，就见两个衙役守在阶梯口，他们身后还拖着个人，蓬头垢脸、伛偻着身子。为头的那差役长着一双斗鸡眼，不怀好意地打量着吴承鉴两眼，就用一口京片子道："你就是吴承鉴吗？"

吴七心道："坏了，这就要拿人了？"

吴承鉴问道："两位差爷，不知在哪个衙门当值？"

那差役就说："我们是在顺天府当的差。"

吴七心中大奇："顺天府的差役，怎么跑到广州来了？"

吴承鉴虽然也有相似的疑问，却又似乎早有预料，并未纠缠这个问题，而是直接问道："不知道两位差爷来广州有何贵干？"

那差役道："你认识周贻瑾吗？"

吴七就暗中吓了一跳，看向吴承鉴时，只听他已经说道："认得。"

那差役道："他在京城犯了事，已经定了秋后处决……"

吴承鉴听到这里，声色虽然不动，眼角的肌肉却忍不住跳了一下。

又听那差役继续说："却有人把你牵了出来，说你能证明那姓周的清白。府尹老爷明察秋毫，为免冤狱，就派了我们来找你往顺天府走一遭。"

吴七听到这里，给吴承鉴连打眼色，示意他千万不要答应，那可是龙潭虎穴，不能去啊！

吴承鉴却好像看不到，就问："周贻瑾犯了什么事？"

那差役道："这个，你去了就知道。"

吴承鉴又道："是谁把我牵扯进来的？应该不是贻瑾吧？"

另外一个差役笑了起来，露出满口黄牙："牵扯你的人我带来了。来，小子，你也认认人，可别弄错了。"他说着把身后那个伛偻着身子的人一推，又拔了他嘴里的破布。

那人就哭了："昊官，昊官，救救我……救救周师爷……"

吴七惊讶了起来："小九……是你吗？小九？"

吴小九那样唇红齿白的美少年，如今已经被折磨得不成样子，呜呜哭着，道："他们，他们……"

为头的衙役喝道："不许说废话，认人！这个是不是你说的那个吴承鉴？"

吴小九看着吴承鉴，一时不敢说话。

吴承鉴道："你直说就好了。"

吴小九这才点头："是，这就是昊官。嗯，就是吴承鉴。"

"那就没错了。"那衙役说，"姓吴的，你就跟我们回去吧。"

吴承鉴只一沉吟，就问："那两位差爷这是拘我？"

那衙役道："这不是拘，就是府尹大人传你问话。"

主管刑名的官员要办案，除了拘押犯事者之外，也会传叫有关人等问话，不过一般只传叫治下百姓，有时候跨县、跨府的也有，手续就有些麻烦了，至于顺天府办个案子，远跨几千里来广州府传唤人，这事听都没听说过。

吴承鉴就猜这事必定也与刘全的安排有关——这两人早就等在这里了，自己在镇海楼上没向刘全屈服，下楼来这两人就必定现身。

然而此刻他也没心思去询问这些细枝末节了，只是说："吴某是广州府人氏，贵府尹跨府传唤，这事得到广州府南海县走个公文吧？两位差爷把这公文走了没？"

"这……"那差役一时语塞，这事是有大靠山的，所以许多环节乱来也无所谓，所以他们真把这一节给忘了。

后面那个差役就叫嚷："你到底去不去？不去就吱一声。我们就回去禀告老爷，把那瘸子的案子结了。"

吴承鉴眉头一阵跳，问道："瘸子？"眼睛就望向吴小九。

吴小九哭道："他们……他们把周师爷的腿给打断了……"

吴承鉴的身子微微一摇，吴七赶紧扶住。

吴承鉴稳了稳身形与呼吸，这才对那两个差役道："两位差爷放心，这趟顺天府……我会去的。"

吴七大惊，扶住吴承鉴的手暗中按了好几下。

吴承鉴又道:"不过该走的程序,还是要走的,我回头就让人带两位差爷到广州府衙门、南海县衙门把公文走了。走公文大概要些许时日,这段时间,两位差爷在广州的住宿,吴家都包了。"

他说着对吴七道:"按规矩待客,每位差爷每日拨一百两纹银,好生伺候着。"

那两个衙役本来十分不耐,听到"每人每日一百两",马上转了颜色。他们来之前就听说老广有钱,可万没想到有钱到这个地步!他们的府尹老爷,每个月的俸银也不过一百多两;眼前这个保商,一天就给一百两,超他们府尹老爷不知多少倍了!有这样的好处,这广州城别说住几天,住几年都没问题啊!

吴承鉴问道:"两位差爷,这安排中不中?"他是去过北方的人,最后这句话便带了点北方口音。

那黄牙差役忙道:"中,中!"

那斗鸡眼差役犹豫了一下,才点头:"行!可不能拖太久。"其实他也恨不得住久一点,一天一百两啊!

可是这次的事情,背后有大人物盯着呢,他虽然不完全清楚怎么回事,却也知道这点好处不可能无尽头地让他们拿下去。

吴承鉴看了吴七一眼,吴七就挥手叫来了一个小厮,让他带这两位差役去安置。

那两个差役走后,铁头军疤从暗中走了出来。吴七恨恨道:"他们可真狠啊!竟然这样对周师爷。"

吴承鉴神色黯淡了下来,对铁头军疤道:"我在广州还有手尾得处理,不能即刻上京。但贻瑾……他的伤患不能等。"

铁头军疤道:"我这就上京城去。"

吴承鉴道:"不行,你不能走,可有信得过、能办事的人没?"

铁头军疤想了想道:"张五如何?"

"张五?"吴承鉴道,"一只摊手独步佛山的摊手五?"

铁头军疤本来就是江湖人物,佛山武林有数的人,所以认得许多有能耐的武术师傅。

"是。"

"我好像听刘三爷说过这个人。你跟他有交情?他为人怎么样?能去北京走动不？"

铁头军疤道："他刚开始落难到广东的时候，是我给了他三碗饭。这人恩仇必报的。他走南闯北，见多识广，早年曾去过京城，认得不少江湖中人。"

"这种交情，能多长久？经过这么多年，早不可靠了。"吴承鉴道，"不过他有结识江湖中人的能耐，这事就能办。再说我们在京城也有暗点，只要他能见到贻瑾，事情就都好办了。"

"行，那我就去找他。"

吴承鉴又道："他若答应，让他先去找那两个差役，给点钱，让那两个差役指点条见贻瑾的门路。和珅扣住贻瑾，是要我自投罗网，倒不见得一定要将贻瑾往死里整。这一趟不求别的，先在我赶到之前把贻瑾的伤给治了——至少先把伤患稳住。该花钱的地方，不要省。"

铁头军疤道："练拳的宗师，没有不会跌打的，摊手五自己就是好手。如果周师爷只是骨折，他就能处理。"

吴承鉴道："如果是小伤，那没问题。但迁延了这么久，谁知道现在贻瑾成什么样子了。若摊手五能够处理，就请他处理，如果伤势重了……总之，能用银子解决的事情，就用银子解决掉。咱们现在，最不缺的就是钱！"

铁头军疤点头去了。

吴承鉴扶着吴七——因这会连站立都感吃力。他沉默了许久，喉咙中哽咽道："没想到……是贻瑾先遭灾！都是我不好，他人都在广州，我还没能保得住他……"

吴七劝道："昊官，别多想，周师爷失踪那天，曼倩蓬莱的人都说了，是他自己出门的，这事……谁也料不到啊，不能怪你。"

吴承鉴只是摇头，道："你回头再找个人，悄悄去那两个差役处，花点银子，把小九救出来，把他接到花差号上，给他治病养身。回头我有话问他。"

吴七答应了。

吴承鉴要走，忽然停下，对吴七道："贻瑾还有顺天府的事情，回家之后，一个字也不许提！"

第四十三章

万里押解

吴六对蔡巧珠道:"大少奶奶,已经按照您的吩咐,把人都请了。我一个一个去的,他们都会来。"

蔡巧珠面无表情,只是点点头。

吴六忍不住道:"大少奶奶,真的要……"

蔡巧珠黑着脸道:"要断就断,要绝就绝……这话你当时没听见吗?"

吴六低了头。

蔡巧珠道:"你这就到日天居去,告诉他后天到商功园来。后天如果他再不过来,到时候也别怪我不客气!"

吴六答应着,走出房门,忽然侧身一瞥,却见蔡巧珠正满脸痛楚地捂住了心口。吴六叹了一声,心想:"事情怎么会变成这个地步……我是不是也做错了?"

他一路来到日天居,却见小厅之中二何先生正在给叶有鱼诊脉。吴六有些担心,等二何先生诊脉毕,才问道:"三少奶奶生病了?"

二何先生分别望了两人一眼,叶有鱼说:"没事,只是有些不舒坦,就请了二何先生来诊个平安脉。"二何先生就不说话了,开了个方子,道:"你也不是第一回了,该如何保养,你自己清楚的。"

叶有鱼收了方子折好，让冬雪将二何先生送出去，这才问吴六什么事情。吴六有些为难，却还是把事情简略说了："……所以大少奶奶约了十五叔公、刘大掌柜等人，后天在商功园要跟昊官商议家中大事，请昊官到时候一定要来。"

叶有鱼便猜到了蔡巧珠要做什么，但一来吴承鉴有过交代，二来自己刚刚又这样了，便没说什么，心想："现在，我的身子才是第一要紧的。"口中说道："好，我会跟昊官说。"

吴六道："请昊官一定要来……"他顿了顿，道："三少奶奶，您也劝劝昊官，这段日子，家里头什么都乱了，我也有做得不好的，但我真不想这个家这么坏下去。这里头要是有几分是因为我，我将来死了也没面目去见老爷和大少。"

他说这几句话，已经有些逾分了，不过他毕竟也只是个单纯的仆人。叶有鱼看了他一眼，没说什么，点头道："好，我会把你的话也转告昊官。"

吴六走后，叶有鱼才问："昊官呢？"

秋月道："不晓得，但夏晴刚刚得了招呼，让她前往花差号。"

提起花差号，刚刚送了二何先生回来的冬雪就紧张了起来。

叶有鱼叫来昌仔道："你去花差号找一下昊官，若昊官方便，就请他立刻回来；若不方便，就将刚才的事情转告给他。还有……今晚无论如何让他回来一趟，我有要紧的话要说。"

冬雪跟了出来，低声让他留意"义庄那一位"是不是已经回了花差号。

昌仔坐了小艇，直上花差号上来，上了大船，只觉这上头气氛颇为紧张。他如今在小厮里头是仅次于吴七的心腹，便有人引了他到主舱来。他到了里头，并没有见到瞿三娘，却坐着刘三爷、佛山陈，另外一个是铁头军疤陪着的，背系包裹、似将远行的中年汉子。

吴承鉴拱手给那个汉子送行："一切拜托了。"

那中年汉子还了礼，便告辞走了，铁头军疤送了出去。

昌仔上前，吴承鉴看到他，问道："什么事情？"

昌仔结结巴巴道："家……家事。"

刘三爷道："我们回避一下？"

吴承鉴道:"三哥你们坐,我们去后面。"带了吴七和昌仔到后面去,听昌仔结结巴巴将话说完了,吴承鉴毫无反应,只道:"告诉三少奶奶,后天我会去商功园,让她转告大嫂;今晚我也会回去。"

昌仔应道:"是。"他还惦记着冬雪的吩咐,想要看看疍三娘在不在花差号上呢。

吴承鉴道:"还愣在这儿干什么?回去吧。"

遣走了昌仔,吴承鉴才出来,与刘三爷、佛山陈续谈。

佛山陈道:"家里有要紧事?"

两人如今算通家之好了,所以佛山陈关心了一句。

吴承鉴道:"不算急……"顿了顿道:"后天陈弟你到我吴家园来一下,有个事情你来观下礼。我们是烧过黄纸的,虽然表面游戏,但你我心中,知道不是游戏。"

佛山陈就猜到了几分,答应了。

刘三爷叹道:"昊官,你真的要跟和珅破脸了吗?"

"如果可以,我也不想现在破脸。"吴承鉴道,"如果能再往后推迟几个月就好了。可惜,我愿意,别人不愿意。我思前想后,觉得既然已经没什么拖下去的指望了,与其这么纠结下去,不如放手一搏吧!"

这时夏晴进来说:"小九的伤都已经处理好了。"

她的身后跟着吴小九,人已经洗漱一新,不再是镇海楼下的狼狈模样。他这一路来颇受折磨,人瘦削了好多,幸好没伤到脸破相,这时上前跪下了,哭道:"昊官。"

"别哭了!"吴承鉴道,"把情绪都给我收一收,好好说说,到底都是怎么回事?"

吴小九点头如小鸡啄米,擦了刚流出来的眼泪,说道:"那天,周师爷忽然收到一封信。周师爷收到信后,显得十分吃惊,当下就带我驾了小船,到南郊一个小庙里,在那里碰见了个人。

"周师爷见到那人,就很惊诧地问:'你……你怎么还活着!'两个人就抱头痛哭了起来。我在旁边看得莫名其妙,但周师爷也没跟我解释。他二人就到后头去,说了好一会儿的话。忽然周师爷怒吼了句什么,我急忙想去看时,却见周师爷跟跄冲了出来,却跟着就又有一个人冲出来,扭住了周师爷。

"我吃了一惊,想要上去帮忙时,本来没人的小庙,却突然冲出好几个人来,将我也拿住了。扭住周师爷的那人说:'周秀才,真要让我把你绑起来吗?'周师爷才说:'放手吧!我跟你们走就是。'扭住他的人就真的放手了。

"周师爷果然也没再挣扎,抓住我的人也放开了我。这时之前跟周师爷一起抱头痛哭的人也出来了,周师爷见了他,一口口水就吐了那人一脸——我可从来没见周师爷这样无礼过。而那人却低着头,什么话都不敢说。那些人要带我们走,周师爷却指着我说:'这小厮跟这事没关系,放他走吧。'却见先前扭住周师爷的那人冷笑说:'周秀才,你说呢?'然后他使了个眼色,我忽然后脑一痛,就人事不知了。"

听到这里,刘三爷道:"那个被周师爷吐口水的人,定然是周师爷曾经极信任的人。此人无义反水,这才把周师爷给坑了!"

吴承鉴点了点头,对吴小九道:"你继续说。"

吴小九道:"我醒来之后,发现自己身子摇荡,周围一片漆黑,人也被绑着,却应该是在一艘船上。我要挣扎,却听周师爷的声音说:'别乱动,没好处。'我听到周师爷的声音,心就定了几分,要说话,却发现嘴被人塞住了。过了不知道多久,有人打开舱门,过来将周师爷提了出去。我赶紧挣扎,周师爷忽对我说:'小九,别乱动,顺着他们,免得吃无谓的苦头。'我听了周师爷的话,就没再乱动。

"对方用镣铐把我拷在那个船舱里,会给我送饭吃,却不让我出去,又恐吓我说如果我乱叫就割了我的舌头。我心里害怕,又惦记着周师爷的话,就没敢乱叫乱动。这么在舱里吃了七八顿饭,他们才将我提了出去。一出舱门,他们就用黑布罩住了我的头,所以一路我也不知道自己是去了哪里、到了哪里,只是记得先换了车,沿途停了两次,吃了三四顿饭,然后又换船。这样一下子车一下子船的,颠得我整个人都快散了。

"直到第五次还是第六次换船,这次就很长久了,日子长得我都不知道吃了几顿饭。就在我快受不了的时候,他们又将我提了出来。这一次,只见周围的景物都不一样了,那些树都是没见过的树,四周很空旷,看起来荒凉荒凉的,码头上的人的口音,也跟我们广东完全不一样。

"到了码头,我才又见到了周师爷。这时他们已经给我松了绑,似乎不怕我跑了。我正要问什么,就听周师爷看着周围,叹了一口气说:'没想到,这辈子还会再来京师走一遭。'"

佛山陈有些吃惊:"你们到京师了?"

吴小九抹了抹泪水:"是的,一开始我还不敢相信,但后来听了周围人说话,才不得不相信,我们竟然到京师了。我们上岸的那个地方好像叫通州,上岸之后又赶了两天的路,才进了一座大城。押着我的人说:'你有福了,也让你看看京城的繁华。'其实我哪有心思去看什么京城繁华,只觉得到处都灰扑扑的,人很多,但都很穷。偶尔也有几个骑马的贵人,看身上的衣裳又富贵得过分了。我们被带到一个破旧的衙门里,我留心看了牌匾,认得是'顺天府'三个字。"

刘三爷和佛山陈对望了一眼,心里都想:"还真是到顺天府了,周师爷这一次,撞上的究竟是个什么事?"

第四十四章

生死不弃

这时铁头军疤已经送了客人回来,刚好听见吴小九说起他在京城的事:"我到了那衙门之后,就被关进了牢里,也不知道出了什么事情,也没人来问我,也没人来打我。牢里头算不清日子,也不知道吃了多少顿牢饭,中间生了场病,我都以为自己要死了。幸亏没死,病自己好了后,又不知道熬了多少日子,这才被人提了出来——就是这一次的那两个差役,他们押了我一路从北京到广州这边来。终于,终于……见到了昊官了……"

说到这里再忍不住,吴小九号啕大哭。

他一个没出过省的小厮,来回上万里地这么奔波,这一番苦头也算吃得够多了。也亏得他年纪轻熬过去了,若是中途生出点什么事,怕是沿途被人一丢,直接在荒野喂狗都有可能。

吴承鉴道:"那贻瑾断腿的事,又是怎么回事?"

吴小九摇头:"我再没见过周师爷。周师爷腿断了的事情,我也是在回来广州的路上,偶尔听那两个差役说起才知道。"

吴承鉴又细细问了他一些话,觉得再问不出什么来了,才让夏晴带他下去休息。

刘三爷道:"这个小厮,真是没用。"

佛山陈道:"也不怪他,他一个家养小厮,就不是个混江湖的,忽然被带到外头去,就像鱼池里的金鱼忽然被丢进大江大海走一遭,没死在里头已经很好了。"

刘三爷道:"那么周师爷的事,昊官你有什么其他线索没有?"

吴承鉴道:"我大概知道牵扯到什么事,是什么人,也大概知道那个坑了,但现在这些都不要紧了。这次顺天府,如果我去了,事情或许会有转机;如果我不去,今年的秋后问斩,肯定就有贻瑾的份了。"

他说这话,那就是有要去的意思了。

刘三爷急道:"昊官,你不会看不出来这是个局吧?"

佛山陈也道:"没错,这就是个局,等着你往里头跳呢,你千万不能去!你就是去了,也不一定能救出周师爷。到时候只是平白多搭一个人。"

吴承鉴道:"我去了,贻瑾不一定有救;但我不去,贻瑾在菜市口的那一刀就挨定了。"他问铁头军疤道:"如果是你,你会不会去?"

铁头军疤闭紧了嘴。

刘三爷、佛山陈等都知道铁头军疤仗义,若是让他说真心话,换了他在吴承鉴的位置,肯定要说"去"的,但这话一说,等于就是劝吴承鉴去了。铁头军疤知道此事去了未必于事有补,又不想说谎,干脆就闭上了嘴巴。

吴承鉴就知道了他的答案。铁头军疤他会去,可是这会儿不能说,说了,就是要绑架吴承鉴去。

"你不说话,那就是会去的了。"吴承鉴笑了笑,"我啊,虽然不如你侠气,却也不能让人看扁了。行,反正按我和贻瑾原先商量好的,我也该上北京走一趟。虽然比之前的准备早了几个月,但去就去吧。"

刘三爷与佛山陈齐齐道:"不可,不可!"

吴七也道:"昊官,你不能去啊!那北京城如今是龙潭虎穴,你若去了,家里头可怎么办啊!"

吴承鉴道:"其实我就算不去,窝死在这广州城里,就真的逃得了吗?"

众人一时都无话了。

"镇海楼上,我既然已经与刘全撕破了脸,但他还是好整以暇地放我走,自然不会没有后手。贻瑾的这招棋,只是第一招。"

吴承鉴轻吁了一声:"我这么去,自然是自己往和珅挖好的坑里跳;但我若不去,难道真的就能在广州继续平平安安过日子吗?怕是不见得。这次要动我的人,乃是内阁首席大学士、领班军机大臣,当今的'二皇帝'啊!他要我去北京,一计不成,定有二计,最后还是会逼得我非去不可的,只是到时候,平白担了一个无义之名罢了。"

佛山陈等都知道此言在理,刘三爷道:"那就先拖着。他和珅虽然势大,但这边山高皇帝远,只要你人还在广州,我们就有的是办法保你;实在保不住了,就弄个替死鬼代你死一遭。可你一旦去了北京,那就是龙游浅水、虎落平阳,到时候不用和珅动手,随便来一个差役,都能将你办了。"

"三哥说的,我都清楚。"吴承鉴道,"我也知道,留在广州对我是有利一点的,只不过……就算如此,我也不能。"

他顿了一顿,脸色转为坚毅:"贻瑾是我的生死之交!为了这点或能逃生的机会,而将生死之交弃之不顾……我吴承鉴如果是这样的人,三爷,陈弟,你们还愿意跟我做朋友、做兄弟吗!"

吴承鉴既然决定了要上北京,就向刘三爷和佛山陈托付了自己离粤之后的一些事,这才回吴家园。

这些日子蔡巧珠逐渐夺权,已经将吴家园上下掌控在了手中,下人们有什么事情都去蔡巧珠那里报到;叶有鱼最近不理事了,但在这个家里,谁会蠢到去给吴承鉴脸色看呢?

男女仆役们心里清楚得很:昊官仍然掌握着吴家的根本,大少奶奶如今能得势,还不是昊官默许的结果?要是哪一天昊官转了念想,这个家会变成什么样,谁知道呢?

因此吴家园中,气氛颇诡异:蔡巧珠虽已夺权,下人们虽然都听她的,但每个人都反而比以往更加战战兢兢,对吴承鉴小心伺候之余,又试图从昊官的一点言谈神色中揣摩这位真正主人的心思——当然这一切都是徒劳。

吴承鉴回到日天居,叶有鱼给他安排了晚饭、洗澡水,吴承鉴吃完洗毕,夫妻俩坐下。他正想着跟叶有鱼怎么说,叶有鱼先开口了。

"下午二何先生来过,"叶有鱼头微微低着,眼神中夹杂着欢喜在内的各种复杂情绪,"我又有了。"

吴承鉴"啊"了一声,大为诧异。

叶有鱼说道:"这个孩子,来得有些不是时候……"

吴承鉴听了这话,马上打断:"什么不是时候!孩子来是老天爷定的日子,无论是什么时候来,都是我们的福气。"

叶有鱼见他一脸的高兴,心中的那点担忧就放下了九成,欢喜道:"你高兴……那就好。可我听说以前你老说'贼老天''贼老天'的。"

吴承鉴笑道:"那是成亲前的事,自从有了你和耀儿,我就觉得老天爷其实不错了。"

叶有鱼道:"其实嘛,你以前只是一个人的时候,也不怕什么祸殃,现在有了妻儿牵挂,就怕自己把老天爷得罪了,沾带了我们娘俩,所以就不敢骂老天爷了吧?"

吴承鉴微微一笑:"哈哈,我这上上下下,可被你看透了。"

中国人底子上其实是不信神佛的,但又不完全不信,正所谓"宁可信其有,不可信其无"。吴承鉴做单身汉的时候说话百无禁忌,等到老婆进门、儿子出世,人就忽然变得比以往谨慎了,心里还真有那么一点怕得罪老天了。他不是就相信这个世界真有一个主宰人间祸福的存在,然而万一有呢?哪怕只是万分之一的可能,他也不愿意拿妻儿的祸福来试,宁可多说些没营养的好话。

因听了孩子的事情,吴承鉴一时间欢喜满怀,竟把其余的烦扰都给放下了。忽然道:"跟大嫂说了没?"

"没呢。因我不知道你什么打算。"叶有鱼说,"二何先生诊脉的时候,吴六刚好来,不过我瞒得紧,二何先生也是有眼力见的,没透露什么。现在就冬雪知道些内情。"

"这就是你不对了。"吴承鉴皱了皱眉头,但没再责备叶有鱼,就叫了吴七来说,"快去梨溶院报一下大嫂,三少奶奶又怀孕了。"

吴七脸上一喜,欢欢喜喜地就去了。

梨溶院那一头,蔡巧珠正盘算这盘算那呢,心累得很,忽然听说了这事,整个人愣住,一时欢喜,一时悲伤:欢喜的是吴家又添丁了,悲伤的是丈夫已逝,自己是再没有同样的福分了。

她抹了抹泪水,赶紧让连翘去煮了两个补身子的鸡蛋,又到屋内去收拾了一份给孩子添福的金银玩意儿,本想亲自过去,又想想后天的事,心道:"现在过去,要是心一软,后天我就说不了硬话了!"便忍住了,只将玩意儿连同白煮鸡蛋都交给了吴七。

接下来一夜一日间,吴承鉴就只是围着叶有鱼转,其他事都不理会了。

叶有鱼毕竟眼利,还是看出了什么,到了第二天黄昏再忍不住,问道:"你……是不是又有什么事情瞒着我?"

吴承鉴迟疑了一会儿,还是说了出来:"我要上北京走一趟。"

"啊?"

吴承鉴:"其实早在贻瑾失踪之前,我和他就有个计划的。虽然贻瑾失踪,导致我有一段时间方寸大乱,但这个计划仍在推行。我上北京,是计划中的一项,只不过……原来是打算几个月后再去的,现在被迫提前了。"

叶有鱼道:"会……有危险吗?"

吴承鉴笑道:"我若跟你说没有危险,你也不信。不过嘛,以当下的局势来说,坐庄的是和珅,我们是闲家,好牌都抓在他手里呢,这时候我们还能有个一搏之力,已经是万幸了。我们要对阵的人权势大我们百倍,这时候若还求什么万无一失的平安,那就太贪心了。安守只能等死,相反,只有放手一搏,方有一线生机。"

叶有鱼看着吴承鉴,又是不舍,又是不安,虽然明知道夫君说的话是正理,却还是忍不住要担心,如此好一会儿,才算排解了些许,又问:"可如果你去北京,那家里怎么办?"

"我都会安排好的。"吴承鉴摸摸她的肚子,说,"这个孩子来得巧,刚好让你闲下心来好好养胎。这一切都是老天爷的安排,鱼儿,你明白不?"

第四十五章

商功园之会

终于到了要开会的日子了。

蔡巧珠无比纠结。

若是早一些知道叶有鱼怀孕，或许她一个犹豫就把事情推后，甚至取消了。然而毕竟是在知道喜讯之前就发出了邀请，请的又是家里行里的梁柱，总不能随随便便就出尔反尔。

她原本的计划是一大早就去商功园等着的，然而真到了这一天，却是迟迟疑疑地好久没能出门，等到最后终于下定决心，来到商功园，却见满屋子的人都已经到齐了。

今天蔡巧珠请来的人，有家里的，比如十五叔公、吴承构；有行里的，比如刘大掌柜、欧家富、姚四掌柜等。除了当日分完猪肉、吴国英交代后事时的人全部到场，又多了一些族人、亲戚以及宜和行要害部门的伙计——这些人自然多是与吴承钧亲近的。

蔡巧珠在这当口发出邀请，所有被邀的人都猜到怎么回事，因是吴六一个个上门请的，众人知道无法推托，于是便都反而变得很积极，个个都一大早就来了——只有老顾怎么都不肯来。

所有人分列两排，宗族的人是一排，行里的人是一排，看见蔡巧珠都站了起来,口称"大少奶奶"。

商功园这个大厅的最上首,摆放着两张椅子,一张正中摆着,那是留给家主的,一张侧一点摆着,那是留给蔡巧珠的。

看到蔡巧珠进来,各人的神色、心情,各不相同。

刘大掌柜当场就叹了口气,当日他劝过吴承鉴,吴承鉴跟他说的话让他以为事情会慢慢转好,谁知道转眼之间反而变得更坏了。

十五叔公则是忍不住在摇头。最近的事情他也都听说了,要说这次会聚虽是蔡巧珠发起的,但综合前后却实在是吴承鉴做得太过分了。吴国英这位家嫂在宗族里名声极好,且光儿毕竟是长子嫡孙,吴承鉴这般逼嫂凌侄,放在哪里都要被人戳脊梁骨。

欧家富心情也糟糕极了:在吴承鉴当家之后他在行里的地位急剧上升,刘大掌柜不在的时候,他几乎就是行里的话事人了,吴承鉴对他的信任满宜和行没有第二个人比得上。可吴承鉴对他固然有信任之义,吴承钧对他更有栽培之恩,为什么大房和三房就不能和以前一样不分彼此?今天真要彻底决裂,他都不知道自己该如何抉择。

姚四掌柜的心情也是很复杂的,他今天差点就想装病不来了,然而最后还是来了,因为他晓得这事他躲不过去。如今他在宜和行的地位已经极高,刘大掌柜不在的时候,若有大事难决,就由他跟欧家富商榷,只要两人没有异议,事情就可决定。刘大掌柜已经是半退休状态,也就是说他几乎已是宜和行的两大掌柜之一了。经历过这么多年的风风雨雨,他很明白坐到这么高的位置上,被卷入保商的家族纠纷里几乎是在所难免。既然躲不过去,他心里就已经有了主张。

吴承构则是目光闪烁,这半年来家里形势的变化是他也没想到的,原本的死灰之心,此刻不禁有了些复燃的躁动。

蔡巧珠进来后,走到自己的座位旁,向众人行礼,众人赶忙还礼,蔡巧珠才说:"今天……"她话还没说,眼睛先红了,捂住了脸,调整了一下情绪,才道:"今天请动了大伙儿来商功园,实在是有件不堪言的事情,要请大伙儿替……"

"替我做主"四个字她没说出声来,人又哽咽了,说不下去。

处理宅内之事她是经验丰富,但对外交接——尤其是同时面对这么多外

商功园之会

男，于她还是第一次，虽不至于怯场，却因为心绪动荡，而无法将原本想好的一番言语给完整地说完。

然而正因如此，众人反而对她越发怜悯了，均想昊官最近是怎么了，怎么就把柔弱如斯的长嫂逼到这个份上。

十五叔公叹了一口气，道："承钧嫂，你先坐下，顺口气，这里都是自己人，你不用紧张着急。我们慢慢说，慢慢说。"

蔡巧珠颇为惭愧，坐了下来，连翘赶紧奉上一杯茶。

屋内众人也皆沉默落座，没人愿意说话，只看着蔡巧珠喝茶。

等蔡巧珠放下茶盏，却有一个人站了起来，是吴承构。所有人的目光就都望了过去，便听吴承构说道："大嫂，你也不用着急，这段时间发生的事情，我们其实都清楚了。老三太过分了！无父兄为长，无母嫂为娘，如今爹娘都没了，他就不敬兄嫂了。光儿是他的亲侄子，是我们吴家的长子嫡孙，他能得官得爵，那是我们吴家天大的荣耀，老三却自把自为，竟然把这官位给辞了，用心真是昭然若揭。就算他在西关一手遮天，也难堵满城悠悠之口！大嫂你放心，今天不管是分家还是分产，都有我这个二叔替你做主！"

他一番话越说越激动，到最后几乎都要咆哮起来了。

屋内众人一听，无不皱眉。

虽然所有人都猜到今天被请来这里要议的是什么事情，但屋内就没一个人愿意出口的，便是蔡巧珠也觉得开口艰难，只有这个吴承构，连"分家分产"的话都说出来了。这话听着是帮蔡巧珠，但蔡巧珠还是觉得刺耳难受。什么"无父兄为长，无母嫂为娘"？这话明里是指蔡巧珠是嫂娘，暗中的意思，是他吴承构准备当吴承鉴的"兄父"吗？

只是宜和行的掌柜们、伙计们，说来都是外人，掺和不得吴家的家事。十五叔公听得皱眉，只是今天他心里也是偏向蔡巧珠这边的。只有欧家富性子冲，忍不住讥讽道："大少奶奶都还没开口呢，二少你倒是急着要来分家分产了。"

吴承构大怒，指着欧家富骂道："这是我们吴家的事，什么时候轮到你来插嘴！"

欧家富怒气上冲，只是吴承构这话也没错，堵得他没法开口。

蔡巧珠咳嗽了一声，众人一静。蔡巧珠道："今天能来到这里，便都是自己人，没有外人。"

欧家富心情稍微好了些，吴承构却还不依不饶："大嫂，所谓打虎亲兄弟，上阵父子兵，咱们吴家的事，最后还是咱们关起门来解决比较好。这些个外人跟我们没亲没血，几个钱就能买了去的人，你可不能轻信他们。"

在场除了吴家的人，余者无不大怒，连十五叔公都看不下去了，喝道："承构，你胡说什么！"

吴承构叫道："我说错了吗？今天大嫂把我们叫来要说什么事情，大伙儿心里清楚。这些事本来就该在我们吴家宗族内自己解决，这些花钱雇来的伙计，等我们把事情定下来后再告诉他们就好了。"

屋子之内，一时大哗，欧家富指着吴承构就骂了起来，吴承构毫不退缩，也对着欧家富骂。他表现得这么浑，其实内里也是藏着心计算计的：因他在宜和行全无威信，所以得不得罪人都没区别；不过，如果能把掌柜伙计们都给排除出决策圈子，把事情拉到宗族里头议，那他反而就有了腾挪的空间。

眼看现场一片混乱，刘大掌柜闭上眼睛摇头，姚四掌柜把头摆一边去，蔡巧珠也着实恼火。今天请来的这些人，有一些是不得不请，比如当初吴国英说遗嘱时在场的那些人等，有一些则是潜在的盟友，比如姚四掌柜等，可吴承构这几句话下来，不但他自己把这些人都得罪透了，场面也乱透了。

今天也一并被请了来，却一直恪守本分站在一边的吴二两，一双昏而且浊的眼睛眨了两下，眼泪就流了下来："怎么这样！这个家怎么就变成了这样！"

商功园闹哄哄间，忽然听屋外有人笑道："这可真热闹啊。我们吴家也好久没这么热闹了。"

听到这个笑声，满屋子的人一下子全静了。

吴承鉴刚刚午睡醒，这时打着哈欠走了进来，所有人都不敢吱声了。

吴承鉴带着佛山陈走了进来，他们走过的地方，伙计们都低头为礼，宗族们则拱手叫吴官，连刘大掌柜、十五叔公都站了起来。

吴承鉴来到蔡巧珠面前，行礼叫道："大嫂。"

蔡巧珠对着他，一时都不知道该摆什么脸色好。她一时怒起用"恩断义绝"企图逼吴承鉴低头，结果吴承鉴直接回了她一句"要断就断，要绝就绝"，实在寒了她的心。这时面对吴承鉴，冷不是，热不是，但她骨子里毕竟是和厚的人，看着小叔低头向自己问好，最后还是问了一句："有鱼身子怎么样？"

吴承鉴笑道："挺好，我让她好好养身子，什么也别管。她养胎期间，这园子就要劳大嫂多担着了。"

蔡巧珠见他还嘻嘻哈哈的，没个正经，微微皱了皱眉头，没说话。

十五叔公听他们叔嫂的对话，心道："这不像不和到要决裂的样子啊。"

却就见佛山陈也上前跟蔡巧珠见了礼——他跟吴承鉴结拜为兄弟，所以以义弟之礼相见，然后吴七就赶紧给他多安排了张椅子。

吴承鉴歪坐在了居中的太师椅上，摆摆手："都坐吧。"

众人赶紧都坐了。

吴承鉴却指着正要坐好的吴承构说："二哥，你出去。"

"啊？"吴承构蒙了。

吴承鉴说："阿爹在世的时候说过，家里行里的事情，从此与你无关。你出去。"他声音平和，语气却是没得商量。

吴承构站在那里，手足无措，羞愧无比。蔡巧珠叫道："三叔……"吴承构毕竟是她叫来的，这么给赶出去不合适。

然而不等她把话说完，吴承鉴已经打断道："大嫂，我是家主，我说的是阿爹生前的遗愿，若你要说的话大不过这两个，就请不要开口了吧。"

轻轻两句话，就把蔡巧珠给堵死了。

众人心里都是一凛，然而也并不意外，心里都只是想着："厉害啊！"

姚四掌柜寻思着："吴官毕竟是在外头斗过蔡士文，斗过吉山，能把总督府、粤海关都摆平的人，大少奶奶纵然贤惠，却怎么是他的对手？"

吴承构左看看，右看看，从家里到行里，没一个帮他说话。他心里知道这里再没有他立足之地了，跺了跺脚，掩面跑了。

第四十六章

定　　议

吴承鉴一个亮相，就压住了场面，两句话一说，整个商功园的气氛就掌握在了他的手里。

这毕竟是十三行坐二望一的大保商，掌握着全世界最多财富的几个人之一，就算他歪歪斜斜地坐在那里，脸上没点正经表情，别人也还是被他压得喘不过气来。

众宗族、众掌柜、众伙计的感受，也一并传递到了蔡巧珠这里，让她一时也是倍感沉重——吴承鉴虽然当家几年了，但在她面前一直恭恭敬敬的，以至于她从来就没领教过吴承鉴的威势，这时体会到了，才不由得暗暗吃惊，心想便是老爷、丈夫当年当家的时候，宗族和伙计们也不曾怕到这个地步啊。

然而蔡巧珠的性子，柔中藏刚，正与叶有鱼那刚中蕴柔相反。吴承鉴若还是如刚才一般好好说话，蔡巧珠的许多难听话便开不了口，现在威势一压，她反而要反抗了，冷冷地就道："这真是好威风啊，一句话就把二哥给赶走了，再来两句话，是不是准备把我们母子俩也一并赶走？"

吴承鉴笑笑道："大嫂你说什么呢？'恩断义绝'四个字，可是你自己先提的。"

这话就像捅破了挡风窗，引爆了火药桶，把蔡巧珠气得发抖。

他们叔嫂俩一块儿长大的,自然没少吵过架,通常吵到了最后,蔡巧珠真生气了,把狠话放出来,吴承鉴马上就会低头——多少年了都是如此。

所以蔡巧珠那句"恩断义绝"不是真心,只是习惯性地要逼吴承鉴向自己低头,可万不料这一次不再与以往相同,吴承鉴竟把话给接了,现在再把话转过来,倒叫蔡巧珠说不明白了——她能跟谁说她虽说那话但其实心里不是那么想的?她又能向谁证明他们叔嫂二人多年来的相处模式?若只听表面几句话,先错的就是蔡巧珠,可只有他叔嫂二人心里清楚:事情其实不是这样啊!

然而外人又哪里能弄得明白?

这就叫清官难断家务事!

"好,好……你好!"蔡巧珠浑身都颤,指着吴承鉴说不出话来。

看到她这个样子,满屋子的人又多生了几分怜悯,均想:"昊官是什么样的人?连粤海关监督,甚至两广总督都讨不了好的人,大少奶奶区区一个妇人怎么是他的对手?这才一句话就分胜负了。"

十五叔公叹了一声,打圆场道:"都是一家子的人,切肉不离皮的,还是都把气顺一顺,再把话说好了。"

吴承鉴笑道:"还有什么好说的呢?既然已经恩断义绝了,那就趁着今天人齐,大伙儿四四六六①,讲个清楚吧。"

十五叔公眉头就皱了。

刘大掌柜也皱眉道:"昊官,你这意思,还是要分家?"

吴承鉴笑道:"分家?那怎么可以!我阿爹死前说的话都忘了吗?宜和行天下第一之前,吴家不能分,宜和行不能散!老爷子说这话的时候,你们不都在场吗?"

听了这话,所有人都暗吃了一惊,均想吴承鉴这意思,竟不是要拿大头,而是准备通吃啊!

蔡巧珠不可置信地看着自己的小叔子,母亲的那些话她从来不敢相信,但现在似乎……要变成真的了?

难道一个人长大之后,就真的会变得这么厉害,变得……连亲人都不认了吗?

---

① 四四六六:粤语,指办事得体,合乎规范。

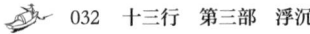

吴承鉴进门之前，屋内众人心情复杂。

吴承鉴进门驱逐了吴承构后，屋内众人受其震慑，大部分都已经偏向了他。

然而此时此刻，众人在对吴承鉴更生畏惧的同时，又对蔡巧珠起了十二分的同情心。

其实在此之前，满西关的人都认为如果吴承鉴真能狠心出手，完全可以把大房吃得渣都不剩，问题只在于昊官能不能狠心。现在看来，昊官是真狠啊！

一时之间，连原本已经打算"就算对不起大少，也要支持昊官"的欧家富也看不过眼了。

他"噌"地站了起来，叫道："昊官！你这样做不对！"

吴承鉴指着他喝道："你给我坐下！行里的事情我可以托付给你，但我家里的事，你瞎掺和什么！坐下！闭嘴！"

欧家富脸上青一阵，红一阵，站着尴尬，又坐不下去！

刘掌柜也扶着椅子扶手颤巍巍站了起来——他原本不至于站起来也颤巍巍，实在是被气的——站起来后一手扶着扶手，一手指着吴承鉴道："是不是我也不能说？"

吴承鉴笑道："刘叔啊，你说，你说。"

"好！你肯让我说就好！"刘大掌柜道，"这几年，你对宜和行功劳卓著，这个大家都看在眼里的，所以你来当这个家，行里的掌柜、伙计，没有不心服口服的。但是，你也不能因此就把大少的功劳也抹了啊！大少对宜和行也是有奠基壮大之功的啊！就是你的家主之位，当初也是大少指给你的，难道你就忘了吗？"

"我没否认啊。"吴承鉴笑道，"不过嘛，刘叔，你说现在宜和行是我当家，还是我哥当家啊？"

"自然是你当家啊。"

"那就是了。"吴承鉴道，"当家的话要比前任当家的管用，这种事情，难道还要我来教刘叔？"

刘大掌柜人已经气得弯下腰，拍着扶手："可那是你哥！你的亲哥哥！同父同母的亲哥哥！"

"如果一定要论这个的话，"吴承鉴道，"刘叔啊，那是我爹大，还是我哥大?"

"这……当然是你爹大。"

"这不结了?"吴承鉴道,"要论管用,听我的,我是现任当家;要论长幼,听我爹的。我爹说什么来着?宜和行天下第一之前,不能分家,不能分产,不能分了人心!现在宜和行天下第一没有?没有!所以……不!能!分!"

"这,这……"刘大掌柜说不出话来了。

十五叔公为人最是耿直,他原本在蔡巧珠与吴承鉴之间是打算中立的,但看到吴承鉴如此咄咄逼人,心里一个逆反,抑强扶弱的本能被触发,就直接站到蔡巧珠那边去,大声道:"好!如果你一定要这么说,那我就提议,这个家由大少奶奶来当!"

吴承鉴笑了:"我大嫂?我吴家的男人还没死绝呢,她一个女流之辈,凭什么当这个家?"

正如刘大掌柜、欧家富两人为蔡巧珠出头,乃是希望给吴承钧的遗孀遗子多争点利益;十五叔公的这句话,其实也是气话,但吴承鉴既问,他就没理由也要找出理由来。

他想了想,说道:"大少奶奶是吴家的大媳妇,光儿是吴家的长子嫡孙!他们才是吴家大房!光儿还没成年,儿子成年之前母监儿职,这事天底下到处都是,也不少我们吴家一家。"

十五叔公回顾他身后的吴家宗族:"大家说,有没有道理?"

上一次吴承构企图夺权的风波之后,能再次进吴家大宅的宗族就被吴国英筛洗了一遍,所以这一次会被邀请来的宗族倒都有几分公心,不完全是唯利是图之辈,虽然畏惧吴承鉴的威势,却还是纷纷点头,希望能支持一下蔡巧珠。

没人觉得蔡巧珠真能代替吴承鉴当家,只是秉承着"进二退一"的原则,希望吴承鉴妥协几步。

十五叔公又对刘大掌柜说:"老刘,你觉得呢?"

刘大掌柜这时站稳了,说:"十五叔这话,说得在理!真不能分家,这当家之人,光少和吴官一般,都有资格竞逐。光少还没成年,就由大少奶奶代掌几年也是可以的。"

吴承鉴笑道:"我大嫂不理外务,当不起宜和行的家的。"

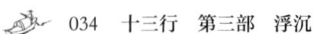

"内务外务,道理是一样的。大少奶奶能当内宅的家,怎么就不能当宜和行的家?不懂的,学着就是,谁又是一出生就会的?"刘大掌柜拍着扶手道,"我这把老骨头,还能再撑几年,加上宜和行的掌柜伙计,尽心扶持!怎么着也能撑到大少奶奶熟悉行务,撑到光少长大成人!"

他回头望向众伙计、掌柜,叫道:"你们说呢?"

欧家富叫道:"没错!刘大掌柜说得在理!"

姚四掌柜不说话,其余的掌柜、伙计,倒还有一小半应和了。不应和的人终究还是怕了吴承鉴,应和的人倒也不是真要支持蔡巧珠出来当家,而是想撑一撑这对孤儿寡母,希望昊官能顾忌一下行里的人心,不要把事情做得太绝——因以前伙计们有时候冒犯了当家时,但凡是讲道理、讲义气的,吴家父子事后都只有嘉奖、未曾惩罚,所以这时宜和行的掌柜伙计才有人敢冒威护弱,这也算是吴国英父子的遗泽了。

吴承鉴又看了一眼蔡巧珠,笑道:"大嫂你怎么说?"

蔡巧珠被吴承鉴的接连强势,压得怒气冲头,这时也恨恨道:"既然你说家不能分,业不能分,那就由我来替光儿当几年的家业,这也不算违反了老爷生前的遗愿吧?"

吴承鉴笑了:"好啊,好啊!原来你们都这么想的啊。"

他笑着笑着,就停了下来,不说话,只是拿眼睛环顾着众人。

除了蔡巧珠气昏头,刘大掌柜和十五叔公豁出去了,其他人都被吴承鉴看得心里发毛,尤其是刚才响应过的人,没有一个不害怕的。

谁不晓得昊官最擅长临开盅来个大翻盘的?谁又能知道他即将要使出来的是什么样的大杀招?

吴承鉴将所有人看了一遍,见没人反应,又说:"还有其他意见没有?"

没人敢说话,姚四掌柜也是眼观鼻,鼻观心。一些心里头打定主意要跟随吴承鉴的伙计,在这等氛围下也不敢开口。

"好,行!"吴承鉴终于开口了。

屋内所有人的心都仿佛被吊了起来,等着即将到来的那一记大杀招。

却听吴承鉴说:"既然大家都同意了,那从今天开始,我吴承鉴跟蔡巧珠、吴昭光恩断义绝。吴家家主之位,就暂时由吴家长媳蔡巧珠代掌。"

众人都是一愣,以为自己听错了,又或者以为吴承鉴在说反话。

吴承鉴站了起来，对佛山陈道："陈弟，你做个见证。"

佛山陈早有预料，在场所有人唯他没有惊诧，站起来点头道："好。"

吴承鉴道："回头我让春蕊把印章印信拿到梨溶院去，以后行里再有什么事，你们也到梨溶院问去吧。好了，今天的事也说完了，散了吧。"

吴承鉴和佛山陈都走了之后，屋内之人，如梦初醒，面面相觑，个个知道刚才发生了什么，却个个都闹不明白刚才发生了什么。

尤其是蔡巧珠，更是愣在了那里，无法动弹。

第四十七章

大雨话别

商功园之会结束后,佛山陈就告辞了。

吴承鉴回到日天居,在玫瑰花圃边才眯了一会儿,叶有鱼就走了过来。她眼睛转了一下,陪着她来的冬雪就跟伺候着吴承鉴的夏晴一起走了。

叶有鱼道:"你这么安排……为什么?"

吴承鉴睁了睁眼睛,说:"北京我是一定要去走一趟的。我走的这段时间,如果是你当家,大嫂只会疑虑更重,这个家一定不宁不和,外头再有人施加点压力,使用点计谋,吴家就会从内部分崩。但由大嫂当家,她先前对我的种种疑虑,马上就会消散。我们叔嫂没了罅隙,你们妯娌两个很快也能和好。大嫂不是刻薄揽权的人,等她相信了我们,反而什么话都好说了。"

叶有鱼怔在那里,这个道理,说破了也不难懂,而且以她对蔡巧珠的了解,多半事情也会如同吴承鉴所想,只是这种一退求家和的做法,是她以前所未曾想到的,不是智不能及,乃是习性使然。

吴承鉴又道:"我走之后,大嫂会把大部分的家务都扛过去,这样你就能安心养胎了。不过她擅长内部调和,不擅长外事算计,宜和行的日常业务,由几个大掌柜处理,不需费心。真有几个大掌柜不能处理的再报到大嫂处,若她也无法决断,到时候你再帮着算计算计吧。反正就是几个月的事,也不见得就会有闹翻天的变故。就算真有了翻天的变故，也不用着急，先稳住底线了，等我回来处理。"

叶有鱼道："底线是什么？"

吴承鉴道："家人的平安。"

叶有鱼听了这话，忍不住了，匍匐在了吴承鉴身上，垂泪道："几个月……真的几个月就回来了？"

其实她更想说的是"真的能回来吗"，然而这等不祥言语，说不出口！

吴承鉴笑道："人生如海浪，有时猛，有时平。咱们老家福建也罢，新家广东也好，但凡出海讨饭吃的人，谁敢说每次出海一定万无一失的？没一点冒险的志气，就别想在这条海上丝路里头讨饭吃！如果每次出海之前都要这么哭哭啼啼的，那大伙儿的日子就都不用过了。"

虽然明知道丈夫是在宽慰自己，但道理还真是这个道理，叶有鱼也就把眼泪给抹了。

福建、广东靠海吃海，男人出海的冒险精神，女人在家的坚毅隐忍，都是不知多少代人慢慢凝垒起来的。

纵知有险，也要前行！

纵知难过，也要渡过！

夫妻俩又抱着说了一会儿话，夏晴过来说十五叔公和几个大掌柜求见。

吴承鉴点头："请他们过来。"叶有鱼收拾了一下心情，站了起来，道："我去准备点茶水。"

她才离开，十五叔公和刘、欧、姚三个大掌柜就都来了。

吴七搬了椅子来，刘大掌柜都不坐，就问道："昊官，这到底是怎么回事？"

"先坐。"吴承鉴摆了摆手，将下人都屏退了，这才说，"我要上北京走一趟，大概要去几个月吧。"

几个掌柜愣了愣，随即都若有所悟。

刘大掌柜道："刚才你说完就走，等我们反应过来，满屋子的人就都乱了。现在还在那儿像没头苍蝇一样呢。"

吴承鉴道："今天能来到商功园，那就是大嫂信任的人，也都是我爹和我信任的人。回头你们露个口风给他们，对外面只说两件事：一是我跟我大嫂、我侄儿恩断义绝；二是从今往后，宜和行由我大嫂当家。至于外头的人想怎么传谣言播风语，随他们去吧。"

欧家富道："昊官，北京那边，是不是很危险？"

吴承鉴道："这些你们不用管，你们管好行里的事就好。行里的事不能决，就去梨溶院问我大嫂。十五叔公，宗族里的事情，就劳烦你帮手理顺一下，在我从北京回来之前，不要让人到吴家园闹事。"

十五叔公问："你去多久回来？"

姚四掌柜忽然插口道："别的都好说，但若有人趁着昊官你不在，对宜和行再动生死扑杀，如前两次一般……"

吴承鉴抬了抬手："我会跟启官谈一谈的。谈得拢的话，他会帮忙罩着你们；谈不拢的话，也不要紧。总之，你们要做的就是把宜和行内部给稳住，至于外部的事情，不需要你们担心。如果遇到扑杀，能退就退，不要反击。"

姚四掌柜问："若是退无可退呢？"

"没什么退无可退的。"吴承鉴道，"真遭了人的算计，人家要地盘就给地盘，要店铺就给店铺，要茶山就给茶山。就是把伙计都要过去也无所谓。到时候就告诉大伙儿：继续安心打工过日子就好。一切等我回来。等我回来了，我会把一切都拿回来的。就这么简单。"

几个大掌柜互相对视，这么做的话的确很简单，只是他们无法明白。

吴承鉴笑道："怎么，不相信我能够办到？"

姚四掌柜先笑了："换了别人说这话，我只当他车大炮（吹牛）。但昊官这么说，那我们就这么办吧。"

深夜，暴雨。

这是一场突然到来的大风雨。

广东濒临南海，海风夹带着巨量水汽卷过来形成的肆虐风雨，非内陆诸省所能想象。而广州又是珠江水系径流入海的必经之地，在平时，这是广州内河航运发达的现实条件，而一遇到大雨，又会造成全国罕见的内涝。

疍三娘在暗夜中四处奔走，幸好，义庄当初址选得好，又建得十分牢固，大水从附近的河道奔涌而过，却未在庄内积涝。入夜之前，风声雨声仍然很大，老弱们都知道义庄无碍，便都各自睡觉去了。只有疍三娘带着几个人，在庄内庄外四处巡视着。

正走着，忽然一个熟悉的人影走近，疍三娘见了他，不由得吃了一惊——竟是铁头军疤。

疍三娘松了口气，说："军疤兄，你放心，义庄这边没事，阿婶她现在应该睡着了。"

这个义庄吴承鉴嫌偏远粗陋，于怜儿也觉得太过寒酸，吴承鉴身边的人里头，只有铁头军疤一直对之赞不绝口，认为是个"能长久"的地方。

义庄建成之后，铁头军疤就将老娘安置在了这里，疍三娘只道他是为他娘来的。

不料铁头军疤却说："跟我来一下，有人要见你。"

这是庄外一处半废弃的守祠屋，屋子很狭隘，好几个地方还漏水，昏暗的灯火在偶尔透进来的风中晃动着。

疍三娘急急奔了进来，铁头军疤把门从外头带上，吴承鉴已经走了过来，帮着疍三娘脱斗笠蓑衣。

"你，你……怎么这时候来！"疍三娘有些气急地叫道。

义庄这里，无论是从西关来，还是从吴家园来，都得过河！现在这种天气过河，那是拿自己的小命开玩笑吗！

吴承鉴笑道："还这么关心我呀！"

疍三娘见他嬉皮笑脸的，更是恼怒。

她还来不及发火，吴承鉴忽然道："我要去一趟北京。"

疍三娘一怔，一愣，随即想到了什么，问道："北京？"

"贻瑾被人抓到北京去了。"吴承鉴收了笑容，"我不去，他就得被杀头。秋后处决，没多少时间了。"

疍三娘大吃一惊。她最近与吴承鉴越走越远，已经不能第一时间知道他的事情，但毕竟是能做神仙洲花魁之首的人，脑子转了两转，马上就明白了过来："不行！你不能去啊！这肯定是个局！"

"我知道。"吴承鉴说，"和珅把贻瑾拿到北京，就是等着我上去捞他。但我不能不去。贻瑾的性命，根本不被和珅放在眼里，他不会为了别的事情特地开恩，我不去，贻瑾就死定了。"

"和珅设的局？"疍三娘更惊惶了，"那可是龙潭虎穴！"

"不入龙潭，怎么拔龙角？不入虎穴，怎么抓虎子？"吴承鉴笑了笑，"所以我这一趟去，或许就回不来了。"

忽然之间，疍三娘知道吴承鉴今晚为什么会来了——他这是知道此去生死未卜，临走之前特地来见自己一面啊！

她一时忘乎所以，扑到了吴承鉴怀中，哭道："别去，别去！别去北京！"

吴承鉴怔了怔，手顺势要抱住她，却又僵在那里。自成亲以后，他已经很久没跟三娘这么亲近过了，以至于都快忘记她的温度了。

感受到怀中的人哭得泪水沾湿了自己胸口的衣服，吴承鉴停住的手，还是把她拥住了。

这一刻他不像抱住了一个情人，倒像抱住了一个故人。昏黄的灯光中，更无半点旖旎，只有暗含酸苦的惆怅与温暖。

"三娘，"吴承鉴呼喊说，"我对不住你。"

疍三娘摇头："你对不住谁，都不曾对不住我。"

"你说的，那是恩；我说的……"吴承鉴找不到合适说得出口的词来，便只是说，"我对不住你。"

两人没再说话，过了不知多久，不知不觉地竟已分开，正如刚刚不知不觉地抱住一样。

第四十八章

一定能赢!

灯光灭了一下,吴承鉴重新点起来。

复燃的火光中,只见罨三娘抹去了眼泪,恢复了平日的镇定与淡泊——她在神仙洲的时候曾是刻意淡泊,因为王妈妈说她的风格就适合装"淡","你越淡,那些男人越喜欢,越会花钱扑上来"。

但后来,慢慢地,她就真的淡了。尤其是经营义庄之后,她越发地变得喜怒不形于色。

灯光灭后又复燃,她在屋里头找了条板凳,随手擦了擦,坐了下来,再不与刚才真情流露时相同了。

吴承鉴在另一只板凳上坐了,把油灯放在两人中间。

罨三娘用手指轻轻梳理了一下头发,说:"其实我也知道,以你和贻瑾的关系,不可能不上去的……但你上去了,广州这边的事情怎么办?你一上去,别人知道你出了问题,肯定要对宜和行和吴家出手了。"

"我知道。"吴承鉴道,"可如今这个棋局,劫在北京。我不去把这个劫打开,没落子我就输了。但要劫争,就得冒险。赢了的话,拔龙角,捋虎子,乘风而还;输了的话……等输了再说吧。"

"有我能帮到忙的地方吗?"

吴承鉴默然良久，才说："如果争得厉害了，或许还会连累你。"

"我怕什么连累……"疍三娘轻轻笑了下，笑意也有些清冷，"再说，可能也没你想的那么大影响。你已经很久没来了。这事满神仙洲的人都知道。今晚来又是挑这种神鬼不知道的天气时候。现在义庄不靠你的钱接济，也能自己活下去。广州的一些善长仁翁，对此颇为照看，所以……你不用担心我这边……"

"我……"吴承鉴听到这里，越发觉得对不起疍三娘了，但口张了张，再说不出对不起的言语来。

"只有一点……"疍三娘道，"你要答应我！"

"嗯，你说。"

"要回来！"疍三娘道，"不管北京那边发生了什么，一定要回来，好吗？"

从义庄往回走，接近四更，大雨已经停了，但风还大，尤其天黑得厉害。

江上的滔滔洪流，只能望到数步之外，再往远一点望，就全都是漆黑的了。

吴七叫道："昊官，我们等等，等等再回去。"

这一次他们是开了花差号来，但花差号船太大，无法靠近岸边，然后是铁头军疤用快船把他们送到岸边来的，想到来时风雨飘摇的样子，吴七就心有余悸。

吴承鉴看了看江水，看看小船中的那点灯光，胸中一股气涌了起来，说："来的时候有风有雨都没退缩，现在有风没雨，就是江上的水大了一点，怕什么？"

吴七几乎要哭了："昊官，没必要啊，没必要啊！你的命这么金贵，早一点回去晚一点回去也没区别，何必冒这种险。"

吴承鉴问铁头军疤："敢不敢去？"

铁头军疤咧嘴一笑："昊官是千金之子，你都不怕，我有什么问题！"

"那就上！"吴承鉴对吴七说，"我们去，你等天亮了风停了再回吧。"

他们开来的这艘船十分结实，乃是沙船世家刘老汉亲手造出来的好物，铁头军疤先将船逆行拖往上游，找到个好下脚的地方，然后才说："行了，上去吧。"

他先让吴承鉴跳上去,吴七害怕得几乎要抱着吴承鉴的大腿哭了,但还是哇哇大叫着跳上船。

然后铁头军疤也上去,一手掌舵,一手拿桨,船身在风浪中晃得厉害。

吴七钻进狭窄的舱里,抱住了一个坚固的东西,铁头军疤大叫一声:"走!"用船桨猛地就将船推离江岸。

这时候桨都没什么用了,全靠舵功。风大浪大,一艘小船在风浪之中漂荡。小船板才多厚?三个人几乎就觉得自己是隔着层板站在水上。

幸好花差号也不远——吴七心里才这样默念着,事情就起了大变化。

船才荡出去,猛地雷声一响,大雨倾盆而下!

这粤海湾地区乃是海洋气候,雷雨说来就来,全不给人一点准备。大雨一打,船舱内的灯就给打灭了;风浪再一卷,船也歪了。

吴七直接就哭了:"昊官啊,昊官啊,你为什么要这样啊!为什么要这样?这下死了,这下死了!"

铁头军疤骂道:"哭什么!没个出息!"

吴七叫道:"没必要啊,没必要啊!我们好好地过日子,为什么不能等晴天?为什么一定要冒着这大风大浪的来开船?"

铁头军疤喝道:"闭嘴!你懂什么!"

吴承鉴看着外头风大雨大,反而探出头去,雨一下泼得他浑身都湿了。他没害怕,神色反而变得有些兴奋,甚至癫狂,就叫道:"好啊好啊!"

吴七却不知道现在有什么好的,小命都快不保了。今晚昊官整个人的状态的确都不正常啊!

吴承鉴却没有一点惧意,不是因为他的勇敢,而是因为他现在的心理状态的确极不正常。

现在风雨再大,在吴承鉴心里,还远没有这个时局给他的压力那么大。天气复杂,又哪里比得上家里行里的各种只能自己承受化解的糟心事?

若是一死就能解决事情的话,那反而简单了,然而在此求生未必可得、求死未必有益的时候,死亡反而是相对轻松的事情了。坐到这么高的位置,享有普通人无法想象的权势与财富,便得承受普通人无法想象的心理压力。

心里头有这么大的压力压着,当死亡的威胁来临时,反而让他兴奋了起来。

看着那大风，听着那大雨，吴承鉴就唱起歌来，一个天下数一数二的大富豪，这时唱的却是童谣：

落雨大，水浸街。
阿哥担柴上街卖，阿嫂出街着花鞋。
花鞋花袜花腰带，珍珠蝴蝶两边排……

这是一首粤语童谣，三岁小孩都会唱的。吴承鉴也没有故作天真，就是随口而唱，一首儿歌却给他唱出了成年人的沧桑来。

舱内快吓尿了的吴七听着听着，却哭笑不得，想：吴官莫不是疯了？

天上偶尔亮起电光，划破厚厚的云层，如同这个世道偶尔出现一点曙光，但很快又归于黑暗；风猛雨烈，犹如时局；乌云满天，让吴承鉴仿佛看到和珅那无处不在的势力。

风声雨声，把他的歌声都淹没了，只是偶尔透了一两句出去，但随即被更大的风啸雷鸣给掩盖了。

天永远都那么黑，仿佛永无止境。

小船颠簸了起来。这不是一个玄幻的故事。铁头军疤力量再强，人力也无法抗天。他原本掌着舵向花差号漂去，结果漂着漂着却歪斜了。

吴七哭了起来："完蛋了！完蛋了！这下完蛋了！"

换了三四年前，吴承鉴在这种处境下就要骂贼老天了，这时却不骂了，只是哈哈大笑，又唱起了福建童谣：

天乌乌，要落雨，
海龙王，要娶某。
孤呆做媒人，土虱做查某。
龟吹笙，鳖拍鼓……

吴家是从福建搬来的，这才隔了两三代，又因为需要跟老家茶山保持生意来往，所以家里的人都会说闽南语。

吴七的哭，吴承鉴的笑，夹杂在风声雨声之中，花差号的灯火看着不远，若在平时游泳都能到，此刻却是可望而不可即。小船的灯火早被扑灭了，在这目力不及数丈之外的风雨交加夜，他们能望见花差号，花差号却不能望得见他们。

铁头军疤就这样掌着舵，让这艘孤独的小船在风浪起伏中慢慢、慢慢地靠近过去，终于……还是歪了！

一个浪头打来，把就要靠近花差号的小船给打偏了！

差之毫厘，谬以千里。小船偏离之后，马上就要被冲到花差号的下游。在这等浪涛之下，再想逆流乃是妄想了！再往南冲荡，直接冲入大海都有可能！

吴七"哇"地大哭了起来。就在这时，"嗖"的一声，一个什么东西破空而至，跟着一个小锚头撞了上来，勾住了小船，然后花差号上就响起了二十几个男人的齐声呼喊："嗨哟，嗨哟，嗨哟！"这是众人一起发力时齐叫的口号。

幸亏彼此不远，原本偏离的小船在二十几个壮汉的齐力牵引之下被拉近，跟着吴承鉴主仆三人被救了上去。

劫后余生的吴七瘫在了甲板上，话都说不出来了。风雨中的花差号也在摇荡，然而比起刚才，他已经觉得安稳无比了。

铁头军疤最后一个上花差号。他才跳过来，小船就被一个浪涛给打翻了，他朝着花差号上一个戴斗笠的小老头竖起拇指："顾爷！好眼力！好手劲！好准头！"

老顾笑了："这黑灯瞎火的，谁看得见？我是听到昊官唱歌了。那一下能把船钩住，也是运气。昊官你命不该绝！"

吴承鉴听到"命不该绝"这四个字，哈哈哈笑了起来："命不该绝，很好！很好！老子命不该绝啊！"

周围的水手都在忙碌着对抗风雨，只有老顾站在那儿，就这么瞧着吴承鉴，半响，说："昊官！老当家和大少虽然也都是粤海商场上一代人杰，论稳你比不上父兄，可这股狂气，这股心劲，他们可比不上你！怪不得短短几年，你能把宜和行弄到今日这般地步！今天我老顾算是服了你了！"

吴承鉴哈哈大笑，就进了舱房，由夏晴伺候着换下一身湿透的衣服，才喝下一碗热姜汤，忽觉船已经不摇晃了。夏晴到外头一看，回来说："雨停了，风也小了。"

吴承鉴打开舱门，只见天上已现曙光。

夏晴拍拍胸口说："这老天爷也真是，早一点停风放晴不好？刚才可把我吓死了。"

吴承鉴淡淡道："别想了，老天爷永远这样的，只有锦上添花，没有雪中送炭——这是世道，也是天道。"

"说得好！"换了一身干衣服的老顾走了进来，随便在舱内坐了，道，"昊官，今晚把我叫来，不会是专门来听你唱歌吧？"

吴承鉴笑了笑："我要上北京一趟。"

老顾是所有听了这话的人中，唯一一个既没惊讶，也没反对的。

吴承鉴又说："上京之前，该见的人我要见，该交代的事情要交代清楚。顾叔你也是我该见的人。"

老顾摆手："说吧，什么事？"

吴承鉴道："当初为了应对'饿龙出穴，群兽分食之局'，我被迫与和珅捆在了一起，从那时候起，就注定了今天的事情。我几次三番谋求与和珅保持距离而不可得，反而一步又一步地跟和珅越绑越紧。直到最近，先前勉力维持的假好局面，终于崩了。"

老顾点了点头，听吴承鉴继续道："这次我上北京去，是要背水一战：如果成了，从此吴家得脱大难，再上一层楼；但是，事情成败，总是难说，我也要做坏打算。上上结局，自然是我成功与和珅脱绑，又取得新皇上的谅解；中等结局，是我陷进去了，但我把大嫂、光儿这一脉脱了身，那时候，老顾你要想办法把有鱼他们母子保住，先送到澳门或乡下，养到孩子能经得起风浪，就送海外去吧；至于下等结局，便是连大嫂、光儿也保不住。"

老顾道："会坏到那个地步？"

"难说。"吴承鉴道，"其实如果不是我几年前兵行险着，在群兽分食之局的那一轮我们吴家就已经完蛋了，现在多享了几年的荣华富贵，我们已经赚了不是？"

老顾道："倒也是。"

吴承鉴道："总之如果事情坏到极点，麻烦你和军疤尽力把我大嫂、光儿、有鱼、耀儿给保住，保得一个是一个吧。"

老顾道："这事不难。这里是广州，和北京隔着万水千山。刘三爷掌控着洪门，佛山陈近在咫尺，救几个孤儿寡母，不算难事。"

"不，这事说不定不难，也说不定极难。"吴承鉴摇头，"每个人都有一个背叛的代价。如果是上等结局，那是皆大欢喜；中等结局，叶大林、潘有节会怎么做都难测；下等结局，我都不知道到时候那些结拜兄弟会怎么选择。他们或许还是会帮吴家吧，但我没有十成的把握。我有十成把握的，只有你和军疤，这是坏到最坏的打算——我只希望不会发生，但我要有所预备。"

老顾沉吟半晌，道："好，我明白了。"他顿了顿，又说："不过，如果局势会坏到这个程度，为什么不选择现在走人？现在如果你要走，嫂侄妻儿，连同你自己，都能保全。"

吴承鉴笑道："因为我贪心啊！我还想再搏一搏！就这么放弃认输，我不甘心！而且……"

他望着舱外越来越明显的曙色，笑道："昨晚那么大的风，那么大的雨，那么大的浪，也没弄死我！这说明老天爷还没想收我啊！既然这样，那我还怕什么！他和珅再大能大得过天吗！老天爷都收不了我，他和珅就更加不行！

"所以这一趟北上，我有信心——我吴承鉴，最后一定能赢！"

冰释前嫌

吴承鉴昨晚做的事情,就像一个人要去干一件生死大事,心中尚有踌躇,便投个铜板看正反面以测能不能成,这跟古人打仗前要先占卜一下道理是一样的。只不过昨晚吴承鉴是拿命来"占卜",而"占卜"出来的结果是"没死",他心中就对此行充满了莫名的信心。

回到日天居,才进院子大门,春蕊迎头而来,道:"大少奶奶来了。"果然吴六守在屋外头,吴承鉴拿手指在吴六的额头上虚点了点,吴六满脸的惭愧惶恐。

进了屋内,只见蔡巧珠和叶有鱼坐在一块,膝盖都挨在一起,蔡巧珠的两只手抓住了叶有鱼的一只手——左手握住了叶有鱼的手,右手覆在叶有鱼的手背上。

见到吴承鉴进来,蔡巧珠狠狠瞪了他一眼。叶有鱼用眼神示意,屋内的下人如冬雪、连翘等就都退下了。

吴承鉴涎着脸道:"大嫂。"

蔡巧珠放下了叶有鱼的手,指着吴承鉴的鼻子骂道:"你,你……你还真当我是大嫂吗!什么事都瞒着我,什么事都自己扛!你好啊你!"

吴承鉴只是赔着笑,不说话。

蔡巧珠骂了两声，算是把台阶下了，又哼道："有鱼都跟我说了……唉，其实，是我不该，我不该听信外人的话，不该……"

商功园会议之后，她回到梨溶院，想了一宿，又哭了一宿。

有些事情，靠空口白牙地说话怎么都没用，但有些事情，不用说却就能让人信服。吴承鉴商功园之会的彻底退让，终于让蔡巧珠完全理解了他的心迹。所以她一整个晚上又想又哭，又伤心又惭愧，本来才收拾情绪过来，这时眼睛又红了。

吴承鉴没让她说下去："大嫂，过去的事就都过去了。我们叔嫂俩再怎么打怎么闹也不要紧的，闹过之后还是一家人。家和才能万事兴。你不大会演戏，所以有些事我得瞒着你做，这才好做一些戏给外人看啊，对吧？"说着又涎着脸笑。

蔡巧珠见他又半正经半不正经起来，啐了他一声。吴承鉴笑眯眯地受了，但叔嫂两人心里头的那块石头，也就此彻底被搬走了。

蔡巧珠把些许怨气、深深悔恨都发了，脸上转而现出一点淡淡的忧愁来，道："你……要去北京？"

吴承鉴收了笑容，点头："没办法，我不去，贻瑾就死定了。所以我非去不可。我们吴家的家风，就没有见死不救的道理，更别说那还是我的生死之交。"

蔡巧珠道："就不能让人花钱……"

吴承鉴打断了她："这就不是花钱的事情。和珅不见到我，顺天府不会翻案的。"

蔡巧珠长长地叹了一口气，吴家的门风、吴承鉴的性格，她都再清楚不过。话说到这个地步，她也知道再劝无益，沉默了好久，才道："罢了，我知道我肯定劝不住你，若劝得住，有鱼就劝了，也轮不到我。只是……我要你答应我一件事情。"

"大嫂你说。"

蔡巧珠道："这一趟你上北京，我不知道你做什么打算，但我要告诉你，虽然明面上，你把家让给了我当；但是你我心里清楚，宜和行的当家，一直都是你。所以你有什么决定，让人捎个话就行，要钱支钱，要人给人。"

"好。我答应大嫂。"

"这个只是让你知晓的事，"蔡巧珠，"我要你答应的，是另外一件。"

"嗯？"

蔡巧珠看看吴承鉴，再看看叶有鱼，又看看叶有鱼的肚子，才回头对吴承鉴说："如果到了必要的时节，不要保吴家，不要保宜和行。"

"嗯？"这一次生出疑问的是叶有鱼，反而是吴承鉴没出声。

"钱，不重要的；宜和行，也不重要的；"蔡巧珠道，"你自己，才是最重要的！家里人的性命，才是最要紧的！如果有那么个机会，能用吴家的家产、宜和行的钱货，来换家人的平安，来换你的性命……我要你答应我，一定要换！"

叶有鱼呆住了。

在之前，她对吴承鉴那么忍让蔡巧珠心里其实是有意见的，只是没说出来。但这一刻，她忽然觉得夫君对大嫂再怎么忍让都不为过——就冲着她这几句话。

吴承鉴也沉默了。这时候他可以随口骗蔡巧珠一骗的，可是他沉默了。他和蔡巧珠叔嫂相处多年，知道自己此刻骗不过她。

蔡巧珠骂道："傻瓜啊，你个傻瓜！你就不会想，你自己的一身本事，只要保住了你的平安，吴家难道还没机会东山再起吗？就算真没机会再得富贵，但只要保住了性命，一家人齐齐整整、平平安安的，难道这些，不比保住万贯家财来得重要吗？"

吴承鉴豁然省悟，之前还略有纠结的最后一点犹疑，彻底扫去："好，大嫂，我明白了，我答应你！"

能得蔡巧珠这么一句话，他再上北京，进退的空间便又大了很多，因为他得到了家里人的无限支持！

蔡巧珠直直看着他的眼睛，知道他没有敷衍自己，这才点头，道："去吧去吧，你安心去吧。好好在外头打仗，家里头有我们顶着呢。有鱼的身子我会好好照顾的，你上京之后只管着自己的事情就好，家里这边，不用你再费半分心思。"

这一次，是叶有鱼主动伸手过来，握住了蔡巧珠的手。

屋子里头，叔嫂两个前嫌冰释，妯娌二人也亲密了起来。

就在这时，吴七敲门，吴承鉴让进来。吴七道："启官来了。"

吴承鉴微一沉吟,道:"请。"

吴七出去了,蔡巧珠道:"他来做什么?"

吴承鉴道:"我且出去会会他。"顿了顿又说:"嫂子,你和有鱼在博古架后听听。我走之后,这个家要你们来当的。"

妯娌二人一起点头。

吴承鉴说着便到外间厅里去,蔡巧珠自与叶有鱼去博古架后找了个地方坐好。

潘有节这次没摆什么谱,直接就进来了。

吴承鉴迎了上去。他在外人面前又是一副脸孔,满脸春阳之暖,笑道:"启官,什么风把你吹来了?"

春蕊已经奉上了茶。

潘有节摆摆手,潘海根就出去了;吴承鉴微一点头,屋里伺候着的吴家下人也都下去了。潘有节身子微微前倾,对吴承鉴道:"承鉴,都这份上了,我们就不打幌子了。"

吴承鉴便猜到了对方的意图,点头道:"好,有节哥你说。"

潘有节道:"你决定上北京了?"

吴承鉴也不隐瞒了,点头:"是。"

潘有节又问:"和珅逼的?"他能比吴承鉴还早一步知道刘全来到,有些事自然早猜到了。

吴承鉴继续点头:"是。"

潘有节沉默了良久,才道:"那几句话,我上次说过了,但这次我还要再说一遍:有些事情,不是我做的。有些事情,我顺水推舟了,但我从来没想将你们吴家往死里整。不管你信不信都好,这话我放在这里了。"

吴承鉴微一迟疑,他心里并不相信,然而口中却说:"我知道。那样对你没好处。我们广东人做生意,总要讲一点阴德,把曾经的友好之家坑到这个地步,不是好事。"

"你能明白这一点就好。"潘有节道,"这一趟你放心去吧。北京的事情,我帮不了你。但广州这边,我给你打一张包票:半年之内,宜和行外部不会有事。谁敢向宜和行动手,就是向同和行动手!承钧的夫人,还有你的夫人,从现在起都是我亲弟妹,光儿、耀儿都是我的亲侄子。谁敢打他们的主意，就是动我潘有节！"

吴承鉴听到这里，不由得动容，赶忙站了起来，对潘有节行了个大礼："启官，能得你这句话，我吴承鉴这一趟上北京就再无后顾之忧！"

潘有节将他扶了起来，拍了拍他的肩膀，道："我们十三行保商，兢兢业业，为国赚钱，素来都与皇权争端保持距离。以前也不是没有保商破产破家的，但主要也都是经营不善所导致的。如今宜和行方兴未艾，和珅他不该在这时候用商道之外的手段凌迫于你。这一点是我无法接受的。只是我能耐也是有限，能帮到你的，也只有这么多了。"

潘有节走了之后，妯娌俩也从博古架后面出来。蔡巧珠叹道："启官也算心有大局了，危急时刻愿意团结，怪不得同和行能够领袖群伦。"

叶有鱼不说话，心里却想："大嫂什么都好，就是太容易轻信别人了。"

因得潘有节这么一说，蔡巧珠本来沉重的心情就缓和了许多，盯住吴承鉴道："今晚都到梨溶院这边来吃饭。我们一家人好久没坐一块吃一顿好的了。上次光儿乱说话，我已经训了一通，但也顶不住有小人风言风语地乱说话，然而经过这次的事情，他也当明白谁才是对他最好的人了。临走之前，你要好好再教他一些做人做事的道理。"

送走了蔡巧珠，叶有鱼道："启官忽然来这么一出，是什么意思？"

吴承鉴道："从好里说，他还是对我们吴家存了几分香火之情，见不得官场的人欺压商场的人，见不得广东人被京城那头欺负。"

叶有鱼道："那从坏里说呢？"

吴承鉴把头左右摇了摇："人家既然给了善意，恶意的揣摩就不要多想了。"

叶有鱼道："就算不愿意恶意揣摩别人，但也得让我心里有个底吧？大嫂性子太过温厚，如果你去北京之后，这边再遇到什么大变，我也得心中有点谱。"

吴承鉴沉吟着，说："我们吴家已经大到潘家不能再吞并我们了。"

叶有鱼心念一转，便明白了。

如今的十三行，潘、吴双雄并峙，两家的规模加起来都要接近整个十三行的一半了，如果潘家吞并了吴家，再加上其行首的地位，马上就会形成垄断之势——这是上面无论如何都不可能允许的,所以可以说潘家的相对规模已经到头了。潘有节可以设法打击吴家、拆分吴家,以阻断吴家追赶潘家的势头,但不可能吞并吴家,甚至只是吞食其较大的一部分,也会引起各方的警惕。

吴承鉴道:"削弱或者拆分我们吴家,对潘家是有好处的;但吴家彻底崩掉,却就未必了。因为这盘菜潘家不能大快朵颐,却也不能阻止别人来吃的,到时候无论是个新保商出来,还是卢、叶崛起,对潘家来说都未必会比现在好。新的不可测的对手,不是最好的选择,被削弱的老对手才是——这是其一。

"最近几年的几件大事,他潘家未必干净,如果我上去之后胡乱攀扯,上面彻查起来,谁知道会闹出什么结果来?他在这时候向我示好,若能买我一个投桃报李,不作攀连,便是值了——这是其二。"

"好,"叶有鱼说,"我都明白了。"

第五十章

北行入京

吴承鉴把家中行中的事情都安排好后,便与家人告别。铁头军疤把老娘安排好,执意要与吴承鉴一起赴京。吴承鉴道:"你去做什么?难道你忘了我的托付了?"

铁头军疤道:"这边的事,一切有顾爷在。你就算信不过别人,还信不过顾爷?"

吴承鉴见他心意已决,便不再阻止了。

吴七是怎么都要跟着的,难得的是吴小九,明明怕得厉害,却也自告奋勇要一起去北京。连夏晴也要陪着一起去时,吴承鉴道:"乱凑什么热闹!这万里迢迢的,你一个女孩子家是想伺候我还是想拖我后腿?"最后只定了吴七、吴小九与铁头军疤三人,加上铁头军疤的两个徒弟、两个能搬能抬的马夫,以及一个惯走京师的老向导,姓裘的。人员准备妥当后,行装一切从简。

蔡巧珠和叶有鱼虽然已经做了心理准备,但真到了要告别的时候,还是忍不住哭。

"不要哭!哭什么!我上京去就一定是坏事吗?"吴承鉴道,"前面两次,我们是被迫应战,不也都好好的。而这一次,全都在我和贻瑾的计划之内。我这次上京,等我回来的时候,我们吴家又要再进一步。我告诉你,你现在这些泪水,那都是白流的。"

他又吓唬叶有鱼:"你肚子里有一个小的呢,想今后生出个爱哭鬼吗?"

这边习俗的传言里,一直有孕妇喜笑则生下来的孩子爱笑,孕妇老哭则生下来的孩子爱哭的说法。叶有鱼被他一吓,竟然就收了泪。

蔡巧珠却是收不住的,一直送到江边。

船只才出河涌,潘家的大船就来送行了。潘有节隔船与吴承鉴饮了几杯,但祝一路顺风,将他直送到珠江。

船才进珠江,叶大林、刘三爷等相继前来,送行的船只接舷比帜,密密麻麻塞了半条珠江,这排场可把那两个差役看得暗中后怕——他们之前觉得这吴承鉴也就是个商人,有点钱罢了,所以第一次说话的时候呼来喝去的,至此才晓得他在广东真是个大人物啊!

船行将转向北,蔡士群、卢关桓等又来送行,免不了又喝了几杯。叶大林直送到佛山边界,刘三爷则陪同吴承鉴进入佛山,佛山陈已经来接。

这一路嘱咐、一路告别,又一路喝酒,到十里亭吴承鉴都醉了,直接就躺在了车上。佛山陈一路把他送到清远。

这一次他们进京,走的是"沙井路",在省内从吴家园登船,至韶州府①换船,过太平关,至南雄府登岸——从广州到这里全都是吴承鉴及其盟友的地盘,所以一路上走得又快又省心。

南雄登陆之后,早有宜和行在这里的分店安排好了人手,用马车送到山路边——到这里就要走山路过五岭了,分店的掌柜早雇好了挑夫搬东西,又用四人抬的爬山虎把吴承鉴抬了,过大庾岭,走山路。

从粤北到江西南部、湖南南部、福建西南部的五岭山区地区,乃是客家人的天下。因卢关桓打过招呼,这边有客家土豪护着吴承鉴一行人,直入江西境内。

这一路只要走山路必定是熟脚挑夫,走平地必定是马车,交接之间不用讲价,到了就走。

进入江西之后又换船了,沿途都用最快的船,走赣江水系。从沙井登陆换马车,经九江府、庐州府、过凤阳府,进入徐州地界。从江西到安徽,这一条

---

① 途经今佛山、清远、连江、英德等地。

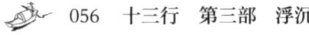

路则有叶家的人打点。

自广州一直到安徽南部，沿途都很少住客店，处处都有十三行的上游合作商户，因早半个月都得到了消息，人人都将这位吴官款待得极好。若不是吴承鉴力求赶路，只怕得一路吃喝过来，人都要胖两圈。

而这一路，也让两个跟随的差役叹为观止，越走越是心惊，他们是万料不到自己带走的这位爷有这么大的势力！

过长江以后粤商势力渐小，过徐州府之后，就没有十三行保商的分店或直接合作伙伴了，沿途得住客店。然而最难走的道路都已经走过了，这里到京城已是一马平川的华北平原。

一路上，向导老袠不断给几人普及沿途见闻，说道："我们广东到京城，有沙井路、长江路、浙河路。这三条都是走东边的，都是经江西、江苏或安徽，进入这山东地界，其中沙井路最快。此外又有西边的两条路，一条汉口路，一条樊城路，是经湖南湖北的。不过西面的那两条路，如今是走不得了。"

这时几个人都骑着驴呢，吴七在驴上问道："为什么？"

老袠道："还能为什么，白莲教啊！这也是我们广东人命好，没被白莲教波及，湖广四川那边，白莲教如今闹得厉害，走那边别说平安，说不定小命都得赔上！"

吴承鉴耳里听着白莲教，心里就想着澳门那边悬而未决的英夷犯界，寻思着："和珅自诩能吏，却把国家的内政外防折腾成这样。"

一行人穿过山东，进入涿州，不久就望见了广宁门。

在进入安徽之前，两个差役对吴承鉴都唯唯诺诺；进入山东地面之后，说话渐渐就不一样了；等望见北京城门，大概是觉得到自己地盘了，便旧态复萌，说话也不那么客气了，甚至言语间夹带着些许威胁之意，暗示吴承鉴最好再给些孝敬，否则入京之后没好处。

吴承鉴知道"阎王好过，小鬼难缠"的道理，也不跟他们计较，还真补了些银两给他俩，两个差役大喜。这一趟去广州辛苦是辛苦，但也赚了个盆满钵满，二人都想着这样的好事如果再来两三次，他们都可以退休养老了。

二人又来问吴承鉴是否需要住店，他们能提供方便云云——这自然不是好心，而是如果吴承鉴住了他们介绍的店，后续还会有源源不断的好处。

吴承鉴微笑道:"我们先往广东会馆问问,如果找不到地方住时,再来请两位差爷帮忙。"

两个差役这才想起人家是广东大土豪,自然会去住广东会馆的,这事便罢了。那满口黄牙的差役说:"你落脚了之后就来找我们,我们领你去衙门,好让府尹老爷问案。"

吴承鉴道:"好。"

进城门后,双方分开,向导老裘就带了他们往广东会馆走——这北京城吴承鉴也不是第一次来,距上一次来还不到十年的工夫,乾隆年间的北京城在几年里头几乎没变化,所以吴承鉴一路走得很是熟门熟路。

吴七却是第一次来,左看右看,图个新鲜——北京跟广州相比,也就是总面积大,市井的商业繁华程度难分轩轾,只是风格上南北有异罢了。相对而言西关地区的配套更齐全些,所以吴七进城之后非但没有什么大开眼界之感,反而左嫌弃右嫌弃,这会儿说土真多,那会儿说味道好臭。因街上污泥遍地,沟渠也的确难闻,一些贫民甚至就将各种脏东西倒在路边,甚至包括屎尿。

吴承鉴听了有一会儿,制止了他道:"小声点吧!被人听见了不好。"

吴七道:"怕乜(怕什么)!我哋讲广东话咪就得啰(我们说广东话不就好了)。"

吴承鉴道:"不许,给我说官话,最好多学几句京片子。"

广东乃是大省,商业又极其发达,在北京的会馆不止一处。吴承鉴上一次来是私自进京,没住会馆,这一次则直奔广东会馆而去。这边也早就打了招呼,管事老苏一听昊官到了,带了一帮伙计迎了出来。

老裘是这里的熟客,手一摆:"这就是昊官了。"

能做广东会馆的管事,哪里会不知道广东的行情。那老苏虽然早就能说一口京片子,这时却开腔就是家乡话:"昊官,一路辛苦嚟。"

吴承鉴听他带着东莞腔,却笑了笑,用京片子回道:"得,不辛苦!"

老苏一听,转回官话:"哎哟,昊官这是来过京城啊。"

吴承鉴笑笑道:"好几年前来过,那时怕被老爷子揍,就不敢住你这儿。再说那时我也没资格住这里。"

"昊官这话说的!要是传出去,叫我老苏怎么做人!"老苏道,"宜和行少东驾到,咱广东会馆就算没房间,也得有房间啊!"

众人大笑,老苏就引了吴承鉴入内。

这广东会馆规模甚大,主体是一座大四合院,改建之后,院门开阔、厅堂华丽,砖瓦木雕都从广东运来,内部按照岭南园林来装修,进去后把院门一关,不知道的还以为到了广州。

围绕着这座主院,周围又建了许多店铺、住房,共有两三百间之多,南面又有个园子,种了许多桃树,因此叫作桃园。管事老苏半个月前就把桃园清了出来,留等吴承鉴居住。

"昊官,这还满意不?"带吴承鉴转了一圈之后,老苏笑着说,"园子里该备的都备了,听说昊官是惯吃暹罗米的,这里也设法进了几斗,又进了不少东山的羊、大塘的鹅、干瑶柱等等,南方的果蔬也备了许多,厨子也都是顺德来的师父,跟广州自然是没得比,但怎么也得让昊官勉强能住下去。"

吴承鉴笑道:"要这还住不下去,满北京我就找不到地方下脚了。"

进了桃园之后,迎面又一排丫鬟站开。老苏道:"听说这次昊官来是有正事要办,路上走得快,我估摸着未必会带丫鬟,所以让牙行挑了十二个丫鬟在这里等着,昊官要不就挑几个顺眼的,凑合着用?"

吴承鉴往吴七一抬下巴,吴七道:"都先下去,回头我来挑。"

那十二个待选丫鬟也都是经过调教的,齐齐万福,便都退下了。

接下来,搬运行李、归置东西、挑选丫鬟、讲论规矩,吴七等自有一番忙乱。吴承鉴却不管这些,让吴小九把躺椅搬到桃树下,眯眼养神了。

第五十一章

剃头换衣

这京师乃天下四会之地,吴承鉴是广东坐二望一的大土豪,他来北京,京城的粤商若知道怕都要来拜会的;但这次他没有大张旗鼓,只是悄悄进城,所以除了广东会馆的管事,很多人都还不知道这件事情。

但宜和行在北京也有店铺的,在京掌柜听说东家到了,当晚就急带了几个心腹伙计赶来相见。吴承鉴宽慰了几句,让他们不要声张,只当不知道自己进京便可。

在京掌柜走了后,铁头军疤带了一个人进来,正是那位摊手五。

吴承鉴赶紧拱手迎接:"张师傅。"

摊手五知道他记挂什么,坐定之后也没废话,就说:"不辱使命,已经见过了周师爷。"

吴承鉴忙问:"贻瑾他怎么样?"

"周师爷这罪过,受的可大了。"摊手五说,"我见到他的时候,情况很是不好。幸好我找到了沧州跌打圣手马六爷,他与我有旧,给我面子,从沧州赶了来,入狱为周师爷诊治。也亏得我们花了银子之后,牢头狱卒倒也都讲江湖规矩,没再为难,许我们将牢房打扫干净,在牢里头为周师爷疗伤。"

说到这里,摊手五脸上露出不忍之色。

吴承鉴急了："伤势究竟怎么样？"

摊手五又叹了一口气，道："周师爷精神虽然不好，身上其他病痛，也只需要调养即可，但他腿上的伤已有所迁延，虽然不至于伤了性命，但若是寻常疗法，伤好之后必定落下残疾。因此马六爷问他敢不敢冒险忍痛，周师爷人长得斯文，没想到真是硬气，竟然就说敢，于是……于是马六爷将他的腿重新打断，再行接好……"

吴承鉴听得"啊"了一声，指甲都掐进掌心里去了。

"这一趟接治，倒也顺利。"摊手五道，"只是周师爷这罪受得就大了，且腿断后再接，也是颇损元气，如今正在疗养之中，人虚弱得紧。"

吴承鉴又问了好些周贻瑾的事情，越问越是内疚，最后才送走了摊手五。

吴七道："吴官，咱们明天就去看看周师爷吧？"

吴承鉴却摇头："不行，得先去和府走一趟。和珅不开口，我未必见得着贻瑾。"

吴七道："张师傅也进去了，我们还会进不去？最多多花几两银子。"

吴承鉴摇头："那不同的。"却就没再解释。

第二天一大早，吴承鉴提着在广州时就备好了的一份精致礼物，来见和珅。

和珅住的府邸，也就是后世的"恭王府"，位于什刹海地区，处在北京西城，广东会馆则在北京南城，两地距离不近。

吴承鉴在神仙洲要多猖狂有多猖狂，来到北京就收紧尾巴了，什么排场都不摆，只带着吴七、铁头军疤，提了个小箱子，雇了一辆马车，开到西城，远远地就停下了，准备步行前往和府。

没走几步，忽然有人道："哟，这是谁啊，这么眼熟，可不会认错人了吧？"

吴承鉴循声望去，竟然真的遇见了个熟人——不是广兴是谁？

身在北京城，吴承鉴这一趟就是来装孙子的，见了广兴，腰弯了弯道："原来是广兴老爷。"

广兴上下打量了吴承鉴两眼，呵呵了两句："这真是你啊！真是人生何处不相逢啊！你怎么变成这个样子？"

此时的吴承鉴，的确与在广州时完全两样，如果换了个广州的熟人在此，肯定认不得这位宜和行昊官了。

首先是衣服，大清对商人穿什么样的衣服有着严格的规定，广州万里之外，平时也没怎么管，到了北京可不相同，虽然吴承鉴捐了个官身，但为免不必要的麻烦，还是只穿了一身布衣，一切绸缎金玉皆不用，望上去灰扑扑的。

但这还不是吴承鉴外貌大变的原因，最让他外貌大变的，是他的发型——昨天晚上，吴七让会馆的管事老苏连夜去请了一个剃头匠来，给吴承鉴重新剃了头。

大清要求百姓剃的标准头型，可不是只剃前额，然后剩下的头发扎成辫子，而是将整个头都剃光了，只留头顶或者后脑膏药大的一块，然后将仅存的头发扎成一条极小的辫子。这条辫子要小到能穿过一个铜钱的方孔，就像一条老鼠尾巴一样。这个发型有个称呼，叫作"金钱鼠尾"。

清朝的皇帝也是知道美丑的，所以他们自己并不剃成这样。吴承鉴在广州时山高皇帝远，也没人管得那么严，所以虽也剃头梳辫，但也没剃成这样；可来到北京，又是这样的局势，为免落下话柄，便依照最严格的规矩剃了个"金钱鼠尾"。

广兴招呼着与他同行的几个人道："来来来，这可得好好介绍了。你们可知道这一位是谁来着？这一位，谱可大着呢！乃是咱们大清朝数一数二的有钱人，广州十三行的大保商，宜和行的昊官哪！"

吴承鉴这次北上，早预着会遭遇各种屈辱，遇上各色人等，却也没料到第一个会撞上广兴。这时周贻瑾还被关在顺天府大牢呢，他也不敢任性，低着头弯着腰，说道："广兴大人说笑了，我们有什么钱？十三行乃是奉旨做的买卖，钱来钱往的，纵然经手些财货，可那也都是皇上的钱。我们啊，其实也算是替皇上办差。"

"哎哟喂！"广兴道，"能替皇上办差，那可不简单！我们还得给您请安喽。"说着作势要给吴承鉴打千。这不是尊着人，这是要挤对人。

吴承鉴急忙拉住："广兴大人这么说，这是要折杀小人了。"

广兴眼看吴承鉴要来扶，猛地抬脚踢了他一个跟头，喝道："拿开你的脏手！凭你也敢来碰我！一个商贾贱人，也敢自称给皇上办差。你也配？"

吴承鉴似乎一时不防，被他踢了个跟头。吴七大怒，就要上前，却被铁头军疤拉住了。吴承鉴栽倒在地上，摔了个狗吃屎，满脸都沾了灰。

和广兴一起来的人起哄大笑，广兴也笑了起来。他去广州的那一回本以为能建奇功，结果得意南下，失意北归，回来后因为办砸了事情没脸见人，在家里躲了好几个月，实在是生平罕有之挫折，这时见吴承鉴出丑，也不由得哈哈大笑，稍解了心中积怨。因他是要去礼部上班的，这时便不耽搁了，带着嘲讽的笑容走了。

吴七赶紧扶着吴承鉴起身，心中恼怒，在广州时，哪里吃过这个亏？对铁头军疤说："你刚才干什么拦着我！"

铁头军疤言简意赅："昊官吃过几天夜粥，这一脚本可以躲开的。"

吴七愣了愣。

吴承鉴拍拍身上的灰土，说道："跌一跤罢了，不算个事，好过跟他纠缠下去没完没了。走吧。"

吴七这才又提了箱笼，跟在吴承鉴后头，不一会儿就看到前面一条老大的长龙，奇道："这是做什么？前面有什么好吃的东西卖吗？"

广东人最好吃，他第一反应就是这个，心想这等长龙，那东西得好吃到什么程度。但走近了就知道不对劲，排队的人竟然都是官员，有大的，有小的，小的六七品，大的一二品也有！

吴承鉴已经明白了过来，用粤语低声说："佢哋都系嚟排队见和珅嘅（他们都是来排队见和珅的）。"

此时的和珅，那真是如日中天！太上皇不理朝政，嘉庆皇帝也避退一箭之地，他这个"二皇帝"把持朝政，几乎就是真正的总宰大臣！没有名分的摄政王！

吴承鉴向前走去，没走几步就被人嚷嚷："干什么干什么！没眼睛看吗？排队！"

在广州的时候，特别是摆平"饿龙出穴、群兽分食之局"后，堂堂宜和行昊官哪里受过这种呼喝？但这里是北京城，他的"正五品郎中"在十三行中鹤立鸡群，到了这里却连个麻雀都不是，呼喝他的人一个四品、一个三品，还有一个二品武官。

吴承鉴看着这条人龙，心想自己现在就算把名号亮出来，也没资格压得住众人，便对吴七道："走，找后门。"

三人绕了一大圈，找到了后门，却见后门也堵了一堆人。

吴承鉴皱了皱眉头，说："找角门。"

吴七道："什么角门？"

吴承鉴道："下人进出的那种。"

吴七道："昊官，那……那怎么行！"他觉得太委屈了。昊官再怎么说也是个人物，难道就没资格堂堂正正见和珅一面？却要去走下人的通道……

吴承鉴道："便是跪在地上舔靴子，也得想办法救贻瑾。"

吴七是有经验的，很快就找到和府的一个小偏门，这里是下人进出的通道，外头也等着一些人，不过就没有官员了，都是些下九流，守着想看有没有点油从里头漏出来。

小门里头也有个看门的，吴承鉴对吴七道："把箱笼给我。你们回去吧。"

"这……"吴七担心着。

吴承鉴看了看铁头军疤，铁头军疤就将吴七拉走了。

吴七被拉开了一小段路，忍不住抱怨："真让昊官一个人进去啊，要出了什么事可怎么办？"

铁头军疤道："这里是宰相府，真出什么事，我们能怎么办？"

吴七烦躁道："真出什么事，我宁可陪昊官一起扛。"

铁头军疤道："我觉得吧，也不一定会死人，一场羞辱免不了，你喜欢看昊官受辱，还是认为昊官喜欢被熟悉的人看他受辱？"

吴七就不说话了。

跪　　等

那一边,吴承鉴接过箱笼之后就把头低了,把腰伛偻了。他刚刚跌得满脸灰土,虽然抹了抹,但脸上还是灰扑扑的,头上、身上的灰尘未尽,倒也不像个公子富豪了。

一路走到角门边,用一口京片子对看门的说:"这位哥儿,咱是全爷爷的亲戚,老家有事,让咱来见见全爷,能否通报一声?"

那看门的刚想刁难,手里已经被塞了一锭不轻的银子。

看门的手一掂那重量,嘴角的嘲讽就裂开变成笑了:"您倒是客气嘞。怎没听说全爷有您这门亲戚?"

吴承鉴道:"穷亲戚了,少走动,但其实关系也没断,只是知道全爷爷忙,不敢老来打扰。实在是老家亲戚出了点事儿,得来找全爷爷帮个忙。"

吴承鉴保养得好,从小没怎么日晒雨淋,酒色二字又能克制,面相看着比这个时代的同龄人年轻许多,放到乡下地方,说他不上二十都有人信,所以说话带着少年人的口吻。

那看门的看了他一眼,说:"咱们中堂大人日理万机,全爷管着这个家,一天要理的事情比中堂大人少,一千件没有,八百件得往上。咱也不敢替他老人家做主。我可以替你通传一声,见不见得着人可难说。你叫什么啊?我通传的时候才好说。"

朝堂上，江湖里，宅院中，都有规矩，拿了人家的钱，办不办得成事都得给人个说法。

吴承鉴道："不敢不敢。"他打开箱笼，摸出一把折扇来道："能否请哥儿给代呈一下，全爷爷看见这物件，就知道我是谁了。"

那看门的接过扇子一瞧："哎哟，这还真是我们府里出去的东西。"他原本不信吴承鉴真是刘全的亲戚，这时候就信了四五分了。

这把扇子是和珅赏给吴承鉴的物件之一，上面有和珅的题字，没落款。

看门的才要打开，吴承鉴按住低声说："别打开，不方便。"又凑近了说："里头是中堂大人没落款的题字。出门前家里的大人交代了，除了全爷爷，谁都不让看。"

"哎哟，那可不敢了。"看门的把扇子收好了，对这事又着紧了三分，心想能让刘全求得中堂的题字，怕是这门亲戚还挺亲。

他就要走，吴承鉴又塞了一锭银子说："实在是急事，得尽快见到全爷爷，中间若要转呈，这点人事可不敢让哥儿破费了。"

看门的笑道："你还真会来事，你家大人派了你来，没指错人。等着啊。"就把角门关了。

和府占地广大，人事复杂，他一个看边角门的也见不到刘全，只走了两转找到管事的，把事情简略说了，又塞了一锭银子。那管事的笑道："全爷这亲戚，倒懂规矩。"

刘全也是真的忙，要是府里府外无论大小轻重什么事都往他面前说，他也得累死，更不能什么人都见。所以事情要报到他面前，报不报，什么时候报，那都得看各房管事掂量，这时既拿了银子，自然得把事情往前面排了。

那管事的收了银子，拿了扇子，就找到刘全。刘全正看着账本，接过扇子一打开就知道是吴承鉴来了，冷笑了一声问："人在哪里？"

"角门外候着呢。"

刘全笑道："不愧是大宅院里出来的，倒也懂点门道。这扇子要是从前门递，半个月也别想到我手里。"

"那……"

刘全叫来一个见过吴承鉴的小厮："你去认人，如果不是吴承鉴本人，立刻轰走。如果是,就把人带到尔尔斋边的廊角,让他跪候。"

那管事听到这话,就知道来人身份不简单,不敢掺和,告辞去了。小厮也即出来,来到小偏门,把吴承鉴上看下看,才算将他认了出来,道:"跟我来吧。"

吴承鉴在吉山府里时嚣张不改,这时却眼观鼻鼻观心,只是走路,目光都不斜视一下的,七弯八绕走了好远,才算停下。那小厮指着一个阴暗角落道:"全爷吩咐了,你在这里跪着等吧。"

吴承鉴二话没说,就跪在那里了。

那小厮又看了他两眼,这才去回话。

仍然在看账本的刘全稍停下,问道:"是本人?"

"是本人。"小厮回话道,"就是头剃得合规制了,身上脸上都灰扑扑的,差点叫人认不出来。"

刘全又问:"让他跪等,他什么神色?"

小厮道:"什么神色也没有,就老老实实跪在那里,一句话也没问。要不是跟着全爷去过趟广东,再想不到他在南边是多威风的人。"

刘全笑道:"小小年纪就能伸能屈,怨不得他能把生意做大了。"然后他就低头看账本了。

他晾着吴承鉴,一半是出自故意,一半是他真的忙。他刘全的世界不是围着吴承鉴转的,所以事情处置后就放下了。

这般从上午到中午,从中午到下午,从下午到晚上,吴承鉴就这么跪在角落里,偶尔有下人经过也没人理他,别说午饭晚饭,连一滴水都没有。他早有预备,所以早饭吃得甚饱,又年轻力壮,饿了两顿也还能撑持,就是一直跪着不动十分难受。

夜幕降临,前门来报刘全:"大人回府了。"

刘全道:"今儿个这么晚!晚膳备妥了没?"

"大人说,不吃了,让人呈一碗羊骨粥就好。"

刘全急问:"厨房里可有备着?"

"有。"

"那好,快送过去。"

"已送过去了。"

他是和府最大的管家，却也不是事必躬亲，和珅身边另有能做点主的人。

和珅外出的时候，和府就像一头沉睡的巨兽；和珅一回来，这头巨兽就像醒了。在和珅看不见的地方，妾侍、丫鬟、小厮、仆役、厨娘，都流水般转动了起来，一切都有规矩、章法，却都不能把忙碌给中堂大人瞧见。便是一碗羊骨粥，后面也牵扯着人事。

刘全把今日要处理的事情给收拾了一下，这才出来，问明和珅在安善堂，在门口跟守门的小厮打了个眼色，便知和珅在休息，并无过于异样的情绪，想是今天宫里和军机处的事情还算好，才轻手轻脚走了进去。

和珅坐在椅子上，官袍都没脱，头后仰，一条热毛巾盖在他的脸上，左边几上摆着他的顶戴花翎，右边几上是半碗喝剩下的羊骨粥——碗勺随便丢着，没人敢来收拾，怕打扰了中堂老爷。

刘全轻轻走过来，轻轻把碗勺收拾了一下。他几乎没发出一点声音，但假寐中的和珅还是立刻醒了："刘全？"

刘全忙应："是。"

和珅又说："擦脸。"

刘全赶紧上前，就拿着盖在和珅脸上的热毛巾给他擦脸，手势拿捏得恰到好处。

和珅动了一下眼耳口鼻，精神恢复了几分，道："说事吧。"

刘全道："老爷，您得保重身子啊，不能这么没日没夜地操劳国事了，您多久没怎么合过眼了……"

他说着眼睛就有点红，忽然被和珅眼角冷冷一瞥，吓得赶紧闭嘴，知道自己逾分了，不敢再说多余的话，人也站好了，将家里头该禀报和珅的一些事情，一条条地说了。和珅没开口的，刘全便知道照办就可，若遇到需要和珅开口的，那定是没办妥的。

如此说了有一炷香时间，说了十七八件事情，和珅过问了其中五六桩。刘全道："家里头的事，没了。"又道："吴承鉴来了，在角落里跪着呢。"

"吴承鉴？"和珅微怔了一下，才想起这个人来。

他如今掌控着整个大清帝国，军国大事每天都有几十件，脑袋里要记住的人何止千数？吴承鉴在广州城无人不知无人不识，在和珅的脑袋里，那也不过是角落里的一粒芝麻。

不过这粒芝麻,如今倒也干系到了一些要紧的事情。他脑子一过,已经将与吴承鉴有关的诸般头绪理清,便道:"带来见见。"

这时已是深夜,吴承鉴在角落里跪了一天。白天还好,入夜之后风渐冷寒,他又跪着不动,更是难受。他堂堂一个广州大商人,却在这里饿了两顿,跪了一整天,却还不是和府故意要折辱他。和珅不是广兴,哪有那个心思和精力来折辱他?便是在刘全心中,也不曾为他多花无谓的心思。

吴承鉴对于他们来说,只是需要处理的一件事情之一。

好不容易才见一个小厮过来道:"中堂大人要见你,来吧。"

吴承鉴从昏昏中瞬醒,要起来却动不了——却是脚早就都僵了。

那小厮也不管他,也不理他,说了话后就走,走了没两步回头:"干什么,还不快走!"

吴承鉴撑着地面爬起来。麻过手脚的人都知道,血气初通之时,稍稍一动那便如蚁爬针刺,难受极了;这时候若停一停、缓一缓,让血气慢慢通畅还好,若是稍微一动,那可就要命了。

偏偏那小厮催促过后又走了,吴承鉴无奈,只好抬脚追赶,这一番受的罪可就大了,脚上的麻痹感犹如万针同刺。为了跟上那小厮,他强行忍着走着,跑出十几步路才算好了,额头却已沁出冷汗。

第五十三章

芝兰当道，不得不锄

吴承鉴也不知道自己在时明时暗的走廊、园径、碎石路走了多久，总之穿过七八个门，才来到一个院子里。

"等着。"小厮吩咐道，进去了。过了一会儿出来说："进去吧。"进去之后，只见内里一间厅堂，一抬头，只见匾额上写着"安善堂"三个字。刘全站在匾额下，轻声道："昊官，好久不见啊。你倒真是讲义气啊，为着一个师爷，还真舍得下偌大的家业，就真敢来了。"

吴承鉴微微含笑："我便是不为贻瑾而来，中堂大人要我来时，我难道还能躲过去？"

刘全笑道："躲是肯定躲不过去的，只是要多费老夫一番手脚。"

"所以我就直接来了啊。"吴承鉴说，"这样我能早一点见到贻瑾，广州那边的人也会认为我够义气，全公这边则少费一些功夫，一举三得，何乐而不为呢？"

刘全哈哈一笑，却不敢大声，唯恐传到里头去，招呼吴承鉴道："走吧。记住，长话短说，废话不说——中堂大人没工夫浪费。"

吴承鉴道："我明白。"

刘全掀开布帘，吴承鉴跟着进去，一进门，但见里头灯火通明犹如白昼，一个身姿挺拔、英俊无俦的中年男子站在那里。他面前一张好大的书案，右边摆着一堆没处理的文书，左边摆着一堆处理完的文书，一个小厮在边上磨墨，两个丫鬟一个站在右边取文书给和珅，一个站在左边将文书整理好。三人就这么几个机械的动作，目不斜视，好像又聋又哑。

吴承鉴进来之后，刘全朝案前一侧指了指，他便只好站了过去。刘全瞪了他一眼，吴承鉴便只好跪了下去。

和珅似乎就没见到他进来，又处理了四五件事情，这才抬起眼来，瞥了吴承鉴一眼，道："抬头。"

吴承鉴把头抬了起来，这是第一次与和珅对视，就近这一看，心想："这就是和珅！果然长得好。就是这个样子，好像很疲倦。"

却见和珅笑了起来："你就是吴承鉴？果然长得好。就是这副样子，刻意了些。"

吴承鉴道："多谢中堂大人夸奖。"

和珅道："跪在这里跟我说话还能不卑不亢，好久没见到你这样的后生了。"不等吴承鉴回应，就道："说吧，求见我什么事。"

一边说着，一边又接过一份文书看。

吴承鉴道："中堂大人让我上北京来，又是为什么事情？"

和珅拿过文书的手一停，脸色也微微一沉。他没说话，但那意思已经很明显：聪明人别说多余的废话！跟我打机锋你不够资格。

刘全在旁边也有点急了，轻轻爽了爽喉咙作个警示。

吴承鉴便略略摸到了对方的性情，说道："求中堂大人高抬贵手，网开一面。"

和珅并不搭腔，只是站在那里，继续批阅公文。屋内并非没有椅子，然而坐得舒服了，就无法排遣困倦。因此他站在那里执笔办公，却流露出了些许武人的威武。

吴承鉴犹豫了一下，又道："小人不敢奢求别的，只求中堂大人能给我家人一个平安。"

和珅仍然没有反应。

吴承鉴调匀了一下呼吸，说道："吴家愿尽献家财，只求能够家小平安，躬耕度日。"

和珅仍然没有反应。

吴承鉴深吸一口气,道:"和大人如果还不解气,就把我杀了吧。钱我不要了,命我也不要了,只求和大人能放过我的家人。"

和珅终于停了笔,抬了头,盯着吴承鉴道:"我要你的钱干什么?我自己没有吗?要了你的命,对我又有什么用处?"

吴承鉴听了这话,便知今日之事难以善了——吴家所有的只是钱,他吴承鉴能舍的只是命,这两样和珅都不稀罕了,自己便无以乞求了。

没有赖以交换的东西,剩下的就只能仰望对方的施恩——而仰赖施恩,那便是生死在人不在己。

和珅又在文书上画了两画,结了一件大事,左边的丫鬟将文书接过去。和珅将笔一搁,说道:"你在广东替我办事,也有两三年了,宾主一场彼此不容易,我就给你一条活路吧。"

吴承鉴听了这话,匍匐在地。

和珅道:"外头天天都有谣言,说我和珅巨贪,说我和珅家财万贯,说我宅子里金堆银堆、珠宝满库,呵呵,却没人知道我手里头最值钱的,不是这些。"

吴承鉴心头一沉:这些……可不是他愿意听到的话了。

和珅话锋一转,道:"你查过我的产业,对吧?"

哪怕这些年已经历练出了过人的城府,吴承鉴的身体还是忍不住微微一颤。

和珅笑道:"虽然你触碰到的,不过是我最外面的一层皮,但能碰到这层皮,算是你本事;敢碰这层皮,算是你有胆!"

他语气平和,甚至脸上还带着微笑,但那三个佯装聋哑的丫鬟、小厮都已经忍不住牙齿暗颤,就连刘全都暗中心惊。

摄政者杀人,莫说动手,连言语都不用一声的,只要他心里起了杀机,跪在地上的人就活不了了。

吴承鉴连呼吸都屏住了,这话没法接,也不知道怎么接。

不料和珅眼眸之中,一点杀气都没有,反而以让人感到莫测高深的语气说道:"你现在是……是哪一部的郎中来着?"

吴承鉴道:"户部。"

和珅也不知道听没听见他的接话,自顾自道:"我回头让人给你升两级,你上来北京吧。我交个差使给你做，等做好了，别说一家子的平安、性命了，荣华富贵，也在指掌之间。"

刘全大为诧异，他自以为最能知道和珅的心思了，这一次也大出意料！和珅居然不打算惩处吴承鉴，甚至还要抬举他？便是旁边那个小厮，也忍不住眼角稍稍瞥了吴承鉴一眼，眼神中充满了羡慕。

屋内则忽然静了下来。和珅没再动公文，静静地等待着吴承鉴的回答。

吴承鉴屏住呼吸良久，忽然抬起头来，望向和珅，这是两人第二次对视。

刘全心中一惊，万不料吴承鉴竟敢自作主张地抬头，甚至在没得吩咐的情况下，敢跟中堂大人对视！他见过多少达官贵人，甚至亲王贝子，可没人敢这样过——尤其是最近这一年。

吴承鉴却平静又深沉地与和珅对视着，有七八息的时间，和珅才开口问道："如何？"

吴承鉴的眼皮垂了下来，似乎心意已决。

他说："求中堂大人容我见见贻瑾，我与他商量商量。"顿一顿，又说："贻瑾就是被顺天府以逆案余孽逮捕起来的那个师爷。"

和珅的眼眸之中掠过了一丝失望，然而他也没有发作，低头继续批阅公文，没有再理会吴承鉴。

吴承鉴长长呼出一口气，道："小人告辞！"匍匐着退后三步，在和珅没让他走却也没有制止的情况下，退出了门外。

刘全心头大怒，上前两步，叫道："老爷！"只是一句叫唤，但意思已经很明显：只要和珅给个意思，他就要去惩处吴承鉴。

不料和珅却只是将笔一停，竟然也轻轻一叹，说："人才难得，杀之可惜！"刘全还没反应过来，又听和珅道："芝兰当道，不得不锄。"

顺天府大牢。

老头掂量了一下手里的银子，指着说："去吧。"

牢里头卑冷，阴湿，光线昏暗。

吴小九背着食盒，吴七提着灯笼，为吴承鉴照路，在一个牢卒的带领下，一路找到一个单独的牢房。牢房里头铺着干草，一个人躺在那里动也不动，看见灯笼，才转过头来。

牢卒打开了牢门，吴七又塞了一锭银子过去。牢卒微一掂量，道："可得快点啊。"

吴七道："大哥再帮帮忙。"又塞了一锭。

牢卒笑了："慢慢聊。"

吴小九已经弯腰钻了进去，吴七也进来放好灯笼。光线照到周贻瑾的脸，他比起在广州时候整整瘦了一圈，下巴都尖了。

吴小九跪在周贻瑾双腿旁边，呜呜咽咽地啜泣。双腿被打断了，之后为了治疗又重新打断了一次，又是在这等环境下施治，连遭这两番折磨，周贻瑾的身子能好那是有鬼了。

周贻瑾见吴小九哭得无法自控，反而挤出一丝笑意来，拿手摸了摸他的头，说："哭什么呢，你家师爷没事了。"

吴承鉴走近前来，蹲在了周贻瑾身边，要叫唤，看看他的腿，竟有些出不了声，喉咙哽了一下。

周贻瑾望了过来，两人四目对视，静静无言。

吴七拉了吴小九一下，吴小九这才擦了擦眼泪，跟着吴七到牢门外守着。

"昊官，"周贻瑾张开有些乏血的嘴唇，脸上再次挤出一点笑容，"拖累你了。"

吴承鉴原本是哀伤，听了这话变成恼怒了，恨恨地坐在他身边，气得说不出话。

周贻瑾笑道："又跟我发孩子脾气啊？"

吴承鉴怒道："滚！"

周贻瑾道："我现在这样子，想滚也滚不了啊。"

吴承鉴喉音哽咽一声，那气恼也没处可发了。手轻轻碰了碰周贻瑾的双脚，问道："怎么样了？"

"嗯，可能保得住。"周贻瑾说，"马师傅当初给我两个选择，一个是这辈子就做个瘸子，另外一个是可能全好，也可能两条腿都没有了，甚至会死——我选了第二个。唉，要是死了就好了。"

他若是就那么死了，吴承鉴就不用来了，至少不用为了他而来。这个外表看起来斯文俊雅的师爷，内里也如铁块一般硬。

吴承鉴怒道："你死了，我怎么办？！"

这里是牢房,这里是京师。

吴承鉴终究不敢如在广州时那样放得开,进来之后不管是什么情绪,所有话都把声量控制得很低,但脖子上青筋绽起,显然怒意极盛。

周贻瑾把头低了低,吴承鉴道:"抬头,看着我!"

借着灯笼昏黄的光线,两人再次对视。

吴承鉴道:"周贻瑾,我要你明白我需要你!你得给我活下去,明白吗?"

周贻瑾长长出了一口气,声音也低低的,顺从地说:"好,好的。"

人命最不值钱

吴承鉴从食盒里取出一碗温热的肉糜来,道:"你自己吃,还是需要我喂你?"

"我手又没断。"周贻瑾微笑着,接过肉糜,吃了起来。

吴承鉴为了周贻瑾的病情,专门去学了几招推拿按摩的手法,打开食盒的底层,露出里面的温水来,用毛巾润湿拧干了,先为周贻瑾擦拭双脚。周贻瑾停下叫道:"昊官,让小九来吧。"

这等伺候人的活计,吴承鉴也自知的确做得不好,就将毛巾给了再次钻进来的吴小九,然后帮周贻瑾轻按双腿——他从跌打名家那里学好了手法,知道怎么避开伤断处,既不至于牵动伤口,又能帮周贻瑾疏通血脉。吴小九擦完了腿脚又帮周贻瑾擦身子。吴承鉴刚好也按完了双腿,为周贻瑾按脚底,问:"脚底有感觉没?"

"有。"周贻瑾这时也吃完了肉糜,一边让吴小九替自己擦背,一边说,"断的那两个地方,这几日也痒得难受。"

吴承鉴却欢喜起来:"那是要好了,你再忍忍。"

他替周贻瑾按完了脚,吴小九这边也擦好了退出去,吴承鉴又来给周贻瑾按肩臂背腰,低声将这段时间以来外头发生的事情一一说了。

摊手五进来的时候，已经带来了一些消息，不过毕竟只是只言片语。这时听完了吴承鉴的话，周贻瑾道："倒也跟我们之前想的差不多。"

"差不多好？"

周贻瑾笑道："差不多坏。"他瞥了自己的脚一眼："更坏一点，如果不是我，兴许你不用上京来。"

"别再说这话了。和珅不可能放我在广州。你躲过了一劫，以他的能耐，一定会有别的谋算。"吴承鉴道，"要想不来，除非我一开始就跑路，带了妻儿老小，扬帆出海。所以不是你拖累了我，是我拖累了你——那个逆案都多少年了？当初该结的都结了。你一个师爷，不在横三族纵三族之列，只沾了一个'友'字，若是当年刚刚东窗事发的时候也就算了，偏偏又是隔了这么多年，若不是因为我的事情，谁那么无聊把这么旧的事情给翻出来？"

周贻瑾点了点头，自此不再跟吴承鉴说哀怨的话了。吴承鉴见周贻瑾收拾好了心情，又道："我见到和珅了。"

周贻瑾的眉毛扬了扬，显然对这位当朝主宰很感兴趣："他怎么样？"

"比预想中的英俊，比预想中的沉冷，比预想中的……可怕！"吴承鉴说，"我觉得，我什么都瞒不过他，怕是也斗不过他。"

说着，便将进和府、见和珅的过程以及双方言语说了。过程不长，言语不多，吴承鉴与和珅的对话不过寥寥数句，周贻瑾却听得心情沉重，脸上神色数变。

吴承鉴先后提出了三个方案，和珅都没答应。

第一句话说"求中堂大人高抬贵手，网开一面"是单纯的告饶，和珅不答应乃在情理之中。

第二句话开始才算提了想法，乃是求和珅放过自己一家子，具体的条件尽管提。

但和珅没有接话，或者说毫无兴趣，然后吴承鉴只能自己把条件提出来："吴家愿尽献家财，只求能够家小平安，躬耕度日。"这是表示吴家愿意净身出户，只求保命了。

然而和珅还是不同意，吴承鉴无奈，只好提出自己最后的底线：杀自己，保家人。

只可惜，和珅依旧不满意，至此才提出他的条件：吴承鉴得过来帮他办事。

在外人看来，和珅不但没有惩处吴承鉴，反而要抬举他，这真是以恩代罚了，但周贻瑾清楚得很：那反而是吴承鉴最最无法接受的。

早在广州的时候，吴承鉴就对大局势做出了判断：和珅必倒——之后的种种决策，都建立在这个前提之上。这就是他极力撇清与和珅关系（虽然一直做不到）的最大原因。所以一旦过来帮和珅做事，那就是彻底站在和珅这一边了。

被和珅打压、被和珅迫害，只是近期难受，如果大局真的会如吴承鉴所预料的那样：和珅倒台、嘉庆亲政，那吴家反而有一丝复兴的机会。

相反，如果现在过来帮和珅做事，也许近期会有一点好日子过，可天翻地覆之后，吴家就别想在这中华大地上有立足之地了，若是这样还不如一开始就舍弃一切、出奔海外了。

周贻瑾听到这里，长长一叹："你说来跟我商量的时候，他竟然没有杀你……真是异数了。"

吴承鉴默然了。

当日他向和珅开出了要求与条件，和珅一概没有兴趣，然后和珅反过来开出了一个条件，当时已经把意思说得很明显了："我只要你公开站队！"

以和珅的地位来说，吴承鉴连续几次推三阻四，以至于他几乎用强地将人逼上来。到了这份上了，和珅还愿意不计前嫌，只要吴承鉴能识时务，可就这样，吴承鉴还不当场答应，那就是很没诚意了。从和珅的位置看下来，吴承鉴的抉择是该杀的——拖延，就是不忠！

所以周贻瑾说和珅竟然没有杀你，乃是异数。

吴承鉴这时已经按完了，搓了搓手，说："我这次见了他以后，更确定了一件事情：他这个人万事皆算利害，不是因喜怒而杀人的人。在他那里，人命是最不值钱的，金钱与权势，才是有价值的东西。"

周贻瑾一边把衣服穿好，一边说："若是这样，那他现在杀你，的确不是时候。"

"嗯。"吴承鉴道，"总得把宜和行的产业都盘过去，再动手。我连续几次惹恼他，结果他一点情绪都没有，不恼我，不怒我，决断不带一丝情感，所以你和我的性命，对他来说毫无价值。现在有价值的是我的钱、我的能力，以及宜和行的作用。"

"杀人只是一刀，但要把你的钱、你的人、你的产业都弄到手，却就不容易了。"周贻瑾沉吟着，说道，"他之前必定已有所布局，就不知道要多久。"

他是吴承鉴的谋主，但更倾向于官面上的、北方京城的一些事情，对宜和行内部运作的了解，远不如吴承鉴自己来得深入。

吴承鉴道："我手里掌握的财富，可多也可少——如果以抄家灭门的方式，就算掘地三尺，所得也不过数百万两，而所失将在十倍以上。而且那数百万两的抄家之资，最后能进国库的，怕只有几十万两。和珅是当国多年的人，又精通商事，这个道理不用别人告诉他，他自己就明白得很。"

周贻瑾到广州多年，颇知十三行的运作，知道吴承鉴手里握有的财富不只是钱。

如果和珅决定抄家，风声一动，群兽扑上，在抄家队伍到达之前，吴家最有价值的产业——如福建茶山、广佛店铺、通海大船、诸省商队等等——就能被瓜分殆尽。这些都是"生钱之物"，价值简直无法估计。此外如交叉债权等，马上会被人隐赖，经营多年的国内商贸体系、海外商业线路也会瞬间崩塌——这些就是明面的损失。

至于抄家队伍到达之后，欺上瞒下必不可免，钦差要吃一层，总督、监督、巡抚这些本地高级官员要吃一层，知府、知县这些官员要吃一层，胥吏、衙役要吃一层，经办人员要吃一层，还有本地的地痞流氓，家里的恶仆刁奴，都要趁机来分一点残羹冷炙。

如果和珅派了旗兵去监督，旗兵还要多吃一层。一层又一层吃下来，原本数百万的家产，能有几十万入库就算多了——就是那些在北京抄家的案子，主官都控不住各级官吏，更别说远在广州的吴家了。

所以价值上千万的吴家产业，一旦抄家，最多能榨出数百万的财物，而最终入库者，百不及一。这无论是对大清朝来说还是对和珅本人来说，都是一笔很不划算的烂账。

吴承鉴道："所以，在和珅将损失减到最小之前，他还不会杀我。"

周贻瑾道："但以他的处事习惯，也不可能等到你入府见他之后，他才开始动手，应该远在你入府之前……不，远在你来京之前，他就已经开始布控了。啊,不不,应该是更远之前,我被诱捕入京,便是这个行动的一部分。"

吴承鉴道:"要想尽可能地减少损失,最好的,自然是产业由甲到乙的转移,就像当初我们潘、吴、卢、叶吃掉蔡家一样;最好还需要有个家族内部的人,承继起其中难以转移的一部分,比如蔡士群承继起蔡家,这样便能将损失减到最少。"

"嗯……"周贻瑾道,"现在吴家的情况,最好自然也是潘、卢、叶联手从外部进攻,同时吴家内部再出状况,那么潘、卢、叶三家攻于外,吴家内部再有人发作于内,内外夹攻,就能把宜和行给拆分了。潘、卢、叶吞掉部分产业,然后再将这些产业设法转给和珅,金银之类抄归国库。那样一来,吴家的产业和珅能吞到一半,粤港的商业元气也能保留,那些能够生钱的体系才有最大的价值——这是对和珅来说最好的情况了。"

他们两个说话的声音都很低,但吴七就在牢门之外,这些事情他又多旁观甚至亲历过,偶尔听漏一两句,前后一串还是能弄明白。突然之间,他就想到了吴承鉴来京之前,吴家内部的种种变动。

当时满吴家的人都把焦点聚集在叔嫂纷争、二房争产上,现在听了吴承鉴与周贻瑾的对话,吴七不由得额头冷汗直下!

他可万万料不到,一场看起来只是吴家家庭内部的叔嫂纷争,背后的关系竟有可能牵扯到当朝军机大臣那里去!

再想想蔡士文的下场、蔡士群的崛起,吴七不由得一股冷意从足底直冒起来:原来粤海商战,竟是残酷如斯!

蔡士文之败死、蔡士群之得利,原来早被"上头"安排得明明白白,根本不是坊间所猜测的那样:是由于二蔡与吴承鉴的仇与亲所导致。

吴七从小觉得自己聪明伶俐,恪守下人身份伺候吴承鉴,也一直是因为自己忠心本分,可现在他忽然冒出一个念头:如果有机会把自己放在吴官的位置上……那自己一定会被吃得渣都不剩的!

牢房之内,吴承鉴说:"我大嫂少经外事,所以不小心也着了人家的道。可幸亏她心中对我有真情,就是这份叔嫂之情,破了外人引发吴家内乱的企图。"

叔嫂争端能够顺利解决,表面上看是靠着吴承鉴的谋略,其实更关键的是蔡巧珠与吴承鉴之间的真情,这才是整个棋局最宝贵的地方——如果他们叔嫂之间的深层次信任少了半分,吴承鉴就不敢真的彻底放权给蔡巧珠,而蔡巧珠也不会释疑之后又都把吴家的大权还回来。那么吴承鉴的这场图谋便无法进行,最后还是不得不走向拆分宜和行或者彻底压制大房的不归路。

"另外还有一个对我们极有利的地方。"吴承鉴继续道,"启官这一次,只怕也不会随和起舞了。"

周贻瑾的眉毛扬了起来——这可是一个出乎他意料的好消息!

吴承鉴将自己临离开前,潘有节的动向说了一遍后,周贻瑾就更确定了。

都是在十三行里翻滚倒腾的人,能爬到四大家族的位置,不管是潘还是吴,是卢还是叶,谁不是每一个动作下面,都隔着七八层才收藏着自己真正的心意呢。

而周贻瑾则凭着那只言片语,思维就穿透了那七八层的掩藏,直刺潘有节真正的目的:"不容易啊!"

周贻瑾吁了一声:"原来……他也不看好和珅了。"

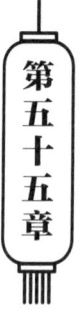

第五十五章

朱珪回京

广州，潘家园。

潘有节正在看戏，忽然有人急急送入一封信来。

潘海根接了，看了一下封泥，赶紧转呈潘有节。

潘有节道："拆。"

潘海根拆了后再递过去。

潘有节扫了两眼，人坐直了，将信折起，思忖半晌，忽然把信撕了，丢在果盘里，给了一个眼神。

潘海根就知道那意思，点了个火，把撕碎了的纸张烧了。

看着火焰从蹿起到熄灭，潘有节的眼神也不再盯着，转向戏台，继续看戏。

潘有节在北京所埋藏的关系，比吴承鉴更深，所以吴承鉴能看到的东西，他能看到；甚至吴承鉴看不到的一些东西，他也能看到。

他的目光既然深远，那么他的随便一个举措，便会暗藏深意。

顺天府大牢之中，吴承鉴道："如果启官不牵头，或者设法拖延抵制，那和珅在广州想做什么就都会大受牵制了。潘家不动，卢家也不会动；潘、卢不动，叶家更不会动了。如此一来，和珅要引动吴家外患的图谋，十有九便难进行。"

吴家的内忧已经解决，如果外部压力也有潘有节代为消解的话……

周贻瑾眼睛眯了眯，也露出了笑意："要是这样的话，那我们就不是毫无还手之力了。这一场商战，我们还有办法打——挺好，挺好！"

吴承鉴和周贻瑾在这阴冷潮湿的牢房里，谈了好久好久。终于，拿了好处的牢卒也忍不住了，过来催促。吴七又塞了一锭银子过去，牢卒抱怨道："两个大男人，又不是两口子，怎么有那么多话要说，说不完似的！"

他还是给了银两一点面子，然而叮嘱："快点快点！"

吴承鉴也知道不能久待了，对周贻瑾说道："我得走了，也不知道还能不能进来，你还有什么要交代我的没？"

周贻瑾沉吟了一下，道："我在这牢里，日思夜想，颇有所得，再加上你今天带来的消息，更有七八分确定了。"

他拉了吴承鉴更靠近了，嘴唇贴到他的耳朵边，说："白莲教是内忧，澳门英夷是外患，和珅有能耐处置，却都拖着不处置，此为何？必是宫中将有大变。宫中之变，必来自太上皇的身体。一旦太上皇驾崩，和珅他将何以自处？大清的体制，他和珅想谋朝篡位是不可能的。既然这一条路被堵死了，他就只能眼睁睁看着权位交移。太平天子，必定不容权臣，唯有内外不稳，国库无银，文武无人，才不得不仰赖重臣。这些内困外患，都是和珅故意留给嘉庆的。"

吴承鉴冷冷一笑："他这是玩火！"

"你不也一直在玩火？"周贻瑾轻轻一笑，"再说，他还有更好的选择吗？"

吴承鉴默然半晌，也凑到周贻瑾的耳朵边说："那我们怎么办？"

周贻瑾在他耳边说："得想办法见到皇上，然后你才能活。内外局势，虽然我们不能全部帮他解决，但能解决哪怕一点，都有了活命的资格。"

两人交替着，在彼此耳边说话。

吴承鉴道："可我怎么见？找朱珪？你师父？"

"不可！"周贻瑾把声音压得更低，"我师父那边，只能做幌子、引子，不能做真正的……"

就在这时，牢卒又来催促了："喂，不行了！快走快走！"

吴承鉴和周贻瑾便知道再拖不得了。就在分别之时，周贻瑾把吴承鉴拉了一下，在他耳边说了五个字："内务府！广兴！"

那牢卒看着吴承鉴和周贻瑾卿卿我我、悄悄话说个没完的样子，忽然笑了起来，对旁边吴七说："牢里这位，看来是你们家公子的相好？"

吴七大怒，觉得这牢卒太过无礼，吴小九也是大怒：这是把我家师爷当什么了？

吴承鉴已经走了出来，却是一点生气的样子都没有，脸上笑吟吟地说道："是啊，他是我的心头肉，所以劳烦大哥多照看着他点。他就是掉了一根头发，我也会心疼得很。"

乾嘉年间，富贵人家养相公的风气十分盛行，吴承鉴模样年轻，周贻瑾又相貌俊美，且彼此非亲非故，不是这种关系，谁会花这么多心思和银两来见一个人？见面后又暧昧不清，难舍难分，牢卒就真以为这两人是这种关系了，哈哈笑道："原来这样，原来这样，我说呢，行，我会好好关照的。"他觉得自己拿住了这公子哥的把柄，回头自然有好处捞。

吴承鉴也乐得如此："若是他能无恙出狱，回头必有重谢。"

吴承鉴出了牢狱，便要回会馆，在大街上忽见净道，赶紧退避到一边去，这是有大官进京。官员出行，所至净道，这是哪里都有的事情：县太爷在他所治的县城出行要净道，知府大人在他的府城出行可以净道，换了在省城他们就没这资格了。只不过此处乃是京城，到了京师，便是封疆大吏也得将头缩着。

眼前这场面，车马队从南面远远而来，一路官民皆避让两边，又有黄龙旗帜为引，这得是什么样的人进京才有这等排场？想是当年年羹尧凯旋才有的吧，但现在又没打仗。

吴七跟吴承鉴心意相通，脑筋灵活，不等吴承鉴吩咐就问旁边的人："这是谁啊？哪家的大官，还是哪位亲王？"

这北京城的一些老百姓，根子都通天的，仿佛人人长着顺风耳，个个都能对朝局掰扯两句，便有一个消息灵通的说："都不是，是皇上的老师回京，皇上派了自己的御辇出城，迎接那位帝师。"

吴七"哦"了一声。

吴承鉴心道:"朱珪回来了。"

所谓天地君亲师,老师回朝学生理当出迎。不过嘉庆毕竟是皇帝,亲自出城迎接那动静未免就太大了,所以折中了一下,用御辇代替自己出城迎。不过就算如此,于朱珪来说已是极大的尊荣了。

吴承鉴心中却想:"朱珪在这个时候回朝,和珅竟然拦不住,而且嘉庆皇上还动用了御辇迎接,场面摆得这么大,这事是太上皇许了的?"

黄龙旗帜先过,御辇随之,然后是朱珪的马车,后面是护卫,再后面是朱珪的一些随从。吴承鉴眼尖,就在人群之中瞥见了个熟人。

"哎哟,是蔡师爷!"吴七也看见了,叫道,"这可真是巧了。"

吴承鉴心中却道:"不是巧合,应该是有人在安排后事了。"

和府,佛堂之中,传出打砸的声音。

汝瓷钧瓷,件件碎裂;千金万金,刹那成空。

所有下人全部避出二十步外,饶是如此,还是隐隐听见佛堂之内传出野兽惨嚎一般的声音,偶或听到声音的下人恨不得把自己的耳朵塞住后远远避开。

佛堂之内,刘全跪在地上,泪流满面。他从来没见过主子这个样子:"大人,大人……老爷,老爷……您别这样了,您别这样了……"

和珅双目之中精光尽赤,两颊肌肉戾气横生,盯着紫禁城的方向,从喉咙里憋出几句话来:"太上皇,太上皇啊!奴才伺候了您这么些年,呕心沥血,无微不至,结果……临到头,您还是把奴才安排得明明白白……太上皇,您好狠的心哪!"

尽管早将奴仆全都屏退到数十步外,刘全还是惊惶地叫道:"老爷,老爷,小声些,小声些啊!"

和珅闭上了双眼,喘着粗气,好久才问:"除了朱珪,其他还有什么别的动静?"

刘全想了想,道:"有些不长眼的上朱珪的门了,不过都被拒之门外。"报了七八个名字,个个都是亲贵重臣,他犹豫了一下,最后添了一个"吴承鉴"。

和珅又问:"外省呢?什么情况?"

"其他还好,就是有五六个人,没奉老爷的暗令行事。"刘全说着又报了五六个人名,不是封疆大吏,便是兵财要害,最后一个却是"潘有节"。

和珅听了这些名字，脚步连连倒退，坐倒在椅子上。

尽管他已多方安排，近两年把持朝政，权势滔天，可这明明已经紧紧抓住的权势，为什么却如同无根之木，在水飘萍？太上皇明明双耳皆聋，双目浑浊，为什么就这么一个区区的小动作，就动摇了自己苦心经营的半壁江山！

忽然之间，他想起了青史之上记载的那些人：伊尹、霍光、诸葛亮……

但很快这些人的形象就如同地上的瓷器一样碎成粉末，取而代之的，是另外一些名字：刘瑾、严嵩、魏忠贤……

和珅忽然笑了起来，笑得无比苦涩。

伊、霍、诸葛，原来只是自己的幻梦；阉竖之徒，才是自己的下场吗？

"砰"的一声，椅子被踢翻了，站起来后的和珅脸上再无愤怒悲哀，只有冷漠："刘全啊。"

"老爷，我在。"

"老爷我不会这么认输等死的！"和珅道，"龙虎我们暂时动不了，但这些个犬马之辈，也敢嘶吠！真当我和珅已经死了吗！"

启官教子

北京城的潜流激涌,十三行的明争暗斗,似乎都和广州市井全无关系。西关街依然灯火长明,神仙洲依然夜夜笙歌。

只不过,此处的恩主似乎又换了一拨。

潘正焕得了潘有节的允许,出来试掌一条商路的生意,手头有了权力,便有了金钱挪动的空间。

他试着在神仙洲公开露了两次面,发现他老子竟不管自己,于是就更加肆无忌惮起来,砸着重金,捧着于怜儿。一时之间,于怜儿风头大盛,艳压全洲,人人都道那就是另一个霍三娘。

潘正焕搂着人人称赞的花魁之首,隔着春元芝的珍珠帘,俯视下面两层的花娘龟奴、过往恩客,一时之间,只觉得自己仿佛就是这个小小世界的最高统治者,俯视着下面的芸芸众生,怀抱美人,杯饮美酒——人生之乐,不外如此。

忽然之间,有个丫鬟匆匆来报:"潘少,潘家园来了位爷。"

潘正焕愣了一愣,就听春元芝半开的门外,传来一个熟悉的声音:"大少,是我。"

那是潘海根的声音——潘正焕吃了一惊,就像偷腥的猫被抓到一样,几乎要跳了起来。

就听潘海根在门外说:"大少,我能进来吗?"

潘正焕愕然道:"进……进来。"

潘海根才走了进来,看了周围一眼,那些伺候着的丫鬟龟奴很识相地就都走了。于怜儿还在潘正焕怀中,眼睛亮亮地看了潘正焕一眼,潘正焕却说:"你也出去。"

于怜儿有些委屈,却也只得出去了。

潘正焕这才叫道:"海根叔,我爹……他……"

潘海根含笑将门带上了,笑道:"大少,您年纪也够了,这等寻欢作乐之地,偶尔来走走,不算什么事。"

听了这话,潘正焕的心便放了下来,心想既然这样,你们早说啊!

"不过,启官有几句话,要我跟大少爷说。"

"嗯,你说。"

潘海根便从怀中摸出了三张纸,递给了潘正焕。潘正焕打开一看,正是他老子的手笔。潘有节颇有文人风范,一笔字写得甚是雅正。第一张写的是:

名虚而利实,人之索我者利,人之予我者名。

潘正焕皱了皱眉头。潘家家学比吴家还严谨一些,子弟个个读书,所以这等文言句式潘正焕阅读起来全无障碍,只是自己正在欢快,老子忽然弄这些虚头巴脑的东西来给自己看是什么意思?

翻到第二张,便见潘有节写的是:

神仙洲亦名利小场,汝所散者千金万银,汝所得者虚情假意。

潘正焕看得更是烦躁,心想这是又来给自己说教了,这些话就不能回家再说?我正在快活,何必这时候给我添堵?

但他毕竟是大家子弟,脸上还是露个恭顺敬阅的神情给潘海根看,免得回头老子找自己麻烦,同时翻到第三页,不料这一页却是大白话:

喺（在）神仙洲，当享受时就享受，就系莫忘家训：饮酒要留三分醒，见人不抛成粒心（整颗心）。何况此地之人，个个无心！你要留住最后吥（那）三分清醒，治人而不治于人，才能得到一切的大乐趣，否则你就成了佢哋（他们）眼中嘅（的）散财老衬（冤大头），当面个个奉承，背后人人笑你。

看到这里，潘正焕的脸色终于沉了下来，问道："我爹还有什么说的？"

"没了。"潘海根脸上保持着微笑，"不过太太让我给大少带句话，让大少玩归玩，就是着紧身体。"

"好。"潘正焕点头，却见潘海根似乎还没有走的意思，便问，"还有什么事情？"

"老爷、太太那边都没什么事情了。"潘海根笑道，"这不我自己有点事情想跟大少商量商量。"

潘正焕还以为潘海根仗着看自己长大，也要来插两句嘴教训自己呢，便有些不耐烦："海根叔有什么事情？"

潘海根似有些不好意思地笑着："这不，我来之前跟启官请了半天的假，不知道大少能否指个花魁，让我也有机会见识见识，乐上一乐。"

潘正焕一听就笑了："我道什么事！行，海根叔你尽管去玩，该吃吃该喝喝，回头都记在我账上。"

潘海根含笑道："小人在潘家园伺候了半辈子了，一点湿碎（零碎）银子还是有的，那些银钗铜钗，想玩的时候也玩得起，用不着来求大少的面子。就是那几个花魁……嘻嘻，小人就是想玩玩，人家也未必肯让我进去。这才要拉下一张厚脸皮来求大少。"

潘正焕一听有些为难了，四大花魁平时接待的不是达官贵人、顶级富商，就是有大身份、大势力的人物，潘海根毕竟是个下人，银钗铜钗花点银子怎么都行，但要让四大花魁接待一个下人，人家可未必愿意了。

潘海根见了潘正焕的脸色，忙说道："大少如果为难那就算了，我也不急，就等昊官回广州之后，我求求他也是一样。"

潘正焕听了这话，脸色一变，冷冷笑道："现在这神仙洲，做主的可不是他吴承鉴了！说吧，你要哪一个？"

潘海根连忙道:"花魁之中,若是伺候过大少的,小人不敢冒犯;那些没伺候过大少的,大少随便指一个吧。"

潘正焕忽然有些尴尬——他来神仙洲就是迷着于怜儿,别说神仙洲其他花娘,就是另外三个花魁也不曾碰一个,这时想了想,便让人去叫了当家老鸨来,问她四大花魁谁房里还空着。

老鸨说冬望梅还空着。

潘正焕道:"那就让王容儿准备一下,好好款待我海根叔。"

"海根叔?"老鸨微微转头,看了潘海根一眼,面露难色。

潘正焕这下子不乐意了:"怎么?!"

老鸨道:"这……老身去问问。"

她转身出门了,潘海根似乎有些埋怨地说:"这还得问啊?大少,不是我说,您对这些人也太客气了,把人都惯成什么了。"

这时于怜儿和几个丫鬟也都进来了,她的贴身大丫鬟就说:"这位爷,我们神仙洲的花魁,虽是花行,却是花中魁首,不是什么人都能进房的。"

"哦?有这规矩?"潘海根冷笑起来,"这神仙洲我也不是第一次来。当年昊官在这里做主的时候,不用他开口,随便吴七说一句,可没一个人敢驳嘴的。别说伺候我一个下人了,就算是昊官指了个乞丐,除了三娘,剩下的三个花魁也得跪着把人伺候好了。如今我们大少的话,比吴七还不管用了?"

潘正焕的脸色,又黑了两分。

于怜儿那个贴身丫鬟又说:"这位爷说的可……"

她还没说完,潘海根已经对于怜儿道:"怜儿姑娘,当年我来春元芝,三娘身边的丫头,在昊官面前可是噤若寒蝉,大气也不敢出的。如今您这房里,规矩可得好好立立才对。"

于怜儿一时错愕,她的贴身丫鬟要帮口,看看潘正焕黑着脸,就不敢说话。

这时当家老鸨已经急匆匆跑了回来,说:"哎哟,大少,可不巧,容儿姑娘她今天身子不方便。要不,我另外安排几个绝色的伺候这位爷,保管满意。"

潘正焕眉头深皱,潘海根不等他说话便道:"我也不做什么,就到容儿姑娘房里喝杯酒,回头好跟外头吹嘘吹嘘就行。"

老鸨一脸为难地对潘正焕道:"大少,这,这……这不为难老身吗?"

潘正焕就算不甚经事,也不会看不出那是王容儿和老鸨在联手推托。他瞥了潘海根一眼,潘海根已经很识时务地退在一旁不说话,但他却被潘海根刚才的那句话给盘住了脑袋:"如今我们大少的话,比吴七还不管用了?"

一念及此,潘正焕冷笑道:"去冬望梅告诉王容儿,让她好好收拾一下,准备伺候我海根叔。"

老鸨道:"这……"

潘正焕喝道:"去!"

老鸨无奈,只得去了。

于怜儿的贴身丫鬟道:"大少,您今天怎么……"

潘正焕一个大嘴巴甩了过去,打得那丫鬟半嘴都是血腥,满屋子的人都吓呆了。

潘海根赶紧上前,掏出一条干净的手绢来给潘正焕擦手,一边说:"大少,下次来,身边还是得带着两个得力的人。这等人的脸您亲自打,可脏了您的手,低了您的身份。"

潘正焕身边不是没人,只是以前都是偷偷摸摸地来,所以一般不带,现在想想潘海根的话也是有理,吴承鉴也罢,他老爹潘有节也罢,这等事情什么时候自己动手了?都是一个眼色,自然有潘海根、吴七他们代劳了。

这春元芝和冬望梅是隔壁,不一会儿就听到冬望梅那边传出声响,偶尔传来王容儿的一两句哭声:"我不……一个下人……也敢……"

再过一会儿,老鸨悻悻过来,堆着笑对潘正焕道:"大少,这……这实在是为难啊,容儿姑娘她本是书香门第出身,这事,真是为难啊,要不……"

下面的话潘正焕已经听不下去了,他只觉得自己在神仙洲一整年的脸今天都已经丢尽了。

忽然之间,他老子的那几句他刚才没看进去的话,一一冒上心头:

治人而不治于人,才能得到一切的大乐趣!

否则你就成了佢哋眼中嘅散财老衬!

当面个个奉承,背后人人笑你!

转眼之间,潘正焕脸上的神色收了,人反而坐了下来。

他大发雷霆也好，暴跳如雷也好，老鸨、龟奴、丫鬟们都有应对之策，这时他沉冷了下来，屋内所有人反而都害怕了起来。

于怜儿更是瑟瑟发抖，不敢想象跟自己好了几年的这个公子哥怎么突然变得陌生了。

潘海根上前一步说："大少，乾子不在，我替他发落几句。"乾子就是潘海根的长随小厮。

潘正焕"嗯"了一声，下巴稍微向下。

潘海根就对老鸨说："回头我会跟刘三爷说一声，那边会派条小船过来，你们把容儿姑娘准备好，送她上船。"

于怜儿和几个小丫鬟还听得不明所以，老鸨和两个龟奴脸色就都变了。

潘家会没有船吗？得让洪门的人来接，这条船就不会是开去伺候人的。

伶仃洋外有人将石头沉海的消息，每年总能听到一两起，只是谁也没法将这等事情，跟眼前这位青春正茂、笑口常开的公子哥儿联系在一起。

老鸨大骇之余，跪下了道："饶命，饶命啊！潘少，饶了容儿一条性命吧！她接客，她接客，我这就让她接这位爷的客……"

她正要挣扎出去，潘海根冷冷道："这里是我们大少做主，还是你做主？"

"这……"当家老鸨一时就不敢动了。

潘海根道："我是替我们大少开的口。我们大少的话，一个字一千两金子都打不住，凭你也敢来求情？"

"这……"

潘海根喝道："再敢说一个字，到时候你就陪着容儿姑娘一起上船吧。"

老鸨身子一颤，瘫痪在地。

潘正焕眼角瞥见了她神色中的恐惧与哀求，当此之时，他已明白，以后自己再说什么话，这满神仙洲都无人再敢违拗，不再像以前一样，自己花了钱却还要跟他们商量着办事。

忽然之间，一股莫名之气充斥胸肺，这等予取予求、掌控生死的快感，委实比酒色所带来的快感更强烈了百倍！

这么一转念间，刚才还恋恋不舍的旖旎风光就味同嚼蜡了，这房间他也不愿意待了，说了句："回吧。"

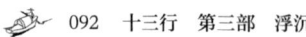

潘海根应道:"是。我这就去备船。"

于怜儿赶紧偎依上来,拥住潘正焕。潘正焕停了停,犹豫了一下,将她推开了。

回到潘家园,往常潘正焕总躲着潘有节唯恐来不及,这时想了想,却问明父亲所在,反而找了过来。

厅内潘有节正与人谈事,想必在说什么机密,下人自然都避在外门,但潘正焕进来无人敢拦。他走到厅门口,潘有节瞥见了他却没有阻止之意,潘正焕就走了进来,站在了潘有节身边。

来客见到他稍微顿了顿,便继续说下去:"澳门那边,英夷已经忍耐不住,只怕就要动手,目的难测。启官这边若有决断,还请快些下达。"

潘有节道:"昊官那边是什么安排?"

来客道:"昊官的意思很明确:英夷若船逼黄埔,犯我乡梓,那就把他们打回去!届时吴家就算为此倾尽家财也在所不惜!"

第五十七章

传　　讯

　　潘正焕以前对家事商事不感兴趣，除非潘有节压着他学着听着，否则能避就避，所以此刻听得半懂不懂。

　　潘有节又问："洪门那边呢？"

　　来客道："刘三爷也发话了，英夷如敢来犯，洪门子弟就算用尸体填码头，也要叫敌舰近不得黄埔港！"

　　潘有节手指头敲着座椅扶手，冷冷一哼："英夷若是犯境，那就是全广东的事，全天下的事，乃至海外之华人亦有匹夫之责，不是他吴承鉴的事，也不是他洪门的事。有我潘家在，还用不着他吴承鉴来散尽家财。"

　　来客忙道："是，是。"

　　潘有节又道："我就是这个意思了，你去跟外面的人说吧。"

　　来客应是告辞后，潘正焕才道："阿爹，要打仗？"

　　"未必。"潘有节道，"如果我们够硬，这仗兴许就打不起来；如果我们软了，就得挨打。"

　　潘正焕道："昊官都已经上北京城了，最近偶尔听到一些北面吹来的风声，似乎……对宜和行很不利啊，他还能顾及海外之事？"

　　潘有节瞥了他一眼，没有蔑视，反而带着一两分潜藏的欣慰："你也终于愿意关心这些事情了？"

潘正焕有些惭愧，低下了头。

潘有节道："这一些在外人看来是两件事，其实是一件事。你以前关心得少了，所以听不懂，以后多看看多听听，就会懂了。"

潘正焕道："是。"

潘有节又说："吴家的确要出事，也不知道能不能熬过这一关。我刚好听了个消息，你就替我去拜候一下吴家的大少奶奶，顺便传句话。"

从头到尾，潘有节都不曾提神仙洲一字半句，原本还有点忐忑的潘正焕，一颗心全放下了，踏出门外之后，一抬头，只觉得那天也不再是以前的天了。

如今吴家园已经改了称呼。

蔡巧珠下了嘱咐：以后家里称吴官，都要改口叫老爷；若提起已故的吴承钧，那是大老爷；吴国英便是老太爷；叫自己唤大少奶奶；叶有鱼是三少奶奶；光儿、耀儿是光少、耀少。

潘正焕来拜候，蔡巧珠却让人将他引到日天居去。连翘问故，蔡巧珠道："焕少已经成年了，现在非年非节的，又不是谁的生日，启官派了他来，不会只是拜候。这事得让三婶也听听。而她现在粗身大势的，让她跑过来，不如我过去。"

妯娌俩在日天居见客。

潘正焕抬头见了这两位吴家当家少奶奶，只见蔡巧珠雅若梨花，只可惜带着两分寡淡，叶有鱼艳若海棠，只可惜挺着个大肚子，叫了声"两位婶婶好"，人已经磕下头去。

蔡巧珠忙叫道："快起来快起来！都是自己人，没缘没故的，行什么大礼？"

潘正焕顺势就起来了，笑道："往常在外头，我爹顾不上的地方，吴官最看顾我了；如今叔叔去了北京，偏偏侄子这段时间忙，疏于拜候两位婶婶了，先告个罪。"

蔡巧珠笑骂了他一句，让他坐。

潘正焕道："最近我爹让我管药行，昨日刚好有一批药材入库，其中有几味紫苏、桑寄生等，品色上佳。我念着三婶子这边正有喜，便留了心，让药行掌柜挑出来。侄儿今天来也没带什么手信，就把那些东西带了两箩筐来摆外头，回头二何先生若来诊脉，看看用不用得上。"

叶有鱼道："有心了。"

他们这种大富之家，这等东西只是心意，不算什么，也不值得客气。

叶有鱼入门虽有几年了，但与西关诸豪门的后宅交际，自然不及入门多年的蔡巧珠，不过潘正焕她还是见过的。只是近几年叶有鱼的身份有过巨大的跃变：当年她还是叶家未成年的庶出小姐，潘正焕是潘家高高在上的小屁孩少爷；如今则一个成了婶婶，一个成了侄子，且彼此家势相抗。这身份转换之后，婶侄间就还没交谈过，便主要由蔡巧珠与潘正焕聊。

三人闲聊了几句，潘正焕才说："最近北京那边传来个消息，跟昊官有些关系，不算好事。本想先去梨溶院跟大婶婶说，然后再请大婶婶转告三婶婶的。这事我不来提，过个一两日两位婶婶应该也能知道，如今先知道两日，有些日子或能早做准备。"

听话听音，叶有鱼便明白他的意思，说道："你放心，昊官上北京之前诸事都有跟我交底，便是再大的事情，我也扛得住。"

蔡巧珠犹豫了一下，才道："你说吧。"手还是握住了叶有鱼的手。

潘正焕这才说道："咱们两广的那位前总督朱珪朱老爷回京城了，昊官去拜候了他，或许是被和府的人知道了，第二日昊官便被赶出了广东会馆，吴七他们几个被赶出了京城，不许入城门一步，宜和行在京城的店铺也被封了。"

蔡巧珠虽然吃了一惊，然而只是如此，总算还在她承受范围之内——她刚才心里头甚至预备着"最坏打算"了。

叶有鱼却比蔡巧珠还要冷静，问道："那如今昊官还在城里头？"

"是。"潘正焕道，"流落街头，无衣无食。我们潘家在京城虽然有人，但也不敢出头帮忙，因为有人盯着……这点，还请两位婶婶恕罪。"

叶有鱼的眼睑垂下，说："若是和中堂动的手脚，潘家的人贸然近前就只能被拖下水，于事无补。"

潘正焕似乎松了一口气——其实是松给两妯娌看的，只是他功力不到，不免让人瞧出两分刻意："多谢三婶婶谅解。"

蔡巧珠想起吴承鉴在京城里受苦，眼睛就红了："这……昊官无衣无食，流落街头,这可怎么办……"

叶有鱼道:"大嫂你也别太担心,对方既然不是直接杀人,那就是还有所忌或有所求,想来昊官暂时不会有生命危险。他年轻力壮的,受点苦……没,没什么。"

她其实也是心疼的,所以说到后面,语气便有些不稳。

蔡巧珠摇头:"唉,他……他从小锦衣玉食的,现在身边连个伺候的人都没有,这可怎么好?"她是如母长嫂,对吴承鉴的宠溺竟比叶有鱼还多了两分。

"两位婶婶也不用太过担心,"潘正焕道,"如今吴七他们应该是进不得城,但被赶出城的人里头没有铁头军疤。侄儿估摸着,他大概是躲过去了,藏在哪里暗中照拂叔叔呢。"

妯娌俩一听,果然心头稍放。她们都知道铁头军疤的忠心与能耐,心想若他在城里头,那昊官就不至于彻底无援。

潘正焕又道:"叔叔的为人,机变坚毅。他虽然陷身京师,但多半还是能想办法脱困的。倒是广州这边,过些日子京城的消息传过来,只怕有人要趁机搞些偷鸡摸狗、造谣生事的勾当。我阿爹说了,大面上潘家一定会力保吴家的,就是潘家顾不上的一些地方,两位婶子最好早做点准备。"

他又说了些话,然后才告辞了。蔡巧珠和叶有鱼起身相送,吴六送了他出门。

看着潘正焕离去的背影,蔡巧珠收了悲戚之色,说道:"都说启官的这位大少爷不务正业,今天看来也是谣传。"

叶有鱼道:"毕竟是总商家的大少爷,家学渊源,再差能差到哪儿去?昊官当年不也声名狼藉?"

对外人的闲言只此两句,妯娌俩的牵挂便都回到吴承鉴身上来。蔡巧珠道:"有鱼,你不要太担心,昊官一定有办法的。"

"我不担心,"叶有鱼摸着自己的大肚子,道,"现在肯定还不是最坏的时候,担心个什么?大嫂你也放心,便是再坏的消息传来,我也撑得住。"

蔡巧珠点了点头,道:"听焕少的意思,启官应该还会罩着我们,这跟昊官临走前的预判无差。但所谓潘家顾不上的地方……"

叶有鱼接口道:"我琢磨着,一个是家里,一个是行里;一个是叶家,一个是那些结拜兄弟。"

蔡巧珠颔首。

叶有鱼继续说:"家里头要再整顿整顿,行里头要跟几个大掌柜通个声气,这两件就劳烦大嫂了;叶家与结拜兄弟那头,我来想想。"

蔡巧珠道:"可别太劳神。"

"不劳神,"叶有鱼道,"也就是传个口信罢了。"

昌仔走了之后,叶大林继续坐在书房里,摸出了吴承鉴临走之前交给他的信。

马氏掀开门帘走进来,冷冷道:"吴家出事了?"

叶大林看着信上的字,不说话。他识字不算多,但吴承鉴写给他的这几句话都是大白话,所以看得懂。

马氏道:"问你话呢!"

叶大林冷冷道:"你都已经知道了,还问什么!"

马氏道:"那你准备怎么办?"

叶大林道:"局势未明,能怎么办?"

"局势还未明?"马氏道,"人家中堂大人可已经动手了!再不想办法跟吴家撇清,等到祸事上门,我们得被拖下水去!"

叶大林道:"跟吴家撇清……吴家还未必就输……"

马氏哼哼冷笑了起来:"吴承鉴在十三行跺跺脚就人人害怕,在整个粤海湾也的确是个人物,但放到北京城去,他算什么?现在要弄他的可是中堂大人,当今的'二皇帝'!碾死吴家就像碾死一只蚂蚁!未必就输?他根本就没赢的指望!"

"够了!"叶大林冷冷道,"你个妇道人家,你懂个什么!给我闭嘴!"

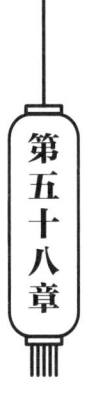

折　堕

　　吴承鉴在北京惶惶如丧家之犬。

　　那日忽然来了十几个人，不分青红皂白就将他从广东会馆赶了出来。为首的大吏漏了一点来历，会馆的管事、伙计就大气都不敢出，吴承鉴带来的人全部被驱逐出城，只将吴承鉴一个人留在了京城内。

　　吴七在永定门外激怒交加却又无可奈何，昊官不在，铁头军疤又不知道去了哪里。他不敢舍主而去，就在永定门外找了一户人家住下，然后一边急派人南下赶往广州报信，一边设法要再与昊官取得联系。但他本人在京城全无根基，又被人给盯住了，望着高耸的城墙，徒呼奈何。

　　京城内，一条胡同里，一个人影鼠窜而出，被几个仆役追着打着骂着。那人手里抓着半个脏兮兮的窝窝头，那几个仆役大笑骂着："你奶奶的，敢到屋檐下偷东西，那可是我家老爷给狗吃的，也是你能拿的！"

　　仆役踢打着那人抓住窝窝头的手——半个窝窝头也不值什么，这些仆役只是在作践人。

　　过往的行人神情冷漠，有停下来看两眼的，有瞥了一下就继续走路的，却有一队出城归来的人马从大道上奔过。这队人马牵黄擎苍，大概是什么亲贵出郊外打猎归来。

众人赶紧退避,那人趁机将半个窝窝头塞进了嘴里,来不及咬就往下咽,因未退避,冲撞了为首那贵人的坐骑。那人躲避及时,侥幸没被马蹄踏中;贵人的坐骑却差点人立起来,整个队伍就乱了。仆从赶紧安抚好马匹,那贵人大怒,一鞭子抽在了地上那人身上,跟着恼怒离去——这么个乞丐,还不值得他留下来处理,只是指了队伍中某人一下。

被指到的人就带着几个人脱出队伍,他知道是被指来处理此事的,在马上喝问道:"怎么回事?谁弄来的乞丐在这里碍事?"

那几个追打乞丐的仆役认出这队人马身份尊贵,吓得后退,那乞丐却茫然抬起头来。他全身破烂,面目肮脏,但马上的人倒是认了出来,吃了一惊:"哎哟!吴承鉴,是你吗?"

乞丐抬起头来,也认出了马上的人竟是广兴。他随即低下了头,赶紧要走,却被人拦住了。

广兴环顾周围:"怎么回事?怎么回事?这究竟是怎么回事?"

便有人指了指追打乞丐的仆役:"是他们把人从胡同里赶出来的。"

广兴拿马鞭指那几个仆役,又指着乞丐,道:"怎么回事?"

那几个仆役眼看推不过——跑得了和尚跑不了庙,何况他家主人的府邸近在咫尺,逃不过了,只得硬着头皮上前:"这位爷,这叫花子偷东西。"

"偷东西?偷什么了?"广兴不免有些好奇,换了是别的叫花子,他抽几鞭子叫人看见,回头向贵人回个话也就行了,但这乞丐竟是吴承鉴,可就得问上一问了。

"我们扔给门前狗吃的剩饭,被这叫花子偷了。"

"啊?偷什么?"广兴几乎不敢相信自己的耳朵。

"狗吃的剩饭,半个窝窝头。"

广兴低头看看吴承鉴的样子,猛然间放声大笑,用马鞭指着,对身边的人道:"偷窝窝头?还是狗吃剩下的?这人是谁你们知道不?"

周围人纷纷道:"这不就是个叫花子吗?"

广兴大笑:"叫花子?哈哈,我告诉你们,这是广州城有名的大佬,南边顶顶有钱的大富翁,家里的钱,比得上咱北京城的亲王贝勒。"

他在那里笑,他身边的人不得不赔笑,周围看热闹的就个个觉得好笑,都觉得骑马这位爷真能吹，天底下哪来这么惨兮兮的大富翁？还跟亲王贝勒比？牛皮也不是这么吹的。

乞丐低了头，只是想走，然而还是被拦住了。

广兴身子稍稍俯下来道："把他的头抬一抬，爷要仔细再看看。"

便有仆从拿鞭子把乞丐的下巴硬支起来，广兴细细再看一眼，笑道："原来没看错。昊官啊，我听说你被赶出广东会馆了，可就有这么饿吗？居然跟狗抢窝窝头吃。"

这个乞丐，果然就是吴承鉴。他偏开了头，不说话，肚子却忽然咕噜了一声。

广兴大笑，说道："一场故人，我也不能见死不救。哦，不，见饿不救啊。"他回头问："昊官喜欢跟狗抢吃的，咱们这儿，还有狗粮没？"

便有侍从道："还有半块贝勒爷的爱犬吃剩下的肉饼。"

"哎哟，这可是好东西。"川陕那边已经有人饿得造反了，京城里头的狗却还能吃肉饼。广兴接过了，弯下身，递向了吴承鉴。

吴承鉴犹豫着，忍耐着，但看着那狗粮，两眼忍不住发光，终于慢慢伸出了手。广兴忽然一把将肉饼扔在了地上，叫道："哎哟，失手了，这可脏了，怎么办啊？还有没有？"

侍从凑趣："没有了啊，爷，这可怎么办？"

广兴道："昊官啊，这可怎么办啊？"

吴承鉴喘着粗气，忽然一把从地上将肉饼捞起，跟着蹿到路边墙角下，背着人啃了起来。吃着吃着，两行泪水流了下来。

周围的人见了，忍不住就都唏嘘。大伙儿原本不信这乞丐会是什么富豪，但能让这位老爷这样用心思作践，想必以前也是有些来历的。

广兴哈哈大笑，笑着笑着，又带着几分居高临下的怜悯，道："行了行了，别吃那么快，没人跟你抢。唉，广州城有数的富豪，居然落到这个地步，真叫人不得不感慨万千。"

指着周围的仆役道："以后别打他了，看着心酸。"

众仆役应道："是，听爷的。"

广兴又对吴承鉴笑道："以后要再找不到吃的，大可到我家来。我家的狗胃口小，狗粮总剩下许多。"

折堕　101

周围的人听了起哄大笑。

广兴也笑了笑，扬长而去。

他去给贵人回了话，本来被一个乞丐冲撞了坐骑，事后也就是抽两鞭子出气就行，谁曾想那个乞丐竟然是个广州富豪，还是个名字进了内务府贵人眼中的大富豪，自然让人好奇，不免问几句："那人是怎么家道中落到这个地步？"

再打听下去，才知道那人还没家道中落呢，至少现在还没。

"还没家道中落，那怎么会变成这样？"

再跟着，就变成耳语了，说的人很小声，听的人则恍然大悟。

一个暂时还没破家的大富翁，在京城里头饿得要跟狗抢饭吃，这么传奇的事情，不半日间，西城的亲贵就传遍了。

也有一个人将事情报到了刘全这里，刘全听了后嘿嘿一笑，也就不理会了。

吴承鉴吃了那块狗吃剩下的肉饼后，就往小胡同里乱钻，往南城方向走。他少年时来过京城，这些年京城的变化其实不大，所以虽然孤身失陷，却不至于迷路。

这一路，一直有两双眼睛在暗中盯着他。随着他越走越偏僻，盯着他的两人也不耐烦了，干脆明跟——京城这么大，吴承鉴就算被夺了随身财物，赶走身边随从，原也不至于落魄到这个地步，就是因为日日夜夜都有这么些轮流盯梢的人，才逼得所有认得他、听过他、可怜他的人都不敢出头，以至于吴承鉴连口饭都讨不来。

他走到角落里，来到一个年久失修的破庙，里头全是些乞丐。破庙的屋顶都塌了大半，到处都是屎尿味，跟梢的两个人捂着鼻子就不进去了，也不着急——吴承鉴这些天一到晚上就在这里栖身，并未出过意外。

即便是一个破庙，位置也有好坏之分，那些有瓦遮头的位置都已经被占了，吴承鉴来到墙根外半截枯死的老槐树下，曲着身子，仿佛睡了。据说槐树招鬼，尤其是最近这槐树总是阴森森地出些怪异响动，所以乞丐们都不愿意靠近。

这时天已经黑了，乞丐们有的睡着了，有的围在一起喧闹着，不知道在吹牛还是在做什么。看看没人注意到这边，吴承鉴抠了喉咙，朝着草丛，无声地把肚子里的东西全吐了个干净，然后挪了一个位置。

黑暗中滚出来一个东西，用荷叶紧紧地包着。吴承鉴把它抓在手里，撕开一点荷叶，尽量不让香气漫溢开来，一点点地把荷叶中的东西吃了。

这时丐群的声音忽然高了起来，却是五六个讨到东西的赌起钱来，赌本不多，但乞丐们却赌得豪气干云。

草丛之中，铁头军疤的声音在喧嚣声的掩盖中传了过来："昊官，委屈了。"

吴承鉴没说话，默默的。

"和珅也太过分了。"铁头军疤说，"有道是，杀人不过头点地！"

吴承鉴的身份地位虽然不能跟和珅相比，但在商场之中也是响当当的人物，和珅却要把人逼到与狗争食的地步，这是要将吴承鉴的尊严彻底剥夺。

"一刀杀了我，未免太便宜……"吴承鉴低声道，"自然是要作践得我差不多了，那时候该收拾再收拾。"

草丛之中，铁头军疤倒是微微吃了一惊。他原本以为和珅的目的只在折辱，但听昊官这么说，折辱之后仍然性命难保？

"昊官，要不我们走吧，明日我护你出城。"那两个盯梢的，他有把握能摆平，如今京城并未戒严，只要摆平了他们，混出城外并非难事。

吴承鉴嘴角轻轻提了一提。他虽然有铁头军疤暗中提供食物，但这段时间仍然自觉节食，人早就饿瘦了一整圈，又是半个月没洗澡，整个人灰头土脸的，但嘴角这一提，借着破庙中的火光余光，却让铁头军疤仿佛看到了三少在西关街上叱咤风云的投影。

"要走，也不是现在……"吴承鉴抬头看了看月亮，北京的月亮和广州的月亮，应该是一样的。家里的人，如今暂时还是安全的吧……只要她们能够平安，自己这一遭苦就不算白受。

"广兴不是请我去他家吃狗食吗？不去这一趟，我对不起他，更对不起和中堂！"

吴承鉴将吃剩下的荷叶卷成一团，扔回了草丛之中。

折堕

第五十九章

买　命

第二天,吴承鉴在京城游荡了一整天,还是没找到吃的。

他先去了广东会馆,会馆里的人见着他就像看见鬼,人人面有愧色,却连一个窝窝头都不敢给他。苏管事见他一张脸下巴都瘦尖了,身上破破烂烂的,完全是乞丐模样,不禁眼睛就红了,只是说:"昊官,对不住,对不住,你……你到别的地方试试。"

吴承鉴一阵黯然,又到别的地方游荡,结果一整天下来全无所获,别说馒头包子,连口水都讨不着。

他游荡了一天,背后跟梢的人换了三拨,游荡着游荡着,竟然游荡到广兴府上来。

广兴他爹是大学士,府邸宽大,但他是幺儿,没继承多少家产,总算是他自己争气,混到了一个中等官员的职事,又得见天颜,眼看着只要天子亲政,前途将不可限量,但现下还不是飞龙在天的时候,所以只是在西城的边角胡同里占了个四合院,比和珅手底下的大家奴还不如。

若是有个明眼明心的厉害人物在这里,一定要诧异——昨日广兴虽然开口让他来讨狗粮,但吴承鉴为什么就认得广兴的门户了?他应该从没来过才对。

这时那两个盯梢的人却没这份心思,只是眼看着吴承鉴上前敲了敲门,来开门的是个老家人，见到他就赶人："哪里来的叫花子，快滚快滚！"

吴承鉴低声道："请问广兴大人散班了未，可在家吗？"

那老家人一听，这人衣衫褴褛，明明是个叫花子，怎么一开口却有几分斯文味道，就不好拿扫把往他身上招呼了。他问道："你是谁？找我们老爷有什么事情？"他想莫不是什么乡下的穷亲戚，一路找到京城来投靠打秋风？但也不对啊，老爷就是京城里出生的人，哪里还有什么乡下亲戚？就算真有上一辈的什么亲戚，也该到大老爷、二老爷那几房去攀蹭，不是来自家这里。

跟梢的人已经露出了身形，只要情形不对，他们就要出面干预。

却听吴承鉴伛偻着身子说："昨天，广兴老爷许了我一顿狗食的，我……我实在饿得不行了，所以脸面也不要了，就请老丈行行好，把这事跟广兴老爷回一声。"

那两个跟梢的听后一声哂笑，又退回去了。

老家人一听这话，觉得蹊跷，但说是骗子又不像——天底下哪有人来骗一顿狗食的？

吴承鉴道："不管怎么样，还请老丈通报一声。广兴老爷听了就会明白的。"

老家人又将他上下打量了两眼，才说："行，你候着吧。往旁边让让，别脏了我家台阶。"

门关上了，吴承鉴抱着肚子，缩在墙角，这惨兮兮的模样，要多折堕有多折堕。

最近朝堂表面上风平浪静，无甚要务。广兴散班得早，就回到家中筹谋更大的事情，忽然听老家人报了这事，他就想起昨天的情景来，不由得失笑道："昨晚随口一提，他不会真的来了吧？"

他就亲自来到门口，果然瞧见了吴承鉴，笑道："哎哟，这还真是吴官啊。"

吴承鉴头都抬不起来的样子："实在……肚子饿得不行……"

广兴就高声叫道："旺福中午可还吃剩下什么没有？"

老家人在旁边也听出些味道来了，笑道："中午剩了一碗冷面，给了旺福。旺福舔了半碗，还剩下半碗。"

广兴笑道："就这了，吃不？"

吴承鉴急道："吃，吃！在哪里？"

"哟，着什么急啊，院子里搁着呢。你等会儿啊。"

他就回了院子，搬了张逍遥椅在那儿坐着，只等着瞧吴承鉴吃狗食。

"进来吧。"

吴承鉴这才进街门。广兴这四合院是最小的一进院，共十二三间房子，进了街门就是院子，倒座房住着两三个下人，东厢西厢大半失修，只各剩下两间完好的，西厢雅致点的那间做书房，东厢马虎点的那间住着一房小妾，失修的那些都堆了杂物，整个装修灰土得很，多半住进来后就没仔细翻整过，院子里连棵树都没。

这四合院在权贵满地走、贝勒多如云的乾嘉年间不算什么。吴承鉴环顾一周，心想这屋子给吴七住，吴七都嫌寒碜，却已经是广兴多年奋斗所得。

"瞧什么呢！"广兴指着那条狗身前的破碗，等着要看吴承鉴跟他家的狗抢食的好戏。

吴承鉴眼看院子里没别的人了，就说道："皇上毕竟还没亲政啊，广兴老爷自称是皇上的心腹，却住着这样的房子，真叫人瞧不下去。"

广兴怔了怔，再看吴承鉴时，只见对方分明衣裤脏破犹如叫花子，看自己的时候，那神情却像自己才是个叫花子。

广兴器量虽狭，毕竟也是个能人，不然也闯不进嘉庆帝的眼界去，一下子就明悟过来：这家伙在外头都是在装！

吴承鉴又道："太上皇也真是，一天不驾崩，一天就不放权，广兴老爷您是在外头替皇上跑腿办差的人，也都压制到这个地步。这房子，用来养狗也嫌寒酸啊。"

广兴脸色大变："你胡说什么！"

什么"太上皇驾崩"——这话是能随便说的吗？尤其是最近坊间颇传"太上不豫"，在这个敏感当口，传了出去说不定就是弥天大祸，且这话是在自家院子里出来的，自己又是帝党，说不定自己也要受牵连。

吴承鉴指了指街门："不想我这张没遮拦的口给广兴老爷你惹祸，这门还是关了的好。"

广兴看吴承鉴那副嘴脸，就像吃定了自己一般。然而想了一想，他还真怕吴承鉴乱说话，只得给老家人努了努嘴，老家人赶紧去把街门关了。

吴承鉴道："找个能说话的地儿吧，咱俩闲聊两句。"

他一身叫花子的打扮，说话却仿佛与广兴平起平坐，这一点让广兴极难接受。

吴承鉴道："怎么？想我在这里跟你说？"

这时东厢的窗户有个大饼脸的女人露了下脸，正是广兴的那房小妾。

广兴想想在这里说话，若叫下人、小妾听了去，也未必是妥当的，只好朝书房看了一眼——那是他读书办事的地方，好些干涉皇宫大内的秘事都是在那里商量的。

吴承鉴也不客气，直接就往书房走了过去。

广兴一见这场景，自己竟然又被对方牵着鼻子走，更是恼怒。

书房只有一排书架，一张书桌，两把椅子，一条条凳。广兴进来的时候，见吴承鉴已经大大咧咧在其中一把椅子上坐了，不由得怒从中起，喝道："吴承鉴，别忘了你现在是什么身份！可别太猖狂了！"

吴承鉴斜斜歪在椅子上，懒洋洋地说："我什么身份啊？"他这神情这腔调，如果换了一身绸缎衫，跟他在广州时再无区别，直叫人忘了他的一身乞丐装束。

连广兴一时间也恍惚了一下，不由得怔了怔。

吴承鉴道："您是给事中，正五品；我是户部郎中，也是正五品。正是半斤八两，哈哈。"

广兴这才想起，这段时间吴承鉴虽然被和珅逼得仓皇如丧家之犬，但朝廷并未正式褫夺他的官爵，也就是说从名分上讲，他的确跟自己一样，还是朝廷所封的正五品官员。

但想起自己跟眼前这个叫花子一样，广兴是无法接受的："跟我比？你也配！"

吴承鉴点了点头，道："的确是不匹配。您住的这宅院，我家的狗都嫌弃；您那房小妾的模样，丢到神仙洲铜钗都评不上。"

广兴大怒，手重重往桌上一拍，几乎就要招呼人把这个毒舌辣嘴的广东佬轰出去，然而他毕竟是凭自己本事混到皇帝身边的人，激怒之中也还能保持三分冷静，话到嘴边一个溜转，变成冷冷的言语："吴承鉴，你到底要做什么？"

吴承鉴用手掩着嘴，爽咳了两声，说道："我被刘全派的狗腿子盯着，一整天没喝过一口水了。您好歹也是能在天子驾前行走的人，客人来了，一杯茶都没有吗？"

广兴又哼了一声，扫了吴承鉴两眼，才让老家人弄一碗茶上来，吴承鉴这时也不嫌弃，喝了一口润润喉咙，说道："太上皇差不多了吧。"

广兴恨不得拿泥巴将吴承鉴的嘴给封上："你给我闭嘴！"

吴承鉴道："怎么？这里说话还有第五只耳朵听吗？"

这个书房上是天下是地，隔壁是个堆杂物的破屋，藏不得人，所以广兴才会选这里做议秘之所，其实是不怕被人听见的，但大清法禁森严，京城里的人紧张兮兮惯了，有一些话就是梦里也不敢说。

广东那边的氛围却一直宽松多了，明面上大家也都打官腔，到了私下里却要放肆得多，心里头也远没有北京人心里头那么多的规矩敬畏。

所以吴承鉴非但不闭嘴，反而手指指天，说道："那一位的身体状况，现在只怕军机大臣都不晓得，但一直被压制在外的朱珪等人不是起用，就是进京，皇上的几个亲兄弟最近更是闭门不出，只要不是瞎子，都能闻出一些味道来了。"

广兴冷笑道："你说这些做什么？这些跟你又有什么关系？"

吴承鉴笑笑道："现在广兴老爷您什么都不用做，只要关紧门户，谨言慎行，坐等皇上亲政，您的富贵荣华就唾手可得。至于我嘛，大概要倒大霉了，就跟和珅一样。"

乾隆太上皇一旦驾崩，嘉庆帝必定亲政。新帝亲政必定清算旧党，到时候和珅要倒霉，攀附在和珅身上的那些人也要被连根拔起，吴承鉴这条蔓藤也逃不掉。

听到这里，广兴展颜笑道："原来你也知道，那还敢来我这里放肆！"

"我敢放肆，因为我已经没什么好怕的。"吴承鉴道，"皇上如果亲政，我们吴家恐怕不得好死；或者等不到皇上亲政，和珅就要把我吴承鉴给撸了——谁让我不听话呢。既然横竖都是死路一条，我还怕什么？"

眼下京城人人都等着一场天翻地覆的大变。在这场大变中，有人要拿回自己的权力，有人要守住自己的权力；有人要翻天，有人要变天；有人等着新皇亲政自己好沾光，也有人狗急跳墙企图放手一搏……

小皇帝和"二皇帝"的两党之争，经过此番变故之后，总要有一方升上九天，另一方堕入地狱——只有一家，似乎不管局势怎么变化都已经绝无生路了，那就是宜和行吴家。

吴承鉴如今正是最尴尬的两头不靠状态，和珅随时就能要他死，就算能熬到嘉庆帝亲政，帝党多半也不肯放过他。换了别人这时候只怕就绝望自弃了，吴承鉴却仍然是一副破罐子破摔的无赖样。

他的这无赖样，广兴倒不是第一次见了，上一回在广东他就是这副样子。如今故事重演，虽然换了一个场景，却还是一样的味道。

广兴道："既然这样，那你还来我这里做什么？"

"做什么？"吴承鉴笑笑说，"虽然明知必死，但人嘛，这脑袋一天还安在脖子上，就总得想点法子不是？"

他在广东的时候，说的是纯正的粤语，这到了京城，偶尔就带着些北方味道——毕竟少年时来京城混过。

广兴笑道："你这是要来求我了？"

"求？"吴承鉴摇头，"我们老广不谈'求'字，这个字忒不靠谱。我们只讲买与卖。如今我们吴家快没命了，但我们吴家还有钱。所以今天来广兴大人您这儿，不是要求生，而是想……"

他嘴角笑意不断，把最后两个字轻轻吐了出来："买命。"

第六十章

罚银议罪

听吴承鉴自己道明了来意,广兴一下子倒是松快了,坐到了椅子上,笑道:"看你先前那嚣张样子,我还以为你又有什么好筹码,说了半天,原来还是求饶来了。可你看你这个样子,有半点求人办事的模样没?"

"广兴大人太不会听话了。"吴承鉴说,"我说过,我不是求,是买。我出钱,您给货,真金实银的买卖,买家需要给卖家低头哈腰吗?"

广兴笑道:"可问题是,这不是买货,这是买命啊。我要是不卖,你这条小命,甚至你吴家上下……几口人来着?不管了,总之满门男女良贱,回头都得凉。等你们命都没了,那钱你们还守得住吗?"

吴承鉴也笑道:"那是当然,那是当然。那钱我们吴家肯定是守不住了,可这时候广兴大人您如果不出手,回头那钱可就落不到您手里头了。天子亲政,正是用人之际,京城到处都得有几个爪牙犬马安插在要害位置上,远赴广东抄家的差使,十有九落不到您广兴老爷头上去。广兴大人,我说得对吗?"

广兴的脸色微微一沉,不言语。

他心里晓得吴承鉴说得没错——对吴承鉴来说,吴家的身家性命比天还大,但对这个大清江山来说,广州一个商户人家,根本不值得皇帝在天地翻覆的关键时节,抽调心腹下去查抄。

吴承鉴又说:"广兴大人,您是去过广州的,西关街的金山银海,您就算没亲眼见过,听也听得不少了。我吴家的全副身家,您肯定是吃不下的,但哪怕只是吃个一两成,也能把您给吃撑了。"

他抬抬眼皮,看了这书房几眼:"别的不说,这样的四合院,买一百个也还有找呢。"

"我广兴岂是贪赃枉法之人?"广兴哼道,"是否查抄吴家都好,罪脏之银,回头都要入库,不管是不是我去查抄,都跟我没关系。"

吴承鉴摩挲着手里头那个大碗,悠悠说:"没人让您广兴老爷贪赃枉法啊。但乾隆四十五年,和珅和大人提议,官吏犯罪,可以钱代罪,视所交罚银之多寡,或免罪,或轻处——是为'议罪银'之制。这是内阁、军机处上奏,乾隆天子准奏了的规矩。所以我们吴家只是想就着这条规矩,求一条活路。只是目前天子还没真正亲政,朝政还被和珅把持着,我们吴家就是想求活路也不可得,所以这才来敲您广兴大人的门——如果广兴大人肯帮个忙居中奔走一番,让我们吴家能够缴银免罪、纳款轻处。按照规矩,您这个中间人,我们总得有一份谢礼的。"

他不等广兴答应或拒绝,继续说道:"广兴大人,您就算真得天子宠幸,可天子能直接给您多少赏赐?您心里清楚!富贵富贵,'贵'您肯定是会有的,这'富'还是得您自个儿去撒网捞鱼啊。像今天我的这桩事,以后您少不得要做的。如果不做,那就等着一辈子窝在这个破落院子里吧。难道您还真打算当海瑞吗?如果愿意和光同尘,反正是行个方便就你好我好大家好的事情,那么送到眼皮底下的银子,何必为了怄一口气就拒之门外?再说了,过了这个滩头,往后就未必还能再遇到我这样的大鱼了。"

广兴听到这里,才是真正的心动了。

自己虽然忠于天子,可也的确从来都没打算做海瑞的,官场通行的事情,只要不犯忌,为之无妨。吴承鉴虽然嘴脸讨厌、言语刺耳,但这人办事从来都是拿真金白银开路的,在这方面名声极好。广兴不止听一个人说过,流水般的银子泼出去吴官眉头从来不皱一下的,所以他说要买命,那就是真的买。也正是看在钱的分上,这些年大伙儿也都不跟他计较——官场也罢,商场也罢,谁会跟钱过不去啊?

而且吴承鉴说得没错,像他这样的大肥鱼,天底下未必再有第二条。错过了这一桩，虽然吴家会没命，可他广兴也得眼睁睁看着到手的一座金山长翅膀飞了啊。

瞥见广兴的神色，吴承鉴反而停下不言语了，只是静静地等待着。

好一会儿，广兴才道："你现在被和珅看得这么紧，还能弄出钱来？"

吴承鉴便知对方已经入彀，哈哈笑道："和中堂虽然精明，但京城和广州相距五千里，他和中堂耳目再多，也没办法无时无刻将我盯死；他的手再长，也没法彻底遮住粤海湾的天。就连在这京城内，他也看我不住呢，我这不是进了大人您的门吗？何况是千里之外的广州！"

"听来倒有几分道理。"广兴道，"只是……若你真想议罪买命，你能拿出多少银子来？"

吴承鉴笑道："那得看广兴大人要多少。"

广兴久在京城，紫禁城内的权谋他接触了不少，宫廷斗争的眼界不低，但粤海湾的商场他把握不准，在这方面的眼界其实是窄了，因此颇拿捏不好那个度，犹豫了一下，伸出了一个手掌："这个数。"

吴承鉴笑了笑："咱别打哑谜，还是直说的好，是五千、五万，还是五十万？"

广兴是大学士之子，在礼部行走过，又得嘉庆帝青眼，记录议罪银的《密记档》虽然没亲眼看过，但与大内权监、内务府大佬颇有交往，知道自"议罪银"制度设立以来，共有近一百宗议罪罚银案例，内务府共收得罚银五百万两，这么平均算下来，一桩约莫就是五万两。吴承鉴虽然是个大富豪，但想想他被和珅盯死了，能拿出的身家未必还能是大头，因此伸出手掌的瞬间心里想的其实是五万两。

但吴承鉴开口问"五千、五万，还是五十万"，他心里一个跳突，随口就道："五十万！"这是狮子大开口漫天要价了。

他正等着吴承鉴落地还钱，不料吴承鉴却问："这是给广兴老爷一个人的辛苦费，还是后面打点所需的总数呢？"

这意思是真拿得出来了？广兴倒是吓了一跳，他说的五万是给他一个人的辛苦费，但如果是五十万……他想着若说是总数，那分到自己头上的钱就少了，若说是自己的辛苦费，只怕五十万太多了，沉吟片刻，决定再诈一诈对方，便说："自然是我一个人的辛苦费。"

吴承鉴含笑道："那可有些多了。五十万我们吴家掏得出来，但再连同背后的打点，那笔钱可就大到没边了，对吧，广兴大人？"

　　广兴听吴承鉴的语气，似乎这个价钱可以商量，纵然压上一压，那也是突破了他原有的打算——他前年盘下这个四合院，也只花了二百六十八两银子，虽然中间有些人情因素，但就算算成三百两……刚才吴承鉴说什么来着？

　　"这样的四合院，买他一百个也还有找呢。"

　　竟似不是虚语！

　　一时之间，广兴只觉胸口微胀，说道："若你说当是什么价？"

　　吴承鉴道："广兴大人自己多少，背后的打点是多少，你们中间怎么分，我也不多问了，只一口价：二百万两，买我吴门一家性命。如果可以，那就劳广兴大人辛苦一趟，代我奔走；如果不行，那我出了这个门就另想办法去。"

　　说完这话，吴承鉴就站了起来，只等着广兴颔首或者拒绝。

　　广兴深深地盯着吴承鉴，良久问道："你真的可以拿出二百万两？"

　　二百万两啊……议罪银从乾隆四十五年收到现在，十七八个年头，内务府对满天下的贪官也才收了五百万两，这一下就能收个一小半上来？

　　吴承鉴道："作为诚意，我现在可以先拿出五十万两来做定金。收到钱后，大人和大人背后的人再办事也不迟。"

　　广兴倒是吃了一惊："现在拿出五十万两来？你现在哪来的钱？"说吴承鉴在广州有二百万两，他还是相信的，但这里可是京城！

　　吴承鉴笑道："广兴大人认为，我真的会空手进京城吗？若没有一点依仗，我也敢来？而我吴某人最大的依仗是什么呢？当然是钱啊！莫说五十万两了，便是二百万两，我现在也拿得出来。"

　　广兴惊讶道："你带钱进京的？你把钱藏哪里了？"

　　吴承鉴不答，却道："那么这笔买卖，广兴大人是准备接了？"

　　广兴沉吟片刻，道："若你真的拿得出二百万两，好！我保你不死！"

　　吴承鉴脸上毫无压力："行，那请广兴大人去跟背后的大人说一声，准备一个收钱的地址，然后告诉我一声，三天之内，五十万两白银就会奉上。"

　　广兴猛地厉声道："吴承鉴，你这句话出了口，若是三天之内见不到钱，不用和珅出手，你就得死无葬身之地！"

　　吴承鉴轻轻一笑："区区五十万两罢了，何必这么紧张？"

广兴见他应对得如此轻松，不禁就相信他真的拿得出钱，然而转念一想，对方竟然如此轻松就能拿出五十万两的话，那自己开的价钱是不是就低了？

想到这一点，他的心一下子痒得难受。

"不过还有另外一件事情，广兴大人要先帮在下搞掂的。"

搞掂是粤语词，但广兴却是听得懂的。

吴承鉴说："我在贵府待了这么久，出了这个门，刘全的狗腿子只怕就要将我逮到他那里去了。若是那样，吴某就是有钱——也没命给各位大人送去了。"

广兴沉吟道："你若真能拿出二百万两来，这条性命，放心，和珅拿不走！"

他吩咐吴承鉴暂时莫离开："我去去就来，你给我等着。"又吩咐了老家人，除了自己，不论是谁，或者哪个衙门来了也莫开门，跟着就出门了。

广兴这一去，足足一个时辰都不见回来。高家的仆人做了一碗面端上来，吴承鉴也不客气，随手吃了，吃完之后，将院子里的躺椅搬到书房里头就睡起大觉来。

等到傍晚时分，门外忽然有了响动，不是广兴回来，而是有差役在外，急促拍门。

第六十一章

一件件来，不急

有个女仆就想去开门，却被老家人给喝住了。他想起广兴的吩咐，走近门边问道："哪位？"

外头有人叫着让开门，说是办差。女仆有些害怕了，老家人却还算有几分见识，大声说道："我家老爷吩咐了，今天除非他回来，否则谁来也不开门。你们在外头等着吧。"

外头的差役怒骂起来，却也不敢撞门，再怎么样这也是正五品给事中家的门第，他们还不敢乱来到这个地步。

老家人走到门边，从门缝中望出去，果然见外头是几个公人，心中暗暗讷罕，却也不是很害怕。那几个公人拍门不开，商量了一下，便有一个急奔不知去哪里了。

老家人来到书房，掀开门帘一角一看，只见那个"叫花子"在里头呼呼大睡呢。他忍不住走进来道："外头来了几个官差，来势汹汹的，是奔着你来的吧？"

吴承鉴抬了抬眼皮，不说话。

老家人又说："现在我不开门，他们就不敢进来，但我瞧见他们大概是搬救兵去了。要是他们的救兵到了，我家老爷还没回来，你就自求多福吧。"

这一次吴承鉴连眼皮都没抬了。

"真是死猪不怕开水烫。"老家人抱怨了一句,便出去了。

在外头,隔不了多久,那些差役就要大声拍门嚷嚷几声,两个男女下人都很惊惶,连东厢的小妾、正房的大奶奶都惊动了,出来问什么事情。老家人说了广兴的吩咐,大奶奶做主,可莫开门了。

有个男仆搬了一张梯子来,夹在墙上看外头的动静。

大概又过了有半个时辰,外头喧闹又起,这时天已昏暗,隐隐看去似有马蹄飞奔。那个男仆又爬上墙头张望一下,只见胡同口几个人下了马,他惊得朝院子道:"祸事了!官兵来了!"

高家的人又都惊了,大奶奶极度不安地道:"这是怎么回事,怎么回事?"

院门又被拍了起来。这次震动更大,小妾躲进了屋子,大奶奶朝老家人使个眼色,老家人才上前问:"是谁?"

外头的人叫道:"捉拿钦犯,快快开门!"

院子里的女人听到"钦犯"两个字都慌了神,老家人叫道:"这里是给事中家,高佳氏广兴老爷府邸,哪有什么钦犯?你们别乱说话!"

门外的人怒道:"谁不知道这里是广兴家!就是有人亲眼看见钦犯进的门!快开门!窝藏钦犯是什么罪,你可得清楚!快开门!"

老家人忙道:"就算你们要进来,也得等我家老爷回来。"

门外的人怒道:"不行!快开门!"

老家人又道:"我问一下我家太太,我家太太可是诰命夫人,不能给你们冲撞了。"

门外才稍稍歇了,不用老家人禀报,广兴的夫人全都听见了,就问:"究竟是怎么回事?"

老家人指着书房:"多半是那叫花子惹来的祸事。"

"那可怎么办?"一个丫鬟说,"不会真是钦犯吧?"

老家人道:"谁知道呢!"

广兴的夫人道:"你进去看看他。"

老家人就进书房了,过了一会儿气冲冲地出来。广兴的夫人问:"怎么样?他跑了?"

"跑?他躺在那儿就没动过。"老家人动气地说,"我进去把事情一说,

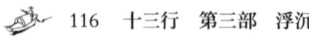

他却说：'关我什么事？'又问有没有消夜，他又饿了。"

众人一听，又是好气，又是好笑。这时门外的官兵又叫嚷了起来，便有人道："这么个来历不明的人，要不就交出去吧，别连累了我们。"

总算广兴的夫人有几分主张："不行！既然老爷交代过不许开门，那就谁都不许开门。大家全都回屋吧。待会儿发生什么都别出来。"她又对老家人说："留两个人在院子里，若是外头的人强闯，守住正房不许人进来，只引他们到书房去。若他们没用强，就不许开门，等老爷回来再说。"

"是。"

幸好门外拍门叫嚷虽凶，终究没敢用强。

又过了一会儿，马蹄声又响，墙头的男仆就着胡同口的灯笼张望，吓得对院子里道："不好，来了个穿黄马褂的！"

老家人就惊着了，心想书房里的人究竟是什么来头！

外头拍门叫嚷的声音停了，大概官兵在禀报什么，再跟着，就隐隐听见一个声音道："给我撞门！"

先来的官兵道："大人，这可是给事中高家，我们……"

"撞门！"

墙头的男仆吓得翻下来，躲进倒座房去了。

老家人就知道守不住了，掀开书房门帘道："喂，人家要撞门了，你啊，自己小心吧。"书房里黑乎乎的，没点灯，但隐约能看见吴承鉴还躺在那儿。

吴承鉴伸了个懒腰道："你们家老爷手脚可真慢。"动动腰，拍拍颈椎，可没一点慌张的样子。

老家人连连摇头，这时马蹄声又响了起来，同时街门"砰"地一声被撞开了，冲进了几个官兵、几个差役，两边分开，中间走出一个穿黄马褂的。老家人赶紧小跑守到正房门前，叫道："正房住着朝廷诰命夫人，你们不许乱来！"他又指着书房："那里头有个来历不明的，也许是你们要的人。"

穿黄马褂的道："给我搜！"

忽然街门外有人叫道："谁这么大胆啊！"

便走进来一个穿着蓝色袍子的旗人来，那人带着十几个穿马甲的骁骑营旗兵，闯了进来。

那穿黄马褂的看见来人，吃了一惊，赶紧打千，叫道："六爷，您怎么来了？"

蓝袍旗人冷笑道："我怎么来了？听说旗内有奴才不长眼睛，被人当枪使了，爷还能不来吗？也不看看这里是什么地方！朝廷给事中的府邸、前大学士公子的家门，你们也敢明火执仗地撞！这是领了圣旨，还是领了太上圣谕啊？"

穿黄马褂的退了一步，话也不敢回。

蓝袍人怒道："还不快滚！"

穿黄马褂的道："可是，六爷，这是……"他朝着什刹海的方向努了努嘴："那位的意思。"

蓝袍人冷笑："你啊，太久没喝草原上的马奶酒，脑子糊住了！也不看看现在是什么时候，这时候替人出头办事，嫌自己的脑袋太安稳是不是？"

穿黄马褂的犹豫了起来。

"还耽搁什么，跟爷走！"

蓝袍人说着就走了。穿黄马褂的又犹豫了一下，终于也跟着走了。

他一走，那些官兵就跟着走了。差役们眼看不妙，也跟着退到了门外。

广兴的老家人松了口气，把两个男女仆人叫出来，将被撞开的门重新关上，弄了一根棍子代替被撞断的门闩。

一家子的人惊魂稍定。老家人想了想，又到书房来，只见里头已经点了灯，那个叫花子不知道什么时候从书架上取了本书，正在灯下看呢。他见出了这么大的事情，此人却从头到尾未曾慌乱过，心里反而敬畏了起来，低声问道："这位……爷，可需要上一杯茶水？"

吴承鉴道："茶水就不用了，你们家的茶太难喝了。就是多点几支蜡烛，太暗了看书伤眼睛。"

广兴回来的时候，只见书房里灯火通明，倒是愣了一下——家里头的蜡烛全都搜刮了出来在书房里点上了，自他搬到这个家以来，这个书房夜里就没这么亮过。

吴承鉴瞧见他，笑了笑说："你们家倒挺热闹。"

广兴冷哼："也亏得我听了消息，求了人火速过来保你，不然你这会儿不知被逮哪儿去了！"

吴承鉴轻轻一笑:"也亏您求的人来得还算及时,若是迟了一步,那二百万两就打水漂了。"

广兴把剩下那张椅子拉了过来,道:"我去替你求情了,不过你的脑袋是什刹海那一位要定了的,要想保下,二百万两……"他竖起了两根手指头,跟着摇了摇。

"原来我这颗脑袋还挺值钱。"吴承鉴轻笑道,"却不知道王爷和贝勒爷们觉得我这颗脑袋值多少?"

广兴听到"王爷和贝勒爷们"七个字,脸色微变:"你说什么!你知道什么!"

吴承鉴若无其事:"我知道的不少,不然也不会上广兴大人您的门——难道我会蠢到认为凭着阁下,就能从和中堂手中把我保下来吗?"

广兴的脸一下子就黑了。

吴承鉴拍拍他的肩膀道:"不用这么紧张,您背后那几位我虽然一个都没见过面,但账目上其实打过交道,该知道的事情我知道,不该说的事情,我都烂在心里头,所以有什么事情,广兴大人您明说即可。闲话我们先按下吧,广兴大人,直说吧,那几位,要什么数?"

广兴沉吟着,伸出了四个手指头。

吴承鉴道:"四百万两?"

广兴颔首,正等着吴承鉴还价,却听吴承鉴就道:"行。"广兴眼睛瞪了瞪,立刻就暗忖自己的价是不是开低了?可那是四百万两啊,大清一年的国库收入,也才四千万两上下呢!这一下子就能把整个国库刮一成出来?

就听吴承鉴道:"不过我也有几个条件。"

广兴冷笑起来:"你都死到临头了,还敢提条件?"

"买卖,买卖!咱们这是买卖!"吴承鉴笑道,"既然是买卖,总得商量一下不是?何况这是四百万两银子的大买卖!"

看在四百万两白银的分上,广兴挥手:"说吧!"

吴承鉴道:"我要求几件事情,事情嘛,一件件地办,办成一件,付一笔钱。"

不等广兴恼怒,吴承鉴先拿起笔来。砚上有他磨好的墨,他背着广兴,写了两张纸,吹干了,折叠好,又摸出他刚才从书房里翻出来的信封,将其中一张纸放进去，交给广兴说："我可以先付定金，八十万两。"

广兴要打开，吴承鉴拦住道："您真要看？"广兴想了想，手反而停了下来。

吴承鉴道："借封泥一用。"

广兴取了封泥，糊住了封口，吴承鉴就朝封泥上按上了自己的手指印，然后将封泥烤硬，再交给广兴，说："里头是个地址，八十万两白银，就藏在那里。"

跟着他又将第二张纸交给了广兴："这是给广兴大人的第一笔辛苦费，白银八万两。静悄悄地，快点去取哟。"

广兴打开这张只是对折的字纸，果然见上头只是一个地址，想起这里若真的有八万两……忽然之间竟觉得这张纸有些烫手。他是还未掌权的准新贵，八万两对他来说，那可是一笔巨款！

随即他又想起吴承鉴刚刚说什么来着？这是……"第一笔"？？

吴承鉴给他背后的人八十万两，就给了自己八万两的辛苦费，刚好是十分之一，那最后如果议罪银交易真的完成，那是不是自己能拿到四十万两？！

虽然内心有些波动，但毕竟是见过天子的人，其城府涵养还是不缺的。他哼了一声，脸上若无其事地道："你的条件呢？"

"第一件事……"吴承鉴拍拍自己身上的破烂衣衫，"我要回广东会馆住，让那些被赶走的下人赶紧回来伺候我。破庙里太难受了——这点区区之事，我想啊，八十万两——值吧？"

广兴想了想，觉得背后的那群老爷，今晚既然已经出面把和珅顶了回去，那么让吴承鉴回广东会馆应该也不算什么大事——如果信封中的那个地址真的有八十万两的话。

"第二个条件呢？"广兴问道。

"急什么呢？"吴承鉴笑道，"钱嘛，我会痛快地给。事情嘛，咱一件件来……不急，不急。"

小 生 意

北京和广州相隔千里,在这个时代,消息迟延得厉害。

吴承鉴做了好久的"叫花子",都已经要脱离苦海了,广州却才收到他被赶出广东会馆的消息。因为地隔千里,消息在传递过程中也产生了各种变形,西关街听到什么消息的都有。

有说吴承鉴已经被抓的,有说吴承鉴已经被砍头的,甚至有人说吴家抄家的圣旨已经在路上了。

一时之间,西关人心浮动。

宜和行的伙计,吴家园的仆人,纷纷打听是否真有此事。

"昊官真的被抓了吗?"便是一些亲朋好友,也都投来了一样的目光。

幸亏蔡巧珠早将吴家园的仆役清理过一遍,谣言虽盛,却还控制得住。宜和行方面,也提前跟几个大掌柜通过声气,在行里发出话来,让伙计们安心办事,一切如旧。而亲朋好友、合作伙伴那边,幸得潘有节力挺,卢关桓也响应支持,这才将许多人的疑心给暂时压了下去。

这个难关暂时过了,可下一个呢?

无论蔡巧珠还是叶有鱼,心里头都没底。

吴七忽然发现自己能进城了。

他带着吴家一干人等，好不容易找到了吴承鉴。看到吴承鉴遍身褴褛的时候，吴七瞬间就哽咽了："昊官，昊官……您受苦了！"

他被赶走之后就很担心少爷没人伺候，不知道该怎么办，在城外也隐约听到一些风声，可也没想到昊官会惨到这个地步。

不料吴承鉴看上去虽然瘦了一圈，脸上精气神却还很足的样子，挑眉道："别这么没出息！走，回会馆去。"

再次见到吴承鉴，虽然那身破烂衣服还没换，脸也没洗，但广东会馆一干管事却全都暗生敬畏——满城都知道昊官是被和珅搞成这样的，现在和珅还没倒呢，昊官就没事人一般地回来了，这是和中堂的话开始不管用了，还是说昊官背后的靠山有通天的关系，竟然能够跟和珅硬碰啊！

所以他们无比热情地将吴承鉴迎了进去，一切伺候比先前更加小心仔细。

人情冷暖的变化，吴承鉴打几年前就深深体会过了，这时也不放在心上，别人的避之不及与趋奉谄媚，他都只当平常。那边吴七重新把丫鬟小厮招了来，吴小九则伺候着吴承鉴梳洗一新，会馆方面便来报："有一位高大人来访。"

"他倒是着急。"吴承鉴笑着，让吴七去迎，吴小九煮茶待客。

当日吴承鉴被赶出去的时候，他带来的一应好物只是被封了，这时吴小九已经把茶具茶叶都摆了出来，泉水一时难备，便取井水暂代。

当广兴进来的时候，又看到了一派豪奢做派：俊童煮水，名窑为器，待客茶叶价值百金。吴承鉴尝了一口，还嫌弃井水带了苦味，让会馆赶紧去取西山泉水来，往后好用。

广兴道："行了，我又不是第一次见你，摆什么阔气？"

吴承鉴笑而不语，吴七在旁边暗中翻了白眼，心想咱家的寻常日子就是这么过啊，没摆阔气。

京官多穷，广兴手头也不算很宽绰，换了别的时候见到吴承鉴摆阔定要嫉恨暗生，但他昨夜刚刚取了那八万两入手，真金白银进了口袋，心情大畅，一点小小眼刺也不放在心上了。这就是银子的力量啊。

茶过三巡，吴七退到外面，继续调训新来的丫鬟。广兴这才对吴承鉴道："挺好。"他手打了个"八"的手势："那笔钱拿到了，没差。真没想到，那个破烂胡同里，竟然还藏着这么大一笔巨款。你什么时候藏在里头的？"

吴承鉴笑而不语。

广兴也不纠缠这个问题，又道："上头问了，后面的议罪款项，什么时候交？"

吴承鉴笑道："我有什么罪？需要议罪赎银？"

广兴愣了一愣，然后脸色微变："怎么，你才脱苦海，就打算说话不算数了吗？哼，能让你重住广东会馆的人，转头就能叫你连破庙都没得住！"

吴承鉴哈哈笑了起来："没这意思，没这意思。钱我还是会照样给的，不过嘛，什么议罪银，那不过是个由头。我吴承鉴没犯过国法，身上也没罪过，这一点大家心里清楚就好。"

他拍了拍手掌，吴小九就进来。吴承鉴道："取纸笔。"

吴小九便准备好了笔墨纸砚，然后退了出去。吴承鉴当着广兴又写了两张纸，只是没让他看见所写的内容，将其中一张封好后，连同第二张字纸一起交给广兴："第二笔银子，一百二十万两，钱在通州。"

广兴收了信封，又打开字纸看了一眼，果然又瞧见了一个地址，眉头扬了扬，脸色就缓和了下来："这一趟你想做什么？"

吴承鉴道："也是一桩小事——我有个师爷，叫作周贻瑾，因为一个老旧的案子，硬被牵连着关在顺天府。案子的相关卷宗我都让人准备好了，脱罪很合规矩，只是需要有人帮忙带句话。"

这事广兴倒是早在吴承鉴进京之前就留意过了，前因后果也很清楚，知道的确不难，笑笑说："一百二十万两捞一个人，你倒也阔气。"他顿了顿道："但你就不留一点银子保你自家的性命吗？"

吴承鉴笑道："那个……另说。做买卖嘛，先有来有往几次小生意，彼此知了根底，建了信任，再往后才能做大买卖嘛。这是我们广东人的生意经。"

广兴的瞳孔忽地微微一缩："这是小生意？那什么才是大买卖？"

吴承鉴笑了笑，道："虽然广兴大人这个中间人很好，但真要做大买卖，那可得面谈才行。"眼看广兴露出狐疑之色，吴承鉴道："不急，不急，让老爷们先把通州的钱收了，剩下的再谈不迟。"

小生意　123

广兴亦着紧手心里的那张字纸,心里想着那里不知有多少银子,便也没心情再跟吴承鉴耍心机,又喝了一杯茶,便告辞了。

吴七送了他后,走了进来,问道:"昊官,就系呢个人救你出来嘅(就是这个人救你出来的)?"

吴承鉴道:"唔系(不是),系佢(是他)背后的……一群饿兽。"

广兴亲自将信送过去后,又等了一天,才找了个机会,连夜去第二张纸所记的地址,在那里果然找到了许多黄金。

明末清初以来,白银大量进口,导致金贵银贱,金银兑换比一路走高;在这乾嘉之际,一两金子能兑换将近二十两银子。广兴稍微点了一下,眼看这黄金元宝按手感应该是五十两一个,足足有百个之多!估算了一下,应该是五千两黄金,约值十万两白银。

十万两白银在口里说出来只是一个数字,真看到了实物,却还是将广兴的眼珠都给闪得瞪了起来。五千两的黄金,折合起来五百多斤重,广兴费了好一番心思才运送回家。

他夫人瞧见这么多金子,吓了一跳,担心丈夫干出什么违法犯罪之事。他一个小小的给事中,当一辈子官的俸禄加起来也没这么多。

"少大惊小怪了!"广兴道,"这只是辛苦费。快拿金银秤来!"

他夫人心想什么样的辛苦能这么来钱,却不敢问,只是急急去拿了秤来。广兴将这些金子一个个地咬过、称过,暗喜地搓手搓脚,这才跟夫人商量要藏在哪里。他夫人道:"前几日才弄了那么多银子来,都堆在床底下,我这几天门都不敢出,睡觉都合不得眼;现在又弄来这么多金子,家里这么狭促,可没地方放了。"

四合院不可能放不下这点金银,但总不能放到杂物间,便是书房也怕被下人发现——又私密又安全的地方,这个家可不多。

"是啊……"广兴喃喃道,"得换屋子了……"

就在见到吴承鉴数日之前,他可不知道自己很快就会为钱太多没地方放而苦恼。

就在这时,老家人来报:"六爷派人来唤。"

广兴微微一惊,急忙吩咐夫人看好金银,然后赶紧赶去,心中担心自己取

"辛苦费"的事是不是被人发现了。

到了六爷府上,房内却还有一人。广兴赶紧打千:"给六爷、贝勒爷请安。"他瞥眼见两人脸上都是欢容,心中便暗暗松了口气。

六爷指着桌上一盘盖着红布的东西道:"掀开。"

广兴掀开,便见一盘的银元宝,共有二十个,排得整整齐齐,应该是一千两白银。他心里明白什么意思,却还是道:"六爷,这是……"

六爷笑道:"王爷发了话,这是赏你的。"

广兴欣喜若狂,趴在了地上道:"这个,这个……奴才何克敢当!"换了数日之前,他见到这么多赏银会真欢喜,这会儿这狂喜却就是做出来的了。

旁边那位贝勒笑道:"啰唆什么,收了吧,这是你应得的。"

广兴又假意推了两下,这才道:"谢王爷赏,谢六爷赏,谢贝勒爷赏。"这才起身,将红布重新盖上。

六爷说道:"通州那边,信里的那个地方果然有金银。很好,这个姓吴的很上道。连金带银,折合算起来,一百二十万两差不离。不亏了我们拉下脸来跟和珅干上一场!"

旁边的贝勒冷笑:"和珅这会子满身臊,不敢为这点小事来惹我们的。这笔买卖,划得来!"

两人对视一眼,一起点头。

乾隆皇帝乾纲独断,和珅中堂大权独揽,屋里头的这两位,连同还没露面的那几位,过去很长一段时间可只是维持体面而已;如今大权在望,便有人识趣地送上钱来,连续两次,成千上万的真金白银一口气堆到眼前,那种心魄的悸动,却不是隔空谈判时的一个数字能比的。

六爷跟这位贝勒先前还觉得自己为一个广东来的商人出头有些掉价,等拿到钱之后,心思就变了。已经到手的二百万两,分到每人头上那也是极肥的一块肉!再想想后面还有二百万两,人便都有些急不可耐了。

六爷道:"那个师爷的事,我已经交代下去了,明天他就能见到人。他提的这前两件事都不算事儿,就不知道后面要提什么。"

那位贝勒笑道:"任他提什么,左右不过要保自己的身家性命。这也不算事儿!别说他其实没犯什么国法,就算真的犯了十恶不赦之罪,我们就算暂时保他下来又何妨?只要他还在这大清天下,那就是肉在砧板上,只看我们什么时候割。"

六爷一听，放声而笑，道："王爷与我，也是这么想的。"对广兴道："这事你好好办，办好了，往后有你的好处。这个广东蛮子是条大肥鱼，总得剔干吃净了，这才舒爽啊。哈哈，哈哈！"

和府，安善堂。

和珅原本一边批阅公文，一边听了刘全的回话，忽然之间，手停了下来。

"四百万两？"

刘全低头："是。"

和珅的眼睛眯了眯，忽然暴怒起来，手中的笔甩在了地上，染污了地砖。

"四百万两，为了区区四百万两，他们就抱起团来跟我对着干！"和珅怒道，"还王爷、贝勒呢！这帮眼皮子浅得针尖都夹不住的狗东西！"

"老爷，老爷，您可息怒啊！"刘全急道，"如今宫里头……太上皇已经半个月没召您面圣了。内务府的差使，也有上谕让老爷都交割出去了。眼下咱们……咱们不能为这点区区小事，坏了大局啊！"

"区区小事，区区小事……"和珅脸上的怒色忽转悲凉，"这边是小事，那边也是小事……可等满京城的小局面都翻转过来，那就是……要翻天了啊……"

无底洞与无量山

由于消息的延误，吴承鉴在北京否极泰来的时候，吴家在广州却开始风雨飘摇了。

宜和行的一切运作还算顺利，这是有吴承钧给打下的好底子。但一些疏远一点的供货商开始忍不住上门了，表面上是慰问，实际上是打听消息。人人都是一张笑脸，但笑脸的背后是一种急不可耐的催促。

蔡巧珠渐渐地不耐其烦，几乎就想闭门谢客，但想想这时节如果将人拒之门外反而会引来外界更多的非议、猜测与联想，因此便隐忍着继续接待所有上门之宾。

叶有鱼那边也不好过。

本来自怀孕以后，徐氏几乎三天两头地上门来看女儿的，如今却将近半个月未曾过来了。一开始还每天派人送东西过江，最近三天连个下人也见不到，叶有鱼便猜叶家那边可能又出什么变故了。

她摸着大肚子，劝慰着自己："有鱼啊有鱼，一定要挺住，别的事情都不要理会，昊官能处理好的，一定能处理好的。孩子啊孩子，娘会好好吃饭，你在里头要好好长大，等你足月再出来。之后，娘再帮着大伯母与外头那些人周旋。"

来吴家园的人多，去潘家园的人也不少——自然也都是去打听东打听西的，潘有节却全都闭门不见。不过潘家与吴家的生意往来却一切如常，该供给的资金一分不少，一些债权也未见其来催收。

正因为潘家不动如山，因此吴家亦得暂时之安。

就在这时，北京方面传来了一封信。叶有鱼收到信之后为之一愕，但看看信的内容，的确是昊官的亲笔无疑，思忖许久，才将蔡巧珠请来。

蔡巧珠过来之后，看了信，也是半疑："字倒是昊官的，但……真要这样做吗？"

"信不是伪造的。"叶有鱼说，"如果是伪造的，反而要添多一些解释的缘由，不会如这封信一般，把这么大的事情说得如丢草芥——但这才是昊官的真脾性。再说，若非昊官，谁还能将我们家的产业说得这么准确？虽然我还不是很明白昊官为什么这么安排，但应该是他的意思没错。只是……如今毕竟是大嫂你当家，所以这事还是得问大嫂。"

蔡巧珠断然道："给，给！昊官上京的时候，我就说过，只要他能回来，宜和行的产业，散尽了也不可惜。"

她当即就回了梨溶院，打开了宝箱，取出了十几张地契房契，让吴六带往潘家园。

看着周贻瑾慢慢地走进门来，吴承鉴转忧为喜，脸上的高兴都快挂不住了。

"现在就走路，不会太急了吗？"吴承鉴既高兴看到周贻瑾能下地了，又怕他太早用力。

"早就能走路了。马师傅说了，这伤要养，但也不能完全不动。"周贻瑾望了望天，喟叹，"好久……没看过太阳了，原来这么好看。不过……还是广州的太阳好看些。"

吴承鉴一手抓着他的手，一手扶着他的臂，挽着他走到门内，说道："等这件事情结束了，咱们就回广州，想看多久看多久。"

周贻瑾就笑了。

吴小九伺候了周贻瑾坐好就出去了。吴七进门，禀报了那批新丫鬟调教已毕，以及周师爷的房间床铺都安排好的事情后，说道："昊官，现在咱们吴家的事情，应该都稳了吧？是不是可以给广州那边报个大平安了？"

吴承鉴却沉默未对。

吴七算是心腹中的心腹了，吴承鉴就没在他面前做假脸色。吴七见吴官这个样子，担心又惊讶地说："昊官啊，难道……难道这事还没完？我们不是连和珅都搞掂了吗？"

周贻瑾看看吴承鉴，问道："到哪一步了？"

吴承鉴道："我通过广兴，给了那些人八十万两，给了广兴八万两做辛苦费，他们就让我住回这广东会馆；然后我又给了那些人一百二十万两，给了广兴五千两黄金做辛苦费，他们就让你出来了。"

他们两人，说一知百，周贻瑾就点了头。

吴七却急了："昊官，周师爷，这……什么八十万一百二十万的，难道……难道我们花了这么多钱，还没平安吗？"

周贻瑾笑道："二百万两就想平安，怎么可能这么便宜！"

吴七叫道："二百万两还买不回平安……那些人是什么人啊！"

周贻瑾道："那些人是幼龙身边的饿狮饿虎，饿了半辈子，眼看差不多可以下山自己觅食了，因此比谁都凶，比谁都贪，比谁都狠。就是这时节，连和珅都不敢惹他们。"

吴七道："可是他们已经收了我们的钱……"

"收了我们的钱，可是他们要的是更多啊。"换了吴承鉴绝对没这耐心来给吴七解释这么多，周贻瑾却不厌其烦地慢慢给他讲明白，"他们突然见到这么多钱，所以是高兴的，但那贪婪也在看到银子后放大十倍了。和珅要钱，会有节制步骤，会有规矩章法。这些人却不然，他们只想着怎么敲骨吸髓，怎么把吴家吃干抹净，至于我们的生死，他们不会管；宜和行倒了对大清会怎么样，他们也不会管。"

吴七叫道："可他们收了钱啊！"

吴承鉴冷笑："收了钱又怎么样！你还能指望这些人像我们一样遵约守信吗？和他们相比，倒是英国人的契约精神还好点，就是和珅——至少还讲道理。他们这些人是都没有的。现在对我们有求必应，那是因为还没将我们榨干，等什么时候见已经把我们榨干了，那时我们就像一条穿破了的裤子，不但嫌弃，而且要扔。"

"那，那……"吴七心想如果这帮人全无诚信，那可怎么办？

吴承鉴挥挥手让吴七不要再问了，对周贻瑾说："我先用了八十万两将他们钓上了钩，然后又放出一百二十万两，撑大了他们的胃口，现在就等着下一步了。"

周贻瑾颔首："八十万两是一点腥味，见到了真金白银，尝到了真正的血腥，这群饿兽是再不肯松口的了。想必很快就有下一步了。广州那边怎么样，会不会撑不住？"

吴承鉴道："我有跟启官暗中约定过，他知道什么时候我才是真的撑不住。家里那边也叮嘱过了。"

"那边都叮嘱过，那就好……"周贻瑾看看屋外，"希望能撑过去，和你一起回去，看看广州的日头吧……"

周贻瑾上午刚到会馆，午饭还没吃，广兴就来了——不但是他自己着急，他背后的人更加着急。

吴小九斟了茶后就退了出去，屋内只剩下三人。广兴就拿眼睛看周贻瑾，吴承鉴笑道："贻瑾是我的半身，我的事情，他都晓得。"

广兴并不曾有过一个他自己真正信任的人，所以并不乐意如此，但吴承鉴都这样说了，也就按捺下来，说："后面的二百万两呢？"

吴承鉴笑道："我哪还有那么多钱？"

广兴这时候也摸到了一点吴承鉴的说话习性了，竟也不恼，只是冷笑："昊官，有些玩笑，在我这里开开就好；那些贵人们，却是听不得玩笑的。"

"我不是开玩笑啊。"吴承鉴道，"实话对你说吧，现银是没有了，大概还剩下个一百万两左右吧，但价与金银并不输的一些东西，比如首饰、古董、店铺、田产之类，加起来大概也有一百万两，不知道贵人们那里收不收？"

广兴听了这话，暗中松了一口气。他和他背后的贵人们也早就有些怀疑吴承鉴是不是还能继续这么源源不绝地拿出钱来了，现在看来，现金现银大概是断了——这才符合他们的预判嘛。如今的天下，号称盛世，古董等正值钱，店铺田产更是生钱之物，虽然不是现金现银，但只要估值无误，却比金银更好。

然而他口中却道："这些东西，谁知价值多少？"

吴承鉴笑了笑，说："如果不喜欢，那这笔买卖就算了吧。我们到此为止。"

广兴冷笑道："到此为止？你打算回破庙睡觉、吃狗食吗？打算让这位师爷再断一次腿回大牢窝着吗？"

吴承鉴笑道："无所谓，破庙又不是没睡过，狗食又不是没吃过。"

周贻瑾也说："腿断了一次是断，断了两次也是断。"

广兴不由得愕了愕。他口是心非，原本是想压一压价钱，可没想到吴承鉴如此不受威胁，又怒道："你自己不要命了，那你的妻儿家小呢？他们的命也不要了？"

吴承鉴淡淡道："我上北京之前，早就让家里做好了棺材，大的小的，刚好一家端。我若死了，他们就跟着来，那也是没办法的事情——反正啊，这种事十三行见得多了，也就那样。"

广兴见他如此无所谓，转头看周贻瑾也是一脸平静，半点也不似作伪，一时反而没了办法——人家连命都豁出去了，你有什么办法？

但吴承鉴能豁出去，他可不能，贵人们等着他回话呢！如果他把事情办砸，回头贵人们会给他什么果子吃，广兴想都能想到了——后续还有二百万两呢，为了二百万两，那几位弄死十个广兴都行。

"行了行了！"广兴故作不耐地道，"我就替贵人们应了。"

吴承鉴又说："行。"他将一个准备好的信封摸了出来，递给了广兴。广兴接过后收在怀里，吴承鉴又递过一张纸。

这张纸和之前不一样，不像新纸。广兴打开一看，眉头不由得跳了跳：这不是地址，是一张店铺的产契啊，还是北京的一家绸缎铺，他还去过呢，知道那家店的生意是极好的。他马上就知道是什么意思了，折好了，更加仔细地藏好。

吴承鉴笑道："这次可没金银给广兴大人做辛苦费了，还望笑纳啊。"

广兴刚刚得了一家旺铺，心情大好，就问："这次你又准备求什么？"他心里琢磨着，吴承鉴大概是会求着回广州吧。

不料听到的却是："我要见正主儿们。"

广兴愣了一下："什么？"

"我说，我要见正主儿们。"吴承鉴指着广兴说，"你就是个跑腿的，我有一笔大买卖要跟贵人们做，得当面谈，所以我要见他们——所有人。"

无底洞与无量山　　131

广兴断然拒绝："那不可能！"

吴承鉴竟也不迫着求乞："行，那就算了吧，我们到此为止。"

广兴上下打量着他："就这样？"

吴承鉴笑道："不这样能怎么样？我要送钱给贵人们，贵人们不肯收，那我也没办法了呀。"

广兴道："你还有钱？"

吴承鉴扑哧一笑："跟我后面要送的相比，前面这些只是开胃菜。"看到广兴的脸色，吴承鉴道："怎么？不信？哈，你也不想想，价值二百万两的东西，我眉头不皱一下就送出去了，你们没答应我要办的事情我也不着急，就冲着我这份不在乎，广兴大人，你说我还有钱没有？"

广兴一时间沉默了。

"行了，你先回去回话吧。我知道这事你肯定做不了主。"吴承鉴说，"你就告诉贵人们，我要见他们，而且要见所有能做主的人。接下来的买卖，我不跟代理人做，不见正主儿我是不会给钱的，一分都不会给。但肯来见我的正主儿，吴承鉴会有一份见面礼——亲王五十万两，贝勒二十万两，亲王与贝勒之间的，每人三十万两。"

广兴大为诧异："吴承鉴，你知不知道你在说什么？"

吴承鉴笑道："怎么？又怕我拿不出钱？行。如果贵人们肯见我，我去拜见之前，先将级别人数告诉我，我到时候带现金现银过去。见面礼嘛，总得当面拿出来才有诚意。"

广兴冷笑道："一人五十万两，你还能拿出几个五十万两？"

"大清有那么多亲王吗？"吴承鉴笑着，"我估摸着，背后的这群贵人，多的话十个人，少的话五个人，区区七八位的见面礼，也就几百万两银子而已，不算什么。哼哼，这京城啊，是个吃人不吐骨头的无底洞；但我们广州湾呢，却是个产钱没有上限的无量山！"

第六十四章

北京的势,广州的钱

广兴走了之后,周贻瑾忽然道:"真要去见……那些人?"

吴承鉴道:"是……难道这不是我们一开始就想好的?"

周贻瑾长长叹了一口气:"如果能让我去……就好了。"

"别想了。"吴承鉴道,"连我都不肯见代理人办事,他们怎么可能见了你就能答应?"

"但你见了他们的面……在他们的心里,你就是个死人了。"

吴承鉴明白周贻瑾的话是什么意思。那几个人凑在了一起,还被吴承鉴一起见了,回头事情办完、金银收讫,按照大清权贵的习性,铁定是要灭口的。

"都到了这份上,也没有回头路了。"

"他真这么说?"

六爷皱着眉头。

"是的。"广兴弯身应道。

"不可能!王爷,还有……不可能答应的!"六爷厉声喝道。但想想吴承鉴许诺的见面礼……那可是足足二十万两白银啊……对方真能拿出来做见面礼?

虽然这段时间，经他手的银子已是二百万两，但平分下来，两位王爷要拿大头，剩下的再分，到他手里也就那个数。

他觉得两位王爷还有那两位都不可能答应的，但……如果能答应的话……

"不可能的！"六爷烦躁地站了起来，走了。

广兴望着他离开的背影，心中却想："不答应便不答应吧……"看看没人，他摸出了那张产契，把上面的地址看了一遍又一遍。

回家的时候，不知不觉间就绕远路，跑到那间绸缎铺去了。

"哎哟，这位爷，请！"

伙计十分热情，就将广兴往铺里请，一边沏茶上茶，一边询问着要买些什么缎子。

广兴坐了下来，看了伙计一眼，心想：你小子还不知道坐在你面前的是你的老板了，不过看你这么殷勤的分上，回头有你的赏。

"我且看看。"广兴说。他想着，最近刚刚收了大笔的银子，正要换一身的行头，正所谓肥水不流外人田，这生意给谁也不如给自家，就让伙计将最上等的绸缎拿来看。

伙计大喜，赶紧将最上等的绸缎摆出来，恭敬地介绍。

广兴一边看着绸缎，一边观察着人流，这家绸缎铺位置好，坐落在西城官员散朝的必经之路上，卖的又是上等绸缎，但凡来往的，不是高官人家，就是贵族贵妇。许多来客只要看到好货，价钱都不讲，点了就走。

广兴越看越是欢喜，这可是自家的铺头，生意自然是越旺越好；只是他还不敢露面表明身份，念叨着，这层关系最好也别公开了，免得上司同僚来卖面子要人情，亏了生意，回头得让家里人转个什么弯儿来控这家绸缎铺。

就这么回到家中，正要跟老婆商量，忽然觉得与其都让夫人知道了，不如交给小妾那边的人打理；然而正要往东厢走，又觉得这小妾年纪偏大了，容貌偏粗了，是否再找一房新的？

如此胡思乱想，晚饭都吃得没心思。

到了晚间，老家人忽然来报："六爷来了。"

广兴微微一惊，赶紧迎进书房。

书房再无第三人，六爷连茶都没心情喝，就烦躁地说道："广兴，你估摸着，那吴承鉴真的还能拿出那么多钱做见面礼？"

广兴便猜到了几分，却不敢自己给吴承鉴打包票，只是道："不好说。"又试着问道："六爷，钱收到了？"

"收到了。"六爷想起他经手的那一百万两金银，还有满盒子的契纸，忍不住又烦躁了起来，那二百万要都是自己的多好，"金银是实数，首饰和古玩也都是好物。那些店铺，两家京城的，一家天津的，一家保定的。天津的和保定的还没去看过，不过有下人去过那两家店铺，说都是好店。北京的那两家，我下午亲自去踩踏过了，也是好地方。还有河北的那个庄子……"

六爷长长吁了口气："一百万两，有多没少啊！"

成箱成柜的银子摆在那里固然叫人眼红，但那日进斗金的店铺，更是叫人心痒。

广兴问道："六爷，您分到了哪一间？"

六爷呸了一声："哪一间？哪落得到我头上！都叫……"他没说下去，只是摇头："我就分到了些首饰，聊胜于无罢了。"

其实那些首饰也是很值钱的，只是不能跟店铺比。

广兴又问："那……吴承鉴求的事情？"

六爷道："本来两位王爷听了后是一口回绝的，不过看了金银地契之后，又犹豫了，现在小王爷说了见见无妨，老王爷还在犹豫，但宫里头那位……不肯出来！说会犯了规矩。而且，也不看看现在是什么时候！"

广兴想想那间绸缎铺，脑袋一热，就说："东西给宫里头送进去没？"

"没呢……"六爷心一动，"你是说……"

"听到有多少和看到了东西，毕竟不一样。"广兴道，"也许看到了东西，宫里头那位，也会答应呢？"

六爷沉吟片刻，道："好！我去试试！"

第二日没个动静，到第三日，六爷又来了，对广兴说："都答应了。"

广兴又惊又喜："都答应了？"

"嗯。"六爷应了一声，"三天之后，让吴承鉴过来。九位贵人，三位五十万两，四位三十万两，两位二十万两，少了一两银子，让他自己抹了脖子，扔永定门外喂狗。"

院子里头，大树参天，这两棵树的年纪显然要比这院子长好几倍，也不知道是建造者就着大树造了院子，还是建院的时候将树移植了过来。

广兴在院门口就停下了，另有一个奴才将吴承鉴引了进来，指着正中的那道大门："进去吧。"

门口站着两个人，又将吴承鉴从头到脚搜了一遍，然后才放人。

屋子很大，很深，窗户却都关着，只有顶上的琉璃漏出些光来，虽然是白天，却让整间屋子都暗沉沉的。

九张椅子在上手摆开，坐了九个人。

吴承鉴蹀步上前，还离着好远，坐在最边上的六爷就喝道："没规矩！还不给我跪下！"

吴承鉴犹豫了一下，终于跪下了。

琉璃小天窗泄露下来的那道阳光刚好打在他脸上，让坐在椅子上的那九位将吴承鉴的眼耳口鼻都看得清清楚楚。

一个苍老的雌声啧啧道："哟，这就是吴官啊，咱家可没想到，竟是这么嫩的俊小伙子。"

吴承鉴不敢昂首，只是微微抬眼看去，深深的厅，暗暗的堂，都让人看不清那九个人的面目，只隐约看见刚才喝骂自己"没规矩"的那位坐在最左手边。这人就是曾经闯入广兴家的六爷，吴承鉴在书房里头听过他的几句话。

然后左右两边各有几位看不清面目、看清了吴承鉴多半也不认得的贵人；到了中间的三位，竟有两个是王爷服饰，一个老的，一个小的，老的坐在最中间，小的坐在他右手边；老王爷的左手下手还坐着一个人，从穿着看无官无爵，只是富家翁打扮，刚才的那个苍老雌声就是从他这里发出来的，吴承鉴便猜那是位公公。

他应了一声，说："谢公公夸奖。"

最右手边的那位贝勒喝道："吴承鉴！说话小心点！"

吴承鉴笑道："这里上是天下是地，周围想必都有诸位贵人安排好的人。吴某的话难道还能进第十一个人的耳朵里去吗？若是不能，又有什么好担心的？"

那个公公啧啧笑了起来，声音听起来像黑暗中的夜枭。除了两个王爷，其他人也都跟着笑了两下。

"真是棒小伙子，棒小伙子。"老太监称赞着，但这夸奖声却叫人高兴不起来。

吴承鉴道："小人得了天大的机缘，才能见到各位贵人，因此准备了一点小小的心意，算是一点见面礼。见面礼嘛，本该当面呈上的——东西在外头，有点沉重，小人力气不够，搬不进来。能否劳烦贵人让家人将箱子搬进来，小人亲手奉上？"

两个王爷对望一眼，其实东西既然进了这个庄子就飞不走，但亲眼看看，也是好的。

六爷就摇了一下铃，门开了，走进一个家奴。六爷吩咐了两声，家奴飞奔出去。过了一会儿，八个人八个人的，将十一口大小不一的箱子搬了进来。

箱子搬进来后，那些家奴就退下去了。

那老公公笑道："东西倒是不少，果然挺沉的。"

吴承鉴打开了其中两口大箱子，箱子里头，都是白银铸成的元宝，铺了一层又一层，每一层都有上百斤。吴承鉴拿得十分吃力，才将其中一层的银元宝拿出来，放在琉璃天窗漏下的光线下。光线照着银两，那光芒一下子变得可爱了起来。

吴承鉴从箱子里拿出来一层，就往地上叠一层，拿了十二层，下面就是黄金了。黄金也分好几层，每一层切割成三盘。吴承鉴一盘又一盘地端出来，叠在了白银上面，这一下子金灿灿的，那光芒更可爱了。

吴承鉴将两口箱子的金银都叠好了，才说："这金银加起来，折合白银二十万两。"

然后，他又将第三、第四口箱子打开，照旧摆弄起来："这一批，也是二十万两。"

接下来的四口大箱子，箱子并不比先前那四口大，但金银的比例却变了，银子相对少了，而金子相对多了。

"这四口箱子，折合白银，一箱三十万两，共计一百二十万两。"

八箱金银搬出来，吴承鉴已经气喘呼呼了，剩下的三口箱子，却反而小了。

吴承鉴打开了箱子，里头黄澄澄的，全都是金子！

那小王爷道："好了，不用搬了。"

那老王爷却道："搬！为什么不搬！本王都没一口气见过这么多金银！"

于是吴承鉴又将那三口箱子的黄金都搬了出来，放到了最前面。这成箱成箱的金银这么一堆，足足有三百多万两，几十万斤重啊！当场垒了起来，真给人一种金山银山的感觉！

吴承鉴搬完了金银，这才走到金银堆里站着。窗外日已西斜，昏黄的阳光透过小琉璃天窗，再进来已经十分暗弱。金银反射着暗暗的光，投射在了吴承鉴身上，把他整个人都衬得不大一样。六爷刚才骂他不懂规矩，这时竟也忘记再喝骂他跪下。

吴承鉴含笑说道："这是吴承鉴给各位贵人的见面礼。我们广东人俗气是俗气了点，还请各位贵人不要嫌弃，笑纳笑纳。"

老王爷忽然就笑了："俗气好啊！我就喜欢俗气！哈哈，好，好！"

这个厅堂，一下子多了几十万斤的金银，金光满屋，银光满堂，铜臭气都不足以形容了。

不只是老王爷，这满屋子的人没有一个一口气见过这么多金银的——吴承鉴前面三笔虽然总值四百万两，但那都是分开的，其中还有古董珍玩、店铺田产等，哪比得上此刻金银满屋来得刺激？

大清国库一年不过四千万两，这里头要接近一成了。若是在收支末期，兴许国库里都没这多的金银！

厅堂之内静静的，有两个贵人甚至呼吸都沉重了几分。

有一个贵人竟然忍不住嘟哝了一声："他娘的……他们广东人……就这么有钱！"

过了有半晌，这些贵人才算冷静了下来。老王爷道："吴承鉴，你献上这样一份厚礼，是想求我们什么事情，可以说了。"

吴承鉴笑道："这不是厚礼，刚才说了，这是吴承鉴给诸位贵人的见面礼。"

右手边的那个贝勒不禁抽了一口冷气。那个小王爷年纪轻城府浅，忍不住就问道："你什么意思！"

吴承鉴笑道："意思就是说，这只是一笔小钱，用广东话来讲，湿湿碎（小意思），不值什么。"

有两个贵人同时喃喃了起来:"小钱……小钱……"

六爷也忍不住了:"吴承鉴,你能拿出这些钱来,也算难得,但做人可不要乱吹牛!小心吹破了牛皮,那这些钱,我们可就什么不做都拿走了。"

"本来就是如此啊。"吴承鉴一笑,那笑容,叫九个一直鄙夷这些广东蛮子的贵人也再看不清对方的深浅了,便听吴承鉴说,"京城有多大的权势,没进过紫禁城的广东人,不敢想;广州湾有多少的钱财,没去过西关的北京人,不敢想!"

这话的后半句可太狂傲了,然而他站在金银堆里说出来,竟让九位贵人一时连反驳斥责的话都出不了口,就听吴承鉴继续说:"这里三百一十万两,便是吴承鉴送给诸位贵人的见面礼,不求诸位贵人为小人做什么。诸位贵人肯纡尊降贵见我一介商贾,这个面子,对吴承鉴来说已经值了。"

这句话是大大捧了在场九人——在今日之前,他们可不敢想他们的面子能大到值这满屋子的金银!

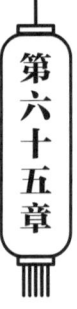

第六十五章

重酬重酬重重酬

屋子里沉默了好一会儿,九个贵人彼此对视。然后,那六个人就都将目光投到中间三人身上,显然是要这三位拿主意。

透过琉璃天窗投射进来的日光越来越昏暗了,老王爷的脸色都看不见了,可这会儿没有一个人摇铃让点灯。

忽然,那位老公公咳嗽了一声,说:"人哪,不能太贪心,我看不如就到此为止吧。"

众贵人间,低低地传出了几声唏嘘。

老公公道:"吴承鉴,咱家近年虽然不掌内务府了,但内务府里还有咱家的儿孙辈。你这几年做的事情,咱家颇有耳闻,虽然不是旗人士人,却也真是一个人物。虽然你说这三百多万两是给我们的见面礼,但我们的脸皮也没厚到这个地步,真的就什么都不做把这笔钱给昧了。这样吧,我们做个主,让你出城,回家去吧。"

他转头对两位王爷说:"两位王爷怎么看?"

老王爷看着满地的金银,犹豫了好一阵,却还是终于"嗯"了一声,道:"好,听你的。"

老公公道:"去吧,吴承鉴,我们保你一路平安。"

吴承鉴却轻轻一笑，说："出城回广东就不必了。这笔买卖诸位既然不肯做，吴承鉴另谋他法。"

六爷喝道："不识抬举的东西！老公公许了你一条性命，你还想怎么的？"

吴承鉴嗤笑道："出城回家于我有什么好处？我就这么回去，短则半年，长则一年，吴家还是得死。那样的话我上京城来做什么？用三百多万两买我吴门一年的性命？这笔买卖亏得很，还不如直接送给诸位贵人了，还能叫我吴承鉴在这京城里阔气一把。"

他说完环环作揖，转身就走，全不停留。

坐着的九人面面相觑，一时错愕。就在吴承鉴走到门边的时候，那小王爷忍不住叫道："等等！"

那老公公叫道："……小王爷……"他差点就要叫出那小王爷真正的称呼，临到嘴边硬生生忍住。

吴承鉴回头问道："小王爷有何吩咐？"

小王爷沉吟道："回来。"

吴承鉴走前几步，又来到金银堆里头，暗弱的天光再次照射在他的脸上，叫人看出他真的没有什么畏惧，但也没有什么敬意。

小王爷道："你到底要我们做什么？"

老公公道："小王爷，这等事情，听之无益。"见面礼就是三百多万两，后面要给的钱只有更多。重酬之下，必是危事，所以他不肯冒险。

小王爷却道："听听有什么所谓，答不答应还是在我们，对吧，王叔？"

老王爷想了想，又看看那些金银，终究不舍，点头道："也是。"

小王爷道："吴承鉴，你说吧。"

老公公眼看阻止不住，只好叹了一口气。

吴承鉴道："事情其实没那么复杂，也不危险，公公其实不用担心。"

老公公道："嗯？"

就听吴承鉴说："小人斗胆，只是想要求见皇上。"

此言一出，满堂惊诧。

六爷怒喝道："大胆！大胆！"

那贝勒爷也叫道："真是个没轻没重、不识好歹的狗奴才！"

除了那两个王爷和那老公公，其他贵人也纷纷叱骂——区区一个小官，一个商贾，竟然想见皇上，那真是荒天下之大谬！

这时那老公公反而冷静着，等诸人骂得差不多了，才道："你为什么要见皇上？"

吴承鉴道："吴家迫于形势，投靠了和珅，此事天下皆知。等到皇上亲政之后，或迟或早，总有清算的一天。所以吴某身上的和氏印记一天不洗掉，这条性命就随时都悬着，人在北京还是在广州都没区别。而要洗掉这印记，不是官府卷宗上修改几笔就可以了的，总得让皇上心里洗掉了，才是真正的洗掉。所以我吴家要想全活，唯一的办法，只有让皇上相信，我不是和珅的人。"

老公公冷笑了："这话的口气，可比你刚才夸耀广州钱财还要大了！圣心如天，岂是一个小民所能改易的！莫说改易，便是妄自揣测，也是死罪！"

"小人岂敢揣摩圣意！"吴承鉴道，"小人只是要求一个机会，在皇上面前，剖白我的心迹。心迹剖白之后，死活无怨。"

老公公沉吟了起来。

老王爷却已经挥手："这事做不到。你走吧！"

在如今这等微妙时刻，要将一个莫名其妙的人推到嘉庆帝跟前去，还让他表露真实身份，又能与嘉庆帝说上话，这是大犯忌讳的事！一旦嘉庆帝暴怒，彻查起来，这屋里的人都要吃不了兜着走！又或者被宫里头的太上皇知道，事情就会更加糟糕。

吴承鉴却道："此事不需要诸位动手，吴某另想办法。吴承鉴所求，只是求一个默许。"

九个贵人里头，倒有四五个"咦"了一声。那小王爷道："你是说，没有我们的帮忙，你自己能见到皇……皇上？"

吴承鉴笑道："如果诸位不点头，我肯定一点机会都没有；但如果诸位点头了，那我就有那么一点机会。这事从头到尾，不会跟诸位有任何牵连。"

这事就说得很明白了，屋子里这九个人都与皇室、与内务府有莫大的牵连，暗中掌控着深不可测的权力，若非如此，怎么能将和珅的密令都顶回去呢？若是不得他们的默许，吴承鉴就算有千般本事，要面君也是想都别想；但相反，若只是让他们默许吴承鉴行事，那对他们来说，可就是举手之劳了。

九个人看着满屋光灿灿的金银，再想想要做之事并不困难，一时之间，竟然都难以抉择起来——这一边是轻而易举之事，那一头则是百万金银的诱惑——九个贵人之中，已有五六人蠢蠢欲应，只是不好出声，又都望向中间那三人。

老公公问吴承鉴："你要见皇上，到底想要说什么？"

吴承鉴道："刚才已经说了，无他——剖白心迹而已。"

老公公可不相信，但连问两次都是这个答案，就没再追问第三次，只问："那你打算怎么见？"

吴承鉴道："诸位若是应允，吴承鉴自然要跟诸位打个招呼；若不应允，我说了无益。"

老公公左想右想，终究觉得此事听着容易，但难说没有隐忧。他是个极谨慎的人，钱再多，他一个太监能花多少？便要拒绝，却听老王爷道："你能出多少钱？"若说九人之中，那位小王爷城府最浅，这位老王爷便是贪欲最重。

吴承鉴的嘴角，不可察觉地微微扬起——这是他入门以后，真正的笑意。随即他将头低下了，人也趁势跪下，道："吴某愿倾尽所有，尽供诸位贵人。"

"倾尽所有……"老王爷嘿嘿了两声，"那还有多少钱啊？"

吴承鉴道："六爷和这位贝勒爷，各自二十万两。四位贵人，三十万两。两位王爷和这位公公，五十万两——如何？"

众人没想到他还能拿出三百多万两来，加上先前的数目，这笔财可就发得大了。

小王爷却笑了："刚才给见面礼就是这个数，现在求着我们办事，也还是这个数？"

吴承鉴道："譬如登山，见诸位犹如登山千仞，这才是最难的。现在都已经接近巅峰，至于面君不过再跨一步罢了。"

老公公已经道："不做。六贝勒，让人送客吧。"说完就端起了茶碗喝茶。

吴承鉴道："那么，再翻一倍，可否？"

众人都是一惊，再翻一倍，那总数就是六百多万两了。除了老公公和两个王爷，所有人都意动了。

老公公咂着茶水，显然是不肯答应。

吴承鉴道："那么，再翻两倍，如何？"

正要将水咽下去的老公公差点一口气没顺过来。他将茶水都喷了出来，骂道："小崽子信口开河，你算过翻两倍是多少钱吗？"

吴承鉴道："九百多万两，大概……也就是小人的全副身家了。要再多，也是没有了。"

"九百多万两……九百多万两……"那小王爷喃喃道，"一个广东商户，竟然就有九百多万两的身家？不不，再加上原来的那几百万两，一千多万两啊！我们大清的商人，原来这么有钱的吗？"忽然又道："那我们算什么？不算这小子的孝敬，我二三十万两也拿不出来啊！"

其余几个贵人或沉默无语，或眼中冒火，心里头都是五味杂陈。

老王爷道："所以……你真的还有九百多万两？"想到这个数字，他的呼吸都粗了几分。

吴承鉴道："北京这边，没有了；广州那边，可以有。为保满门性命，吴承鉴愿意倾家荡产！"

"倾家荡产……"老公公吐出了塞住喉咙的茶叶，悠悠道，"吴官啊，真这么干，你可就……什么都没有了。"

"什么都没有，也比一家老小全都死了强。"吴承鉴道，"但如果这样了诸位还不满意，那小人就没办法了，这就回去等死。至于吴家的钱，就等着没入官府，以及被下头的那一帮官吏瓜分吧。"

听到最后一句话，屋里头七八个人都眉头狂跳。

没错，吴承鉴真的被抄家的话，家产肯定会被吃得渣都不剩多少，最后连没入国库的都未必是大头——这抄家的事情，屋里头这些人哪个不曾见过——虽然为了掩自己的口，下头的那帮人也会献上些冰炭敬，但他们能拿到手的，最多是几万十几万两，这和九百上千万两，可是多少倍的落差！

这笔钱……原本应该是我们的啊！

——这是屋里头所有人共同的心声。

是的，吴承鉴既然已经开口说了要投献，话既出口，屋里头的贵人们就都当这笔钱是自己的了。

老王爷看看屋里头的金银，再想想背后还有几倍于此的巨额财富，哪怕他是个王爷，一时间也口干舌燥，一拍扶手："好！你将钱都拿来，我就许你面圣！"

144　十三行　第三部　浮沉

老公公吃了一惊。

吴承鉴却道:"诸位若肯许吴某这个方便,我家里人应该还能筹两三百万两现款出来。剩下的,就得等等了。"

"等?"老王爷不悦道,"等什么?"

"等和珅倒台。"吴承鉴道,"我的许多生意,都被和珅盯着呢。他不倒台,我的那些产业就动不了。"

七八个贵人皱起了眉头,可没想到这么麻烦。

若是刚才,心尚未动时,众人听老公公的,狠一狠心,把吴承鉴赶走也就算了;现在松了口子,才又听说要等。等,就有变数了,这时候要吃下吴承鉴嫌麻烦,要放过又不舍。

老王爷烦躁道:"那你就等他倒台,再来找我们吧!"

吴承鉴道:"等到那时,面君已无意义。既然王爷不肯,那小人另想办法。"他说着,磕了个头就要走,毫无留恋之意。

等吴承鉴走到了门口,老王爷怒道:"回来!"等吴承鉴回身,他又怒道:"你怎敢在本王面前出尔反尔!你知不知道,我现在一句话下去,你就得被剁成肉酱喂狗!"

吴承鉴道:"小人也没办法啊。小人说的,乃是实情。三百多万两,广州那边还能筹到;另外六百多万两,就得等一等了。王爷就算将小人剁成肉酱喂狗,小人也没办法凭空变出钱来了。"

老王爷心头恼怒,只是真要将吴承鉴杀了,他所说的广州现在能拿到的三百多万两,还有以后可能拿到的六百多万两,就全都拿不到了。杀了他只是泄一时之恨,但一时之恨,哪里抵得上百万金银?

老王爷拍着扶手:"你们怎么说?"

一个贵人道:"这事于我们也不难。先拿了三百多万两到手,再许他去见皇上。至于以后的事情,以后再说。"

另一个贵人道:"是啊,谅他也逃不出我们的手掌心。"

吴承鉴微笑着说:"在这大清,吴某还能逃到哪里去?赖了诸位的账,那是老寿星上吊嫌命长。对不,诸位?"

老王爷看向老公公。老公公见八人都已经被说动,叹息道:"既然大家都已经决定了……那就这么着吧。"

"不过……"他看着吴承鉴,道,"昊官,你为此一博,而把全副身家都抛出来,你就真的甘心?"

"不甘心,但也没办法不是?"吴承鉴微微含笑,"命如果没了,钱和产业还是得归了别人;但只要吴承鉴的性命还在,区区千万之数,我转身就捞回来了。"

小王爷大笑了起来:"又来吹牛了。"

吴承鉴微笑道:"诸位如果不信的话,不妨留吴某一条性命以观后效。三年之后,吴某再奉上一个九百万,诸位觉得如何?"

筹　钱

周贻瑾在广东会馆桃园倚门而望，见到吴承鉴归来，问道："上钩了？"

"上钩了。"吴承鉴看着这棵花瓣落尽的桃树，"可以准备下一步的事情了。"

就在吴承鉴和周贻瑾觉得事情进展顺利的时候，广州那边却正承受着莫大的压力。

吴官上京有好几个月了，至今没见回来，传到广州来的都不是什么好消息：有说他已经被中堂大人扣押的，有说他已经被关押候审的，甚至还有说他已经被处斩、吴家等着被抄家的。

各种谣言与真相掺杂在一起，叫人难辨真伪，然而大的行情则是没人再看好宜和行了。

就连神仙洲上，许多人谈起吴家的事情来也不再有什么顾忌——换了几个月前，就算吴承鉴不在，看客们哪怕心里头对吴家不看好，说话的时候也总有几分委婉，现在则是直接将"吴家怕是要倒""宜和行看来是要完了"之类的言语挂在了嘴边。

潘正焕坐在春元芝里，俯视着下面的芸芸来往客，听着偶尔顺风飘进的一两句谈论，心中咂品着，越品越觉得他老子跟他说的话有味道。

"神仙洲亦名利小场！"

现在满神仙洲的人说的都是潘家的好话，但潘正焕如今已经练出了不被奉承左右情绪的心境了。他清楚得很，今天的神仙洲能怎么踩贬吴家，明天就能同样踩贬潘家——如果潘家也出事了的话。

新的花魁上前，奉上了一杯酒——这个花魁，不是于怜儿了。

自从那次之后，潘正焕的心就慢慢归到商场正道上来，虽然偶尔还是会到神仙洲走一走，心态却已经与之前完全不同。

他变化了，于怜儿却还没变化，仍旧以那些旧手段想要笼潘正焕的心，甚至还想着潘正焕再抬举她，就算不娶她进门，至少像吴官对待詈三娘那样，给她一个花差号那样尊贵的地儿。

这一下子却招了潘正焕的忌，只觉得眼前人趋奉自己原来也全是奔着钱来，可不是什么真心，便对于怜儿渐生厌弃。先前于怜儿结巴他觉得与众不同，现在看着她那吭吭哧哧一句话好久说不完的样子，最后一点耐心都没有了。

终于于怜儿那个丫鬟忍不住为自家姑娘出头，在人前为于怜儿讨公道，这一下可把原本还勉强维持的和局给闹翻了，更是落了潘正焕的脸面。

潘正焕恼怒之下，让人"另外给怜儿找个处所"——他只是不想再见于怜儿了，又不想她去跟别人，所以就让人找个地方把她圈养了起来。从此神仙洲再没有那个结巴花魁的身影了。

吴家园里，气氛也十分压抑。

最近几日，蔡巧珠已经吩咐人所有事情都不许去吵到三少奶奶，因为叶有鱼随时都要临盆了。

但是今天，她还是没办法了，拿着那封信，带着刚刚从北京风尘仆仆赶回来的吴七，进了日天居。

春蕊、夏晴她们见到吴七都无比惊喜，都想问点吴官的事情、北京的事情，然而一瞥见大少奶奶的脸色，就一句也不敢出口了。

叶有鱼正躺着，瞧见这阵势也知道有事，便让除冬雪的人都出去了。结果蔡巧珠连冬雪也遣走了，只留吴七在珠帘外头候着。

叶有鱼吓着了，眼睛就红了："大嫂……是不是有不好的事情了？"

蔡巧珠赶紧道："你别乱想，昊官没事。吴七说他现在好着呢，在北京跟周师爷吃香的喝辣的。"

叶有鱼怔了一下，心才略略宽了一宽。

"他自己吃香的喝辣的，却……却将糟心事都推给我们了。"蔡巧珠说着，将那封书信交给了叶有鱼，"你瞧瞧，这太不像话了。"

叶有鱼接过书信后一目十行扫了一眼，见丈夫没事先安了安心，但随即心中又沉重了起来。信里头吴承鉴笔调轻松，然而内容却叫人难以承受啊！

"大嫂，这……"叶有鱼道，"你是怀疑，这不是昊官的亲笔？"笔迹其实没问题，但……书信的内容问题太大。

"我刚刚看的时候，差点以为是假的了。"蔡巧珠道，"但吴七却将信中内容给说了出来，半点不差。如果不是吴七人回来了，如果不是他亲口说，我怎么能够相信这封信是真的！茶山、船队、总行、仓库……这是……这是要挖我们吴家的根啊！"

蔡巧珠进来之前一直告诉自己要调整好情绪，但这时也忍不住哽咽了起来。她都站不住了，坐在了床头的凳子上。

上一次吴承鉴要她们拿去给潘家以交换潘家在京存银的那些产业，虽然巨大，却都还是这一两年在吴承鉴手头赚回来的，但这次的这些，却都是从吴国英到吴承钧再到吴承鉴，父子兄弟三代家主一点点攒出来的家底啊！把这些都交出去，宜和行就只剩下个空壳了。

虽然吴承鉴临出京时自己的确说过，就算把家产散尽，只要人保住就好，可真的事到临头，一想到吴家几代人的家业要在自己的手头散去，蔡巧珠就觉得这压力难以承受。

因为事关重大，所以哪怕叶有鱼临盆在即，她也还是得来跟她说一声，让她看看信。

叶有鱼也甚是理解大嫂的心情，提声问道："吴七，昊官写这封信的时候，还有交代什么吗？"

"没、没交代什么。"吴七在外头也哭了起来，"当时昊官告诉我这封信的内容，我当场就跪下了，让他另外想办法。呜呜……可是，昊官把我踢起来，把信封好就让我赶紧出发，说要是误了事，一家子的性命都要没了，所以我才日赶夜赶地回来。"

蔡巧珠和叶有鱼听到"误了事,一家子的性命都要没了"这句,齐齐心里一紧,便猜到昊官在北京那边定是承受了莫大的压力,否则不至于如此。

蔡巧珠道:"罢了罢了,当初本就如此说的,虽然没料到真有这么一天,但……人才是最重要的!三婶,若你没有意见,我就照昊官说的办吧。"

叶有鱼道:"大嫂,这……"她虽然感动于蔡巧珠真能舍得这份家财来救自己的丈夫,但脸上带着些内疚——这份家产里头,可有光儿的一份。

蔡巧珠看出了她在想什么,说道:"你别胡思乱想。你没听昊官说吗?'误了事,一家子的性命都要没了'。我们是一家人,全都在一条船上的,昊官真的撑持不住的话,咱们都得掉水里头去。虽然我不大明白他的安排,但能支持的,我们还是得撑他到底。"

当下姒娌两个,就按照吴承鉴信中交代的安排了起来——大致来说就是将宜和行的许多产业抵押出去,抵押给潘、卢、叶诸家,要套出三百万两的钱财来,等着来查收。

这在十三行来说乃是一件惊天大事。她们都料到了这消息再怎么保密怕都是守不住的,回头传了出去,"吴家要倒"的传闻,就得变成"吴家倒了"。既知遮掩不住,便派了人去将刘、欧、姚三位大掌柜找来商议,看这事要怎么交接。

三位大掌柜都是大吃一惊,然而蔡巧珠心意十分坚决,定要按照吴承鉴信中所言行事。三位大掌柜又想起昊官去北京之前的交代,一时都想"原来昊官当初的话,是把伏笔埋在这里了",便都不再反对了。

姚四掌柜道:"这个事情,迟早会传出去,但我们还是要尽量保密,至少要在传出去之前将消息守住。不然,宜和行的一些产业更不值钱了。"

茶山也就罢了,产茶量和茶品在那里摆着,再贬值也贬不到哪里去。但有一些产业,吴家势头好的时候万金不易,等到人人看衰却能变得一文不值。

姚四掌柜又建议由三大掌柜分别前往三家议事:刘大掌柜前往潘家,自己前往卢家,欧家富前往叶家。

蔡巧珠觉得这番安排十分妥当,当下秘密行事,由三大掌柜分别拿着吴承鉴的书信,前往三家筹银。

另外两家倒都顺利。卢关桓甚有侠气，看了书信之后，长叹一声，说道："昊官要抵押给我的这些东西，按照市值来说，其实是押得贱了。他只从我这里要一百万两，那是少了。只是我一时未备，仓库之中，存银约莫也才一百万两出头，还得留一些日常开支。这样吧，你去回复吴大少奶奶，我先运八十万两交割，半个月内，再筹七十万两运过去。这些产业，就算是我替吴家看管，什么时候昊官方便了，我就什么时候还回去。"

姚四掌柜大喜，千恩万谢，交接清楚之后便回吴家园来，发现刘大掌柜竟然也已经回来了——潘家那边更是容易。潘有节看了书信，二话不说，就让人点了一百万两金银，直接随刘大掌柜回来了，又叮嘱说："若卢、叶那边有什么差池，可来与我说。"

蔡巧珠点收了潘家的金银入库，又得了卢关桓的回音，心中大安，寻思着有两百五十万两在手，事情就好办了。

才刚刚松了口气，不料叶家那边却出事了。

第六十七章

临　　盆

叶有鱼虽然一直劝慰自己，让自己别太多想，但吴承鉴最新的这封书信，还是将她的思绪给牵动了。

她心里琢磨着："若是我没有怀孕，这一趟叶家之行，由我去自然最好。"

但她也明白，蔡巧珠绝对不会放行的。现在她的肚子挺得走路都难，大老远地去西关街还要坐船，途中只要随便出个差错，那就是两条性命，所以既知蔡巧珠肯定不让，叶有鱼也就不提了。

只是她毕竟牵挂着叶家的回音，让人不断地去打听，终于听说欧家富回来了，人已经奔梨溶院去了。

叶有鱼想了想，终究按捺不住，让冬雪扶着自己过去。

冬雪虽然不知道今天吴七回来究竟带来了什么消息，却还是尽责地劝道："三少奶奶，您还是安心养胎吧。这些事情，让大少奶奶处理，一切且等您生下孩子、坐完月子再说。"

"我安不下心啊。"叶有鱼道，"再说这两日也没什么事情，这就在自己家里，能出什么事情？去吧。"

西关街，叶家。

叶大林拿着吴承鉴的亲笔信，沉吟着，目光不停闪烁。

门帘掀开，马氏闯了进来，问道："听说欧家富来了？是吴家出事了？"

叶大林哼道："你就这么想着吴家出事？"

马氏"呸"了一声："吴官去了北京这么久，只有坏消息，没有好消息，是个明眼人都看得出来肯定是出事了，现在就只看着究竟有多严重。怎么样，欧家富来，究竟是出了什么事情？"

叶大林就将信给了马氏看，马氏识字不多，认得很艰难。幸亏吴承鉴知道叶大林也是知识水平一般，所以这封信写得十分浅白，马氏连蒙带猜，问道："这上头的、下头的……难道……这是要抵押给我们？"

叶大林道："你猜得没错。上头列的是吴家愿意抵押给我们的东西，下头那个数字……嗯，金银八十万两。"

马氏一听就乐了，再仔细对着那些产业，终于一项项认了出来。她狂喜道："这些个产业，莫说八十万两，便是两百万两也买不到啊。"

叶大林脸上挂着淡淡的笑容："平常自然是这样的。"

马氏也跟着他笑："但现在嘛，吴家自己把东西送上门来，那必是到了山穷水尽时节了。这时候，两百万两的东西，卖得出五六十万两就很好了；抵押嘛，你给他三五十万两就行了。你怎么回的欧家富？"

叶大林笑了。

"砰"的一声，蔡巧珠一拍茶几，愠怒道："他……他说什么？三十万两！"

欧家富脸上也是带着余怒："是。"

"他究竟是怎么说的，你给我原原本本学过来听。"

"姓叶的说，他家存银不够，"欧家富因为一肚子恼火，对叶大林也不用好称呼了，"八十万两怎么都拿不出来，只有二三十万两的散碎银两，如果再凑一凑，应该能凑到三十万两，问我们能不能先凑合着用。"

"三十万两！"蔡巧珠怒道，"亏他叶大林说得出口。别说我们这次的抵押，便是两百万两也打不住，就算是一场亲戚空口借钱，难道这门亲事就值三十万两？这、这……委实是欺人太甚！"

欧家富也是恼火着呢，刘大掌柜也气得翘胡子："这真的还是亲家吗？"

便听外头叫道："三少奶奶！"

屋里头的人又都一惊,赶紧出来,却见外头廊下,叶有鱼苍白着脸,旁边的连翘和冬雪正扶着她坐在廊椅上。她一路过来,连翘领她入内,在窗户边听到"三十万两"这个数字。她蕙质兰心,便猜到了什么,一时心情激动,竟微微动了胎气,引得冬雪惊呼。

蔡巧珠对冬雪、连翘怒视,又问叶有鱼:"你怎么来了!"

叶有鱼调匀了一下呼吸,说道:"没事,没事,来都来了,进去吧。"她这个胎儿还算是比较稳健的,这时候再让她回日天居也不好,所以便由冬雪、连翘将她扶进房内。

叶有鱼休息了一会儿,让冬雪她们都出去了,这才道:"大嫂,我娘家那头出问题了,对不对?"

众人心中都恼叶家,但毕竟叶有鱼是叶家的女儿,当着她的面不好开骂。

蔡巧珠道:"你大着肚子呢,这些事情我们来处理就好。"

叶有鱼道:"我不来也来了,不听也听了,听了一半不知道下半截,回去胡思乱想岂不是更坏?"

众人想想也有道理,蔡巧珠道:"好吧,家富,你来说。"

欧家富便又将去叶家的情景简略说了一遍,这一次尽量不带情绪,但他内心的怒火还是掩盖不住。

"这……"叶有鱼叹道,"可糟糕了。"

蔡巧珠道:"有鱼你也别担心。卢家已经答允了给一百五十万两,老卢是个讲义气的人,牙齿当金使①,加在一起便有一百五十万两了,便是少了叶家的一百万两,我们回头另外凑凑,五六十万两还是可以拿出来的。"

叶有鱼却不断摇头:"不是的,不是的……"此事颇费思虑,她有孕在身,原本不宜多思,忽然肚子微微有些痛,话就说不下去。

屋内唯有姚四掌柜最是冷静,智谋亦深,接口道:"这件事情上,达官是否借钱给我们,还不是要害。要害的,却是他既然对我等无心,就怕他会因为此事而窥破了我们吴家的虚实,若再要背后捅刀子,那可就不得不防了……三少奶奶的意思,是不是这个?"

屋内众人一听,都是一惊。刘大掌柜惊道:"哎哟,这个倒是正理!"

---

① 牙齿当金使:粤语,意思是每一句话都像金子一样珍贵,指人一诺千金,说话算数。

叶有鱼点头道："是的，我怕的就是这个！"如今满吴家再没有一个人比她更清楚她父亲是什么性格了。

刘大掌柜道："若是这样，那可是我们欠考虑了。早知如此，宁可不去叶家借钱了，也好过如今多了一个隐忧。"

欧家富道："现在不开口也开口了，叶……达官也已经知道了，还是快想着怎么善后吧，最好赶在他将消息泄露得满西关都知道之前。"

叶有鱼道："若是昊官在广州，多半能制得……制得我爹不敢不从，但他现在人在北京，只靠着我们，没法压得我阿爹就范……啊，有了！"

蔡巧珠道："有鱼，你有办法？"

"还有一个人，可以让我阿爹就范的。"叶有鱼道，"而且若是他肯出面，我阿爹多半还要另外多想。那样事情就好办了。"

众人都问："谁？"

姚四掌柜便说："启官？"

叶有鱼道："正是。"

姚四掌柜道："可是启官肯借钱给我们已经算好了，真的肯为我们而去压制达官吗？"

叶有鱼道："昊官跟我交过底，他与启官有过协议，此事多半能成。嗯，别人不知道我阿爹的心性，昊官还不知道吗？但他还是安排了要我们跟叶家借钱，那一定是算准了启官能帮我们压制叶家，而且愿意帮我们。大嫂，赶紧让吴七往潘家园走一趟。"

蔡巧珠虽然对启官为什么要这么帮忙、如何帮忙，叶大林为什么要服软等内部缘由不是十分理解，但这段时间相处下来，她也知叶有鱼多智，当下就决定听她的了："好，我这就叫吴七……哎哟，有鱼，你的脸色怎么这么苍白！"

叶有鱼多智故易多思，孕妇本不宜多思深虑，恰恰刚才的一番听说，虽然只是几句话工夫，其实叶有鱼已经心念百转，因此牵动了胎气。她不是第一次临盆，只觉得腹下那种感觉来了，说道："大概……要苏了。"

蔡巧珠忙叫道："快叫稳婆！"

叶有鱼拉着蔡巧珠的手道："先……让吴七……去潘家，要快！"

蔡巧珠道："这时候你还……好，好，我这就去叫吴七，你快安心准备

临盆

生产。"

欧家富叫道:"三少奶奶,你可要保重自己和腹中的胎儿啊,别的都是假的。"

叶有鱼还是说:"让吴七进来,我交代几句。"她多智而多负,什么事情都要确定能处理好才肯放心。

吴七已经来了,众人无奈,只好让他近前。叶有鱼就交代了几句,问他"听明白没有",吴七记性甚好,重复了一遍,叶有鱼这才点了点头,闭上了眼睛。

连翘、冬雪等都已经进来了,这时候要回日天居也来不及了,直接扶进蔡巧珠房中待产。蔡巧珠急忙出门安排,一边叫吴七去潘家,一边让稳婆赶紧来——幸亏因为叶有鱼临盆已近,稳婆早就养在家里了,所以一叫就到。

男人都退了出去,屋内只剩下稳婆与几个经事的婆子、大丫鬟。

蔡巧珠又担心叶有鱼生产不顺或产后有恙,赶紧派人去请医生到吴家园来,以备不时之需。

那边吴七急急前往潘家园,求见潘有节,按照叶有鱼的吩咐,告诉潘有节吴家这边派人前往叶家,抵押借钱,但是……"达官那边似要压价。我家大少奶奶和三少奶奶觉得此事还得请启官出面,做个架梁①。"

这话说得模糊,别人听不懂,潘有节却一过耳朵就知道怎么回事了,笑道:"行,你回去吧,转告你家两位少奶奶,此事我会处理,叫她们不用担心。"

---

① 粤语,意为做个中间人,帮忙协调。

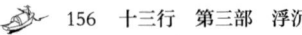

吴承鉴的母鸡论

马氏听说潘家派了人来,心中有些诧异,就到书房来,恰好看到潘海根告辞。她进了书房,问叶大林:"启官派人来做什么?"

叶大林一脸狐疑,竟然没有听见老婆说话。

马氏走到他身边,又问道:"启官究竟要做什么?"她压低了声音:"是来商量瓜分吴家的吗?"

"如果真是这样,就不奇怪了……"叶大林想着刚才潘海根的言语,喃喃着,"启官……竟然要保吴家……"

潘海根所转述的潘有节的言语,不但要保吴家,而且隐隐透露出威胁的意思——这是不惜与叶家翻脸也要保宜和行的节奏了——他潘启官什么时候变成大好人了?

"启官要保吴家?"马氏叫道,"他莫不是失心疯了?"

叶大林冷冷地说:"满西关都失心疯了,他启官也不会失心疯的。"

马氏道:"那么他是另有图谋?是要保住一个囫囵的吴家,他要独吞?"

叶大林想了想,依旧摇头:"潘海根刚才说了,他们潘家的一百万两银子,已经送到吴家园了。"

"啊……"马氏道,"那是为什么啊?"

"为什么……你自然是不可能晓得的……"叶大林悠悠道,"如果所有可能性都想不通,那就只剩下一个可能了。"

"什么?"

"昊官喺北京仲未扑街(昊官在北京还没完蛋)。"叶大林呢喃出一句本地话来,"启官帮他,比拖他后腿的好处大,这是……唯一的解释。"

就在这时,下人来报:"宜和行的欧、姚两位大掌柜来了。"

叶大林目光闪了一闪,脸上就换了笑容:"快请快请。"又将马氏赶回了后宅。

吴家内部一团忙乱,都围绕着叶有鱼的临盆去了,只有欧家富和姚四掌柜被派来了叶家。虽然潘有节已经传了言语,说已经派人去跟叶家谈妥,吴家可以派人过去了,但欧、姚心中还有一两分悬着——潘有节名为总商,但并不拥有直接管制保商们的权力。

结果进了叶家的书房,欧家富不由得愣了一下,眼前叶大林这张叫人如沐春风的笑脸,和他上回刚刚见过的那个真的是同一个人?

欧家富正要开口,叶大林先说话了,话未出口先带着笑:"小欧啊,你回去之后我马上就命人清点了银库,哈哈,你猜怎么着?银库里原来还有一笔货款我还没交割呢。"

欧家富惊喜交加——惊讶肯定是比欢喜多的:"那,那……"

叶大林挥手:"我已经传话下去了,你们今天就能把钱支走。"

欧家富大喜,这次是欢喜大过惊讶了。既然叶大林肯放钱,他就将准备好的抵押凭证拿了出来。

看到他手中打开了的小匣子,叶大林脸色一沉:"小欧,你这是做什么!"

欧家富一愣:"这是抵押之物。"说着正要给叶大林解释是哪些产业,却听叶大林愠怒道:"我叶家与吴家乃是儿女亲家,不是同个姓,却是一家人!区区一百万两,说什么抵押!你以后再这样子,我可就不让你进门了!"

欧家富瞪大了眼睛,张大了嘴,觉得自己仿佛在做梦。

姚四掌柜虽然也不知道发生了什么事情以至于让叶大林有此变化,但他的反应毕竟比欧家富快了一拍,暗中拉了拉欧家富的袖子,向叶大林道:"达官真是高义!我们这就去清点支钱。"

　158　十三行　第三部　浮沉

北京和广州之间，相隔千里，消息一来一回也是大费工夫。吴七处理好广州的事情之后又启程向北，由于那几位贵人派来广州的人收到了钱——三百一十万两有多无少——办妥了差使心情好，就在给北京回信的时候，顺带让吴家的家书一起搭上六百里加急的顺风马。

吴承鉴拿到家书的时候，家书的印泥是被拆过了的，显然拆看的人粗暴而傲慢，并不怕吴承鉴知道书信被拆看过。吴承鉴也不介意，仍然拆看了书信，匆匆浏览了一遍，整个人就高兴得手舞足蹈起来。

周贻瑾倒是有些奇怪了："这是怎么了？"心想就算广州那边一切顺利也不至于如此啊。

他接过信一看，却是蔡巧珠的亲笔——吴家几个主要人物的笔迹周贻瑾都看过——先说家里的事，启官的反应一切正常，茂官多支了钱亦令人感其侠气，达官前倨后恭也在意料之中，倒是信的最后，附了一句："有鱼于某月某日临盆，母女平安"。周贻瑾便知吴承鉴为什么欢喜了，脸上也露出了笑容："恭喜了，恭喜了。"

吴承鉴笑道："只要他们能平安欢喜，我在北京吃的苦头就都值了！"

就在这时，吴小九来报："六爷有请。"

吴承鉴和周贻瑾相顾而笑："来了。"

周贻瑾道："看来，我也得去见见我师父了。"

在六合茶馆，六爷独占了一个包厢，就在小戏台的正对面。

戏台上的艺人正在唱着八旗子弟编撰的《子弟书》，六爷听得摇头晃脑，甚是入迷，连吴承鉴上楼都未发现。

直到吴承鉴叫了一声"六爷"，他才回过神来，笑道："哎哟，昊官，来了啊！坐！"

这一次又一次，从面都见不着，到如今见面还称一句"昊官"，六爷的跟班听得眼睛都直了，然而这个跟班也是知道一点事的，心想若是自己收了人家几十万两银子，叫对方几声"爷爷"都行啊。

六爷扫了一眼，旁边的人便都下去了。

六爷抬眼看看门口——大门已经垂下厚厚的布帘，以隔绝外头的冷气。

"眼看这天儿，是越发的冷喽。"六爷悠悠说，"也不知道这个冬天，有多少老人家会熬不过去。"

吴承鉴听着这话，却没有接口。

紫禁城里头的那位，也是老人家啊。

六爷只感叹了一句，随即回到主题，对吴承鉴笑容满腮："广州那边给了实信！很好，钱都收到了。昊官果然是信人也！"

吴承鉴赔着笑了一声，所谓金山银山、落袋为安，实打实地收到那般巨款，是谁都会高兴的。

"哎呀，就是这么大一笔钱，要运上来也是麻烦。这路上都不安稳，湖广四川闹着白莲教，可别把东边给波及了，若是波及了，这钱都运不上来。"六爷说，"昊官，当初你是怎么运上来的？"

吴承鉴不接茬，只是含笑："没什么特别的，就是从东边一路走上来。一路上也是提心吊胆的，幸亏托诸位贵人洪福，一路平安。"

"怎么是托我们的洪福？"六爷面作不解状。

吴承鉴道："因为这笔钱本来就是为诸位爷准备的。所以这笔钱一离开广州就都是诸位贵人的了，自然有贵人们的洪福笼罩。"

六爷听了，哈哈大笑。扇子敲了敲吴承鉴的肩膀，说道："你很好。我是越来越喜欢你了。不但是我，便是其他六位贵人，也都对你赞不绝口。"

吴承鉴道："六位？"

六爷笑而不答："你的钱我们收到了，你要办什么事情就去办吧！"

吴承鉴脸露大喜状："谢六爷，谢诸位贵人！"

"不过……"六爷又道，"可给我记着，犯忌讳的事情可别沾手，不然爷几个也不能冒着国法来保你。"

吴承鉴忙道："当然，当然。"

六爷又说："这几天要是听到了什么，别大惊小怪的，你该办什么事情，照旧办就可。"

吴承鉴忙答应了："是。"

看看对方应该没什么要说的了，吴承鉴就起身告辞。

六爷在他要离开的时候，忽然道："昊官，你家里真的……只有六百万两了？"

 160　十三行　第三部　浮沉

这一次，几个贵人各派亲信家奴，急下广州收钱，一开始他们估摸着这笔大钱应该会杂凑着各种财物、产业，没想到家奴们来信，三百余万两竟然全都是金银，这就让几个贵人大为诧异了。原本他们还觉得吴家再拿九百余万两那肯定是得倾家荡产了，可眼见吴承鉴人在北京，只派了一个人、送了一封信，广州那边的家人就能爽快地拿出三百余万两！这就由不得他们不多想了！

吴承鉴早有预料，笑道："这要看怎么算了。"

"哦？"六爷的眼神闪了一下，心想果然有内情啊。

吴承鉴道："譬如隔壁那条胡同里那家当铺，平时一年也能收上七八万两银子吧；若有朝一日，当铺的主人落难要变卖出去了，只怕是七八万两银子也卖不出去，兴许有人用五万两就把它收了。六爷，那您觉得这家当铺，实际上值多少呢？"

六爷点了点头，没有接话。

吴承鉴道："当铺要有能信任的、掌眼无误的掌柜，要一群手脚干净的伙计，要一些来货的路子、销货的渠道；这些东西，换了一个东家，一年是否还能收七八万两也难说了。我们吴家的买卖，涉及海外，可比这家当铺又要复杂多了。同样的茶山，在宜和行手里一年能产十万两银子，换了个人，兴许就只能产一万两了；同样的商路，放在宜和行能年产十万两，硬换个主人，这条商道说不定就废了，一文钱也不值——就是这个道理。所以我们吴家就是一只能下金蛋的老母鸡，每天都能下一个蛋，一年下来也有三百六十个；蛋还能孵鸡，鸡又能下蛋，可要是把鸡杀了，也就是几斤的肉了。六爷，您说是不是这个理儿？"

六爷听着，嘴角含笑，目光若有所动，许久，才说："怪不得和珅迟迟不杀你！"

吴承鉴笑道："和中堂他懂生意。所以他想找到能接手的人来接手我们吴家的茶山、商道，可惜时移世易，他的那支笛，广州那边没人肯听了。"

六爷道："所以这几次，你拿出来的，都是鸡蛋。"

"是啊。"吴承鉴道，"其实这几次大钱拿出来，我们吴家已经元气大伤，这只鸡已经杀了一半了。就算剩下的家业不变卖，明年我们吴家银水一断，也是得倒的。"

六爷看着吴承鉴毫无波动的脸色："你明知道家业快倒了，居然还能如此冷静。"

　　吴承鉴长叹一声,说:"人能保住,就好。没了钱,至少还有命啊。"
　　说到这里,六爷再不言语了。吴承鉴知情识趣,也就起身告辞。这回六爷没有留,等他临出包厢,才忽然道:"你的消息,倒也灵通得很!"
　　吴承鉴也不回身,笑着回道:"没办法,生意人,耳目总得放灵光些。"

　　出了茶楼,没走多远,就看到隔壁胡同里那家当铺外有人围观。吴承鉴看都不看一眼,只是走过去。
　　他知道是怎么回事——那家当铺的主人到了。而那家当铺的主人,就在那天的那间大屋子里头,就坐在六爷的上手。
　　没办法啊,好酒红人脸,财帛动人心。
　　九百万两,那位爷能分到九十万两呢!大清正一品大员一年才一百八十两俸银,不算灰色收入的话,要花五千年才能凑到九十万两啊!
　　吴承鉴好像不知道这些事情似的,直接就往广东会馆走。
　　才到会馆,就见吴小九在那里等着了。
　　"昊官!"
　　"嗯?"吴承鉴道,"贻瑾见到蔡师爷了?"
　　朱珪到京之后,吴承鉴几次求见蔡清华,都被拒之门外,但周贻瑾上门就不同了,就算蔡清华决定最后不会答应什么,果然还是见了他。而吴承鉴有信心,只要能见上面,贻瑾就一定有办法让蔡清华改变主意。
　　果然,就听吴小九说:"师爷让您跟我去见蔡师爷,现在就去。"
　　"好。"吴承鉴道,"我先去拿点东西。"

第六十九章

人皆谓汝附逆，岂知竟是忠良

京城里，很多人都猜到朱珪要得势了。

但朱珪还是只住在一条小胡同里，这是他父亲留下的宅子，一个二进的四合院，不算很匹配他的帝师身份。嘉庆帝有心要给老师安排个更好的住处，但他手里也没钱，而且迄今为止连权力也都空虚得很。

朱珪很会做人，没等皇帝把话说完，就以"君子固穷——一箪食，一瓢饮，在陋巷，人不堪其忧，回也不改其乐"回绝了嘉庆的空言好意。嘉庆大为嘉奖，亲自提笔写了"陋巷回贤"四个字，挂在了四合院的正堂。

蔡清华住在西厢。吴承鉴进来的时候，这里戒备森严，院子门外竟是穿黄马褂的人当差。掀帘子进门，看见蔡清华和周贻瑾面对面坐在炕上，吴承鉴含笑举手："蔡师爷，好久不见。"

蔡清华看了吴承鉴良久，才问："东西呢？"

吴承鉴笑着说："我才进门，蔡师爷茶水也不招待一杯就问我要东西，太薄待客人了吧。"

蔡清华微恼道："我当你是朋友才没跟你客气。你这无赖样子，真不晓得贻瑾这些年是怎么忍你的。"

他虽然在广东铩羽而归，但北行之际吴承鉴来送，双方在广东地面也算是善始善终，所以蔡清华说当吴承鉴是朋友。

"习惯就好，习惯就好。"吴承鉴笑着，从怀中摸出一个锦囊来。锦囊之中包着一层油纸，油纸之中又包着一层极细极密的金丝小罩子，打开罩子，又是一层极薄的软帛，软帛里面，才是那张纸。这层层保护之下，可知道吴承鉴对这张纸是有多看重。

这张纸经过剖纸处理，比蝉翼还薄三分，但纸上的笔迹印章，全然无损，显然非高手不能为。

蔡清华小心翼翼地接过那纸，仔细端详了片刻，越看越是心惊，口中低语："这……果然是随安室之印！"

他叹息了一声，说："吴官，我看错你了，大伙儿都看错你了！"他从炕上下来："你等等，我这就去见阁老。"

朱珪调回北京之后仍任大学士，入值南书房，所以蔡清华称他为阁老。

吴承鉴也不着急，在旁边寻了张椅子坐了。周贻瑾问道："六爷那边，有什么说道？"

瞧着左右无人，吴承鉴便将经过说了。

周贻瑾点头道："很好，一切顺利，就看朱阁老怎么安排了。"

门帘布掀开，竟是朱珪的长随朱磬亲自来请，吴承鉴便与周贻瑾一起走到正堂中来。朱珪坐在正当中的罗汉床上，挥挥手，除蔡清华，余人皆退去了。

吴承鉴与周贻瑾向朱珪行礼请安，朱珪挥手道："起来吧，不用多礼。"

因手指摩挲了一下掌心的薄纸，长叹道："此事若真，不只是老夫，便是……九重之上，也欠了你一个不小的人情！"

这张纸，正是当初藏在那批大内"赃物"里头的一张清单，上面所盖的随安室之印，乃是乾隆私用的印章。这个印章，等闲人不清楚其来历，但朱珪这等帝师熟知皇家掌故，一见此印就知道是怎么回事了。

"赃物"之中列有这张清单，那这"赃物"就不是赃物，而是乾隆默许内务府拿去变卖的宫中之物。只是此事说来不算光彩，所以可做不可说。当初如果十三行没有被大火烧了，朱珪真的将"赃物"连同吴承鉴押解到北京来，当众开启验"赃"，这随安室之印一发，乾隆的一张老脸得往哪里放去？所有涉事之人都得下不来台。

往轻里说，人与"赃"都是朱珪送上来的，朱珪肯定要倒大霉；往重里说，朱珪乃是新皇帝的老师，当时乾隆刚刚退位，嘉庆刚刚登基，你新皇帝就给老皇帝搞这么一出，这是要打击皇父的威信立威，还是就等不及要抢班夺权了？

以乾隆晚年的多疑，借故发落嘉庆一顿都是轻的。若是和珅再有后续动作，说不定太上皇会掀废立之事，也是难知。

所以朱珪才说他自己与"九重之上"，都欠了吴承鉴一个不小的人情。

当初蔡清华要搜十三行时，吴承鉴和周贻瑾百般阻挠，导致吴、周二人在朱珪心里印象大坏，但如今再一想，吴承鉴当时的种种阻挠，却就都成了刻苦隐忍、忠心护君了，而之后和珅对吴承鉴的种种刁难、挖坑，也都说得通了。

朱珪心中已有心要周全此子一二，却又道："虽有此物，可惜……终究都是你一面之词。真的说到圣驾跟前，宫中未必全信。"

吴承鉴道："小人还有人证。"

这下子便是朱珪与蔡清华都有些讶异了："人证？"

吴承鉴道："人证就在外头候着了，若阁老容许，可传他进来一问。"

朱珪看了蔡清华一眼，蔡清华道："我去验验。"他便与周贻瑾一起去了。

这时吴承鉴还跪在地上，朱珪道："找个地方坐吧。"他心里其实已经信了吴承鉴。

蔡清华在院子里等着，周贻瑾出去，不一会儿与铁头军疤带了一个人进来。那人满脸烧伤后的余疤，五官都扭曲了，面相十分恐怖。蔡清华见到是他，暗中已在皱眉，唯恐这丑怪冲撞了阁老。

却就听那丑怪跪下说："蔡师爷，您可得救救我啊，我不想过那种暗无天日的日子了。您帮我跟阁老求个情，让我有条活路吧。"

蔡清华听他的声音竟有一点耳熟："你是谁？"

"蔡师爷，"那丑怪道，"我是呼塔布啊，粤海关监督府的呼塔布啊！在广州的时候，我们见过多次的啊。我的容貌变了，难道声音您也认不出了吗？"

呼塔布是粤海关监督的管事家奴，蔡清华是两广总督的当家师爷，两个衙门公务牵扯，所以两人也曾见过彼此多回。蔡清华被他一提，才算将人认了出来："你是呼塔布？！你怎么变成这个样子？啊，不！你不是死了吗？"

呼塔布死在山道上的事情，他也是知道的，当初还曾为此暗中恐惧了一番。

呼塔布垂泪道："都怪小人耳朵太长，听了一些不该听的话，可恨那刘全就容不下小人的性命了，小人的家主也不管小人了。要不是吴官暗中援助，小人……小人现在就是山道上的一截冷尸了。"

蔡清华何等聪明的人，见了这人，听了这话，便猜到怎么回事了，当下道"你等等"，便入内跟朱珪禀报了。朱珪听完道："让那人进来，我要亲审。吴官，你且到西厢稍候。"

吴承鉴便知道朱珪是要分开以验口供，不作多言，便与周贻瑾先到西厢等着。过了有两炷香工夫，朱馨才来让二人再往正堂。

呼塔布已经不在了，吴承鉴也不敢多问。

朱珪审过呼塔布之后，再综合那张"物证"，不只得知了吴承鉴所言是实，而且还问出了许多与和珅、吉山有关的隐秘。这时再看吴承鉴，忍不住喟叹道："周公恐惧流言日，王莽谦恭未篡时——古人诚不我欺也。人皆谓汝附逆，岂知竟是忠良！"

吴承鉴听了后面那句话，一时间心情激动了起来——自入京以来，他在人前处处演戏，只有这一次是真的心情波荡、难以自已！因为他知道，自己还有吴家满门的身家性命，十有八九，至此算是保住了。

朱珪虽然是端方君子，终究是做到帝师阁臣的人，自有观人于微的本事，也就从吴承鉴眉毛不由自主的牵动中窥见了他的心情，含笑道："当初和珅得势，你若逆他，当场就得死；若不逆他，却是不忠不孝之人了。虽然你不算个纯臣，但能于此两难境地之中，为君父周旋，保全家小于倾危之中，也算心有忠义了。"

周贻瑾拉了拉吴承鉴，吴承鉴心醒了，便跪了下来，说道："得阁老这句褒奖，吴承鉴这几年来过的煎熬日子，便都值了！"

朱珪伸手虚抬，示意他起来："无须如此。天子乃是圣明之主，你既心怀忠义，回头必有福报。老夫且为你向陛下进言，至于陛下如何决断，就要看你的福分了。不过你放心，便再有什么变故，老夫也必保你一家性命无虞。"

吴承鉴大喜道："何敢望福？只要无灾无祸，我们吴家就是吃咸鱼配白粥，也是心甘情愿。"

朱珪欣然道:"不错不错,清华说得没错,你果然读过两天书。此正是君子固穷之理也。"

从朱府出来,回到广东会馆,周贻瑾忍不住嘲讽道:"君子固穷之理也。昊官,你能固穷吗?"

吴承鉴笑道:"君子嘛,夫子有云:贫而乐,富而好礼也!我一向好礼的。"

周贻瑾笑道:"所以说到底,你还是要钱。"

"我没这么说!"

"那你到底是要贫而乐,还是富而好礼?"

吴承鉴笑道:"乱世君子,才要被迫贫而乐;我们盛世之人,当然要富而好礼啊。"

"盛世……"周贻瑾嘿嘿了两声,"盛世……"

第七十章

雍 和 宫

吴承鉴在广东会馆又安安静静地待了四五天。这一日，蔡清华那边忽然传来消息，要吴承鉴好好"准备准备"。蔡清华没说别的，但吴承鉴已经猜到了一二。

如此"准备准备"了两日，什么下文都没有。但到第三日，忽然有穿黄马褂的人到广东会馆传唤，也不说明什么，就将吴承鉴叫了去。吴承鉴一路都是低头跟着，一句话也不说。

直到走到一座大门前面，他才抬头瞥了一眼，却是"雍和宫"三个字。

这雍和宫乃是雍正帝的潜邸，且乾隆也在此出生，按照规矩，出过皇帝的房屋不能再住人，所以改为喇嘛庙。

进了大门，吴承鉴又低下了头，目不斜视，所以一路也不知道走到哪里。耳边所听都是藏传佛乐，鼻端所闻都是缭绕檀香。过了一个门户，黄马褂停下了，一个太监叫道："可是吴承鉴？"

黄马褂应道："是。"

便有一个太监、一个侍卫上前，把吴承鉴搜了个底儿掉。

因确定来人身上很干净了，那太监才道："走吧。"

吴承鉴又跟着那太监，走到一个门前。他知道这一趟是北京之行最后的危安所在，生怕再多一丝变故，所以显得极其老实，连门口的牌匾都不曾去看一眼。

在门口等了不知道多久，才有个老太监进来，瞧了吴承鉴一眼，道："进来吧。"

吴承鉴听到这声音，心里微微一跳，心想"原来是你"，但脸上一点变化都没有，更没有抬眼去看那个老太监的容貌。

老太监心里倒也暗赞了一声，心想："此子果然懂事可靠，怪不得能赚到如许多的钱财。"

吴承鉴随着老太监走进门去。老太监往地上一指，吴承鉴就跪在那里了，头低着，眼睛并不看周围，只隐约瞥见前面有个案子，大概书案后面坐着人吧。

就听书案后面有个中年男子的声音道："这就是那个广东保商？"

老太监回道："是。"

那中年男子道："抬起头来，让朕看一眼。"

果然是嘉庆帝。

吴承鉴这才抬起头来，好让皇帝看清楚他的脸，但他的眼睛很老实，目光自觉向下，连一眼也不朝皇帝脸上扫。可书案上的情形他是瞧见了——上头有一张薄如蝉翼的纸，虽只一瞥之间，但这张纸吴承鉴太熟悉了，就是那张盖着"随安室之印"的"赃物清单"，所以就认了出来。

"咦，这么年轻，就做保商了？"嘉庆帝似乎有些惊讶。

老太监代为答道："他所恩领的宜和行本是他兄长掌管，前几年他兄长忽然病倒，他父亲又老朽，所以才临危受命，把家业给扛了起来，这几年倒是干得颇为出色。"

上百万两的银子果然没有白花，几句代答里头，藏着两三句好话。

嘉庆帝道："原来如此！临危受命，不负所托，虽是商贾，却也算一条好汉了。"

吴承鉴心道："果然是朱珪教出来的学生，腔调都是一样的。"听到这里，他心里就已经有了底。

嘉庆几日前从朱珪那里听到"大内赃物清单"的事情后，就有心要提这个广东保商一问，但在这个敏感时期，以吴承鉴的身份是进不得紫禁城的。恰好

雍和宫 169

今日他出宫礼佛，为太上皇求平安，就顺便安排了时间出来。

嘉庆帝说道："朱师给朕说你的事情，说你身在十三行，被迫屈服于和逆的淫威之下，却能费尽心机忠心护主，算得上一个忠义之人。"

吴承鉴听到嘉庆连"和逆"这种称呼都出口了，更对今日之事有了把握，连忙道："此事事关天家颜面，臣就算万死也不能袖手旁观。只是彼时和珅势大，臣乃商贾小民，若是与和珅硬抗，无异于以卵击石，且于事无补。和珅除掉小人后，又会找别的人去办这件事情。所以小人思前想后，决定虚与委蛇，暗中取事，破此奸谋。其间因为事秘难言，受了一些误会，然而此乃为人臣者当为的本分，朱阁老的夸奖，臣愧不敢当。"

嘉庆点了点头，和珅势大的时候，别说一个小小的商贾，就算是满朝大臣，又有几个不附逆的？这个小伙子能心存忠君之心，已经算是难得了。不过他还是有些奇怪："臣"？按理说商贾之辈应该自称草民、小民才对。

从他这个反应，吴承鉴就知道这个皇帝对十三行的情况所知极少，连两大保商被封官身的事情都不知道。

他连忙说："和珅为了控制小人，硬生生给小人安了个官身，当时小人不愿意接，却又不得不接。"说到这里他匍匐在地，浑身发抖，也不知道是惊惧还是紧张。

这时老太监道："和珅暗中指使礼部、吏部，给十三行两个最大的保商都安了官，一来是可以从他们身上敲到大笔捐献钱财，二来就算是在他们身上打上和氏的印记。从此之后，他们就只能听和珅的话，替和珅办事了。"

嘉庆帝听到这里怒道："奸臣，奸臣！大奸臣！"

他痛骂了两句，敲了敲桌子上的那张清单，道："你抬起头来，给朕说说这东西是怎么来的。"

吴承鉴应道："是。"

他估摸着呼布塔既被朱珪带走，多半事后会被转到皇帝这边，由其心腹进行审讯，所以不敢胡编乱造，几乎是有选择的全说真话。

从莫名其妙地收到一批不能开封的箱子说起，到为了藏好这批"赃物"而暗中调包，调包过程中有个妙手空空从箱子中取物，最后却愕然发现了和珅的奸谋等事，吴承鉴择要一一说来。

这些事情嘉庆帝果然都另外派人审过呼布塔了，两相对照之下便知乃是实情，只是如何取出清单的那番曲折，却是第一次听说了。

吴承鉴最后道："搬运途中，那个妙手空空从箱中窃出此物完全是意外。原本小人是不敢开箱的，若是那样，也就不可能拿到这清单，便是拿到这清单，如果不是小人的师爷当年曾是朱阁老的师爷的徒弟，偶尔听到过随安室的名号，那么小人等就无法猜到这张清单的背后，竟然会牵扯天家颜面。这么多的偶然只要掉了一环，事情就不是今日的样子了。可上天偏偏就借一个偷儿之手取出此物，让小人猜到了内情，又在许久之前，就安排小人的师爷恰巧听过随安室。可见圣天子自有百灵庇佑，此事吴某不做，也自然会有别的忠臣孝子从中行事，必定不让有心人做成不义之事。"

他顿了顿，又说："当时小人身在局中，无法向朱阁老明言此事；而朱阁老不知此事是局，又在逼迫小人上京交代。小人当时进退两难，都已经准备在狱中自尽了！不料就在此时，上天竟然降下大火，把那批可能会令天子为难之物，烧了个一干二净！自那以后小人就明白了：不但是天下人都会明里暗里拥护天子，便是上苍也在保护天子啊。所以从那之后，小人就更加一门心思地只知'忠顺'二字，因为天子就是上天之子啊，人可欺人，人可欺天乎！"

当日嘉庆帝刚刚拿到这张清单，再听朱珪说起前后诸事，委实吃了一惊——原来在自己不知道的地方，曾经发生过这样一场明争暗斗！这事如果按照和珅写好的戏本演下去，最后必定让朱珪下不来台，跟着又会牵连自己。

虽然区区一件"大内赃物案"还不足以就动摇他的皇位，但他马上就想起，那段时间全国各地还发生了其他一些事情，有一些事情成了，有一些事情没成。如果这"大内赃物案"按照和珅的想法给办成了，再加上其他的一些事情叠加起来，那皇阿玛会怎么想怎么做，真的难以预料了。

毕竟在皇子里头，他颙琰并不是最出色的，如果真要废立，乾隆太上皇手里头不是没有备胎。

一想到这里，嘉庆帝当时是出了些许冷汗的。正因为此事说来牵涉不小，所以他才要费心机挤时间，出宫来见一见这个保商。

这时听了吴承鉴说起小偷窃单、天降飘火等细节，亦觉得冥冥之中果然有天意。

"和珅就算机关算尽又如何？朕乃天子，上天庇佑之下，他和珅计谋再高也是无用！"

嘉庆帝一念及此，心情当场转好，看着还匍匐在地上不知所措的吴承鉴，心中好笑。在他看来，这个小商贾肯定也有一些自己的心思的，但在关键时刻能够站在自己这一边，那也就够了，总不能要求一个商贩之辈，能够如同儒门名士一般全无私心、舍己为国啊。

想到这里，他对吴承鉴笑道："你身上的官身虽然是和珅给的，朕就给你免了。不过立此功劳，也该奖赏，便复了你这官身吧。"

吴承鉴显得大喜若狂，整个人都贴在了地上，山呼"万岁"！

嘉庆帝朝老太监点了点头，老太监便要引吴承鉴出门。

吴承鉴忽然道："臣还有一事，不知当禀不当禀。"

嘉庆帝微一犹豫，道："长话短说。"

吴承鉴道："泰西有番夷拥兵前来，坚船利炮占据了澳门，甚至还有染指广州之意，此事不知道朝廷已经知道了没有。"

嘉庆帝愣了一愣，老太监也是吃了一惊。

嘉庆帝喝道："你说什么！"

"难道朝廷真的不知道吗？"吴承鉴当下长话短说，将英国兵船进入澳门、控制珠江口，又企图让朝廷承认英国对澳门的占据，以及要朝廷开放更多通商口岸之事说了。

嘉庆帝听得勃然大怒："真有此事？若是真有此事，两广总督做什么去了！广州将军做什么去了！"

吴承鉴道："陛下，英夷犯境之事，广东那边人尽皆知。因为此事干系国体，所以臣等不但禀报了监督府，而且臣还写信给了和珅的管家刘全，所以和珅一定是知道这件事情的。当时臣想，和珅再怎么贪腐，这样的大事应该也不敢欺瞒朝廷，谁知道臣到北京之后，才惊骇发现，北京这边竟然不知道此事。所以今日臣才斗胆禀报。此事千真万确，陛下若有所疑，可再派人探访，则必得实情。若无小人所言之事，小人愿以性命赎此欺君之罪！"

嘉庆帝听得暴怒。他心想如此大事一查便知，这个小商贾就算有十个脑袋，料也不敢在这件事情上说谎！

他连拍桌子，怒骂着："奸臣军机！颟顸总督！国事败坏至此，真是令人心痛！"

老太监凝视着吴承鉴，颇有不解他为什么在此时节外生枝。

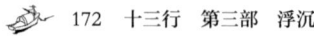

吴承鉴没看老太监，却也能感受到那目光，也马上能猜到对方的疑虑，但他并不后悔。此事干系国家安危，一旦处理不当，整个粤海湾都可能生灵涂炭——那里可是他的家乡！

嘉庆帝怒骂了一会儿，人才冷静下来，又让吴承鉴跪前两步，问他各种细节。

吴承鉴便将英国兵船的士兵数量、训练程度、船只规模、炮火规模等等，一项项地说出来。

嘉庆帝越听越是心惊，心惊之余又变得确信：这么翔实的情况，不大可能是诬骗。跟着他又是一疑："你怎么会知道得这么仔细？"

"臣本身就是代朝廷与那些番夷打交道的。"吴承鉴说，"一来，番夷各国彼此不和，所以英吉利企图独霸澳门，佛郎机、法兰西等西国都不肯，所以向臣透露了不少消息；二来，番夷无君无父，臣出了一点钱财，这些无信之辈就把情况都卖给臣了；三来，澳门那边的大清子民心忧国家，也给臣捎来了不少消息。"

嘉庆帝这才释疑："原来如此。"然而随即转忧，如果吴承鉴所言非虚，则英夷此番来犯，兵力竟比雅克萨之战中俄国人的兵力还要多，战力还要强。雅克萨之战当时倾动了整个东北，英夷这场战争如果真打起来，广东糜烂了可怎么办？

再说了，如今国库空虚，湖广四川又在闹白莲教，如果两相呼应，那可就是蔓延数省的大祸了！他城府不甚深，一念及此，不由得忧上眉梢。

吴承鉴到了这时，才算偷空瞥了皇帝一眼，只见他眉目长得倒是清朗，然而一闻而怒，再闻而忧，全都写脸上了；若是换了和珅，几乎不大可能这么容易被别人调动情绪，甚至牵着鼻子走，便对这个皇帝的能耐有了新的把握。

他瞥了一眼之后，趁着皇帝没发现，眼睛一转与老太监对了一下，随即又把头低下来了。

然后他才说："皇上，臣不懂得国家大事，但知道一个情况，或许皇上可以参考。"

"说。"

皇上也等钱花

吴承鉴道:"英夷远来,海上漂泊两三万里,在珠江口的补给,仰赖于澳门;而澳门的补给,又仰赖于香山。所以,英夷此次来犯,表面上气势汹汹,内心其实忐忑不安。如果我们示软,彼必强硬;如果我们强硬,彼必退却。所以这一仗的结果,其实更多的是看朝廷的心志。只要陛下示之以强,广东那边万众一心,临以兵威,断其水粮,则旬月之间,英夷可退。"

嘉庆心中亦觉得番夷小国纵然犯境,未必真敢那么放肆,虽然吴承鉴说英吉利的兵力战力比罗刹国强,但嘉庆并不深信——中俄陆上接壤而中英隔海往来,所以在大清皇帝的观念中,要去理解俄国的强大容易,而要去理解英国的强大则较难。

所以听了吴承鉴的说法后,嘉庆也并不觉得这个小商贾托大,然而却摇头叹息道:"你个小商贾,倒也有几分见识,可惜目光终究不够。兵马未动,粮草先行,临以兵威,也是要钱粮的,如今国库空虚,朝廷缺钱啊。"

吴承鉴道:"臣不懂国家大事,但如果是钱的问题,臣以为不是问题。"

嘉庆眉毛扬了扬,随即笑道:"好大的口气。难道你还能给朕变出钱来不成?"

老太监的目光,也忽然严厉了起来,只是这严厉的目光没让嘉庆看见,且只是一闪而过。

吴承鉴道:"臣不会变戏法,只会做生意。大钱臣也没办法,几十万、一百万两的小钱,臣还是可以想想的。"

嘉庆愕然起来,随即喝道:"几十万两,一百万两,这还是小钱?小保商,你这牛皮可吹得大了。你可知道大清国库一年才多少税收?你广东一省,一年也不过几百万两,你竟然开口就敢说一百、几十万两是小钱!"

"臣,不敢欺君!"吴承鉴道,"国之大事,在祀与戎——此非臣所敢置喙。但十三行乃天子南库,隶属于内务府,我等为陛下筹钱分忧却是分之所在。"

嘉庆身子微微前倾,问道:"你说你能为朕筹集军费?"

吴承鉴道:"筹钱之事,臣等去办;钱筹到入库之后,陛下要做什么,臣不敢问。"

嘉庆脸上的神色起了很是微妙的变化。就算是皇帝,听到有人说能给自己筹钱,那都是会身心愉悦的——如果真能实现的话。尤其是后半句,更是中听——只负责筹钱,不敢问钱怎么花,这话怎么听怎么舒服啊。

"小保商……你叫……"

"微臣吴承鉴。口天吴,上承天恩,下鉴商情。"

"朱师说得没错,你倒真读过几本书。"嘉庆笑了笑,"吴承鉴,你可晓得,你这句话说出来,如果不能兑现,会有什么后果?"

吴承鉴道:"臣如今被和珅绑住了手脚,若是有朝一日能够松绑,陛下需要多少钱,微臣就去为陛下筹多少钱……"

嘉庆听到这里,失望之情立刻溢于脸上——这话说了等于没说,他最缺钱的就是现在,而不是未来。如果有朝一日搬掉了和珅这块拦路石,真的亲政了,那时自己富有四海,还需要你个小保商来筹钱!

他正要斥责,冷不防听吴承鉴补完了下半句:"在此之前,微臣斗胆,请问陛下需要多少钱?"

嘉庆一时之间倒是被他给问住了。

他虽然登基,但权力极受限制,做什么都难:兵动不了,钱动不了。国库也罢,内务府也罢,所有钱都是有专人管理、固定去向的,虽然是个皇帝,但衣食住行都有人安排好,理论上就没有用钱的地方,可实际上人怎么可能不用钱？连前些天要给自己的老师换个好一点的房子也做不到，不就是因为没钱吗？

大清没钱吗？有！但用钱远比收入要多，嘉庆帝名为天子，实际上手头却是颇紧张的。就是眼下与和珅的种种对抗，也是靠着大清朝的政治体制与他皇帝的身份在这里熬着。如果以手里头真正掌握的钱粮来论实力，他连和珅的一根毛都赶不上！

想到这里，嘉庆忽然觉得自己这个皇帝做得也挺憋屈的，而看看地上跪着的这个商人，忽然就起了一点期待，试探地问道："一百万两，你拿得出来吗？"

吴承鉴在九大贵人那里，刻意表现得要多嚣张有多嚣张，到了皇帝这里，人却老实了，低声说："臣尽力而为，请问皇上给多少时限？"

嘉庆帝原本是狮子大开口，不想对方竟然应了，便又道："一个月。"

"一个月……"吴承鉴道，"臣的根基在广东，一个月的工夫，走路来回都来不及了。臣斗胆，请必须许臣以快马加急传信。再请陛下让人在广东清点银两。因为一百万两，好几万斤啊，臣筹到钱后，几天之内要从广东运到北京来也不可能。"

嘉庆帝心想：你难道还真能在一个月内筹出一百万两来？便道："准了。"

吴承鉴又道："微臣身份卑微，不可能随时面君，这钱银入账、细节交接，不知道应该找谁？"

嘉庆帝想了想，看了老太监一眼："鄂罗哩，你说呢？"

老太监道："奴才这就让内务府开一个专账，吴家的这条款子，入到专账里头，供皇上随时使用。"

嘉庆帝闻言欣然："好，就这么办。"说着手指朝吴承鉴点了点，道："朕就瞧着，一个月后，看你是欺君罔上，还是真的能替朕办差。"

"皇上放心！"吴承鉴道，"小人就算肝脑涂地，也一定会让这一百万两在一个月内入账！"

嘉庆正要嘉许两句，忽然想起他爷爷雍正皇帝在位时的几桩教训，又对鄂罗哩道："派人看好他，不许他作奸犯科，拿给朕筹钱的名目在外头招摇撞骗。"

吴承鉴不等鄂罗哩回答，即道："陛下放心，臣这钱一定会来得清清白白,不敢稍损陛下之圣明。"

正要从雍和宫出来,后面忽然有个小太监叫道:"喂喂,你等会儿!鄂公公有事要交代。"又把他带到一个角落里。

吴承鉴就在那里等着,不一会儿鄂罗哩赶了来,身边只带着一个心腹小太监。他瞧了吴承鉴半晌,阴恻恻道:"昊官,你的胆子,可真够肥啊!"

吴承鉴看了那个小太监一眼,鄂罗哩一个眼色,那个小太监便滚开了。

吴承鉴这才笑道:"钱有多少,胆子就有多肥。"

鄂罗哩呵呵冷笑了起来,眼神更是阴冷。

吴承鉴低声道:"不过皇上的胃口,可比吴承鉴预料的要小多了,我原本预备了两百万两的,如今只花出去一半,剩下的一半……鄂公公,您到时候帮我处理掉可以吗?"

鄂罗哩眉宇间的煞气一下子就散了一半:"昊官,此言当真?"

吴承鉴低声笑道:"牛可以吹,银子假不了。鄂公公派个信得过的人去广东吧。到时候……"他伸出了两根手指头。

鄂罗哩眉宇间剩下的一半煞气又散去了一半:"可惜,这个……"他伸出了一个手指:"老夫一个人也吃不下。"

吴承鉴又伸出了三个手指头:"行吗?"

鄂罗哩大为诧异:"昊官,你到底还有多少钱?"

"其实也差不多要见底了。"吴承鉴道,"不过我吴承鉴最大的本事,不是有多少钱,而是我能赚钱。钱压在家里,那都是死钱,放出去做羊羔利,利加利,一年也不过对翻。且这是小额才有的利息,真的几十万、上百万的钱一口气放出去,一年要收回对翻的数几乎不可能,最多只能半翻。散放出去,利息虽高,却总有一半要收不上来的,结果也是半翻。只有在我这里,一百万两的钱拿过来,第二年绝对能收两百万两回去。因为我吴承鉴赚钱又快又稳又有保障,所以只要我保商名分还在,就不愁没人给我送钱。"

鄂罗哩有些动容了:"那如果第二年你还不上钱怎么办?"

"我怎么可能还不上?"吴承鉴淡淡笑了,"鄂公公可以去打听打听,前年十三行给一把大火烧了之后,满广州愁眉苦脸的时候,是谁拿钱出来重建的?我当时也是空手啊,却一转手就连重建整个十三行的钱都拿得出来,区区一百万两、二百万两……呵呵，湿湿碎啦！"

这一次吴承鉴回来，身后已经跟了一个小太监。小太监得了鄂罗哩的吩咐，不是来监视他的，而是来跑腿的，人前人后，都叫他"昊官"，这一下把广东会馆的管事和伙计都吓到了。

吴承鉴对身边的这些变化置若罔闻，回到会馆之后就提笔亲写了一封信，用印泥封好，让小太监拿去走六百里加急送广东。

周贻瑾看过他书信的内容，等小太监走后，说："吴七可还没回来。"

吴承鉴笑道："不用了，连宜和行的产业、福建的茶山都抵押出去了，这一次的东西，不算什么。"

无家可归

书信走六百里加急,没十日到达广州,路上累死了好几匹马。书信送到吴家园,蔡巧珠打开之后,人都怔了,叹了口气,来到正坐月子的叶有鱼房里,将信给她看。

叶有鱼看了之后,也是轻叹一声,把信交还给蔡巧珠:"笔迹是真的。"

蔡巧珠道:"三婶,你看怎么办?"

叶有鱼道:"大嫂拿主意,我都可以。"

蔡巧珠皱着眉,说:"反正连宜和行的产业也都抵押出去了,这座吴家园,还有那花差号,都不算什么。最多我们都回老宅去住。但……但你还在坐月子啊……这天寒地冻的。"

叶有鱼道:"这不算事。再说也快出月子了。咱们广州的天气,又能冷到哪里去?"她又瞧了蔡巧珠手里的信件一眼:"这信里头,字里行间,没半点忧愁,反而有几分欣喜,甚至嘚瑟……"

蔡巧珠眉头扬了扬,刚才她看到信的内容就发愁了,所以没辨得仔细,这时再看,不由得道:"还真有几分……"

吴承鉴这封信都是用大白话写的,读着信,蔡巧珠就仿佛看到那个飞扬跋扈的小叔子站在了自己面前,把偌大一座吴家园当草纸一样挥手就抵押出去,满满的都是败家子的口吻。

叶有鱼又说:"昊官信里头,除了说正事,还叮嘱了给女儿剪满月发,胎毛要做婴毛笔①,得让西关狼毫张做,不能交给别人;又说北京天气太干,入冬之后唇就难受,那边卖的唇脂又带着膻味,最好家里加急送一些上去——他都还有心情来说这事,看来北京那边,一切顺利。"

唇脂就是古代的润唇膏,一般用动物油脂作为原料,配合各种香料、药物调制,非富贵人家用不起。

"这说得也有道理。"蔡巧珠沉吟着,说,"其实三百万两……我们库房的存银,再加上其他一些东西抵押出去,未必筹不出来,不用抵押庄园了。"

"不可!"叶有鱼却道,"咱家的家底,昊官不比我们更清楚?既然他让我们抵押吴家园,那就抵押吴家园吧。他是这样安排,那我们照做会好一点。"

蔡巧珠也就选择相信吴承鉴,当下派了吴六去潘家园,将吴家园抵押给了潘有节,要借二百万两。潘有节当场就回复说钱已经准备好了,随时来拿。

然后吴六又去卢家,将花差号抵押给了卢关桓,要借五十万两。卢关桓也答应了,但表示要稍等几天,少则五日,多则十日,一定给到。

两家都得了回音之后,到第二天,叶有鱼才让昌仔前往叶家,要借五十万两,无抵押。

叶大林看着叶有鱼的亲笔信,交给马氏。马氏看到信就冷笑了:"空口白牙就要借五十万两!哼,当我们开善堂的吗?"

叶大林却忽然说:"潘有节已经答应了。"

"啊?"

叶大林说:"昨日河南那边有些动静,叶多福打听过,潘家正给吴家搬银子,的确是答应了。卢家那边也在筹钱。"

"当家的,你在说什么?你不会真打算借钱给吴家吧?"

"没见识的妇人!"叶大林道,"我说什么,你听不懂?如果你听不懂,就别在我跟前吵了!"

他将马氏给轰了出去,然后将昌仔叫了进来,说:"告诉三姑娘,钱我三日之内会准备好,到时候我让她大哥给送过去。"

---

① 将婴儿满月时的头发剪下来做成毛笔,是一项古传风俗。做成的这支毛笔是收藏用的,不是用来写字的,无论对父母还是对婴儿,都有很重要的纪念意义。

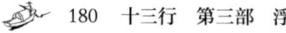

昌仔躬身答应了。

叶大林又问:"昊官如今在北京过得怎么样?"

昌仔结结巴巴地说:"都,还,好……就是,嫌嫌弃,天气,太,太干……让家里,送,送唇脂,上上去……北边的的,不,不好,用……味,太大。"

叶大林笑道:"家里头倒配了一些好的,回头我让多福送过去。算了,你先去迎阳苑请个安,我让人准备好你一并带回去吧。"

这点小东西也不值什么,昌仔就不用请示了,直接叩头代主人谢过了。

马氏被轰走,书房只剩下几个儿子。昌仔出去后,叶好家就说:"听说昊官在北京都混得跟狗抢食了,居然还有心情说唇脂的事情。"

叶大林瞥了他一眼,问长子:"你觉得呢?"

叶好野想了想,说:"我觉得,正是因为昊官还能想着唇脂这等事情,可见他在北京过得还不错。跟狗抢食的传闻,要不就是讹传,要不就是为了什么目的,故意传出来的。"

"没错!"叶大林欣然地看了长子一眼,说,"吴家的家底,虽然我也不能说完全摸清,但从他前面几笔送出去的银子来说,换了我们叶家,也还没到要抵押自住宅子的地步。吴家的家底应该要比我们更厚实,但昊官偏偏要抵押这个,可见其中有诈!这些多半是做给北京某些人看的——这是其一。"

诸子都一起点头。

叶大林又说道:"启官对吴家,向来能打压就打压,但这几次他不但不趁机落井下石,还能配合就配合,上一次甚至还出头替吴家来向我施压,则潘、吴暗中达成协议无疑了!昊官是个人中鬼,启官更是鬼中精,这两人联起手来要做的事情……"

叶好家道:"肯定不是好事!"

叶好野则说:"肯定有好事!"

叶大林笑了:"对,对,都对!"

潘家的银子搬来得很快,都是成箱成箱的大元宝,而吴家园的地契、屋契抵押出去之后,按理说,这房子暂时便是潘家的了。

叶有鱼便对蔡巧珠说:"大嫂,吴家园既然都已经抵押出去,咱们也搬出去住吧。"

蔡巧珠道："虽则抵押了出去，但启官并未来催我们搬走啊。"

叶有鱼道："昊官信中提过一句，庄园抵押出去之后，可另外觅地暂且安居，等他回来。可见是要我们搬的。"她怕蔡巧珠听不明白，压低了声音："这必是也要做给别人看的。"

蔡巧珠这才醒起来，结合之前种种推测，更深信小叔的这番举措，其中必有深虑，因此反而更不担心了。当下妯娌两人商议着搬家，同时派了吴六去潘家园，请潘家的人过来接手。

潘有节接见了吴六，想了想，就没拒绝，说道："我回头让正焕去交接。"

吴六告辞，潘有节便将潘正焕叫来，让他去办交接事宜。他嘱咐潘正焕道："凡是吴家不方便带走的那些花王①、更夫等一应下人，全部留下，这期间该给的月例，都由潘家来支应。吴家园不方便带走的粗重家私，原地留着，你让人封存好，不许乱动。"

潘正焕这段日子历练下来，进益甚快："这是要做给别人看？"

潘有节笑道："是这个理。小子有长进。"

当下潘正焕便到吴家园这边来，拜见了两位婶子。叶有鱼已出了月子，她身子还算壮健，人也恢复得差不多了。

潘正焕委婉道明乃父的意思，最后道："这园子，两位婶子就暂时交给侄子看管吧，我会时不时来瞧瞧下人们有没有偷懒。等昊官从北京回来，侄子一定把一座焕然如新的吴家园交回叔叔手里头。"

叶有鱼道："如此就多谢了。"

蔡巧珠见叶有鱼没有推辞这好意，便也点头了。

当下一家子将粗重家私都留下了，不方便搬的一些东西也封存了，又叫来了下人，让大部分人都继续在园子里过活，连春蕊都留下了；只各带了丫鬟、婆子、下人六七个人出门，带了些细软和换洗衣服，一行人往西关而来。

不料船才过珠江，事情就出了岔子。原来是吴承构那边听说大房、三房连吴家园都抵押了，就霸着老宅子不肯让这些孤儿、寡母、侄子、婶子住了，还放了话出来："他们大房、三房仔卖爷田！哼，真以为他们暗中变卖宜和行产

---

① 花王：指园丁。

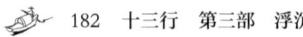

业的事情能瞒得过我？我全都知道！我们吴家没这样的不肖子孙！他们要是敢来，看我不放狗把他们咬出去。"

听到吴六传回来的话，冬雪、夏晴都是怒气横生，都说要去跟二爷理论理论。

叶有鱼摇头不语，蔡巧珠也叹道："理论个什么！真上门去让人家放狗咬就好看吗？"

连翘、碧桃都道："大少奶奶，那可怎么办啊？"

叶有鱼想了想，说："吴六，我们家可还有别处合适的房子？"

蔡巧珠道："那些屋子都抵押出去了，除了老宅，再没有了。"

当下一大帮人就在码头边滞留着，好不尴尬。

消息没一会儿就传遍了整个西关。潘有节那边先知道了，却没有来帮忙的意思；卢关桓跟着也知道了，但想想吴家的亲戚还没开口呢，就也暂不吱声。

叶家和蔡家倒都得到了消息。叶好野先赶来了，说道："这边的事情阿爹听说了，让我赶紧来问妹妹，是直接到家里头来，还是另外打扫出个别墅来，妹妹且去暂住？"

叶有鱼道："嫁出去的女儿，泼出去的水。昊官人在外头，我没能替他守住庄园已经很对不住他了；若再住回娘家去，等昊官从北京回来，我没脸见他。"

当下婉拒了叶家的好意。

叶好野才走，蔡士群亲自来了。蔡巧珠有样学样，也婉拒了。蔡士群没叶好野爽快，闹了好久才走。

然后周围就冷清了。

此后一些关系更生一点的亲戚朋友，才又来请，叶有鱼都一一婉拒。

到了傍晚时分，眼看都要日落了，南边来了两条船，却是义庄那一边。昝三娘派人来请蔡巧珠、叶有鱼过义庄暂住。

蔡巧珠心想昝三娘乃是吴承鉴的"外室"啊，此事满城皆知，现在正房太太落魄到去"外室"家栖身，对叶有鱼来说这可得多尴尬，正要拒绝，不料叶有鱼却答应了。

第七十三章

乾隆驾崩

蔡巧珠十分不解，问叶有鱼道："叶、蔡等亲戚朋友来请，你都不答应，怎么……愿意去那里？"

叶有鱼道："那座义庄虽然不在我们吴家名下，但昊官在里头出了大力，一砖一瓦，多有吴家的钱在里头，住那里不算寄人篱下。再说了，义庄本来就是收容落难者的地方，我们去那里住，合情合理。"

蔡巧珠道："只是……那多尴尬啊。"

叶有鱼低低声地说："越尴尬……或许越好呢。"

她既然这么决定了，蔡巧珠也就顺着她，一家子的人就往义庄赶去。到了庄外，罡三娘却没来迎接，而是由铁头军疤的老娘拄着拐杖打头来接人。

碧荷一边扶着铁头军疤他娘，一边说："姑娘正在佛堂里念经，为吴家祈福消灾，不料各位就来了。"

蔡巧珠却松了一口气，心想她不在更好些，免得有鱼尴尬。

叶有鱼心里却颇为感念，心道："她这是顾念到我的心情了。这般的好人，怨不得夫君牵挂她；这般的世情练达，怨不得能力压群芳，常为神仙洲魁首。"

义庄这边已经打扫出了五六间屋子。这时天色已晚，碧荷也不多寒暄，一边安排了人住了进去，一边说："这几间都是新起的屋子，还没人住过，地方是干净的，就是狭小憋屈了，两位少奶奶别嫌弃。"

叶有鱼忙道："碧荷姑娘客气了，我们是落魄失家的人，有瓦遮头就谢天谢地了，哪敢再挑三拣四的。"

肯跟蔡巧珠、叶有鱼出来的，倒也都是能跟着吃苦的，便是夏晴平时娇生惯养，这时也都忍着；襁褓中那位吴家小姐还不懂事，有奶吃就好；但两位少爷可就受不了了，光儿还只是黑着脸，耀儿就当场哭闹了起来——义庄这些屋子，比日天居的下人房都不如，所以小孩儿拼死不肯住，闹着哭着："我不住这些猪圈，我不住这些猪圈！"

旁边义庄的居民听了这话都感尴尬，都想看看吴家的大人是否管教、怎么管教。

叶有鱼也不打他，也不骂他，只是对众人道："别理他，等他哭累了自然消停。"一瞥眼见蔡巧珠有宠溺怜惜之色，忙说："大嫂，你别心软，孩子太富养本来容易出毛病，现在正好，可以治治这些坏毛病，让他们知道一点人间辛苦。何况，这点苦还不算什么呢。"又对碧荷道："孩子家不懂事，让姑娘看笑话了。"

蔡巧珠想想也是，便忍住了没去哄侄子。光儿见耀儿都没讨到好，就也忍住不说话了。耀儿哭了好一会儿，见没人理睬，也不得不收了泪水。

叶有鱼从小跟徐氏过过苦日子，这时虽然才出月子，却能帮忙收拾些东西家当；反而是蔡巧珠，那是真的一辈子十指不沾阳春水，在大新街的时候蔡士群就富养着女儿，嫁到吴家之后更是一点活儿都不用碰，这养得她性子温善，却也因此容易失察人心之险恶。

碧荷帮吴家妯娌安排妥当之后，才来见疍三娘，简要说了始末，最后道："姑娘，为什么要接他们来庄子里落脚呢？"

疍三娘叹道："我也不知道他们是真落难，还是假落难。这一次，原本只是尽一尽本心，不料他们竟肯答应过来。这是两位少奶奶没看起我们，我们也要竭诚对待才是。"

她说着，又向菩萨、妈祖拜了下去。

碧荷望着疍三娘越来越虔诚的脸，心道："姑娘这样……那是真不将那些纠葛放在心里了。"

在来义庄的前面两年，一开始碧荷一直很为自家姑娘不忿，但在这里住得久了，她心里也渐渐平静了。最近两年，她眼睁睁看着那些原本风光的花魁，一个两个惨到要义庄收留才不至于流离失所的落魄模样，更觉得三娘的选择也许是对的。尤其是上一个月，于怜儿疯了之后被送到这里，那场面对她触动犹深——这是一个她亲眼看其崛起，然后全程看其折堕的花娘——短短两三年间，就将人世间的起伏冷暖全经历了。

"也许曾经热闹过，也许曾经风光过，但最后这般下场，热闹一阵、风光一时又有何用？平淡百年，或许……才是真正的福分呢。"

吴家在七八日间，就又筹到了三百万两，交接给了粤海关。粤海关早得了吩咐，专门开了一条转款账头，又是六百里加急，上报给了北京。

鄂罗哩得到消息，暗中吃惊，心想这个吴承鉴还真是颇有手段啊！至于吴家的人不住亲戚家却住义庄，在鄂罗哩看来却颇有点刻意了。然而看在两百万到手的分上，他也就不点破了，转头向嘉庆帝回报，说吴承鉴把房子、船只都卖了，筹到了九十多万两，又向人借了几万两，共有百万之数，如今已经在粤海关封着，随时能运上来。

嘉庆帝一想到自己手头就要多上一百万两可以自由支配的钱来，心情一下子大好，再想想吴承鉴为了自己竟然把房子都卖了，又不禁有些唏嘘，问道："他连房子都卖掉，那他的家人又住哪里？"

鄂罗哩道："他吴家还有一处老宅子，由他庶出的二哥住着。吴家两房妯娌本来想去老宅住，不料那二哥却霸着不肯让嫂婶、侄子进门。现在一家子人住到了南沙附近的一个义庄里头。"

嘉庆帝听得又是感动，又是恼怒："真是人情冷暖，世态炎凉！吴承鉴的这个兄弟，不是好人！"他堂堂天子，也不可能去替吴承鉴出这个头——事情实在太小了，便道："也罢，等和珅倒了之后，朕赏他个好差使吧，让他好有衣锦还乡的一天。"

鄂罗哩为之一愕，就在这时，门外传来急促的踏雪声！

嘉庆帝眉头微皱，已有太监在门外喝问："怎么回事！"

随即门外响起了哭腔，跟着一个尖锐的声音叫道："皇上，皇上！太上皇……驾崩了！"

嘉庆帝的脸色不受控制地露出狂惊之色，似喜非喜，似惊非惊，但赶紧一收，失声高号了起来，大哭道："皇阿玛！不，皇阿玛！"人已经朝着乾隆的寝宫直奔而去。

"过年了，下雪了。北方就这点好，四季分明；不像广州，几乎就没冬天，至少我从小到大没在广州看过下雪。可惜就是天气太干了。"吴承鉴抹了一些唇脂，涂在干裂的嘴唇上，很不习惯地对周贻瑾说，"这些北地唇脂，用料倒是足，就是太腥膻。"

"有得涂就好了。"周贻瑾摸了摸厚绒下的膝盖，这是他治伤后的第一个冬天，医生嘱咐要小心善养的，不然将来容易落下病根，"想想几个月前，你还在跟狗抢吃的呢。也真没想到，今年会在这里过年。"

这时一顶小轿停在了广东会馆的后门，一个器宇轩昂的下人直走了进来，向两人行礼："昊官，周师爷。我家老爷有请。"

对方直接就进到这里，直把这广东会馆的门户都当作子虚乌有了。

周贻瑾微微一笑道："不知道是哪位贵人？"

那人笑道："总之不是和中堂，这会子和中堂顾不得你们。"

吴承鉴笑道："那我也总得知道我是要去沾染哪位贵人的福气啊。"

那人道："昊官，我能进到这里来，已经说明问题了。您也别耽搁了，我家主子，没多少耐性。"

吴承鉴和周贻瑾对望了一眼，周贻瑾又将来人打量了一番，才说："去吧。"

吴承鉴这才跟来人出后门，坐上了轿子。轿子的窗都封死了的，吴承鉴也不好掀开轿门，只是任由对方飞快地踏雪而走，好久好久才停下，然后又走，估计是进了什么门。

吴承鉴从坐上轿子之后就盘算方向距离，但轿子七转八弯的，实在是闹不明白，干脆就不管了，闭上眼睛养神。如此到轿子彻底停下，外头那人说："昊官，有请。"

吴承鉴踏出轿子，目光所及乃是一个挺雅致的园林，园中有亭台楼榭，这时都蒙着雪花。那英武的下人领着吴承鉴穿过回廊，掀门："昊官，请。"

都到这里了，露怯毫无意义，吴承鉴抖了抖斗篷上的雪花，踏步进门。

门帘隔绝了冷气，屋外大雪纷飞，屋内却是温暖如春。吴承鉴觉得地板的热气隔着鞋底也能传过来,便猜是直接用了地暖。在这北京城内,能搞这一件事的人可不多。

走到内室,见门口站着两个小太监,吴承鉴心道:"太监看门……这不是皇帝的话,至少是个王爷。"

两个小太监示意吴承鉴进门,吴承鉴踏了进去。此时外头的天已极黑,屋内却亮如白昼。

一个熟悉的背影听到脚步声,转过身来,是个有些面熟的人。

当初这人背光,容貌当时看不大清楚,但吴承鉴还是勉力辨认,问了一声:"老王爷?"

"老王爷"笑了笑,道:"你认出来了?"

第七十四章

天威海货

吴承鉴非常标准地打了个千,老王爷大笑。吴承鉴再站起来,近距离看清对方的容貌,发现也不是很老,五十上下年纪,养尊处优,甚有福态。

"坐吧。"老王爷指了指旁边的椅子,自己在罗汉床上坐了,"你认出鄂罗哩了?"

吴承鉴欠了欠身:"面圣的事后,圣上叫了一声鄂公公的名字。"

老王爷就笑了:"当日你说自己能够面圣,我们几个心里其实不是很信的,可不料你不但面圣了,还能让朱阁老为你说好话,那可就难得了。如今简在帝心,就不需要我们这些家伙了。"

听话听音,吴承鉴便知对方今日召见,所为何来了,那是担心自己是否要过河拆桥,当下微微一笑说:"小人不是近侍宠臣,就算一时得了圣上的好感,又能在北京待几天?终究还是要回广东去的。从内务府到粤海关,这上上下下的局势,以后还得诸位贵人多多眷顾。"

老王爷颜色稍霁,又道:"当日你虽然许了九百万两,买一个面圣的机会。但这件事情上,我们其实并未出什么力气。如今你皇上也见过了,那三百万两,就算是我们为你开方便之门,剩下六百之数,就不用再提了。"

他说这话的时候和颜悦色,似出于真心——若换了个胸襟魄力稍欠,真的将这六百万两的许诺省了下来,这下就掉坑里去了。

春秋之时,陶朱公次子在楚国犯事,长子奉父命以千金求庄生谋救。庄生收千金而说楚王,楚王大赦全国,陶朱公之次子亦在赦中。长子以为国君大赦庄生无功,竟从庄生那里收回千金。庄生复入说楚王,楚王修改赦令独不赦陶朱公之次子,遂杀之。

吴承鉴却是个败家子性格,微笑着说:"区区六百万两,王爷何必跟小人客气。放心放心,等和珅倒了,吴某所受限制尽去,六百万两必定如数奉上。"

老王爷脸上笑意更盛,又道:"当日你所见贵人有九个,最近有两位犯了国法,正囚在宗人府呢;还有一位与和珅有些牵连,将来一旦事发,恐怕会有不测之事。他们那几份,你就不用给了。"

吴承鉴正色道:"六百万两是当日许下的,少了几个人,六百万两还是六百万两。多出来的钱该怎么分,王爷做主就好,与小人无关。"

老王爷放声大笑:"好,好!昊官果然是个妙人!"

吴承鉴道:"王爷谬赞了,小人不敢当。"

老王爷挥手:"你的官身是皇上面许了的,以后不用自称小人了。"

吴承鉴笑着,站起来行礼:"下官谢王爷抬举。"

老王爷今日见吴承鉴,为的就是刚才的几句话,虽然句句有坑,幸而吴承鉴的回答都让人满意,既然说完,就想端茶送客。

吴承鉴忽道:"有事不烦二主。下官冒犯,能否再请王爷帮个忙?"

老王爷碰到茶杯的手就停了停:"说。"

吴承鉴道:"下官是个闲不住的人,如今在京师闲得太久,髀肉复生,若有机会,王爷能不能赏个差使?"

"哦?"老王爷倒有些意外了,"你还想当差?"

大清朝官、缺分离,官只是官位,缺才是实打实的位置,前者是资格,后者才有实权。

吴承鉴道:"正式的朝廷官缺,下官不敢妄想,但如果在小人回广东之前,北京这边有些个临时差使,让小人劳动劳动筋骨,也是好的。"

老王爷目光闪了闪,似乎就想到了什么。

吴承鉴道:"能否借纸笔一用?"

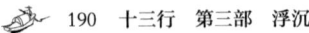

这个房间，其实乃是书房，因为先前收了吴承鉴那么多钱，且颇想看他葫芦里卖的什么药，老王爷对他便多了几分优容，点头允许。从以往经验来看，这个广东人葫芦里倒出来的药都很值钱啊。

吴承鉴便走到书案边，磨墨展纸，提笔写起东西来，一项项的都是清单。他运笔如飞，一口气写了二三十条，然后呈给了老王爷。

老王爷看了之后，不由得一愣，道："这是什么？"

吴承鉴指了指其中一条："这是商道，落到别人手头，一文不值，但落到我的手头……"他指了指这一条最后面的数字："一年就是这个数。"

老王爷倒是吃了一惊，这一条就是这个数，下面二三十条，要是都加起来……那他先前所收的上百万两银子，就都不是事！要知道这可不是一锤子买卖！按照吴承鉴的说法，是"一年"的数啊！

他嘴角的皮肉都抽搐了起来，忍不住叫道："这些……商路？在哪里？在哪里！"声音竟然就急促起来了。如果吃了这些字就能吞了这些"商路"，他能当着吴承鉴的面把这张宣纸给吃了。

吴承鉴道："不止这些。如果让下官写完，至少还能再写三十页。"

一声宣纸被揉成团的微微声响在书房中响起，老王爷捏着那团纸，眼睛都红了，就这样瞪着吴承鉴，吴承鉴毫不回避。两人四目相对，老王爷终于确定他不是在开玩笑。

"你……"他只觉得喉咙都干涩了起来，又问了刚才的问题，"这些'东西'，在哪里？"

"就在这大清的天下啊。"吴承鉴道，"只是非其人，不得其用；非其人，不得其财。"

老王爷瞪着吴承鉴："你能拿到手？拿到钱？"

吴承鉴道："拿到当然可以拿到，商道我拿得下，钱我取得来，只是我不敢拿，不敢取。"

老王爷急喝道："为什么！"对着这么多的钱，连王爷的体面风度也顾不上了。

吴承鉴道："太多了，我吃不下。别说我，王爷您一个人也吃不下……王爷，您明白的。"

老王爷沉吟半晌，将那团被他捏成一团的纸又展开了，因墨汁未干，有些字迹已经糊了,但那一个个的数字,哪怕已经糊了,也如同一把把铲子,在撬着老王爷的心扉。

如果每年都有这么多,而且还有三十页……那单凭他自己的确吃不下——甚至就算将其余那五个人都叫来,也吃不下!

"真的……有这么多?"他的声音,还是有些发颤。

吴承鉴道:"只会多,不会少——而且是每年都来的钱。但是……王爷,这钱我赚得来,却罩不住啊。"

"罩不住?"老王爷桌子一拍,喝道,"这个就不用你操心了。到时候,好好当你的差使吧。"

吴承鉴心中大喜,脸上微笑,说道:"遵命。"

从王府出来,虽然还是坐那顶轿子,但临出门,老王爷怕外头雪大,吴承鉴冻着了,特意让人留心轿子里是否有暖炉,暖炉里是否炭火足够;又亲自取了一领千金裘赏给了吴承鉴,看吴承鉴带子没系好,还亲自替他系了,又送他出了书房。

带吴承鉴来的那位威武下人看得眼睛发直,再想不到书房里到底发生了什么事情,为什么吴承鉴进去一趟,出来之后就形势大变!于是对着吴承鉴的时候,不由自主腰也弯得更低了。

吴承鉴坐了轿子,回了广东会馆,天已昏暗。才进门,忽然脚步声响动,一队队的士兵紧急调动,那威武下人变了变脸色,道:"戒严了?昊官,快回去,没事别出来。"他自己也匆匆走了。

会馆的后门关上了,最后阖上的那一刹,吴承鉴看到了匆匆奔走的兵丁。

他弹弹雪花,回了桃园正屋,屋内一个铜火锅汤水正滚,周贻瑾、吴七、吴小九围绕着,准备下肉,空出了正对门的座位。

吴承鉴道:"吴七回来了啊。"

吴七欢喜叫道:"昊官,昊官!"他日间刚刚进城,赶回广东会馆,恰好遇上吴承鉴出门。

周贻瑾指了指火锅:"打个边炉,驱驱寒意,也算给吴七接风。你倒是脚长,我们才要下东西你就来了。"

吴承鉴叫吴小九:"把铁头军疤也叫回来,大家一起吃。"

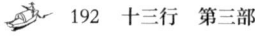

吴小九答应了，就跑到东边墙边模仿鹧鸪叫。

周贻瑾道："事情很顺利？"

"嗯，"吴承鉴道，"我才进门，就听外头要戒严了。"

这时铁头军疤翻墙进来了，拍去一身的雪花，才进门。吴承鉴给众人分了筷子，涮了几块肉，又给众人添了酒，道："最难的日子，都过去了。这段时间，吴承鉴仰赖诸位支持，总算熬过来了。我们回广东的日子不远了。北京的天气我们广东人不习惯，但不来这一趟，不知道天威之森严；不知天威之森严，就罩不住海洋之财货！"

他举了杯子，说："希望这个地方，我们不用再来；希望大家往后的日子，顺顺利利，平平安安。饮胜（干杯）！"

众人一起举杯："饮胜！"

这一夜，京师戒严，紫禁哭丧。第二日，京城的寺庙宫观，鸣钟三万下。

于是天下就都知道了：乾隆爷驾崩了。

第七十五章

大清首富

大清嘉庆四年，正月初三，乾隆驾崩，和珅为丧事总理。

然而乾隆棺木尚未入土，广兴即上书弹劾和珅。次日，嘉庆临朝，宣和珅二十大罪，下狱论处。刘全附逆，与和珅同时入狱。

无论是哪里的监牢，都不可能舒服。

吴承鉴在广州坐牢的时候，有人上下打点，算是个异类，但到了和珅这里，上面风头正劲，堂堂领班军机大臣下狱，竟然没人敢为他出头。

吴承鉴提了一个篮子，给狱卒塞了一锭银子，因为早有人关照过，所以狱卒没为难，却还是好心地提醒了一句："小哥，里头那是什么人你不会不知道吧？这个时候，你居然还敢来探望？不怕惹一身臊啊。"

"当过中堂那位，我不敢招惹，我要见的是他的管家。"吴承鉴笑笑说，"我也不是真的好心来探他，不然谁敢为我行这个方便？我当初在广州蒙冤入狱，那个秃子故意进来羞辱我，我现在自然要以彼之道，还施彼身！就要趁着他下狱，羞辱他回去。"

那狱卒恍然大悟："原来如此，呵呵，可别把人整死了。"

跟着狱卒，吴承鉴逐级而下。牢房阴暗卑湿，更惨的是冷——现在是正月啊，北京的正月，牢房里自然不可能给烤炭火，那冷意犹如寒气直接从地狱里冒出来。

吴承鉴虽然穿着千金貂裘，却也忍不住缩了缩脑袋。

手中的火把晃亮脚下道路，牢房很空——大正月的有资格进这里来住的人可也不多，眼下就关着两个人。

吴承鉴晃到了一个熟悉的身影，那人缩在一团稻草里，正在发抖。狱卒给他开了门，然后就走了。

吴承鉴将火把插好，叫唤道："全公。"

稻草中抬起一个秃头，就着火光，望见了吴承鉴："是……是你！"

吴承鉴提了食盒进门，故意不去看隔壁，就在刘全跟前蹲下，说道："我们一场相识，今日特来给全公送行。"说着以食盒为几，摆了几个酒菜。

酒是汾酒；杯子，就只是普通的瓷杯了。

"姓吴的！你是来看我笑话的，对吗？"刘全恨恨道。

吴承鉴道："我如果说是，你心里好过点吗？"

刘全一时语塞。

吴承鉴道："来吧，喝一口，暖暖身子。这个地方，冷成这样，委实不是人住的。"

刘全此刻又冷又饿，终究抵挡不住酒食的诱惑，爬了起来，端起杯子喝了一口——这酒在食盒里是温着的，所以是温酒，一入肚腹，暖气四处游走，一下子让人如处天堂。刘全一辈子都不会想到，区区一杯酒，能为自己带来这般的享受。

忽然他想起了什么，抢过另外一只杯子，斟满了，爬了过去，手伸过牢柱，叫道："老爷，老爷，您也喝一杯酒吧，暖暖身子。"

吴承鉴这才将目光投向隔壁。

那是一模一样的牢房，一般的阴冷、卑湿。牢柱的那一边，一个男人对着墙壁，坐得笔直，听到刘全的呼叫，不为所动，也没转过身来，只是摆了摆手："你喝吧。"

他的声音带着死气与绝望，然而并不似刘全这般仓皇。

刘全哭了："老爷，老爷，您就喝一杯吧。自从进了这里，您就没一滴水入腹了……这……这怎么受得了啊。"

和珅这才转过头来。借着火光，吴承鉴看清了他的脸，比起上次相见，这人清瘦了许多，容貌虽仍英俊，但鬓角多了许多白发。

"这是人家请你的，你喝吧。"和珅说。

刘全啜泣着。

吴承鉴上前两步，说道："阁下虽然是巨贪，但于当今也算一位大人物。如果有幸能请阁下喝一杯酒，也是在下的荣幸。请吧。"

和珅眼角瞥了他一眼，随即转过头去，连与吴承鉴说一句话都不屑。

刘全激动了起来，将酒泼向吴承鉴："住口！住口！不许骂我家老爷！"

吴承鉴躲避不及，被泼了一脸，幸好是好酒，也不算热，沾到脸上也只是多了些酒香。

"我又没说错。"吴承鉴也没生气，"他不是贪官吗？而且还是古往今来、天上地下最大的贪官呢。我这么说他，不算骂人。"

"胡说！胡说！"刘全怒道，"我家老爷……我家老爷都是为了江山社稷，为了大清天下，为了……为了……为了乾隆太上皇啊……"

他忽而就哭了起来："太上皇啊，太上皇啊！我家老爷伺候了您一辈子，您如今尸骨未寒的，怎么就……怎么就……皇上，您不能这样啊！"

忽然和珅转头，低声轻喝："住口！"

他虽然已在囹圄之中，但在刘全心里威严仍在。这一轻喝，刘全就像被掐住了脖子，再没了声响。

吴承鉴另外取了一个杯子，又斟了一杯酒，递到牢柱那边，说道："和大人，今天我来，一来是为了了结与全公的一点缘分，二来也是真想见你最后一面。这杯酒，吴承鉴敬你。"

和珅因为喝斥刘全，头还没转过去，眼皮微抬，扫了吴承鉴一眼，却半声不吭。

吴承鉴道："我知道在和大人心中，我吴承鉴不配来请你喝这杯酒。吴某一介商贾，在领班军机大臣、领侍卫内大臣、内阁首席大学士眼里，能算什么呢，别说鹰犬，大概连蝼蚁也算不上吧。"

刘全在旁边喝道："既然你知道，还敢来跟我家老爷说话？走，走走！"

他困饿之中没了力气，所以赶人只能靠吼。

吴承鉴道："我这次来看看你，其实不是敬你，不是恨你，也不是怜悯你,只是来看看……一个人。"

和珅在火光下盯着吴承鉴的眼睛。他人之将死,心境却静得出奇,锐利的目光仿佛能瞬间剖出吴承鉴内心深处最大的秘密一般。

和珅喃喃道:"你觉得……人是有轮回的吗?"

"我不觉得有。"吴承鉴道,"我觉得,每个人的一生,都是一个个的意外。因为是意外,所以更值得珍惜啊。"

"意外……呵呵,呵呵……"和珅笑着,又不像在笑。

吴承鉴再次举杯:"和大人,喝一杯?"

和珅竟然伸手接过,喝下了酒:"酒还可以,就是杯子太次。"他轻叹了一声:"我这辈子,就是美酒错斟了劣杯,一身济国安邦的能耐,也只能错付于苟且之事。嘉庆既然这样待我,将来青史之上,恐怕我也将徒留一个骂名了!"

"是否劣杯,暂且不论。"吴承鉴道,"但是否美酒,也值商榷啊。"

刘全怒道:"我们老爷自然是……自然是美酒!不但是美酒,还是绝世无双的美酒!"

"是吗?"吴承鉴道,"在我看来,美则美矣,可惜里头有毒,而且是绝世无双的剧毒。"

"住口!"刘全喝骂着,"你胡说,你胡说!虽然外头都骂我们老爷是……什么权奸,什么巨贪,可我刘全清楚,我家老爷敛财,也不全是为了他自己,而是为国、是为君!没有我家老爷开创议罪银之制,清理内务府,改革粤海关,准噶尔怎么平,回部怎么定,大小金川怎么打?朝廷没钱——当时朝廷没钱,你知道吗?"

吴承鉴道:"全公说得没错,和大人敛财,一开始的确有为国为君的动机在内。可是然后呢?他自己的贪腐就不说了,单单一项议罪银制度,竟然允许贪官以钱赎罪,交了银子,就不用再受国法惩处了,如此一来,国家法度对贪官还有什么震慑?贪官们甚至想着要多贪一点银子,将来万一被查到,可以用来缴议罪银免罪,于是官员们就变本加厉地去贪污!吏治因此败坏,民风因此败坏,国家的根基也因此败坏。和大人,以你的见识,难道看不到这项制度,无异于剜心头之肉,来补手足之疮吗?有术而无道,此和大人大罪一也。"

一直云淡风轻的和珅，听到这里终于有些忍不住了，转过身来，目光通红："大罪？你以为这是我想的吗？皇上他要打仗，皇上他要修圆明园，皇上他要各种古董珍玩、各种名品奇宝！这些都要钱！可是国库和内务府都没钱！没钱了怎么办？我作为臣子，我只能帮他想方设法地弄钱。如果有其他来钱的门路，你以为我愿意开创议罪银制度吗？没有！在当时，这大清的天下，就没有其他更来钱的门路了！什么有术无道——我熟读群书，难道不比你清楚道是什么吗？可是我没有选择！"

"道是什么？"吴承鉴道，"国有道，不变塞焉，强哉矫！国无道，至死不变，强哉矫！和大人，您博览群书，这两句话是什么意思，不用我来解释吧？皇上想干什么就干什么，不管是好事还是坏事，你都帮着他干——这种行为，青史之上叫什么？和大人你是《四库全书》的总编纂，你比我清楚。逢君之恶的人，难道还算有道之士吗？忠于君而不忠于国，此和大人大罪二也！"

和珅的酒杯脱手而出，这一次吴承鉴避开了，酒杯砸在了墙上，碎成七八块，可见他情急之下怒气之盛，什么风度，什么沉敛，全都顾不上了："吴承鉴！你算个什么东西！我和珅该怎么做事，不需要你来评判！你也没资格评判！"

他随即冷笑了起来："我现在是倒霉了，我早有预料，可是你也好不到哪去！你虽然从我手底下溜走了，躲到那帮人手底下求活——可是那帮人，他们比我更贪！你在他们手里头，被挖走的那些钱是怎么来的，别人被你唬住，我可清楚得很！吴承鉴，你说我挖空了大清的根基，可是你吴家的根基，却是你自己给挖空了！从今往后，你一文不值！"

吴承鉴便知道自己碰到了对方的痛处，也激发了对方的脾气，因不愿意别人再挖自己的疮疤，所以就将那痛楚变为攻击。

果然，和珅越说越流畅，人也在攻击对方的时候重新平静下来："由俭入奢易，由奢入俭难！你也是过惯了锦衣玉食生活的人，一旦没钱了，你会生不如死！甚至于，当你再拿不出钱来，那些向你伸手伸惯了的人，你觉得他们会放过你吗？所以啊，我是完了，可你也不比我好到哪里去！"

"再不好，但我还有命。"吴承鉴道，"有了命，就有钱。"

和珅大笑："你的命暂时虽在，但你的钱在哪儿啊？"

"和大人。"吴承鉴微笑道，"你的钱，就是我的钱啊。"

和珅怔了一怔，随即脸色大变，嘴角的肌肉都抽搐了起来，想说什么，却说不出来。

吴承鉴道："和大人，刚才你说，这大清的天下，除了议罪银制度，没有更加来钱的门路了，其实是不对的，你自己也知道的，对吧？也许刚刚开创议罪银制度的时候你还不知道那些门路，但现在你已经知道了。这个世界，早过了只能土里刨食的年代，在那广袤的海上，有的是钱——无数的黄金，无数的白银，每年都从阿美利加州①那边运过来。这些你现在知道了，不但知道，而且还在国内建立了各种与之匹配对应的商路，这是你最了不起的地方，也是我吴承鉴佩服你的地方！在你最后的这几年，你来钱来得最多的其实已经不是贪赃枉法，而是这些生意了。"

说到这里，吴承鉴长叹一声："天下人都说我们十三行保商富甲天下，可只有我和潘有节才清楚，和大人你，才是这大清真正的首富！"

和珅的目光垂了下来，看着地面，不能言语。

"可惜你知道得迟了。就算你比这大清王朝的其他人先一步看到了更远更大的天地，也已经没有了回头路。"

吴承鉴顿了顿，道："所作所为落后于这个时代，以至于所有聪明才智都只能用来倒行逆施，这是第三个大罪过——但这也不只是你一个人的罪过，而是我们整个国家的罪过了。"

和珅愣在那里，许久许久，不能回神。

刘全担心了起来，试探着叫道："老爷？老爷？"

和珅魂儿似乎被叫了回来，却对刘全视而不见，只看着吴承鉴。这一回，他忽然相信了吴承鉴刚才的那句话了。

"所以……我真的错了吗？"他喃喃着，随即流下两行浑浊的泪水，一瞥眼，看到食盒之内，似乎有纸笔，便指了指。

吴承鉴将纸笔墨水递了过去，和珅提了笔，蘸了墨，却不写于纸上，直接就在墙上挥画：

百年原是梦，甘载枉劳神……

---

① 今美洲。

对景伤前事，怀才误此身。

余生料无几，空负九重仁。

写完，笔落地，墨汁溅在了牢房地上。

吴承鉴知道，这是和珅的绝命诗。

从牢狱里出来，对着夜色，吴承鉴舒了一口气。

监狱里的空气太过糟糕，以至于再看到夜空，整个人都瞬间爽快了。

那个器宇轩昂的王府家丁不知道什么时候等候在那里，把吴承鉴拉到无人处，笑道："吴官，恭喜了。"

吴承鉴展了展眉毛："哦？"

王府家丁笑道："皇上刚刚下旨，要抄和珅的家。我家主子领衔，是这次抄家的主持。"

吴承鉴笑道："那可真是恭喜王爷了！"

王府家丁笑了笑，说："听我家老爷说，他面圣的时候，皇上还提起了你，说要赏你一个好差使，我家老爷就推荐了你做这次抄家的书记。皇上已经准了。"

吴承鉴大笑道："那可真是，真是……哈哈，应该恭喜我自己了。"

"是，是。"王府家丁笑道，"恭喜，恭喜。"

嘉庆四年，正月，皇帝下旨，命仪亲王永璇、成亲王永瑆等负责查抄和珅家产。

第二日，王公大臣们拿出查抄清单，共抄得夹墙私库黄金三万二千余两，地窖藏银三百余万两。镶白旗大臣萨彬图却一再上奏，认为这个数字不足和珅家产十分之一。

负责查抄的王公大臣惊恐震怒，入宫哭诉，嘉庆帝旋即下旨斥责，将萨彬图革职查办。

同时下旨，恩赐和珅狱中自尽。

同一日，吴承鉴给嘉庆帝的一件礼物送进了紫禁城。

因为清理掉了和珅这块拦路石,嘉庆心情正好,听了鄂罗哩的禀报,便移驾御花园,结果看到了一个丑陋的铁疙瘩。

鄂罗哩告诉嘉庆,这叫什么"蒸汽机",是从泰西万里迢迢运来的,一机能顶十人之力。然后就让学过怎么发动的小太监摆弄了起来。

嘉庆听着那突突突的声音,看了有半晌,就再没有兴致,摇了摇头,对鄂罗哩说:"告诉吴承鉴,让他实心办差,这等奇技淫巧之物,以后少沾,也不要再献上来了。无用之物,劳民伤财。"

鄂罗哩慌忙称是。

皇上就这么走了,至于那个铁疙瘩实在太丑,也就被清理出了御花园,最后流落到哪里也再无人知。

第七十六章

尾　声

广州湾，虎门。

这里是大清南海的海上门户。三艘英国舰船却突兀地出现在了这里。

度路利脚踏着甲板，背靠大海，望向远处的海岸交界处。

他知道，再过去就是那片封闭的、神奇的、富饶的、广袤的大陆了！

如果能够打开，这个市场，能顶两个欧洲！

如果能够征服，这个帝国，能顶五个印度！

前途是诱人的，不过阻力也是巨大的——尽管他在给伦敦方面的书信中夸尽海口，又对大清国的武备极尽贬低之能事，但再怎么说，大清这个庞然大物，光是体量就叫人望而生畏。

而且度路利的后方也不稳。米尔顿告诉他，那个叫什么"昊官"的人从北京回来了，据说他这次还带来了皇帝的"密令"，如今正动用着他所能动用的财富与人脉，要全力阻挡英国海军的前进。

而就在几日之前，澳门开始出现异动，许多原本向葡萄牙人提供粮食、清水补给的渠道，忽然就断绝了。英军暂代葡萄牙人接管澳门之后，也同时接管了葡萄牙人的补给渠道，现在这些补给渠道忽然出了问题，虽然短期之内靠着存粮、存水不至于出现窘况，但时间一长就难说了。

同时，米尔顿还给度路利带来了一个消息，据说那个昊官正在向伦敦那边施压，要伦敦的绅士们抵制英国海军在远东的这次行动，甚至彻查问罪。

度路利对此是不相信的，一个远东商人，能够去影响伦敦那边的决定？他觉得米尔顿这话如同放屁。

不过澳门出现的变化，却让他觉得不能再拖下去了。于是有了这次的军事行动。他出动了三艘巨舰，准备兵逼黄埔，做一次试探性的攻击。

"这里毕竟不是印度啊。"想到最近遇到的种种阻力，度路利嘟哝了一声，"不过，还是得试一试。"

是的，应该试一试。

欧洲殖民者在美洲、在非洲、在印度的许多次行动，一开始都是抱着"试一试"的冒险心态进行的，结果一试之下，发现对面兵败如山倒，这才顺势进行，并完成了一次又一次的屠杀、压制与征服。

"也许大清这边，也一样呢。"

如果一切顺利，大清帝国真的如同印加帝国那般虚弱，那就杀进广州城，逼对方开海，甚至臣服。如果做不到这一点，那就以兵威恐吓，让清廷同意让英国取代葡萄牙在澳门的驻防。

如果还不行……那就再说吧。

舰船继续向北挺进，眼看就要越过虎门，向黄埔挺进。

"准备换旗！"度路利下令。

是的，到现在为止，英国海军在澳门都还挂着葡萄牙的旗，这是一种掩耳盗铃，但在世界史上，这种掩耳盗铃总是一次又一次地发生，有些时候各方政治势力还就认了。

而就在这时——

忽然轰隆隆、轰隆隆地爆出了炮响。炮是空炮，这是一种警告！

度路利脸色微变！

他是长年在海上行走的宿将，不至于被几门落后的空炮响吓到了，但炮声在这里响起，则显然对方有备！

而现在这片海域，恰巧是伶仃洋的一个拐角地带，右边是海岸，左边是几个小岛，海域由宽变窄，正利于小船行动而不利于大船纵横。

"不好，这是埋伏！"度路利心道。

尾声　203

再跟着,便听到了成千上万人的呼叫声。

那似冲锋,似叫喊,似怒喝。

右边的海岸上树起了旌旗,而左边的海岛上则蹿出了无数小船。

"果然有埋伏!"

度路利的脸色,变得无比凝重。

葡萄牙的旗已经降了下来,英国的旗帜却才升到一半。

这是要继续升上去,还是要停下来呢?

这一刻,他面临着一生中最大的抉择:如果继续向前,如果能突破眼前的埋伏,如果能成功进入黄埔港,那他将有机会去完成英国有史以来最大的征服。

可是如果失败了呢?

如果英国的海军舰队在这片窄浅的海域被缠住,甚至遭受损失——那英国在远东的声威将受到重大打击,甚至英国在这片海域的影响都可能因此而一蹶不振。

进,还是退?

升旗的海员望着他们的少将,有些不知所措地等待着。

度路利咬了咬牙,抬起了手,他已经准备赌上了!

就在这时,海岛的方向,转出了一艘巨舰来。

度路利脸色又是一变:"对方也有大船?"

船还没靠近,但从那体量与航行轨迹,就能判断出逼将过来的不是落后地区的近海船只,而是放在英国也算先进的远洋巨舰,甚至排水量比他所率领的三艘军舰还要大!

刚刚抬起来的手,又顿在了半空。

花差号上,吴承鉴通过望远镜,看到了英国军舰的停滞和犹豫。

这艘船甲板上的各种花草、秋千等玩物,都已经清除,如今也不是他在掌控,而是交给了水师。

他的身后,站着查理和约翰。

查理在吴承鉴从北京得胜南返后,就坚定地站在了他这一边。刚刚在美国赚了一笔又来中国的约翰也非常乐意登上吴承鉴的这艘船。

"昊官，敌舰怕了呢。哈哈，他们怕了！"毫无气节的查理张口闭口就是"敌舰"，都快忘了他自己的来历了。

"嗯，能不打还是不打的好。"吴承鉴清楚现在自己的国家有多少家底，脸上却微笑着说，"能和平又开心地赚钱，谁不想呢？不过我们不想打，不意味着我们怕打！如果你的这些老乡真要来干一场，那我们就轰轰烈烈地干一场吧！在这国门边上，难道我们还会怕不成！"

风继续吹着，两边的战船队列，正在步步逼近。

一场可能导致整个东方军政格局产生大变的海战，或将偃旗息鼓，或将一触而发。

这片海域的北边，是大陆与历史。

这片海域的南边，是大海与未来。

网络版后记

我坐在新家卧室的窗口，窗外就是白鹅潭，手指离开了键盘，然后又按下，因为想起还没写后记。

已经忘了多久没写后记了。

上一本完结的书是《山海经·候人兮猗》，但严格来说那本不是网文；再上一本是《寄灵》，但不算是在网站上正式完成的。再上一本，好吧，真正在网上通过创作、连载、冲榜、取得成绩等一系列动作完成的，跟《十三行》（网络原名《大清首富》）类似的书，是《唐骑》。然后我去查了一下，完本（后记的更新）时间是2014年12月30日……已经四年半有余了。

四年多啊，好长的一段时间。换了我三十岁以前，这是一段长得我不愿意等待的时间；但近几年，我忽然对很多事情都不着急了，这真是一个奇怪的现象。三十岁以前，让我用一个月的时间来琢磨一本书我都觉得太长，让我用一年的时间来等待一本书的机遇我绝对做不到，但现在，我可能可以用五年甚至十年来守候时机。

不知道是时间让我改变了，还是经历让我改变了。

《十三行》这本书的出现其实是非常偶然的。

有关十三行的史料我一直在搜集,这肇端于我对海盗、海商的关注(老书友知道为什么),然后在两三年前吧,我开始想着要写一本关于十三行的书,随即让助理和学生去帮忙搜集资料。我的计划大概是2020年甚至2022年以后来启动这个项目——因为当时手头还有其他更紧急的事情(老书友知道我在准备什么)。

然后大概是去年(2018年)年中,具体日子中年痴呆症的我已经忘了,反正就是去年的杭州网络文学周,因为约了要跟阿里文学的总编见面,在见面的前一天,我的好友了了一生忽然打电话给我说:"菩巨,明天某某跟你见面,可能要跟你谈新书签约的事情。"

我当时愕然,因为虽然一直有要跟阿里文学合作的动向,但事情忽然要推进得这么快吗?然后他又说:"你到时候要准备本书给他哟。"

我就更加蒙了——临急临忙地,我上哪儿找一本书给他啊!我当时一点准备都没有啊。

再接着——我竟然很清楚地记得当时的时间段——我开始构思故事,从九点左右开始想,到十点我想好了两个故事,然后就上床睡觉了。(暴露了……初老的我已经开始过上每天早睡早起的生活了……)

第二天和某某见面,前前后后的闲聊大概有几个小时。然后从酒店出来到吃饭点的车上时间,某某忽然说起新书的事情,我用几分钟把那两个故事讲了个大概,某某听完大感兴趣:"这个好啊,能不能两个故事都给我们?"

我说:"先签一个吧,双开太累。第一个故事适合做剧,第二个故事适合做电影。另外第二个故事涉及一些边疆以及少数民族问题,比较敏感,可能要影视化的时候不好处理。我建议用第一个吧。"

某某想了一下说:"那就签第一个吧。"

这就是《十三行》的来源了。

也就是说,《十三行》其实是一个我花了一个小时(的二分之一)想出来,然后跟某某谈了几分钟后确定的一个故事……

我为了它,把另外一个写作计划给调后了,写了整整一年,然后就是现在大家看到的这个样子了。

平心而论,说一个小时就想出两个故事,有吹牛之嫌,因为在此之前我还是做了大量工作的,而且有过超过一年以上的思考。当然,最后也是因为形势所迫，在很短的时间内，逼得我把故事的总体走向给确定下来——因为在那一年的反复思索中，我想过至少七八种故事走向，最后确定下来的，却完全不是那七八种故事走向中的任何一个。如果签约前一晚的情况稍微变化一下，也许《十三行》就完全不是现在这个样子，甚至至今它都不会面世，文学创作的随机性与可变性，真是令人着迷。

　　《十三行》写作的过程，让我又痛苦又酸爽。《唐骑》之后，我已经好久没有在网上连载了，以至于很长一段时间里我觉得自己已经失去了这个能力。所以签约的时候我是心怀忐忑的，因为当时我还在念博士，家里头的事情又多，我很怀疑自己是否还能够像以前那样写连载。

　　然而，因为穷——穷到快没银子花了——阿里文学又给我开了一个无法拒绝的价钱，我脑袋一昏……就答应了。收了钱的合约，含泪也得写下去啊。

　　于是开始写，然后……然后就发现原来事情没我想的那么难做。我大概花了半个月就找回了感觉，再花半个月就知道自己没问题了，存了一个月左右的稿开始发更新的时候，已经变成当年那种不当回事的状态了。

　　好吧，原来我还是能够写连载的。虽然在存稿彻底告罄之后（大概六十万字的时候），让我痛苦了一把，但就总体的感觉而言，这本书真的叫我感到非常愉悦。我找回了失去很久的码字快感，找回了每个月有稿费领的安全感，找回了夕阳下那逝去的青春（得了吧）。

　　到昨天早上，我六点半起床，到九点钟写完最后的六千字（最后大半章加上尾声）时，那种完本的愉悦感就像黄石公园的活火山爆发一样，从我的身体里泄露了出来，满公司找人分享（结果公司的人都偷懒，九点多还不上班，只来了两个实习生……准备扣其他人工资），乐呵到……昨天连后记都没写。

　　总之一句话，真高兴啊。

　　从来没有一本书，完本的时候我这么高兴。

　　这是我以为自己失去了连载能力之后又找回的欣喜。这是我体会到年轻时同样感觉的欣喜。这是我完成又一个自我阶段的欣喜。这也是我书写完我所认知的另外一段历史的欣喜。

　　如果按照以前的网文套路，昊官回到广州之后，是可以继续冲出海外、暴打英军、称霸全世界的，从《唐骑》的经验看，我可以为此再写三百万字，不过那样的话，历史就改变了。我觉得，我们还是不冒这个险了吧。

而从传统文学的角度来说，现在的这个结局，已经是一个不错的结局。反正许多网文作者都批评我说："菩，你早就是传统作家了好不！""起开起开，明明是只蟾蜍，扮什么青蛙啊！"可是传统作者圈也不认我啊，我只能默默站在边缘地带，挥泪做个网文写手里的传统作者吧……

昨天完本之后，我决定犒劳一下自己，让魏岳大大帮我组装一台台式机，装个《文明V》（写《十三行》的时候我不敢玩啊，我的助理说这个游戏就是一个"时光机"，"老师一打开这个游戏，三四天就没有了"！），玩上一个月再说。然后9月码字存稿，大概10月开新书。

新书的名字先不说了，免得被抢注。写的还是古代商战，是从商业的角度切入，去看明朝张居正时期改革进入深水区时大明的世情、人情与人心。这本书的女主角分量会比《十三行》更重一点，有一些写法我想做出改变与突破，希望能够取得成功。对阿菩还有宽容的朋友，敬请期待。

当然了，还有另外一本书，嗯，老书友知道的，我也会努力的。

神话和历史，永远是我无法舍弃的两条线。

是为后记。

阿菩
写完《十三行》的次日于广州芳村